日記中的抗戰與文學

—— 以三位作家日記為考察對象

張 武 軍 著

民國文學與文化系列論叢

文史哲出版社印行

國家圖書館出版品預行編目資料

日記中的抗戰與文學：以三位作家日記為
考察對象 / 張武軍著. --初版 --
臺北市：文史哲,民 107.07
　　頁；　公分 (民國文學與文化系列論叢；10)
ISBN 978-986-314-418-2 （平裝）

1.中國文學史 2.抗戰文藝 3.文藝評論

820.908　　　　　　　　　　107010872

民國文學與文化系列論叢 10

日記中的抗戰與文學
——以三位作家日記為考察對象

著　　　者：張　　　武　　　軍
出 版 者：文 史 哲 出 版 社
　　　　　　http://www.lapen.com.tw
　　　　　　e-mail：lapen@ms74.hinet.net
登記證字號：行政院新聞局版臺業字五三三七號
發 行 人：彭　　　正　　　雄
發 行 所：文 史 哲 出 版 社
印 刷 者：文 史 哲 出 版 社
　　　　　　臺北市羅斯福路一段七十二巷四號
　　　　　　郵政劃撥帳號：一六一八○一七五
　　　　　　電話886-2-23511028・傳真886-2-23965656

定價新臺幣四六○元

2018 年 （民一○七）十一月初版

日記中的抗戰與文學

──以三位作家日記為考察對象

目　　次

總序 一

民國文學史觀的建構
── 現代文學研究的新思維與新視野

張堂錡

一

　　「民國文學」是有關中國現代文學學科研究歷史進程中，繼「中國新文學」、「中國現代文學」、「20 世紀中國文學」、「百年中國文學」之後，近期出現並開始受到重視與討論的一種新的學科命名與思維方式。它的名稱、內涵與意義都還在形成、發展的初始階段。類似的思維與說法還有「民國史視角」、「民國視野」、「民國機制」等。這些不同的名稱，大抵都不脫一個共同的「史觀」，那就是回歸到最基本也最明確的時間框架上來進行闡釋。陳國恩〈關於民國文學與現代文學〉即明確指出：「作為斷代文學史，民國文學中的『民國』可以是一個時間框架。就像先秦文學、兩漢文學、魏晉南北朝文學、隋唐文學和宋元明清文學中的各個朝代是一個時間概念一樣，民國文學中的民國，是指從辛亥革命到 1949 年中華人民共和國成立這一時段。凡在這一時段裡的文學，就是民國文學。」這應該是大陸學界對「民國文學」一詞較為簡單卻完整的解釋。

　　北京師大的李怡則提出「民國機制」的說法，他在〈民國機制：中國現代文學的一種闡釋框架〉中也認為：「民國機制就是從清王朝覆滅開始，在新的社會體制下逐步形成的推動社會文化與文學發展的諸種社會力量的綜合」，然而，「隨著 1949 年政權更迭，一系列新的政治制度、經濟方式及社會文化氛圍、精神導向的重大改變，民國機制自然也就不復存在了。中國文學在新的機制中發展，需要我們另外的解釋。」當然，他們也都注意到了「民國」從清王朝－中華民國－中華人民共和國的線性時間概念之外的更豐富意義，例如陳國恩提到了民國的價值取向；李怡也強調必須「從學術的維度上看『政權』的文化意義，而不是從政治正義的角度批判現代中國的政治優劣」，他認為這樣的「民國文學」研究是「對一個時代的文學潛能的考察，是對文學生長機制的剖析，是在不迴避政治型態的前提下尋找現代中國文學的內在脈絡。」

　　面對大陸學界出現的這些不同聲音，在台灣的現代文學研究者已經不能再視而不見，如何在一種學術交流、理性互動、嚴謹對話、多元尊重的立場上進行對相關議題的深入討論，應該說，對兩岸學者都是一次難得的「歷史機遇」。台灣高喊「建國百年」，大陸紀念「辛亥百年」，一個「民國」，各自表述。但不管怎麼說，「民國」開始能夠被大陸學界接受並引起討論熱潮，這本身就是一種試圖突破既有現代文學研究框架的努力，也是大陸學界在意識型態方面對「民國」不再刻意迴避或淡化的一種轉變。正是在這種轉變中，我們看到了中國現代文學研究的新契機。

二

　　民國文學不是單一的學術命題，不論從研究方法或視野上來

看，它都必須涉及到民國的歷史、政治、經濟、教育、法律、文化、社會與思想等諸多領域，它必然是一個跨學科、跨地域、跨國別的學術視角，彼此之間的複雜關係說明了此一命題的豐富性與延展性。

　　必須正視的是，台灣對「民國」的理解是以「建國百年」為前提，而大陸學界則是以「辛亥百年」為前提，如此一來，大陸對「民國」的解釋是一個至 1949 年為止的政權，但台灣則是主張在 1949 年之後「民國」依然存在且持續發展的事實。拋開歷史或政治的解釋權、主導權不論，「民國」並未在「共和國」之後消失，這是不爭的事實。因此，在討論民國文學與文化之際，就會出現 38 年與 100 年的不同史觀。箇中複雜牽扯的種種原因或現實，正是過去對「民國文學」研究難以開展的限制所在。而恰恰是這樣的分歧，李怡所提出的「民國機制」也就更顯得有其必要性與可操作性。他說 1949 年政權更迭之後，民國機制不復存在，指的是「中華民國在大陸」階段，共和國機制在 1949 年之後取代了民國機制，但是「中華民國在台灣」階段，要如何來解決、解釋，「民國機制」其實可以更靈活地扮演這樣的闡釋功能。

　　「民國文學」的提出，並不是要取代「現代文學」，事實上也難以取代，因為二者的側重點不同，前者關注現代文學中的「民國性」，後者關注民國文學的「現代性」，這是一種在相互參照中豐富彼此的平等關係。現代性的探討，由於其文學規律與標準難以固定化，使得現代文學的起點與終點至今仍是一種遊移的狀態，從晚清到辛亥，從五四到 1949，再由 20 世紀到 21 世紀，所謂文學的「現代化」與「現代性」都仍在發展之中。「民國性」亦然。從時間跨度上，現代文學涵蓋了民國文學，但在民國性的發展上，它仍在台灣有機地延續著，二者處於平行發展的狀態，不存在誰取代誰的問題。

　　在大陸階段的民國性，是當前大陸「民國文學」研究的重心，它有明確的歷史範疇與時間框架，但是在台灣階段的民國性，保留了什麼？改變了什麼？在與台灣在地的本土性結合之後，型塑出何種不同面貌的民國性呢？這是兩岸學者都可以認真思考的問題。

　　民國文史的參照研究，其重要性無庸置疑，而其限度與難度也在預料之中。「民國文學」作為一個學術的生長點，其意義與價值已經初步得到學界的肯定。現代文學的研究，在經過早期對「現代性」的思索與追求之後，發展到對「民國性」的探討與深究，應該說也是符合現代文學史發展規律的一次深化與超越。在理解與尊重的基礎上，兩岸學界確實可以在這方面開展更多的合作機會與對話空間。

三

　　為了呼應並引領這一充滿學術生機與活力的學術命題，政大文學院與北京師範大學於 2014 年幾乎同時成立了「民國歷史文化與文學研究中心」，四川大學、四川民族大學也相繼成立了類似的研究中心；政大中文研究所於 2015 年正式開設「民國文學專題」課程；以堅持學術立場、文學本位、開放思想為宗旨的學術半年刊《民國文學與文化研究》，在李怡、張堂錡兩位主編的策劃下，已於 2015 年 12 月在台灣出版創刊號；由李怡、張中良主編的《民國文學史論》、《民國歷史文化與中國現代文學研究》兩套叢書則分別由花城出版社、山東文藝出版社出版，在學界產生廣泛的迴響。規模更大、影響更深遠的是由李怡擔任主編、台灣花木蘭出版社印行的《民國文化與文學研究文叢》，自 2012 年起陸續出版了《五編》七十餘冊，計畫推出百餘冊，這套書的出版，對現代中國文學研究打開了新的學術思路，其影響力正逐漸擴大中。

　　對「民國文學」研究的鼓吹提倡，台灣的花木蘭出版社可以說扮演了積極推動的重要角色。自 2016 年 4 月起，由劉福春、李怡兩人主編的《民國文學珍稀文獻集成》叢書第一輯 50 冊正式發行，並計畫在數年內連續出版這套叢書上千種，這真是令人振奮也令人嘆為觀止的大型學術出版計畫！

　　從 2016 年 8 月起，文史哲出版社也成為民國文學研究的又一個重要學術平台，除了山東文藝出版社授權將其出版的《民國歷史文化與中國現代文學研究》叢書 6 本交由文史哲出版社出版之外，其他有關民國文學研究的學術專著也將列入新規劃的《民國文學與文化系列論叢》中陸續出版，如此一來，民國文學研究將有了一個集中展現成果、開拓學術對話的重要陣地，這對兩岸的民國文學研究而言都是一個正面而積極的發展。文史哲出版社是台灣學術界具有代表性的老字號出版社，經營四十多年來，出版過的學術書籍超過三千種以上，對兩岸學術交流更是不遺餘力，彭正雄社長的學術用心與使命感實在讓人欽佩！這次願意促成這套叢書的出版，可說是再一次印證了彭社長的文化熱忱與學術理念。

　　我們相信，只要不斷的耕耘，這套書的文學史意義將會日益彰顯，對民國文學的研究也將會在這個基礎上讓更多人看見，並在現代文學領域產生不容忽視的影響力。對於「民國文學」的提倡與落實，我們認為是一段仍需持續努力、不斷對話的過程，但願這套叢書的問世，對兩岸學界的看見「民國文學」是一個嶄新而美好的開始。

2016 年 7 月，台北

總序 二

民國歷史文化與中國現代
文學研究的新可能

李　怡

　　中國現代文學發生發展的社會歷史背景是「民國」，從民國歷史文化的角度考察中國現代文學，既是這一歷史階段文化自身的要求，也是中國現代文學研究新的動向。

　　中國現代史上的「中華民國」是現代中國歷史進程的重要環節，無論是作為「亞洲第一個共和國」的歷史標誌，還是包括中國共產黨人在內的全體中國人都曾為「民國」的民主自由理想而奮鬥犧牲的重要事實，「民國」之於現代中國的意義都是值得我們加以深究的。與此同時，中國現代文學的「敘史」也一直都在不斷修正自己的框架結構，從一開始的「新文學」、「現代文學」到 1980 年代中期的「二十世紀中國文學」，每一種命名的背後都有顯而易見的歷史合理性，但同時又都不可避免地產生難以完全解決的問題。「新文學」在特定的歷史年代拉開了與傳統文學樣式的距離，但「新」的命名畢竟如此感性，終究缺乏更理性的論證；「現代文學」確立了「現代」的價值指向，問題是「現代」

已經成了多種文化爭相解釋、共同分享的概念，中國之「現代」究竟為何物，實在不容易說清楚；「二十世紀中國文學」確立的是百年來中國文學的自主性，但是這樣以「世紀」紀年為基礎的時間概念能否清晰呈現這一文學自主的含義呢？人們依然不無疑問。正是在這樣一種背景上，關於中國現代文學「敘史」的「民國」定位被提了出來，形成了越來越多的「民國文學史」命名的呼籲。

　　「民國文學」的設想最早是從事現代史料工作的陳福康教授在 1997 年提出來的[1]，但是似乎沒有引起太多的注意；2003 年，張福貴先生再次提出以「民國文學」取代「現代文學」的設想，希望文學史敘述能夠「從意義概念返回到時間概念」[2]，不過響應者依然寥寥。沉寂數年之後，在新世紀第一個十年即將結束的時候，終於有更多的學者注意到了這個問題，特別是最近兩三年，主動進入這一領域的學者大量增加。國內期刊包括《中國社會科學》、《文學評論》、《中國現代文學研究叢刊》、《文藝爭鳴》、《海南師範大學學報》、《鄭州大學學報》、《現代中國文化與文學》都先後發表了大量論文，《文藝爭鳴》與《海南師範大學學報》等還定期推出了專欄討論。張中良先生進一步提出了中國現代文學研究的「民國史視角」問題，我本人也在宣導「文學的民國機制」研究。在我看來，「民國文學」研究的興起十分正常，它們都顯示了中國現代文學研究在經歷了半個多世紀的探索之後一次重要的學術自覺和學術深化，並且與在此之前的幾次發展不

1　陳福康：《應該「退休」的學科名稱》，原載 1997 年 11 月 20 日《文學報》，後收入《民國文壇探隱》，上海書店出版社 1999 年。
2　張福貴：《從意義概念返回到時間概念 —— 關於中國現代文學的命名問題》，香港《文學世紀》2003 年 4 期。

同，這一次的理論開拓和質疑並不是外來學術思潮衝擊和感應的結果，從總體上看屬於中國學術在自我反思中的一種成熟。

當前學界的民國文學論述正沿著三個方向展開：一是試圖重新確立學科的名稱，進而完成一部全新的現代文學史；二是為舊體文學、通俗文學等「新文學」之外的文學現象回歸統一的文學史框架尋找新的命名；三是努力返回到歷史的現場，對民國社會歷史中影響文學的因素展開詳盡的梳理和分析，結合民國文學歷史的一些基本環節對當時的文學現象進行新的闡述和研究。在我看來，前兩個方向的問題還需要一定時間的學術積累，並非當即可以完成的工作，否則，倉促上陣的文學史寫作，很可能就是各種舊說的彙集或者簡單拼貼，而第三個方面的工作恰恰是文學史認識的最堅實的基礎，需要我們付出扎實的努力。

從民國歷史文化的角度研究中國現代文學，可以為我們拓展一系列新的學術空間。

例如民國經濟形態所造就的文學機制，民國法制形態影響下的文學發展，民國教育制度的存在為文學新生力量的成長創造怎樣的文化條件、為廣大知識分子的生存提供怎樣的物質與精神的基礎等等。還有，仔細梳理中國現代作家的「民國體驗」，就能夠更加有效地進入他們固有的精神世界與情感世界，為我們的中國現代文學提出更實事求是的解釋。

當然，討論中國現代文學的「民國」意義，挖掘其中的創造「機制」絕不是為了美化那一段歷史。在現代中國文化建設的漫長里程中，在我們的現代文化建設目標遠遠沒有完成的時候，沒有任何一段歷史值得我們如此「理想化處理」，嚴肅的學術研究絕不能混同於大眾流行的「民國熱」。今天我們對歷史的梳理和總結是為了呈現 20 世紀上半葉中國文學發展的一些可資借鑒的

機制，以為未來中國文學的生長探尋可能 —— 在過去相當長的歷史中，我們習慣於在外國文學發展中國大陸的現代文學這一學科走向成熟是在「文革」結束後，經過所謂「十年浩劫」，「撥式展開自己。殊不知，其中的文化與民族的間隔也可能造成我們難以逾越的障礙。如今，重新返回我們自己的歷史，在現代中國人自己有過的歷史經驗和智慧成果中反思和批判，也許就不失為一條新路。

　　呈現在讀者諸君面前的這一套「民國文學與文化系列論叢」，試圖從不同的方向挖掘「以歷史透視文學」的可能。這裡既有新的方法論的宣導 —— 諸如「民國」作為「方法」或者作為「空間」的含義，也有不同歷史階段的文學新論，有「民國」下能夠容納的特殊的文學現象梳理 —— 如民國時期的佛教文學，也有民國文學品種的嶄新闡述。它們都能夠帶給我們對於歷史和文學的一系列新的感受，雖然尚不能說架構起了民國歷史文化現象的完整的知識結構，卻可以說是開闢了文學研究的新的可能。但願我們業已成熟的中國現代文學研究，能夠因此而思想激蕩、生機勃發。

2014 年 6 月，北京

引　言

　　抗戰文學是中國現代文學發展史上的一個特殊階段。五四以來的中國現代文學流行的思想啟蒙主題及革命文學主題被抗戰這一新的時代主題所取代，文學也基本上成為了宣傳抗戰的工具。在已有的關於抗戰文學或歷史的敘述和研究當中，國家宏大敘事佔據著主流地位，它們多著眼於建構全民服務於抗戰的崇高精神，宣揚一種沒有瑕疵的主流抗戰觀。宏大敘事作為一種方法和行文組織從整體上觀照了戰時整個國家高昂的情緒和精神，具有積極意義，但這也限定了主流抗戰文學闡釋的單一性。民族國家宏大話語下的個人日常往往處於被有意忽略或遮蔽的狀態，而這被忽略或遮蔽的知識分子個人日常與其思想行為、文化觀念、文學創作等都有著更為密切的聯繫。歷史本是由個案所組成，在「國難」面前，很多人的選擇最終構成了一個民族的選擇；眾多單獨的個體才是形成國家氣氛和價值的因素。個案裡的各種複雜的思潮、觀念、心態、情緒等交織在一起，更能體悟到抗戰歷史和文學的複雜和豐富。因此，個案研究是一不可忽視的視角。而日記、傳記、回憶錄等為我們從個案角度研究抗戰提供了很好的文本依據。

　　日記是一種特殊的文化現象，表述的是作者自身的經歷、情感、日常生活等，帶有私密性和自傳性的色彩。正因為日記是作者寫給自己看的，其思想不受限制，所以很多語言坦誠直接，避

免了公開話語的言語禁忌，帶有很鮮明的個人色彩。陳子善《略談日記和日記研究》中明確談到了現代作家日記的意義，「日記原本是完全私密的，不加掩飾的，也不打算公開的，因而有可能更為具體地記錄當時的歷史語境和文化氛圍，更為真實地袒露個人的思想和情感，以及揭示兩者之間複雜的互動，許許多多不為後人所知的作者的交遊、活動、觀點和著述，大大小小鮮活生動的歷史細節和世事線索，通過日記才有可能得以——呈現」[1]。

　　但是，在中國現當代文學的研究裡，日記研究似乎存在著巨大的爭議。在西方「純文學」概念的影響下，日記被部分研究者本能地排除在外。關於「日記是不是文學」、「日記的文學性」等問題的爭論，還有很多。「日記」包含兩類，一是私人性的日常記錄，一是「日記」體的文學作品。當然，後者毫無疑問是文學，如《狂人日記》、《莎菲女士的日記》等。那麼，私人化的日記呢？李怡等學者所力行宣導的「大文學」[2]觀念給了我們很好的啟發。

　　在李怡看來，「大文學」觀念是與中國文化傳統中的「雜文學」概念一脈相承的。他指出，現代中國作家在表達自己對文學概念的理解時，「自覺不自覺地都願意借用近代以後西方發展起來的『純文學』概念，但在更為久遠的文化傳統中——無論中外——又都還在無意識中為『雜文學』的趣味留有餘地」[3]。正是在這樣一種中國傳統「文學觀念」所預留的繁雜性和靈活性之間，

---

1 陳子善：《略談日記和日記研究》，《文匯讀書週報》，2011 年 5 月 27 日。
2 如：李怡《大文學視野下的<吳宓日記>》、《<從軍日記>與民國「大文學」寫作》、《大文學視野下的魯迅雜文》、《回到「大文學」本身》、《大文學視野下的近現代中國文學》等論文。
3 李怡：《大文學視野下的<吳宓日記>》，《文學評論》，2015 年第 3 期，第 92-101 頁。

日記等被排除在「純文學」觀念之外的文學樣式就有了闡釋的可能，也有了別的文學樣式所不具備的獨特性。此外，李怡認為，作為「雜文學」的日記，本身具有兩方面的內涵：「一是屬於歷史。……私人日記具有了私家史著的可能性；一是屬於個人的感受、情懷與理想。……日記不僅讓歷史本身的信息得以保留，同樣也自然地流淌著作家『私人』的心境、理想與情懷，洋溢著一種與情感、思想、想像有關的『文學性』」。[4]這樣的論述既看到了日記的歷史價值，也感觸到了日記所蘊含的文學因素，是對現代作家日記的文學性和歷史性的兼顧。

以李怡提出的大文學視野來觀照知識分子的日記，我們將會發現日記所呈現出的別樣風采。知識分子的日記，體現的不是某某家的意義，而是其作為一個「人」的真實的一生。日記不僅記錄了個人的日常生活，還常常還原了歷史流變和文學演進的真相，是研究某個歷史時期的社會狀況或者作者的私人生活、文學活動、思想活動等的重要參考文本。那些看似日常瑣事等的記錄，有可能是作家精神風貌的最好展示；那些細微末節中，潛藏著作家的生活實態和個人情感；那些日常交往活動，再現了知識分子的文化交往網路，是作家們文化觀念嬗變的可能因素。社會變革給人們的影響從來都不是單一的，日記恰恰給讀者再現了時代變革的印跡。他們的心態變遷、精神狀況、思想狀態、創作生態以及自我靈魂的搏鬥，在日記裡展現得淋漓盡致。而這既是日記所獨特具有的史料價值，也是其文體本身所具有的文學價值。

日記文體本身就兼顧了歷史性和文學性。它是中國知識分子思想、個性、情感、情懷的真實表達，構成了關於時代氛圍與個

---

4 李怡：《大文學視野下的〈吳宓日記〉》，《文學評論》，2015 年第 3 期，第 92-101 頁。

人精神生活的豐富景觀，極具闡釋價值。研究百年的知識分子日記，能夠還原社會歷史背景下整個時代的社會狀況、文學歷史的演變軌跡以及知識分子個人的日常生活和內心世界。這些細節使得歷史不再是直線式的，而具有了真正飽滿的血肉感和厚重感。這也許是知識分子日記值得認真研究、解讀的原因之一。

　　以大文學視野來觀照抗戰時期知識分子的日記則更能體現出異於主流歷史但更為真實的個人命運。戰爭與炮火、警報與轟炸，帶給知識分子們更多的是作為一個「普通人」的含義；而知識分子的身份又讓其個人的遭遇顯示出每個個體在戰火中的共同際遇的意義。抗戰時期知識分子的日記存在的意義和影響也許就在於此，它以個體的記敘來表現在抗戰大時代下寫作者自身的日常生活、思想精神、文學創作的變遷，並以此折射出戰時的社會、文學、歷史等的演進軌跡，顯現了知識分子們的生存關懷、文化關懷等內容。這種帶有個人命運流轉的獨特敘述打破了抗戰歷史或文學主流闡釋的單一性，使抗戰歷史或文學中被有意忽略或遮蔽的多面性、豐富性和複雜性得以展現，還原了一個真實的抗戰時代。從這個層面看，抗戰時期知識分子的日記無疑為我們提供了一個了解抗戰歷史和文學多面性的入口。

　　知識分子中有關記述抗戰的日記眾多，如《胡適日記全編》、《郭沫若日記》、《梁漱溟全集書信日記卷》等。但是本書擬以吳宓、葉聖陶、蕭軍三人的日記為主，探討抗戰時期昆明、重慶、延安三地知識分子們的文學和人生。

　　抗戰時期的吳宓日記無疑是私人話語與時代風雲交織融合的典型的「大文學」文本。以大文學的視野來觀照抗戰時期的吳宓日記，我們會發現「作為現代知識分子的歷史記載，其文獻價值彌足珍貴，中國現代文學研究可以從中獲取豐富的史料，包括

查詢歷史人物的活動、印證歷史事件等等」[5]。戰時的吳宓日記既表達了吳宓作為一個普通人在抗日戰爭救亡中的日常生活、思想情感、人生命運、文學創作等的流轉變遷，是戰時學院派知識分子文學與人生命運的一個完整個案；也呈現了抗戰時期文人們真實的生活鏡像，蘊含了戰時文學、歷史、社會的發展演進的重要信息，代表了學院派知識分子的一種文化選擇和價值走向。其日記中的個人抉擇反映了戰爭背景下人們的艱難選擇；瑣碎的生活記錄寄寓了社會歷史流變的重要信息；生存困境展現了戰時人們求生的掙扎和辛酸；詩歌記錄反映了作者精神的變遷；交遊會客呈現了戰時文人們的情感交往；教學和學術行為暗含了學院派知識分子為抗戰所作出的個人努力……從某種程度上說，作為大文學意義上的抗戰時期的吳宓日記，表現了吳宓及那一代學人的人生、思想、精神等的變遷。

　　抗戰時期的葉聖陶日記，幾乎未曾間斷。其日記雖言語不多，但面面俱到，小到日常生活中的理髮、飲食、會友等瑣事，大到前線戰事情況、國際關係等。如此完整、簡練而細緻的書寫，真實地展現了葉聖陶在戰時日常生活與心理狀況，是戰時大後方知識分子日常生活與文學書寫的典型。其日記中顛沛流離的漂泊生活，是大後方知識分子動蕩生活的縮影；困厄的日常生活是戰時環境下人努力「活」的真實寫照；心態、觀念的變遷，則表露于戰時文學創作與積極介入政治活動兩方面，既反映了葉聖陶思想的變遷，又是一代知識分子心繫國事的顯現。基於此，以「大文學」視野來觀照葉聖陶日記，思考在抗戰大時代下，大後方知識分子的日常生活和文學創作及書寫。這也許是以葉聖陶日記作

---

5 李怡：《大文學視野下的<吳宓日記>》，《文學評論》，2015 年第 3 期，第 92-10 頁。

為研究對象切入抗戰文學研究的原因及意義。

　　之所以選擇蕭軍就在於蕭軍本身及其日記的獨特性。延安時期的蕭軍每天都堅持寫日記。其延安時期的日記幾乎占了他全部日記的二分之一，其內容十分豐富，不僅關乎家庭生活、個人工作、與人交往等日常生活軌跡，還包含其當下心理的真實感受，關於讀書感想、關於創作、關於文學活動和文藝建設，關於政治……。其日記篇幅普遍較長，言辭懇切直率，情緒激動語言難以表達時則使用多個感嘆號表現。不加掩飾，直接坦率的寫作風格與他敢做敢當愛恨分明的硬漢性格有關，讀者閱讀完畢很容易便能明瞭作者情感走向。日記突破了他傳、回憶錄、評傳、自傳歷史久遠篇幅有限的局限性，為研究者還原了一個在當時歷史環境下的蕭軍。蕭軍日記從不同方面不同程度上反映了當時的社會環境，個人的生存狀況、與人交往、文學活動、精神追求等通過日記也得以清晰呈現。對於蕭軍延安時期日記的考察也是對延安文學研究的補充和豐富。

　　綜上所述，日記文本既提供給我們一個回到歷史現場的最好方式和途徑，促使我們去反思戰爭的殘酷與可怕，去品讀中華民族的堅韌與不屈；這些日記也是大文學意義上的文學作品，書寫了抗戰大時代下個人的基本生存與苦難遭遇，傳達了知識分子烽火漂泊路上複雜的精神歷程。本書以抗戰時期的吳宓、葉聖陶、蕭軍的日記為主要研究內容，探尋個人的日常生活和文學書寫，從個人的角度重述個人的抗戰記憶，也重述著民族國家的抗戰記憶。

上編：戰時學院派知識分子的
文學與人生

——以《吳宓日記》為考察對象

在 20 世紀的中國知識分子中，一生堅持寫日記並留下了較為完整記錄的人屈指可數，其中，吳宓日記無疑是具有很高的史料價值。二十本《吳宓日記》及續編不僅真實地記錄了其日常生活、個人見聞、思想情感、交友工作等細節，還關涉了大量文學創作、歷史社會變遷以及人生命運流轉的信息。這些細節使得歷史充滿血肉感和真實感，是民國時期及共和國時期歷史流變的最小也是最好的注腳。

抗戰時期的吳宓日記更是私人話語與時代風雲交織融合的典型的「大文學」文本。它既真實記錄了吳宓作為一個普通人在抗日救亡中的心路歷程，浸潤著吳宓人生的悲憫感和蒼涼感，飽含著他憂國憂民的道德情懷；也呈現了抗戰時期文人們真實的生活鏡像，體現了大動蕩時代背景下「亂世兒女」們特有的無奈和辛酸。其日記中的個人抉擇反映了戰爭背景下人們的艱難選擇；瑣碎的生活記錄寄寓了社會歷史流變的重要信息；生存困境展現了戰時人們求生的掙扎和辛酸；詩歌記錄反映了作者精神的變遷；交遊會客呈現了戰時文人們的情感交往；教學和學術行為暗

含了學院派知識分子為抗戰所作出的個人努力……從某種程度上說，作為大文學意義上的抗戰時期的吳宓日記，表現了吳宓及那一代知識分子的人生、思想、精神的變遷。

本編正是在「大文學」視野下來觀照抗日戰爭時期的吳宓日記，以吳宓的日記等資料作為切入點，關注亂世中的學院派知識分子的生存境遇，考察戰爭等給他們帶來的心態變化、情感變化、精神變遷，以及這些變化給他們的世界觀、人生觀、文學觀造成的影響，從而揭示抗戰時期個人生存與民族國家之命題。

緒　論

抗日戰爭時期，吳宓的足跡主要在長沙、昆明、成都三地。他在昆明待的時間最長，自 1938 年 3 月 7 日至 1944 年 9 月 23 日。而後，吳宓去成都訪學、講座，直至抗戰勝利。在整個抗日時期內，吳宓主要依託於西南聯大而存在，其生存生活、文學創作、精神心態等的變遷基本都立於西南聯大的空間之內。由此，本文主要從三個方面梳理研究現狀，即西南聯大的研究、抗戰時期吳宓的研究、戰時文人生存狀況的研究等。

一、關於西南聯大的研究

西南聯大被譽為中國乃至世界教育史上的奇蹟，但在上個世紀 80 年代之前，西南聯大還是學術界被遮蔽的對象。20 世紀 80

年代，趁著改革開放的春風，國家的政治氛圍相對寬鬆，西南聯大才漸漸走入學者的研究視野，並持續發展為「西南聯大研究熱」。至今，有關西南聯大的研究論著，可以分為以下幾個方面：

（一）西南聯大整體研究。這些研究既是西南聯大研究的重要成果，也為後繼者的研究提供了史料線索和思想線索。如：西南聯大校友會編《國立西南聯合大學校史資料》、《笳吹弦誦在春城：回憶西南聯大》，新星出版社的《聯大八年》，臺灣南京出版有限公司的《學府紀聞：國立西南聯合大學》等著作。值得注意的是美國學者易社強編著的《戰爭與革命中的西南聯大》，該書以豐富的史料探討了西南聯大的歷史、傳統和淵源，勾勒了其與雲南社會、政府的關係，生動地再現了聯大在昆明的狀況。

（二）關於西南聯大辦學治校的研究。楊立德《西南聯大教育史》，從多個角度介紹了西南聯大的教育狀況和成就。此外還有一些論文，如李元勝《西南聯大「教授治校」的產權理念與辦學成效研究》[1]，姜波《西南聯大辦學條件與師生的生計狀況研究》[2]，蔡惠芝《西南聯大的民主管理初探》[3]等。

（三）關於西南聯大的文學及文學現象的研究。如，姚丹《西南聯大歷史情境中的文學活動》，張曼菱《照片裡講述的西南聯大的故事》，楊紹軍《西南聯大時期的文學創作及其影響》、李光榮《季節燃起的花朵——西南聯大文學社團研究》等著作；彭

---

1 李元勝：《西南聯大「教授治校」的產權理念與辦學成效研究》，雲南大學碩士論文，2010 年。
2 姜波：《西南聯大辦學條件與師生的生計狀況研究》，雲南師範大學碩士論文，2015 年。
3 蔡惠芝：《西南聯大的民主管理初探》，《雲南師範大學學報》，1999 年第 3 期，第 78-81 頁。

文傲《西南聯大的學術交流研究》[4]，吳小征《西南聯大學術與教學互動初探》[5]，封海清《西南聯大的文化選擇與文化精神》[6]等碩博論文。這些著作主要分析了西南聯大的文學藝術以及文學活動，豐富了西南聯大的內涵。

（四）關於西南聯大時期的人物個案或群體的研究。

這類研究主要選取西南聯大時期的人物為對象，以一個人或一群人反映一個時代。如，謝泳《西南聯大與中國現代知識分子》，側重對西南聯大教授群體的研究，並在此基礎上提出了「西南聯大知識分子群」的概念。趙新林、張國龍《西南聯大：戰火的洗禮》，把西南聯大作為一個知識分子群體聚居的部落，力圖去透視這一部落的文化氣質和精神面貌。李洪濤《精神的雕像——西南聯大紀實》，講述了民族危機下中國學子們的故事。

學位論文方面：儲德天的碩士論文《西南聯大知識分子共同體研究》[7]從整體上把握社團、報刊等公共空間對聯大知識分子的影響。臧明華的碩士論文《西南聯大知識分子心態研究》[8]，探究抗戰中西南聯大知識分子群體的心態變化。

通過爬梳學界對戰時西南聯大知識分子的研究，筆者發現其研究涉及面很廣，但大多是從後來所預設的概念和意義出發，在整個西南聯大的價值意義基礎之上，宏觀觀照聯大對個人的影響，缺乏對其作為「普通人」層面的剖析。這就為筆者選取吳宓作為個案來研究其在抗日戰爭的「普通人」遭遇而預留了空間。

---

4 彭文傲：《西南聯大的學術交流研究》，雲南師範大學碩士論文，2015 年。
5 吳小征：《西南聯大學術與教學互動初探》，雲南大學碩士論文，2010 年。
6 封海清：《西南聯大的文學選擇與文化精神》，華中科技大學博士論文，2005 年。
7 儲德天：《西南聯大知識分子共同體研究》，華東師範大學碩士論文，2005 年。
8 臧明華：《西南聯大知識分子心態研究》，華東師範大學碩士論文，2004 年。

二、關於吳宓日記的研究

對吳宓及《吳宓日記》的研究主要集中在以下幾個方面：

（一）關於吳宓生平的研究。

關於吳宓生平的研究，專著和碩博論文很多，此處不一一贅述，只列舉少量專著作為例證。[9]例如：吳學昭《吳宓和陳寅恪》，以詳實的資料記述了二人長達五十年的情誼交流以及二人的學術觀點和社會活動。黃世坦《回憶吳宓先生》縱觀吳宓豐富而又坎坷的一生，認為其是近現代中國知識分子形象和命運的象徵與縮影。王本朝主編的《共和國時代的吳宓》選取新中國成立後吳宓在歷史風雲際會中的個人遭際作為研究對象，考察吳宓的生存狀態、精神心理以及思想觀念的變化。此外，還有張紫葛《心香淚酒祭吳宓》，李繼凱、劉瑞春《追憶吳宓》，何世進、于奇志《吳宓的情感世界》、傅宏星《吳宓評傳》等。

（二）關於吳宓的學術、思想文化的研究。

學界對吳宓學術和思想文化研究，成果十分豐富，有大量專著和論文。[10]如：李繼凱、劉瑞春《解析吳宓》，比較系統地收

9　論文如：王泉根《談吳宓先生與錢鍾書》、葛兆光《吾儕所學關天意——讀<吳宓與陳寅恪>》、吳須曼《先兄吳宓之死的真相——駁<吳宓暮年點滴>》、繆鉞《回憶吳宓先生》、楊絳《吳宓先生與錢鍾書》、趙瑞蕻《我是吳宓教授，給我開燈：紀念吳宓先生辭世二十周年》、林慶軍《論吳宓的「留學與人生」》等。

10　論文如：張華《吳宓與五四新文化運動》，趙連元《吳宓——中國比較文學之父》，周國平《理想主義的絕唱——讀吳宓文學與人生》，王本朝《吳宓與現代知識分子的生存空間》、《宗教作為一種可能的現代價值資源——談吳宓的宗教觀》，李偉民《論吳宓的中國傳統文化觀》，袁久紅、李冬梅《略論吳宓對中國傳統人文精神的闡揚》，朱壽桐《論新人文主義思潮的文學品性》、孫媛《現代性視域中的吳宓詩學思想研究》、張穎《論吳宓的文藝觀》、李雪榮《吳宓與新文學》、徐傳義《吳宓詩學思想研究》等。

集了研究吳宓的論述性文章。蔣書麗《堅守與開拓：吳宓的文化理想與實踐》，全面分析了吳宓的文化理念以及文化實踐，是研究吳宓的重要著作。此外還包括：劉夢溪《中國現代學術經典：魯迅、吳宓、吳梅、陳師曾卷》、徐葆耕《會通派如是說——吳宓集》、王泉根《多維視野中的吳宓》等著作，以及歷屆吳宓學術討論會的文集。

（三）關於吳宓與《學衡》、《大公報·文藝副刊》的研究。

興辦雜誌是吳宓傾注心血最多的事業，然而《學衡》、《大公報·文藝副刊》的結局卻都十分淒涼。不少學者研究吳宓與《學衡》，吳宓與《大公報·文藝副刊》[11]，代表性成果有：沈衛威《吳宓與學衡》等著作。

（四）吳宓與教育。吳宓創建了清華國學院，也創立了中國比較文學學科。不少學者以此將吳宓作為教育家進行研究。這一部分的研究成果多以論文的形式呈現。[12]

通過整理吳宓和吳宓日記的研究現狀，筆者發現著作和論文多集中于吳宓思想等方面的研究，關於吳宓與抗戰的研究並不充分。筆者以「吳宓日記與抗戰文學」、「抗戰時期的吳宓」和「吳宓與抗戰」為主題、關鍵字進行搜索，發現這一議題的關注和研

---

11 論文如：沈衛威《<大公報·文藝副刊>與新文學姻緣》、蘇光文《試談主編<學衡>雜誌時期的吳宓》、王泉根《吳宓主編<學衡>雜誌的初步考察》、孫媛《吳宓與<學衡>：整合的文化現代性思路》、朱守芬《吳宓與<學衡>雜誌》、呂明濤《吳宓的報刊編輯生涯》、劉淑玲《吳宓與<大公報·文學副刊>》、李晶《吳宓的文化觀與創辦<學衡>雜誌》等。

12 如：陳平原《從清華研究院看人文精神》、孫敦恒《淺談清華國學研究院的教學》《清華國學研究院的師生情誼》、劉明華《吳宓教育年譜》、張致強《吳宓暮年點滴事——吳宓教授逝世二十周年祭》等。學位論文：李闐燕《吳宓國學教育思想及其當代價值》、王妮《吳宓與中國比較文學》、李娟紅《吳宓與清華國學研究院》、韓亞麗《吳宓教育思想研究》、王順曉《吳宓在清華大學的教育實踐研究》等。

究還很少。僅有少數論文直接寫抗戰時期的吳宓，如翁有為《弘道：抗戰時期的錢穆與吳宓》、余斌《吳宓先生的昆明歲月——經濟來源、日常生活和課堂形象》等。其他著作或論文一般將其納為整個民國時期的吳宓研究或者抗戰時期整個西南聯大的研究，鮮有專著或碩博論文直接研究抗戰時期的吳宓。這就為筆者的論述提供了闡釋的空間。

三、關於戰時日常生活的研究

關於抗戰時期的生存生活，學界的研究主要集中在大轟炸、跑警報等對人的日常生活的影響等。例如：霍本田《逃亡流浪，流浪逃亡：抗日戰爭大後方生活紀實》、蘇智良等編《去大後方：中國抗戰內遷實錄》等。[13]當然，研究戰時知識分子生存狀況的也不少，但多是從生存的艱難困境中來建構知識分子們服務於抗戰的崇高精神，宣揚的是「一切為了抗戰」的主流抗戰觀。從日常生活角度出發進行研究的學術作品並不多見。專著如：

聞黎明《抗日戰爭與中國知識分子——西南聯合大學的抗戰軌跡》從「動蕩年代」、「慷慨遷徙」、「直面轟炸」、「反對妥協」等方面，探討聯大師生在戰火中的艱難生活；陳存仁《抗戰時代生活史》反映戰時上海的社會整體生活狀況；陳明遠《文化人的經濟生活》有專章論述抗日戰爭時期社會經濟概況與文人們的艱難；馬嘶《百年冷暖——20世紀中國知識分子生存狀況》，

---

13 論文如：劉曉虹《非常時期的「平常」取向——張愛玲、蘇青的生存觀與文學觀》等學位論文；徐楊《論抗戰時期西南城市民眾生活習俗的變遷》、伍立楊《文化與自由的火種——抗戰時期文化人生活史》、尤冬克《「生存意識」與抗戰文學——談抗戰時期的小說創作》等期刊論文。

專章論述了知識分子在抗戰時期的生存生活變遷；劉宜慶《絕代風流：西南聯大生活錄》介紹了聯大知識分子生活與工作的方方面面。

關於抗戰時期知識分子日常生活的研究還可以按照地域來分類。其中，研究大後方、延安兩地的知識分子生活的最多。此處只敘述對大後方知識分子的研究：徐珊《戰時大後方知識分子的日常生活》，研究了大後方知識分子尤其是教授群體的日常生活。該論文雖然關注了知識分子書信、日記等比較私人化的資料，但屬於歷史研究，文學性關注不足。倪蛟《抗戰時期大後方大學生的日常生活——以重慶時期國立中央大學為例》，指出由學生群體構成的校園生活在抗戰時期越來越受到政黨的影響，出現泛政治化的特點。[14]

通過梳理學界對戰時日常生活的研究，筆者發現此類研究大多是以史料、作家作品等資料為基礎來研究知識分子群體的日常生活，缺乏對學院派知識分子個案的生存生活的探討。這就為筆者研究以吳宓為代表的學院派知識分子的日常生活提供了可能。

綜上所述，是筆者從「抗戰時期的吳宓日記」的角度切入抗戰文學和歷史的研究的緣由和意義。以抗戰時期的吳宓日記為窗口，透視以吳宓為代表的學院派知識分子的戰時生存境遇，考察他們的心態變化、情感變化、精神變遷、以及這些變化給他們的世界觀、人生觀、文學觀所造成的影響，從而揭示抗戰時期個人生存與民族國家之命題。這無疑有助於擴展抗戰文學的研究視野，豐富抗戰文學的內涵。

---

14 其他論文如：明飛龍《西南聯大師生日常生活的詩意呈現——西南聯大文化沙龍考察》，潘建華《苦撐待變——抗戰時期公務人員生活狀態探微》，嚴海建《抗戰後期的通貨膨脹與大後方知識分子的轉變—以大後方的教授學者群體為論述中心》等。

第一章　糾結彷徨：大時代下文人的 「走」與「留」

　　說起西南聯合大學，大眾的普遍印象都是「昆明」時期。與此相比，西南聯合大學的前身——長沙臨時大學，則始終處於一個被忽略的位置。盧溝橋事變後，北平、天津相繼淪陷。北京大學、清華大學、南開大學慘遭日本蹂躪，陷入了前所未有的巨大劫難。1937 年 8 月，教育部發出密諭，「指定張委員伯苓、梅委員貽琦、蔣委員夢麟為長沙臨時大學籌備委員會委員。楊委員振聲為長沙臨時大學籌備委員會秘書主任」[1]。這就是西南聯合大學的肇始，也是中國歷史上空前的知識分子大遷徙的開端。

　　身在學院中的知識分子如何應對這一場災難？七七事變、國土淪喪給學院派知識分子帶來了巨大的心理壓力。三校遷址的通知，雖然給他們提供了出路，但他們的內心卻微妙複雜、並不太平。從盧溝橋事變爆發到絕大部分教授離平南下，這大概是四個月的時間。這幾個月間，他們彷徨糾結，或堅決南下、或猶豫遲疑、或留守平津。「走」還是「留」成了他們每個人都在思考的命題。「南下」並不是說走就走，「留守」也並非輕而易舉。戰爭迫使學院派知識分子離開象牙塔，開始了一場悲壯的毫無準備

1　西南聯大北京校友會編：《國立西南聯合大學校史》，北京大學出版社，1996年，第 18 頁。

的慌亂大逃亡[2]，而《吳宓日記》無疑為我們展示了學院派知識分子戰時的複雜精神歷程。

抗戰時期的《吳宓日記》是私人話語與時代風雲交織融合的典型「大文學」的文本。以大文學的視野來觀照吳宓的日記，我們會發現「作為現代知識分子的歷史記載，其文獻價值彌足珍貴，中國現代文學研究可以從中獲取豐富的史料，包括查詢歷史人物的活動、印證歷史事件等等」[3]。抗戰時期的吳宓日記既表達了吳宓作為一個普通人在抗日戰爭救亡中的心路歷程，是知識分子命運的一個完整個案，也呈現了抗戰時期文人們真實的生活鏡像，代表了學院派知識分子的一種文化選擇和價值走向。研究戰時的吳宓個案，可以更深入地體會文人們各種心態交織在一起的複雜，從而更好理解那一代學人的選擇。

第一節 「七七事變」後文人的心路歷程

盧溝橋事變爆發時，正逢學生暑假，大部分學生或正軍訓、或已離校。對於學生而言，三校遷至長沙的意義相對較簡單。1937年 10 月 7 日，《大公報》在廣告欄中首次刊登《長沙臨時大學通告》，雲：「本大學現由北京大學、清華大學、南開大學在長沙正式成立。茲將三校學生入校辦法規定如下，報到：10 月 18日起至 10 月 24 日止。開學：10 月 25 日。報到地點：長沙韭菜

---

2 趙新林、張國龍：《西南聯大：戰火的洗禮》，上海教育出版社，2000 年，第12 頁。
3 李怡：《大文學視野下的<吳宓日記>》，《文學評論》，2015 年第 3 期，第92-101 頁。

園一號聖經學校各大學辦事處。……」[4]由此，學生只需按時到長沙臨時大學報到即可，並沒有太多的心理情緒。然而對於三校的教師來說，他們是在內心經歷了激烈的自我搏鬥後才最終艱難地做出了選擇。

對於 1937 年 7 月 7-8 日夜裡的槍聲，北平人民並沒覺得有什麼特別之處。學院裡的知識分子對盧溝橋事變的反應也並沒有如現今歷史書上描述的那樣濃烈。大多數人都以為那只是一場軍事演習，心裡並沒有什麼驚慌失措。

吳大猷回憶說，「7 月 8 日清晨，聽到稀稀疏疏的機關槍聲，便以為是普通的打靶演習，當時並不在意。幾天前和饒毓泰老師、鄭華熾教授等約好那天同去西山。……下午在歸途中，幾次遇見一隊隊的軍隊，到達西直門時，只見城門半掩，仍亦不覺得有什麼大異。直到後來才知發生了盧溝橋事變。」[5]幾天之後，吳大猷的朋友試圖去天津，才發現戰爭愈演愈烈而火車早已停運。

據羅常培回憶，7 月 10 日，北大清華的聯合招生考試委員會還油印了一萬兩千份試卷，以便考察秋天有志報考兩所大學的學子們。[6]

這種不在意的淡定情緒是戰爭初起之時北平知識分子們的普遍的真實的反映。已經習慣了偶爾的炮火聲的北平人民並未覺察出這一夜的槍聲有何特別之處。然而，連續多天的間斷的炮火漸漸慌了人心。隨著戰事的緊張，內心本無起伏的文人們開始感受到戰爭的煎熬，他們的聊天話題也漸漸變為時局和戰事。此

4　《長沙臨時大學通告》，《大公報·漢口版》第 1 張第 1 版，1937 年 10 月 7 日。

5　西南聯合大學北京校友會編：《笳吹弦誦情彌切——國立西南聯合大學五十周年紀念文集》，中國文史出版社，1988 年，第 207 頁。

6　易社強著，饒佳榮譯：《戰爭與革命中的西南聯大》，九州出版社，2012 年，第 8 頁。

時，學院派知識分子們的內心漸漸變得緊張、恐懼，呈現出起伏不定的狀態。這一點在北平最危急的 7 月 28、29 日裡表露無遺。

潘光旦日記記載：「二十六年七月八日蘆溝橋事變突發。自八日至二十七日，敵人軍運日繁，備戰日亟，而冀察當局，意向不一；和戰不定，對中央號令，亦始終在若迎若拒之間。大學教育界及文物機關同人不忍緘默，日必會食聚談，謀所以促當局猛省之道，寒螿之鳴，亦殊無裨實際。」[7]

在散文《北平淪陷的那一天》中，朱自清也回憶了戰爭吃緊時的所見所聞以及內心的惶惶不安。「28 日那一天，在床上便聽到隆隆的聲音。……起先說咱們搶回豐台，搶回天津老站了，後來說咱們搶回廊坊了，最後說咱們打進通州了。……這一下午，屋裡的電話鈴也直響。有的朋友報告消息，有的朋友打聽消息……我們的眼睛忙著看號外，耳朵忙著聽電話，可是忙得高興極了。……天黑了，白天裡稀疏的隆隆的聲音卻密起來了，這時候屋裡的電話鈴也響得密起來了。大家都在電話裡猜著，是敵人在進攻西苑了，是敵人在進攻南苑了。這是炮聲，一下一下響的是咱們的，兩下兩下響的是他們的。……我們焦急的等著電話裡的好消息，直到十二點才睡。」[8]

這種狀態其實是當時大多數學院派知識分子的真實寫照。九一八事變以來，知識分子們已經習慣了北平偶爾的炮火聲。這種心理定勢使得長期廁身書齋的知識分子們並沒有料到戰爭會真正到來。當戰爭愈演愈烈，他們便開始焦灼不安，擔心憂慮國家

---

7 潘光旦：《潘光旦選集・圖南日記・前記》（第 4 卷），光明日報出版社，1999年，第 514 頁。
8 朱自清著，朱喬森編：《朱自清全集》（第 4 卷），江蘇教育出版社，1990 年，第 402-403 頁。

戰事、學校安危和個人生存。戰局的好壞已然成為影響他們心境的決定因素。這一點則更加集中明顯地表現於吳宓抗戰時期的日記中。從吳宓這一個案，我們便更能窺見當時學院派知識分子內心的跌宕不安：

1937 年 7 月 8 日，吳宓記載了「盧溝橋事件」，但並沒有記錄任何的思想情緒。「昨夜，日軍占盧溝橋，攻宛平縣城，與中國軍衝突。是日上午，聞炮聲」[9]。

之後一個月，吳宓幾乎每一天都記錄了關於炮聲或戰爭情況的消息。

7 月 9 日：「上午仍聞炮聲。」[10]

7 月 10 日：「盧溝橋退兵，以石友三保安隊接防，而日兵則未盡撤……夕 8-9，偕陳寅恪散步，觀天上雲霞，至美」[11]。

7 月 12 日：「昨夜聞炮聲。宓個人無所憂懼。惟大則為國家憂憤。小則為 K 母女懸慮……宓亦並無避亂或善後之計，每經事變，乃深感且痛恨宓之無德無才，既未盡職國家，亦有負諸友好之人也！」[12]

7 月 14 日：「閱報，知戰局危迫，大禍降臨。今後或則（一）華北淪亡，身為奴隸。或則（二）戰爭破壞，玉石俱焚……故當今國家大變，我亦軟弱無力，不克振奮，不能為文天祥，顧亭林，且亦無力為吳梅村。蓋才性志氣已全漓滅矣！……思及此，但有

9　吳宓著，吳學昭整理：《吳宓日記》（第六冊），生活‧新知‧讀書三聯書店，1998 年，第 164 頁。

10　吳宓著，吳學昭整理：《吳宓日記》（第六冊），生活‧新知‧讀書三聯書店，1998 年，第 165 頁。

11　吳宓著，吳學昭整理：《吳宓日記》（第六冊），生活‧新知‧讀書三聯書店，1998 年，第 165 頁。

12　吳宓著，吳學昭整理：《吳宓日記》（第六冊），生活‧新知‧讀書三聯書店，1998 年，第 166 頁。

自殺。別無他途。」[13]

7月18日：「寢後，1:30驚醒，聞巨炮聲，繼以連響槍聲，似不遠。……宓頗警惕，乃著衣及皮鞋，仍靜臥。2:00後，寂無聲響。」[14]

7月19日：「是夜，宓寢不安。但未聞炮聲。」[15]

7月21日：「熊（大縝）電城中，並閱報，知宋完全退讓，片面撤兵，日內平郊當可無戰事。然和戰無定策，事事隨人轉，豈雲善計。」[16]

7月23日：「晨5-7獨出散步，聞雷聲隱隱，初疑為炮聲，繼乃黑雲遮西山，大雨驟至，始信其為雷。」[17]

7月27日：「自今日起，天熱驟減，而時局忽緊張。二十五時夜至二十六晨，日軍占廊房，與我軍接戰。……晚飯後7:00小雨，至葉企孫宅。知日軍昨晨占廊房，與我軍衝突。今日上午、下午，宋哲元開軍事會議，諸將意見不一，無結果，戰事必不免。……宓歸室中，虔心卜易經卦……是日偶聞炮聲，然似甚遠。宓乃整衣臥床，於8:00即寢，以靜待天命。」[18]

7月28日：「日軍飛機轟炸西苑（聞損失不重），窗壁為震。

13 吳宓著，吳學昭整理：《吳宓日記》（第六冊），生活·新知·讀書三聯書店，1998年，第168頁。
14 吳宓著，吳學昭整理：《吳宓日記》（第六冊），生活·新知·讀書三聯書店，1998年，第172頁。
15 吳宓著，吳學昭整理：《吳宓日記》（第六冊），生活·新知·讀書三聯書店，1998年，第173頁。
16 吳宓著，吳學昭整理：《吳宓日記》（第六冊），生活·新知·讀書三聯書店，1998年，第174頁。
17 吳宓著，吳學昭整理：《吳宓日記》（第六冊），生活·新知·讀書三聯書店，1998年，第176頁。
18 吳宓著，吳學昭整理：《吳宓日記》（第六冊），生活·新知·讀書三聯書店，1998年，第178-179頁。

宓但擁衾靜臥，坐待天命。我今不敢求死，亦不再怨生。但即畢命於今日，亦欣遵上帝之意旨。飛機擲彈雖非甚多，然延至 7:00 始止。宓乃起，又聞炮聲時作。」

「聞宋已決應戰，日軍將于正午進攻云。自 10:00 起，直至下午約近 2:00 止，我軍與日軍戰於沙河與清河之間。大炮與機關槍聲，巨聲密響，生平所未聞。……傳聞由昌平來之日軍，與二十九軍戰，我軍不支，幸得中央鐵甲車開到，而湯恩伯援軍亦自綏遠來，遂轉敗為勝云。……宓則和衣蒙被，仰臥宓室中床上，願畢命於此室。」

「1:30 以後，炮聲漸減。至 2:00 全停。熊大縝並電告，我軍大聲，自昨夜已奪回豐台、廊房、天津東車站、總車站，及通州。中央將要求日軍於 48 小時內退出華北云云。眾皆歡慶……聞我軍在圓明園佈防，日軍已北退。又謂中央飛機已到，且曾擊落日機二架云云。」

「自 6:00 起，炮聲復作，然較前為稀而遠，似在南苑一帶。……宓於 8:00 前，即仍和衣覆被而寢。寢前，仍卜《易》占明日吉凶……後半夜，不聞炮聲，眠極酣暢。」[19]

7 月 29 日：「8:00 企孫電告，因張自忠軍及石友三保安隊等倒戈，我軍打敗，宋等已於昨夜退走保定。城中已另有政治組織云云。一夕之間，全域盡翻，轉喜為悲。……晚，仍聞炮聲，然不多。寢頗安。」[20]

7 月 30 日：「夕閱報，知昨天津大戰，日機擲彈轟炸市府，

19 吳宓著，吳學昭整理：《吳宓日記》（第六冊），生活·新知·讀書三聯書店，1998 年，第 179-181 頁。
20 吳宓著，吳學昭整理：《吳宓日記》（第六冊），生活·新知·讀書三聯書店，1998 年，第 181-182 頁。

南開大學、中學，及女師、工業各學院。至今日，戰事猶未止。又悉日昨通州保安隊之反正，結果，全城俱毀，殺人甚多。……」[21]

從《吳宓日記》得知，七七事變前後，吳宓的心境有了很大的翻轉。7月8、9號，吳宓並沒察覺戰局形勢的惡劣也並不關心戰爭的走向，所以還有閒情逸致欣賞美景。7月12日起，吳宓開始擔心國家時局並憂慮自己的處境，並日日看報以從報紙的字裡行間搜羅戰爭的最新情況。7月28、29、30日，吳宓因戰事起伏更是悲喜交替。國家命懸一線的危機感與自身無處逃脫戰事的恐懼感交織在吳宓心中。他既為戰事和民族的前途悲憂，又擔心親朋好友的福禍安康。他常常於就寢前以卜卦來預測明日的吉凶禍福，也往往整夜和衣蒙被仰臥床中以靜待天明，甚至誤將雷聲當作炮聲。這種緊張猶如驚弓之鳥，是顫顫巍巍的，是恐懼害怕的。這一前一後的行為變化正體現了七七事變前後吳宓心理狀態的嬗變過程。

如吳宓一樣，知識分子們雖然在戰爭中有著不盡相同的遭遇，但他們大多都經歷了由最初的不在意到時時緊張、恐懼的心理變化。戰爭初起時的無定狀態沉重地壓在每個人的心頭。對於明天和未來，他們彷徨卻又無奈。「日本人下一步要幹什麼？日本明天會幹什麼？老是憂慮不安，老是那麼不安，使人非常惱火，非常不自在……」[22]，而這種緊張焦慮之感也在戰爭最終到來之時得到了暫時緩解。戰爭已經開始，北平、天津相繼淪陷，身處象牙塔的知識分子面臨著選擇，是繼續留守淪陷的故土，還

---

21 吳宓著，吳學昭整理：《吳宓日記》（第六冊），生活‧新知‧讀書三聯書店，1998年，第183頁。
22 金岳霖：《金岳霖集‧當代中國的教育》，中國社會科學出版社，2000年，第392頁。

是離開南下？這成為當時縈繞在每一個學院派知識分子內心的重大命題。「走」或「留」成了中國知識分子的分水嶺，他們的艱難抉擇背後蘊含著大動蕩時代下的「亂世兒女」們的無奈和辛酸。

第二節　留守還是南下？
——文人的兩難選擇

1937 年 8 月，教育部明確下令清華、北大、南開遷於長沙合組臨時大學。三校的師生都接到教育部讓他們到長沙集合的通知。學生們的步伐比較一致，從 8 月份開始就有學生搭乘飛機、火車、輪船等向南遷徙。然而，教授們卻呈現出不一樣的態度。「走」與「留」成為當時大學教授們苦苦思考的問題。從七七事變爆發到長沙臨時大學開課的四個月時間裡，學院派知識分子的內心可謂是跌宕起伏。有的非常果斷，有的遲疑猶豫，還有的留守北平。但在留守平津還是南下流徙之間，他們大都有過彷徨和掙扎。

一、留守平津

儘管大部分平津文人都在掙扎糾結之後還是選擇了南下，但依然有少數文人選擇留在平津。留在平津的文人們並不是都轉向了做漢奸，做漢奸的也並不是一開始就下了水。其實，留在平津的學院派知識分子除了內在的糾結和壓抑之外，還更多地承受了來自外界的壓力。他們選擇留下也有其原因和苦衷。

俞平伯沒有南下，一是因為他的父母親生病，二則是他對南

方的時局並不樂觀，認為「南去並不明智，南方局勢亦不平靜。……北平在不久的將來將是最安全處」[23]。在俞平伯看來，北方不安定，南方也依然有危險，更何況南方的局勢將極有可能更加惡化。1938 年 8 月 31 日，他收到了西南聯大的聘書，但以侍奉父母、自身體弱等藉口推辭。當然，俞平伯還是堅持著自己的道德底線。周作人下水後邀請他到偽燕京大學任教，他毅然地辭卻了邀請。然而，俞平伯在北平的日子十分艱難，衣食等日常生活成了難題，住所也長期被日本人佔領。這種局勢之下，俞平伯自覺孤寂。國破家散的悲憤與獨自一人的寂寞長期郁在心間，他只能寫詩自遣。

　　錢玄同沒有南下，也是因為他的病情。盧溝橋事變之後，錢玄同內心是很想到南方去的，但這時他已經連續鬧了幾次高血壓，身體的硬性條件已經不再允許他來回奔波。所以，留在北平是他唯一的選擇。留平期間，錢玄同閉門清修，專心養病，拒絕與日本人往來，保持了文人的清高。然而，這樣的錢玄同是悲憤壓抑的。在敵偽政府的嚴酷統治下，百病纏身的錢玄同什麼也做不了。

　　因做漢奸而備受詬病的周作人這時的心情也異常複雜。與南下的眾多教授們一樣，周作人也在權衡「走」和「留」。北平淪陷伊始，周作人的留守態度就是很堅決的，「旬日不通訊，時勢已大變矣。舍間人多，又實無地可避，故只得苦住……回南留北皆有困難，只好且看將來情形再說耳……」、「有同事將南行，曾囑其向王教長蔣校長代為同仁致一言，請勿視留北平諸人為李陵，卻當作蘇武看為宜」[24]。到 1937 年 11 月 29 日，北大選擇留

---

23 孫玉蓉編：《俞平伯年譜》，天津人民出版社，2001 年，第 205-206 頁。
24 陶亢德：《知堂在北平》，《宇宙風》，1937 年 8 月，第 50 期。

平的教授只有包括周作人在內的四人。彼時的北大當局承認四人為「留平教授」，每月寄津貼 50 元；「並且日後蔣夢麟校長還從南方發來電報，委託周作人保管校產」[25]。可見，當時的周作人留守北平還是有著正面因素的。

當然，關心周作人的朋友們都希望他能走出「苦雨齋」，南下匯合到抗日的大部隊中去。郭沫若《國難聲中懷知堂》代表了文人們對周作人寄寓的厚望：

「日本人信仰知堂的比較多，假使得到他飛回南邊來，我想，再用不著要他發表什麼言論，那行為對於橫暴的日本軍部，對於失掉人性的自由而舉國為軍備狂奔的日本人，怕已就是無上的鎮靜劑吧……」。[26]

這既是文人朋友們的期待，也是他們的擔心。畢竟，周作人跟日本的關係太特殊了。不僅他的妻子是日本人，而且他自己是很親近日本文化的。這種若即若離的關係使得他無法避免地成為當時中日各方政治力量爭搶的籌碼。所以，南下的文藝界各方也在注視著周作人的一舉一動，並想盡辦法勸其南下。周作人當然也很清楚自己的定位，只是這時的他還是想要從動蕩的環境中抽離出來以明哲保身。因此，他提倡「閉戶讀書論」。這個想法不是突然冒出來的。大革命失敗後，五四新文化運動的影響和威力越來越弱。越來越多的知識分子提倡內省，想做「一心只讀聖賢書」的讀書人。

1930-1937 年間，周作人開始慢慢轉向自我內心世界的發掘，性格中淡泊寧靜和疏離一面表現得越來越突出[27]。七七事變

---

25 錢理群：《周作人傳》，北京十月文藝出版社，1990 年，第 430 頁。
26 郭沫若：《國難聲中懷知堂》，《宇宙風‧逸經‧西風》，1937 年第 1 期。
27 許紀霖：《近代中國知識分子的公共交往：1895-1949》，上海人民出版社，2007 年，第 310 頁。

之後，這種感覺更甚。其實，大動盪社會之下的「閉戶讀書」論是做出來的，是被迫的。這不過是他內心掙扎的一種假像。糾結彷徨的情緒在外無處安放，他不得不向內釋放自己的壓抑和苦悶。這種糾結彷徨的表現之一則是他對去留的選擇。此時的周作人並不是一丁點兒也沒考慮南下。只是在他看來，南方並不比北平安全，再加上家中人口眾多，「拖家帶口」的南行實在不是一個明智的選擇，所以他才選擇留守北平。至於後來附逆，為日本做事，則是他的另外一種選擇了。

　　留守平津的教授們並不都是漢奸。與南下的教授們相比，他們的處境更加尷尬。他們不僅要受到其他文人的「監視」，還要辛苦地和日本方面周旋。急劇惡化的生存環境也在不斷拷打著他們。選擇留下的人起初還是儘量保持自己的清正，但迫於各方面的因素，後來都或多或少與日本有過牽連，這另當別論。

二、南下長沙

　　國難當頭，戰爭的炮火愈演愈烈。知識分子其實是不太願意南渡的。大多數知識分子的南下選擇，就意味著要麼是拖家帶口，要麼是「拋棄」一家老小。對他們而言，前行的腳步不是輕易邁出的，「離開熟悉安謐的北平，踏上充滿未知數的征途，是關鍵性的一步。危難之際，除了民族大義，還得考慮個人生計、學術前程，以及一家妻兒老小的安頓等，並非說走就能走」[28]。在決定南下的過程中，他們的身心飽受煎熬。通過文人們的日記、回憶錄等資料，我們便能窺見其間的糾結掙扎。

28　陳平原：《豈止詩句記飄蓬——抗戰中西南聯大教授的舊體詩作》，《北京大學學報（哲學社會科學版）》，2014 年第 6 期，第 5-19 頁。

（1）直接南下

　　柳無忌是在上海度假時接到了南開當局的通知，「七七事變之時，……當時我正與妻子在上海度暑假……有一天，我忽然接到南開當局的通知，說南開已與北大、清華在長沙組成臨時大學，即將開學，要我立刻前去參加。……」[29]柳無忌接到這個消息時是興奮的，於是他義無反顧地辭別了父母妻子和出生不到一個月的女兒，隻身踏上長沙之途。

　　柳無忌並沒有親身經歷七七事變，所以他南下得較輕鬆。而對於更多的親身經歷了戰爭的大學教授而言，「南下」顯得沉重、困難。

　　據羅常培回憶說，七七事變後，他常常「幽居在北平，閉門謝客」。那時的他，既苦於無法投筆從戎，又無法殺身成仁，終日鬱鬱寡歡。直到接到趙元任自長沙的來信以及胡適的勸勉，才決意趕緊南下。[30]

　　1937 年 9 月 7 日，馮友蘭、吳有訓離開北平。就在告別故都前夕，馮友蘭寫道：「我和吳有訓在學校裡走，一輪皓月當空，四周一點聲音都沒有，吳有訓說：『可怕，可怕，靜得怕人！』後來日本軍隊正式進入北京，日本人到處接管，我們就覺得，在政權已經失了之後，保管是沒有意義的，事實上是替日本保管，等它來接收。這就決定南遷」[31]。曾經和諧安靜的樂園如今卻滿目瘡痍。馮友蘭和吳有訓雖決意南下，可他們的心情卻越來越沉

29　西南聯合大學北京校友會編，《笳吹弦誦情彌切——國立西南聯合大學五十周年紀念文集》，中國文史出版社，1988 年，第 54 頁。

30　羅常培：《羅常培文集·臨川音系跋》（第一卷），山東教育出版社，1999 年，第 635-639 頁。

31　馮友蘭：《馮友蘭自述》，河南人民出版社，2004 年，第 98 頁。

重。當時社會有一種普遍看法，認為處於國防前線上的最高學府和廣大師生能夠在危急存亡的時刻堅持弦誦之聲，是非常能夠安定社會人心和振作士氣的。然而，平津的大學都未能逃過日本的毒手。他們知道戰爭不會那麼快結束了，也明白南下離開後已不知歸期是何年。其間的辛酸和惆悵，說不清也道不明。於是馮友蘭、吳有訓和熊佛西便在鄭州吃了一頓黃河鯉魚，以此紀念那已滄海桑田的北平歲月。

（2）不得不南下

相較於熟悉的北平，前途未定的長沙並不那麼具有誘惑力。南下顯得極為冒險。有一部分知識分子其實是不得不南下的。

蔣夢麟雖為長沙臨時大學的常委，但也坦承他是極不情願被拖進遷徙的計畫中來的。據他回憶，「……大家有意把北平的北京大學、清華大學和天津的南開大學從北京撤退而在長沙成立聯合大學。胡適之從南京打電話給我，要我回到南京商量實施這個計畫的辦法。我經過考慮，勉強同意了這個計畫」[32]。「勉強同意」一詞說明了蔣夢麟是不太想做這個事情的。他權衡利弊之後才不得不南下。

1937 年 10 月 8 日，北大的 20 位教授聯名上書蔣夢麟，表達他們不願離開北平的心情。10 月底，仍然留在北平的 36 名北大人中，只有 7 名決定南下。[33]北大秘書長鄭天挺每天都到學校料理校產，照顧尚未南行的教授們的生活。到了北大已不能再待的

---

32 蔣夢麟：《西潮與新潮》，東方出版社，2005 年，第 239 頁。

33 易社強著，饒佳榮譯：《戰爭與革命中的西南聯大》，九州出版社，2012 年，第 13 頁。

那一日，他在二院門前拍了張照，跟北大做了最後的告別。[34]

　　陳寅恪其實也是傾向於留守北平的。日軍進入北平後，父親陳三立終日憂憤不食、拒不服藥，導致病情加重，悲憤離世。陳寅恪為父親主持喪事，日本憲兵隊卻送來了請柬。陳寅恪知道，若拒絕去日偽大學任教，必會遭到日本憲兵隊的迫害。於是，在父親去世四十九日後的 1937 年 11 月 3 日的清晨，他隱瞞教授身份，喬裝扮成生意人，與夫人和三個女兒及女僕等悄然地悲憤地踏上了輾轉南渡的艱難行程。

　　下定決心離開居住生活了十幾年甚至幾十年的平津，文人知識分子的內心充滿了徘徊和不捨。然而，在戰爭時期，生存成了壓倒一切的需要。他們雖有掙扎彷徨，最後為了生存而不得不選擇南下。

第三節　吳宓日記中的「走」與「留」

　　教授中直接南下的是少數，留守平津的也是少數，更多的則都是輾轉猶豫、反復不定之後才下定決心的。這一類的典型代表是吳宓。「離開北平也許是唯一的選擇，但吳宓卻不斷和這個唯一的出路抗爭。」[35]吳宓的日記完整呈現了一個「亂世兒女」的複雜心境。為了更直觀地感受到吳宓那一代學院派知識分子的掙扎，筆者將其日記部分內容摘錄如下：

　　1937 年 7 月 14 日：「今後或自殺，或為僧，或抗節、或就義，無論若何結果，終留無窮之悔恨」[36]。

---

34 岳南：《南渡北歸·南渡》，湖南文藝出版社，2015 年，第 25 頁。
35 劉淑玲：《吳宓和民國文人》，人民文學出版社，2016 年，第 8 頁。
36 吳宓著，吳學昭整理：《吳宓日記》（第六冊），生活·新知·讀書三聯書店，1998 年，第 168 頁。

7 月 16 日：「又按宓個人絕不逃避，（一）知命（二）因恥逃（三）因消極而輕生死……」[37]

7 月 21 日：「寅恪仍安靜讀書。我宜效法。」[38]

7 月 29 日：「宓原擬終留清華，至是，葉企孫力勸入城。陳寅恪亦謂『在此生命無憂，入城可免受辱』。宓以眾教授如此行動，遂亦決入城。……宓忽如此捨棄可愛之清華園西客廳，一生美滿舒適之環境與生活，從茲盡矣。……入室，即臥床，仰面大哭。蓋純由愛國之心，與亡國之痛，感於最近一日夜之事變。」[39]

8 月 2 日：「《世界日報》載，清華將遷長沙。宓雅不欲往，但又不能不往。」[40]

8 月 9 日：「忽另擬一計畫，即於今日下午 4-5 作英文函，致燕京大學當局 Stuart、陸、梅三公，坦直請為燕京英文系講師……蓋宓之意向，欲隱忍潛伏，居住北平，靜觀事變，置身局外，苟全性命，仍留戀此美麗光明之清華、燕京環境，故不思他去，不願遷移，不屑逃避。甯脫離清華團體，而為自營之計也云云」[41]

9 月 2 日，「……似清華將在長沙籌備開學，校長欲諸教授往長沙集合云云。宓則決擬留平讀書一年，即清華實行開學，亦擬不往。」[42]

---

37 吳宓著，吳學昭整理：《吳宓日記》（第六冊），生活·新知·讀書三聯書店，1998 年，第 170 頁。

38 吳宓著，吳學昭整理：《吳宓日記》（第六冊），生活·新知·讀書三聯書店，1998 年，第 174 頁。

39 吳宓著，吳學昭整理：《吳宓日記》（第六冊），生活·新知·讀書三聯書店，1998 年，第 181-182 頁。

40 吳宓著，吳學昭整理：《吳宓日記》（第六冊），生活·新知·讀書三聯書店，1998 年，第 185 頁。

41 吳宓著，吳學昭整理：《吳宓日記》（第六冊），生活·新知·讀書三聯書店，1998 年，第 191-192 頁。

42 吳宓著，吳學昭整理：《吳宓日記》（第六冊），生活·新知·讀書三聯書店，1998 年，第 206 頁。

9 月 12 日，「陳福田電邀至清華同學會晤談，述赴天津接洽，清華校長命教授等即赴長沙，籌備在該地開學。……宓意欲在此苟安，閉戶讀書，餘事付之天命。殊不願赴長沙，緣對人生根本厭倦，故憚於跋涉轉動也。……擬居平讀書一年，靜待後變。且言清華留平之約 50 教授中，赴長沙者恐不逾 20 人雲。」[43]

9 月 20 日，「陳福田來，傳言，校長甚望清華教授均赴長沙。……宓以性實懶動，故思苟安，而暫留此……」[44]

9 月 23 日，「寅恪甚贊同宓隱居北平讀書一年之方法。……倘今後日人徑來逼迫，為全節概而免禍累，則寅恪與宓等，亦不得不微服去此他適矣。」[45]

9 月 28 日：「4-5 蕭公權來，述清華教授留平者之行止意向。與宓仍決暫不離此他適云。」[46]

10 月 1 日：「姑母家人仍勸宓即籌備南行。宓以對人生根本消極，雅不欲動作，心殊悲憤。」[47]

10 月 2 日，「宓實欲留此，而苦無其理由可以告人。親友皆勸行，宓內心徒自傷而已。」[48]

10 月 6 日，「按宓原擬留居北平一年，養靜讀書。今諸同事

---

43 吳宓著，吳學昭整理：《吳宓日記》（第六冊），生活·新知·讀書三聯書店，1998 年，第 213 頁。
44 吳宓著，吳學昭整理：《吳宓日記》（第六冊），生活·新知·讀書三聯書店，1998 年，第 217 頁。
45 吳宓著，吳學昭整理：《吳宓日記》（第六冊），生活·新知·讀書三聯書店，1998 年，第 219 頁。
46 吳宓著，吳學昭整理：《吳宓日記》（第六冊），生活·新知·讀書三聯書店，1998 年，第 221 頁。
47 吳宓著，吳學昭整理：《吳宓日記》（第六冊），生活·新知·讀書三聯書店，1998 年，第 223 頁。
48 吳宓著，吳學昭整理：《吳宓日記》（第六冊），生活·新知·讀書三聯書店，1998 年，第 224 頁。

教授先後南去，環宓之親友一致促行；宓雖欲留平，而苦無名義
及理由，以告世俗之人。今似欲留而不可，故決不久南下……宓
雖欲苟安於此，亦不獲如己意以直行。」[49]

10 月 11 日，「宓一再遲延，始於今日整理書籍衣物，分裝
木箱，以為南行之備……蕭君述所聞清華在湘開學情形……主張
仍暫緩行，或於十一月中偕同南下云云。宓本不欲行動，自樂從
之……」。[50]

10 月 18 日：「宓雅不欲行，然又不得留。」[51]

10 月 24 日：「晨，思我與 K 仍當南下。」[52]

10 月 27 日，「自昨夕到此，見企孫與他人接洽校務，所談
學校情形，業已明了。中夜，即自決定南行，今晨告企孫，亦謂
宜行。」[53]

長沙臨時大學 11 月 1 日開學，而吳宓 10 月 26 日夜才真正
決定南下。10 月 26 日之前，吳宓始終處於一個徘徊的狀態。不
管是欲留平苦讀，還是打算另謀大學就職，抑或是拖延南下的日
期，吳宓始終都不想離開北平。他甚至還為自己的未來設計了三
條出路：自殺、為僧、抗節就義。此時的吳宓無限眷戀寄託了理
想的清華園西客廳，更無限眷戀曾經靜謐的北平。七七事變之
後，吳宓多次寫到北平的風景，如「西園荷花猶茂，荷葉極香。

49 吳宓著，吳學昭整理：《吳宓日記》（第六冊），生活·新知·讀書三聯書店，
　　1998 年，第 227 頁。
50 吳宓著，吳學昭整理：《吳宓日記》（第六冊），生活·新知·讀書三聯書店，
　　1998 年，第 229 頁。
51 吳宓著，吳學昭整理：《吳宓日記》（第六冊），生活·新知·讀書三聯書店，
　　1998 年，第 235 頁。
52 吳宓著，吳學昭整理：《吳宓日記》（第六冊），生活·新知·讀書三聯書店，
　　1998 年，第 238 頁。
53 吳宓著，吳學昭整理：《吳宓日記》（第六冊），生活·新知·讀書三聯書店，
　　1998 年，第 239 頁。

望西山落日，晚霞青天，美麗猶昔……勝境鞠為荒草，可勝慨歎」[54]；「途中雖見日兵甚多，然青天白雲綠樹金瓦紅牆石路之北平風景，依然美麗不減……使宓魂銷，對故都更增眷戀……」[55]。然而，7月7日夜裡完全不被重視的炮聲已演變成了知識分子們的心頭刺。面對愈演愈烈的戰爭，吳宓無可奈何。而這些西園荷花、青天白雲、綠樹金瓦紅牆，便成為吳宓對北平最後的新鮮記憶。

　　10月26日之後，吳宓才真正穩定情緒，開始著手南下。11月4日，吳宓到天津確認了南下的船票。至此，他的南下之途才真正塵埃落定。吳宓的猶豫徘徊和掙扎反覆，反映了戰爭初期大部分學院知識分子飄忽不定的內心世界。他們惶惶不安、掙扎無定卻又對局勢無可奈何。11月4日，回望曾經寧靜的北平城，吳宓感慨良多，作詩《曉發北平》：

　　　　十載閑吟住故都，淒寒迷霧上征途。

　　　　相攜紅袖非春意，滿座戎衣甚霸圖。

　　　　烏鵲南飛群未散，河山北顧淚常俱。

　　　　前塵誤否今知悔，整頓身心待世需。[56]

　　淒寒迷霧中不得不訣別紫禁城，踏上飄搖未知的南下征途，吳宓的內心充滿落寞和淒涼。此時除了掙扎痛苦外，吳宓還有自責和悔恨。他悔恨因戀愛奔波而浪費了時光，於是打算整頓身心等待國家的召喚。反覆猶豫中，吳宓也意識到非走不可了。正如陳平原所言，「對於『十載閑吟住故都』的北大、清華教授來說，離開優雅安逸的北平，可不是一件容易的事。吳宓的掙扎很真實，

---

54 吳宓著，吳學昭整理：《吳宓日記》（第六冊），生活·新知·讀書三聯書店，1998年，第193頁。

55 吳宓著，吳學昭整理：《吳宓日記》（第六冊），生活·新知·讀書三聯書店，1998年，第208頁。

56 吳宓著，吳學昭整理：《吳宓詩集》，商務印書館，2004年，第327頁。

也很有代表性，所謂『淒寒迷霧上征途』，屬於那個時代大部分
響應國民政府號召而南下的讀書人」[57]。

　　可見，並不是所有知識分子都那麼願意去長沙，他們或逃
避、或害怕、或恐懼、或不安。有的積極回應學校的號召；有的
被動到受親朋好友的勸行才決定南下；有的因為不願意接受日本
的邀請而不得不南下⋯⋯對於每個個體而言，南下的外部原因不
盡相同，但他們的身心都受著煎熬。當「生存」成了壓倒一切的
需要，他們便有了生存的掙扎與選擇。南下是他們生存下去的選擇。

小　結

　　抗日戰爭時期，時局的變化毫無疑問給人帶來了重大刺激。
七七事變之後，學院派知識分子內心微妙複雜。由最初的不在意
戰爭，到緊張恐懼，再到惶惶不安、掙扎不定，他們的內心飽受
煎熬。「走」與「留」是他們每個人都在思考的命題。選擇留的，
他們的內心並不好受。與南下的同仁相比，除了生存問題之外，
他們面臨的還有文化的保存、日本人的侵略以及同仁的「監視」；
選擇走的，他們或痛快或不捨或遲疑，內心充滿惶惑與無奈。「走」
與「留」是他們個體抉擇的逃遁和內心情緒的安放，體現了他們
處於亂世中的掙扎和彷徨。這種掙扎彷徨在留守和南渡西遷的路
上慢慢得到了緩解。

57　陳平原：《豈止詩句記飄蓬──抗戰中西南聯大教授的舊體詩作》，《北京大
　　學學報（哲學社會科學版）》，2014年第6期，第5-19頁。

第二章　漂泊流浪：「南渡西遷」路上文人的心態變遷

　　經過了反覆思索之後，大多數文人還是選擇了南下。然而，伴隨著南下抉擇而來的並不是輕鬆和愉悅。對於並不熟悉長沙的知識分子們而言，南下的旅程更多地充滿了驚懼和冒險。他們本以為長沙是歸宿，然而臨大上課不到一個月長沙就遭到了轟炸。於是，剛歇腳的文人們又踏上了西遷昆明的道路。從北平到長沙，從長沙到昆明，知識分子們的身後是蔓延的戰火，而前面則是未知的西南邊陲。從一個異鄉奔向另一個異鄉，流亡中的苦楚一次又一次湧上知識分子們的心頭。在眾多的文人們的敘述中，《吳宓日記》無疑為我們展示了南渡西遷路上文人們的艱難和辛酸。

第一節　文人們的「南渡西遷」路

　　知識分子們歷經了掙扎不定的南下抉擇後並沒有感到輕鬆，他們的圖南之行並不順暢。七七事變後北平的形勢不容樂觀：東面駐紮著「冀東防共自治政府」偽軍；北面駐紮著日本關

東軍；西北面駐紮著偽蒙軍；本就只剩一條南下通道——平漢鐵路——也由於盧溝橋事變而切斷[1]。由此，流亡的路只有由北平繞道天津，通過水路繞道南下。

對知識分子而言，南下的旅程是冒險的。第一批南下的人尚可經津浦鐵路從天津直達浦口而後乘船橫渡長江。然而隨著戰火的蔓延，動身較晚的文人們只能在天津購買高價船票乘坐外國郵輪離開。最晚上路的鄭天挺一行人在抵達香港時，粵漢鐵路已被炸毀，只得繞道廣西入湘。由此，南下之途也就越來越艱辛。為了躲過日軍的搜捕，他們不得不隱姓更名、喬裝打扮、乘坐最次的貨船和火車……聞一多在慌亂之中，扔下家裡所有值錢的東西，用布包了幾件換洗的衣服，便帶著兩個年幼的孩子，一路向南奔去；朱自清只提了一個講課用的不顯眼的舊皮包，躲過了日本人的搜查，慌慌張張向南逃去；王力和妻子在天津一出站就被日軍和漢奸當作嫌疑分子反覆盤查審訊，飽受驚嚇，最後才被放出，喬裝後繼續南逃……

知識分子們經過艱難跋涉終於到了長沙。1937 年 11 與 1 日，長沙臨時大學開始上課。此時的長沙處於一片寧靜祥和之中。這種氛圍使得知識分子們以為不用在長沙臨時大學待太久就可以回到故都。然而，日軍的轟炸粉碎了知識分子們所有的幻想。11月 24 日，長沙就遭到了日機的首次轟炸。此後，敵機連續轟炸長沙，局勢又變得動蕩不安。1937 年 12 月 13 日，南京淪陷，局勢進一步緊張。據吳宓日記 12 月 15 日記載：「是晨，得悉蔣委員長擬來南嶽，在聖經學院駐旌。本校奉令遷讓。……甫完長途，

---

1 岳南：《南渡北歸‧南渡》，湖南文藝出版社，2015 年，第 28 頁。

又難安居！」[2]

在節節潰敗的局勢以及最高當局的命令的雙重壓迫之下，臨時大學不得不又開始議論搬遷事宜。1938 年 1 月 19 日，國民政府最高當局批准長沙臨時大學遷往昆明；1 月 20 日，長沙臨時大學第 43 次常委會議決定下學期在昆明開課，規定全體師生於 3 月 15 日前在昆明報到。[3]此時，再搬校址的決定並沒有離平那麼突然，但是校內的教師們還是起了激烈的爭論。爭論的焦點主要集中在廣大師生在抗日戰爭中究竟是何種角色，應擔負何種責任。

有教授提倡上前線真槍實幹，如湯用彤就為不能親赴沙場而悔恨；有教授認為他們應該被調入部隊；還有人認為即使不被派往前線，他們也能夠指導戰時生產，教導軍隊和百姓。最高當局卻以為文化和教育的賡續與守衛家園同等重要。在這樣的指示和使命下，流亡至長沙的知識分子們生出了一種「悲憤交織的情愫」[4]。而這種情愫還沒來得及消化，三校師生又一次開啟了遷徙之途。從長沙撤往昆明的知識分子，雖然沒有了從北平南下的痛苦與焦灼，但顛沛流離的生活背後依然難掩心中的落寞與悲涼。

1938 年 2 月下旬，長沙臨時大學陸續開始搬遷。雲南之途，總共分為三隊人馬：

第一路，乘火車由長沙經粵漢、廣九鐵路到香港，由香港乘船到海防，由海防乘滇越鐵路火車到昆明。這一路主要由大多數

2 吳宓著，吳學昭整理：《吳宓日記》（第六冊），生活·新知·讀書三聯書店，1998年，第 273 頁。

3 西南聯大北京校友會編：《國立西南聯合大學校史》，北京大學出版社，1996年，第 484 頁。

4 岳南：《南渡北歸·南渡》，湖南文藝出版社，2015 年，第 146 頁。

教師、家眷、女同學以及體檢不合格者、不願步行者組成。

　　第二路，乘火車從長沙經桂林、南寧、河內和滇越鐵路入滇。這一路由陳岱孫負責帶隊，馮友蘭、朱自清、錢穆等 10 位教師遵循此條線路。

　　第三路，學校組織的湘黔滇旅行團。[5]這一路由 284 位學生和 11 位教師組成。

　　最值得紀念和探討的是湘黔滇旅行團。旅行團出發之前，臨大常委會指定軍訓教官雷樹滋研究並提出了方案，計畫行程可分為 7 段：

　　①由長沙至常德，步行，長 193 公里；②由常德至芷江，乘民船，長 361 公里；③由芷江至晃縣，步行，長 65 公里；④由晃縣至貴陽，乘汽車，總長 390 公里；⑤由貴陽至永寧，步行，長 193 公里；⑥由永甯至平彝，乘汽車，長 232 公里；⑦由平彝至昆明，步行，長 237 公里。[6]

　　然而，從長沙到昆明的實際旅途中，旅行團的路線有了很大的變化。他們於 1938 年 2 月 19 日夜從湘江坐民船出發到了益陽，從益陽步行至常德，從常德乘船到桃源，從沅陵乘車到晃縣，晃縣之後全是步行。[7]經過總長 1671 公里、步行 1300 公里、歷時 68 天的長途跋涉，旅行團終於於 4 月 28 日抵達昆明。

　　在旅行團中，值得注意的是聞一多等少數幾個堅持步行的老

5　王學珍等編：《國立西南聯合大學史料》（一），雲南教育出版社，1998 年，第 63 頁。

6　西南聯大北京校友會編：《國立西南聯合大學校史》，北京大學出版社，1996 年，第 28 頁。

7　西南聯大北京校友會編：《國立西南聯合大學校史》，北京大學出版社，1996 年，第 28 頁。

師。聞一多選擇步行的原因是「一則可得經驗，二則可以省錢」[8]。這一經驗徹底改變了聞一多的觀念和心態。他把此前的生活稱作「和廣大的農村隔絕了」的「假洋鬼子的生活」[9]。他說：「國難期間，走幾千里路算不了受罪。……雖然是一個中國人，而對於中國社會及人民生活知道的很少……國難當頭，應該認識認識祖國了！」[10]在步行的途中，聞一多開始真正深入臨近廣大農村，真正了解廣大農民的真實生活。

當然，還有一路是由陳岱孫帶頭的隊伍。這一隊伍成立的本意其一是陳岱孫代表臨大常委向廣西當局解釋學校未能遷去廣西的原因並對其致以謝意；其二是幾個教授想趁機遊覽桂林山水。[11]然而在遷徙的旅途中，高高在上的知識分子們心靈受到了極大的震撼。途徑桂林時，他們雖然領略了大好河山的風采，卻也感受到了祖國遭受的凌辱。1938 年 2 月 25 日隊伍到達南寧，朱自清作了首《灕江絕句》：「招攜南渡亂烽催，碌碌湘衡小住才。誰分灕江清淺水，征人又照鬢絲來」[12]。由此可見，戰亂中的文人們即使是在欣賞祖國江山風景時也常常夾雜著大好河山被日軍入侵的擔憂。

在西遷的途中，知識分子們第一次見識了廣大農民的生活。

8　聞一多：《聞一多書信選集·致聞家驊》，人民文學出版社，1986 年，第 274 頁。
9　劉兆吉：《由幾件小事認識聞一多先生》，《大公報》，1951 年 7 月 16 日。
10　西南聯合大學北京校友會校史編輯委員會編：《笳吹弦誦在春城——回憶西南聯大》，雲南人民出版社、北京大學出版社，1986 年，第 43 頁。
11　西南聯大北京校友會編：《國立西南聯合大學校史》，北京大學出版社，1996 年，第 32 頁。
12　朱自清著，朱喬森編《朱自清全集》（第 5 卷），江蘇教育出版社，1990 年，第 243 頁。

不管是旅行團的師生還是陳岱孫、朱自清一行人，他們都在旅途中親歷了社會民窮財盡的慘像，看到了鴉片給西南地區帶來的惡劣影響，見識了社會底層人民的生存苦難……這些高居「象牙塔」的知識分子們不再沉醉於高雅的美學觀念，不再以他們的想像去建構中國廣大農村的實景。他們與農民朝夕相處，實實在在地體會老百姓的生存生活方式。這無疑是高高在上的知識分子們最真誠的自我反思。

第二節　吳宓的「南渡西遷」之途

　　經過近四個月的輾轉掙扎，吳宓終於在 1937 年 10 月 26 日夜裡下定決心南下。然而，當時的吳宓萬萬沒有想到南下之途那麼艱苦辛酸。

　　1937 年 11 月 7 日吳宓啟程離開北平，中午到達天津並見到了陳寅恪一家。11 月 8 日，吳宓到葉企孫處領取清華大學發放的旅費 140 元，並預支了薪水 60 元，而後便去購買到青島的船票，無果。[13]11 月 9 日他才買到南下的船票。

　　11 月 10 號下午 1:00 輪船開行，吳宓、毛子水、K 等人艱難地擁擠在一個狹小的空間，難以立足。在擁擠不堪的人群和行李中，一廣東商人攜帶的螃蟹從簍子裡爬出來驚擾了整車廂的客

---

13 吳宓著，吳學昭整理：《吳宓日記》（第六冊），生活·新知·讀書三聯書店，1998 年，第 246-247 頁。

人。在與螃蟹作戰的過程中，吳宓終夜無眠。[14]

11 月 13 日下午 2:00 輪船到達青島，吳宓等下船。此時恰逢稅關有憲兵警察，吳宓不得已而持清華證明書及徽章、名片等，向其陳說求情，他們的行李才免驗放行。而後，吳宓等人經過青島街市時目睹了日軍對青島的侵略：「日人財產已經查封，店肆多關閉……惜不日將為淪戰區矣！」[15]在憂愁傷感的情緒中，吳宓等人決定乘火車南下。

11 月 14 日，吳宓等人乘膠濟火車南下，沿途綠樹蔥郁、土田肥美、房屋崇整的美景與其所見的轟炸痕跡形成鮮明對比。吳宓明白戰火即將蔓延到山東地區，而他的心中充滿憂憤。[16]

11 月 16 日早上 9:00，吳宓等人到達鄭州。走在鄭州的街頭，吳宓眼見之處全是傷兵。加之車站充塞著各路難民流氓，他的心情更加憂鬱傷感。

11 月 17 日下午 2:00，吳宓等人到達漢口。他去拜訪了大公報負責人張季鸞，兩人就戰爭局勢交談了看法。張季鸞對抗戰持樂觀態度，並勸誡吳宓多出新的抗戰小冊子，吳宓對此極為反感和失望。[17]

11 月 19 日下午 1:30，吳宓等人抵達長沙。這一段旅途中，

---

14 吳宓著，吳學昭整理：《吳宓日記》（第六冊），生活·新知·讀書三聯書店，1998 年，第 249-250 頁。
15 吳宓著，吳學昭整理：《吳宓日記》（第六冊），生活·新知·讀書三聯書店，1998 年，第 251 頁。
16 吳宓著，吳學昭整理：《吳宓日記》（第六冊），生活·新知·讀書三聯書店，1998 年，第 252-253 頁。
17 吳宓著，吳學昭整理：《吳宓日記》（第六冊），生活·新知·讀書三聯書店，1998 年，第 255 頁。

他親見了美麗的湘景：「過洞庭、岳陽一帶，巨浸茫茫，霧雨蔽空，既則山林湖泊，相銜而至，三楚風景，宓生平今初見也」[18]。至此，吳宓艱苦的南下路程在一段美景中結束。

吳宓在長沙和南嶽的時光是幸福的。南嶽景色至美、氣候宜人，而吳宓所住的教授宿舍視野開闊，極目四望便可觀日出山景。此時的吳宓終於在長途跋涉之後找到了久違的閒適。然而，好景不長。1937 年 11 月 24 日，長沙遭遇了第一次空襲。剛從淪陷區奔波而來的文人們又要繼續隨著學校而西遷昆明。值得注意的是吳宓在此次遷徙中的心態變化。

從長沙到昆明，吳宓選擇的是由長沙經粵漢、廣九鐵路到香港，由香港乘船到海防，由海防乘滇越鐵路火車到昆明的路線。這當然跟吳宓當時的經濟條件有關係，然而更重要的是，他要去會晤心心念念的毛彥文。1937 年 12 月 31 日，吳宓驚訝得知熊希齡已於 12 月 25 日逝世。這一消息給他顛沛流離的流亡生活帶來了一絲希望。所以學校公佈搬遷決定和事宜不久，吳宓就決定「由港、越航海入滇，乃為過港晤彥故耳」[19]，並於 13 日、19 日連發兩函，敘述自 1935 年分手之後的生活狀況並約港會晤。

1938 年 2 月 5 日，吳宓加入了陳銓所主辦的旅行團並繳納了11 元作為費用。1938 年 2 月 12 日，吳宓離開長沙。而長沙臨時大學是於 2 月 19 日在聖經學院召開了誓師大會後才開始搬遷的。吳宓比大部隊整整早了一個星期，急切心情溢於言表。在西

---

18 吳宓著，吳學昭整理：《吳宓日記》（第六冊），生活·新知·讀書三聯書店，1998 年，第 257 頁。

19 吳宓著，吳學昭整理：《吳宓日記》（第六冊），生活·新知·讀書三聯書店，1998 年，第 283-284 頁。

遷昆明的旅途中，吳宓的心情十分不錯。雖然他的臥鋪被警兵佔領但他依然能夠愉悅地欣賞窗外的風景。2月20日，吳宓到香港後立即拜訪毛彥文，然而只見到了其堂弟毛仿梅，並被告知毛彥文已於1月21日回到上海。2月21日，毛仿梅致信吳宓，「鄙意以為先生如愛護她，此後就不必和她寫信了，更不需要去看她，以免外間流言」[20]。吳宓當然明白毛仿梅的來信係毛彥文授意，是絕交之志，因而他自覺一切成空，十分不悅。2月22日，吳宓再一次因為毛彥文的事而大失所望，決定離開香港。短短10天，吳宓由滿心期待到失望抑鬱，顛沛的流亡之旅又回到了之前的冰冷。

3月1日，吳宓登廣東船駛離香港。由於天氣悶熱、心情鬱悶等原因，他生了一場大病。腹瀉、發熱、失眠等病情使得他對親人和毛彥文思念越來越濃。在3月6日的又一次失眠中，吳宓鬱積而發，作了一首詩，題為《流轉》：

> 衡湘霧雨無乾土，滇越硫氛多瘴侵。
> 遷客昔來恒怨死，間關群徙足傷心。
> 中原淪陷歸難計，往事悲歡夢許尋。
> 流轉苦荷情道責，緣空身老自悲吟。[21]

這首詩很顯露地表達了吳宓在遷徙途中的艱難和辛酸。長沙

---

20 吳宓著，吳學昭整理：《吳宓日記》（第六冊），生活·新知·讀書三聯書店，1998年，第305頁。
21 吳宓著，吳學昭整理：《吳宓詩集》，商務印書館，2004年，第332-333頁。

雨多，滇越瘴氣多。知識分子們在這樣惡劣的環境下流轉不停。中原已淪陷，戰事成謎團，往事都成空。吳宓也只能責怪自己而獨自悲吟。

　　3月7日，吳宓到了昆明，對昆明的第一印象是「其風景之壯闊，規制之偉整……覺其甚似北平……蓋自去年十一月南來所經歷，惟有昆明可謂故都之具體而微者也……」[22]、「圓通公園則紅牆金瓦，綠樹碧空，極似故都中央公園……」[23]。吳宓對昆明的印象是戰時文人知識分子共有的感覺。聞一多說：「昆明很像北京，令人無限感慨」[24]。冰心說：「喜歡北平的人，總說北平像昆明，的確地，昆明是像北平。第一件，昆明那一片蔚藍的天，春秋的太陽。光煦的曬到臉上，使人感覺到故都的溫暖」[25]。老舍說：「昆明的建築最似北平，雖然樓房比北平多，可是牆壁的堅厚，椽柱的雕飾，都似『京派』。……」[26]。北平古都凝結著人們對家國的感情和信念，而這個跟北平有著相似建築、相似風情、相同交往網路的昆明無疑承續了文人知識分子們的情感。過度疲累與操勞的知識分子們經過近九個月的漂泊，終於在昆明找到了一絲「家」的感覺。雖然，他們依然還帶著流亡的身份標記，但流亡中也因「昆明似北平」而多了一份堅韌。也許，這是

---

22 吳宓著，吳學昭整理：《吳宓日記》（第六冊），生活·新知·讀書三聯書店，1998年，第316頁。

23 吳宓著，吳學昭整理：《吳宓日記》（第六冊），生活·新知·讀書三聯書店，1998年，第318頁。

24 聞一多：《聞一多書信集·致高孝貞》，人民文學出版社，1986年，第286頁。

25 冰心：《冰心全集·從昆明到重慶》（第3卷），海峽文藝出版社，1994年，第176頁。

26 老舍：《老舍全集·滇行短記》（第14卷），人民文學出版社，1999年，第275頁。

大多數文人北歸後依然眷戀昆明的重要原因之一。

　　至此，以 1938 年 5 月 4 日西南聯大正式復課為標誌，吳宓漂泊的南渡西遷之旅也宣告結束。在南渡的途中，吳宓對前途是迷茫的，所以他也是慌張恐懼的。在西遷的途中，吳宓的心情並沒有南渡時複雜。相反，他的心情還因為毛彥文而夾雜著些許欣喜和急切。不管如何，吳宓終於安全到達昆明。由此，他與聯大同仁們開始了以保存並賡續中國傳統文化為最終目的的長達七八年的抗戰生活。

第三節　「南渡西遷」的意義

　　在國家面臨生死存亡的危急關頭，三校的遷移已不是一次簡單的學校遷址，而是關係到保持國家和民族的文化命脈的戰略轉移。[27]當個人生存與民族國家的存亡相遇，南渡西遷的抉擇不僅是政府的指令，還帶著明顯的文化印記。南渡和西遷影響了那一代學人的物質和精神生活，是了解戰時知識分子物質、精神狀態不可繞過的關鍵字。

　　對於深諳中國傳統文化的學院派知識分子而言，「南渡」並不是一件好事。歷史上的幾次南渡都淪落到了亡國的境地。西晉末年的「衣冠南渡」發生於「永嘉之亂」：大量人口為避戰亂從中原遷往長江中下游，而此時司馬睿南遷建立了東晉，最終西晉

---

27 江渝：《西南聯大：特定歷史時期的大學文化》，電子科技大學出版社，2010年，第 6 頁。

滅亡。北宋末年的「南渡」發生於「靖康之恥」：金軍入侵，俘虜了宋徽宗、宋欽宗父子以及皇親貴族等三千餘人；權奸誤國，高宗南逃，北宋滅亡。明朝末年的「南渡」發生於「東林黨爭」：李自成起義攻入北京之後，崇禎帝自縊。他的皇親國戚們不甘心，跑到南京與當地的勢力結合建立了南明。滿清入關，明朝再也沒能東山再起。這些歷史給當時的文人知識分子留下了不可磨滅的心理陰影。「南渡」似乎成為了異族統治者得勝的前兆，也似乎成為了亡國的代名詞。而七七事變之後，這種「亡國」的心理體驗不斷加深。

吳宓 1937 年 7 月 14 日記載：「寅恪謂中國之人，下愚而上詐。此次事變，結果必為屈服。華北與中央皆無志抵抗。且抵抗必亡國，屈服乃上策。保全華南，悉心備戰；將來或可逐漸恢復，至少中國尚可偏安苟存。一戰則全域覆沒，而中國永亡矣云云。……」[28]

7 月 20 日：「按今茲事變，吾儕不能慷慨激烈，為國效力，已屬可恥，……日日慮禍變之來，終無所動作，無所預備。因循鬱抑，坐待事機運命之支配，嗚呼，精神之頹喪不樂，可知已！」[29]

7 月 21 日：「惟寅恪仍持前論，一力主和。謂戰則亡國，和可偏安，徐圖恢復。宓謂仍視何人為之，而為之者何如也。」[30]

此時的吳宓和陳寅恪對中國戰局形勢的發展持悲觀態度。陳

28　吳宓著，吳學昭整理：《吳宓日記》（第六冊），生活·新知·讀書三聯書店，
　　1998 年，第 168-169 頁。
29　吳宓著，吳學昭整理：《吳宓日記》（第六冊），生活·新知·讀書三聯書店，
　　1998 年，第 174 頁。
30　吳宓著，吳學昭整理：《吳宓日記》（第六冊），生活·新知·讀書三聯書店，
　　1998 年，第 174 頁。

恪是徹底的悲觀主義者，「主和」並不是不愛國，而是為了保存文化以圖恢復。吳宓對戰和的態度十分曖昧，但其精神依然是悲觀的。他寄希望於有一強有力之政府或精幹之人來救大眾於水火。儘管如此，吳宓依然感覺前途渺茫而無所適從。這種悲觀情緒很明顯地表露在他們的詩歌當中。

吳宓有詩《大劫一首》，作於 1937 年 12 月 24 日：

> 綺夢空時大劫臨，西遷南渡共浮沉。
> 魂依京闕煙塵黯，愁對瀟湘霧雨深。
> 入郢焚麋仍苦戰，碎甌焦土費籌吟。
> 惟祈更始全邦命，萬眾安危在帝心。[31]

陳寅恪有詩《蒙自南湖》，作於 1938 年 6 月：

> 風物居然似舊京，荷花海子憶升平。
> 橋邊鬢影猶明滅，樓外歌聲雜醉醒。
> 南渡自應思往事，北歸端恐待來生；
> 黃河難塞黃金盡，日暮人間幾萬程。[32]

這些詩歌集中反映了當時知識分子的「南渡」情結。北平、天津相繼淪陷；吳宓作詩時南京也已淪陷，政府遷往重慶。這些事件都無一例外地加深了學院派知識分子內心的憂懼、掙扎、彷

31 吳宓著，吳學昭整理：《吳宓詩集》，商務印書館，2004 年，第 328 頁。
32 吳宓著，吳學昭整理：《吳宓詩集》，商務印書館，2004 年，第 339 頁。

徨與無奈，當然也更加劇了他們對戰時中國文化的危機感。然而，既然南渡的歷史經驗都蘊含悲劇意味，為何知識分子們還是選擇南下呢？這根源於歷史上的「南渡」也為其提供了國難中的自處經驗，即堅守中國文化。

　　「五四」那一代知識分子深諳文化的重要性。受顧炎武的影響，他們對「亡國」和「亡天下」有著清晰的認識，對文化也有著更深刻的理解。1927 年王國維投湖自盡，這給當時的知識分子們造成了很深的影響。在給王國維的挽詞中，陳寅恪表達了對文化的見解和看法：「凡一種文化值衰落之時，為此文化所化之人，必感苦痛，其表現此文化之程量愈宏，則其受之苦痛亦愈甚……蓋今日之赤縣神州值數千年未有之鉅劫奇變；劫盡變窮，則此文化精神所凝聚之人，安得不與之共命而同盡？……」[33]由此可知，知識分子們已經把文化當作了安身立命最重要的資本。民族危亡時刻，文人當以文化為重，這種認識直接影響到他們對戰時文化的態度。戰時的知識分子們真正憂慮的不是國家的存亡而是民族文化的存亡。在他們心中，滅種之虞遠勝於亡國之痛。所以，他們才堅持認為保存並承續文化的意義要比國家興亡的意義大很多。換言之，只有維護住文化，才能真正維護中國。

　　從這個層面看，留守、南渡、西遷皆帶有保存文化的色彩。國家民族的文化大義，支撐著他們留守平津，也支撐著他們南渡西遷。這些行為不僅意味著他們對於個人生存的選擇，當然也包含了學院派知識分子們的自我定位。「九一八事變」之後，當時

---

33 陳寅恪著，陳美延、陳流求編：《陳寅恪詩集》，清華大學出版社，1993 年，第 10-11 頁。

的愛國文化人士包括大學生，分別走上了三條道路：第一種是投筆從戎；第二種是從事文化救亡工作；第三種是仍留在原崗位工作，但是思想上有矛盾，內心很苦悶。[34]在這三種自我定位中，選擇繼續以教書的方式來努力保存並賡續文化，則是大多數學院派知識分子的共識。所以，梅貽琦認為「我們做教師、做學生的，最好、最切實的救國方法，就是致力學術，造就有用人才，將來為國家服務」[35]。在「戰時如平時」的教育觀念下，學院派知識分子們漸漸回到崗位上繼續教書和搞研究了。

除了保存和賡續文化的意義之外，南渡西遷還影響了知識分子們的治學路徑和學術方向，如：聞一多轉向對詩經楚辭的研究、湯用彤轉向對魏晉玄學的研究、任繼愈轉向對中國哲學的研究……不僅如此，南渡西遷還造就了知識分子們艱苦卓絕的精神。在南渡西遷的流亡途中，學院派知識分子終於走出了象牙塔而真正走向了社會和廣大的人民群眾。在西南一隅，他們頑強地保存並賡續中國傳統文化，那麼孤注一擲，又那麼堅韌不拔。

小　結

這次遷徙最終以 1938 年 5 月 4 日西南聯大正式復課為標誌而宣告成功。高居「象牙塔」的知識分子們深入到民間，完成了他們的自我反思。對於西南聯大的知識分子而言，傳統士大夫的

---

34 江渝：《西南聯大：特定歷史時期的大學文化》，電子科技大學出版社，2010年，第9頁。
35 梅貽琦：《梅貽琦自述》，安徽文藝出版社，2013年，第14頁。

入世情懷和擔當精神是凝結在他們血脈中的基因。[36]在民族危亡的背景下，學院派知識分子們雖有著「遺民」的傷感之情，卻也主動承擔起搶救並保護教育和文化的責任。儘管路上充滿未知和艱險，他們依然選擇南渡西遷。在他們看來，南渡西遷的最終目的是保存學術實力、賡續文化命脈，而這也許才是他們南渡西遷抉擇背後最根本的支撐點，也是其八年抗戰復興最有力的精神支持。正因為此，在南渡西遷後接踵而來的異常艱苦的生存環境中，以吳宓為代表的學院派知識分子們才能繼續堅持不懈地完成自身的使命。

---

36 江渝：《西南聯大：特定歷史時期的大學文化》，電子科技大學出版社，2010年，第189頁。

第三章 孤苦疲困：大時代下文人的「日常生活」

　　抗戰時期，知識分子的生活「降到難以想像的程度」[1]，甚至有了「十儒九丐」的戲稱。對於之前生活在相對充裕環境中的知識分子們而言，他們還沒能好好掌握節衣縮食、開源節流的本領，警報、物價、饑餓等便如潮水般湧來。生存與生活背後是一個普通人對於時代和戰爭的抗爭。

　　日常生活背後的酸甜苦辣是個人在戰時最真實的生存狀態。這些酸甜苦辣飽含了文人知識分子們的落寞和溫情，也在一點一滴中浸潤了他們的精神變遷和文學情懷。抗戰時期的《吳宓日記》關於其收入開銷、衣食住行、日常活動等內容的記錄頗為詳細，為我們考察學院派知識分子作為一個普通人的日常生活提供了翔實的文本。考察《吳宓日記》，能夠再現戰時人們的生存圖景，感受其作為一個平凡人的喜怒和困苦；能夠洞悉戰爭給學院派知識分子帶來的變化，窺見那一代人的血淚和辛酸。

---

1 陳達：《浪跡十年之聯大瑣記》，商務印書館，2013年，第120頁。

第一節　文人們的「存與活」與
吳宓的「存與活」

　　經過近一年的漂泊遷徙，文人知識分子們終於在昆明安定下來。抗戰初期昆明還未遭到日軍的入侵，知識分子們的日子是比較滋潤的。特別是在蒙自的一學期，文法學院的教授們度過了戰時最為舒適的時光。1940 年，日本開始大規模轟炸昆明；加之大量機關、學校、工廠等遷入雲南，昆明人口迅速膨脹、經濟變得紊亂。在國民黨的一黨專政下，1937 年至 1948 年間，法幣的發行量增價了 47 萬倍，物價上漲了 493 萬倍[2]。在炮火連天的生活環境和惡性通貨膨脹的經濟環境下，知識分子們一向優越充裕的生活陷入了前所未有的困境。生存成為了壓倒一切的需要，生活的主要活動變成了謀生。「衣食」等本來最平常的事情便顯得格外重要。如浦薛鳳所言，「戰前任何大學教授，必不會談到柴米油鹽醋。今則彼此見面常談柴米油鹽醋……各機關辦公室中最習聞談論日常生活品，亦即有關糊口問題」[3]。

一、衣

　　1938 年，長沙臨時大學遷往昆明。由於校舍不足等原因，文法學院暫定在蒙自。臨大的「南嶽時期」和聯大的「蒙自時期」，

---

2 陳明遠：《文化人的經濟生活》，文匯出版社，2005 年，第 287 頁。
3 浦薛鳳：《浦薛鳳回憶錄》（中），黃山書社，2009 年，第 239 頁。

是人們在戰亂中少有的感到溫情和安寧的時光。此時的聯大師生們更像是這個「世外桃源」的闖入者，用他們的行為悄無聲息地改變著蒙自的日常生活和風俗。

初到蒙自時，聯大很多男生還是西裝革履、儀錶堂堂的模樣，很多女生也還穿著旗袍和高跟鞋。女學生的時髦裝束引起了當地女性的關注和模仿，一時之間蒙自竟出現了婦女脫掉長裙長袖同聯大女生爭奇鬥豔的場景。1938 年 4 月 26 日，聯大「規定藍布長衫為本校女生制服，日常須一律穿著」[4]。從此，校園裡便很少見到高跟鞋和旗袍了。

1940 年物價開始飛漲，知識分子們對衣著也就無法挑剔了。當時陰丹士林布每尺 2 元 6 角 8 分；白土布每尺 1 元 9 角 7 分；沖嗶嘰每尺 9 元 9 角 2 分；布鞋每雙 29 元 7 角 8 分；皮鞋每雙 86 元 6 角 7 分；線襪每雙 4 元……[5]對於要靠貸金支撐生活的學生們來說，逐年逐月飆升的物價致使他們對新衣服只能望而卻步。戰時學生們的衣著多是由本土的陰丹士林布作成，「最普通的是褪了色的黃制服、黃制帽，天氣冷時加一件黑色大衣，至少有 80% 的學生，一年四季都是這樣的服裝。男同學多數是制服裡面套著雜色『百衲衣』，腳上穿的是本地製造的價值 3 元的皮鞋，膠皮底鞋和 4 角一雙的粗布鞋。女同學們多是藍色布褂，高跟鞋是絕少見的……」[6]。

與學生的穿著相比，教授們的穿著似乎要好一點，但也沒有很優越。抗戰前他們的衣著多是西裝革履，少數教授身穿一襲長

---

4 西南聯合大學北京校友會校史編輯委員會編：《國立西南聯合大學校史資料》，北京大學出版社，1986 年，第 13 頁。

5 陳明遠：《文化人的經濟生活》，文匯出版社，2005 年，第 218 頁。

6 馬嘶：《百年冷暖——20 世紀中國知識分子生存狀況》，北京圖書館出版社，2003 年，第 209 頁。

衫，神采奕奕而又不失風度。對剛來蒙自的教授們而言，雖然日子比平津時差得太遠，但大抵也是好過的。1940 年後昆明物價飛漲，教授們的日子一落千丈，有時候「一月薪金尚購不到一套舊西裝」[7]。因此，聯大教授對衣著的布料、品質、樣式的要求明顯下降，衣服的作用也大多是為了禦寒。

物理系的吳大猷先生因無錢買新褲而總穿一條滿是補丁的黃卡嘰布褲子；數學系的華羅庚先生在昆明沒有添置過一件新衣，舊衣服上也滿是補丁；聞一多先生無錢買新衣便長期穿著一件樣式早已過時的灰色長袍；朱自清先生雖然偶爾會趁剛發薪水，去「成衣店買卡基布並訂做褲子」或「到龍泉鎮新華號訂做鞋一雙」，但多數還是處於「著破襪」、請別家太太修補一下壞了的衣領、找根繩子繫上掉了的紐扣的境地。冬天沒有大衣禦寒，他就買一領粗毛氈披在肩上。當然，教授中也有一些相比而言沒那麼捉襟見肘的人，比如吳宓。

1937 年 12 月—1938 年 2 月，吳宓在臨大度過南下後的第一個冬天時身上還穿著皮袍。1938 年 1 月 23 日，長沙極為寒冷，吳宓穿的是狐皮袍。即使從蒙自回到昆明，吳宓也還有不止一件的羊皮袍、狐皮袍、大氅、裘等冬日禦寒裝備。可見，戰爭初起階段吳宓的生活還是很富足的。1939-1941 年，吳宓的經常裝束是西裝加皮鞋，少數時候穿長衫。他非常愛惜他的衣服，如 1937 年 12 月 27 日吳宓不慎摔了一跤，可他惦記的是幸好自己穿的是舊的皮袍，沒有穿皮鞋[8]；即使戰爭年代，吳宓的西裝也要帶到城裡去洗才行，如某日，「至馬市口潔新店洗熨西衣」等。1941

7　浦薛鳳：《浦薛鳳回憶錄》（中），黃山書社，2009 年，第 239 頁。
8　吳宓著，吳學昭整理：《吳宓日記》（第六冊），生活·新知·讀書三聯書店，1998 年，第 276 頁。

年 6 月 8 日宿舍遭賊，吳宓的西服珍品全被盜去，那一天他在日記記下「今後只當穿藍布長衫，安心作在家僧而已」[9]。

西服丟失後，他常年一襲藍布大褂或者灰布土袍，一手拎布包袱，一手拄圓木拐杖，戴一頂半舊呢帽或土棉紗睡帽，「嘴角浮漾著輕微的笑」或「儼然不可侵犯的矜持」[10]。吳宓有羊皮袍、狐皮袍，偶爾也會買新長衫、新上衣或者買新布請別人裁剪，但是他寶貴自己的衣服，從來不肯丟了舊的衣衫。吳宓日記中常有縫縫補補的記錄，如「送裘與葉夫人，為縫補」、「熹為織補毛衣之一紐孔」（熹即葉公超的夫人袁永熹）；「訪雪梅……為宓釘雨衣扣」、「梅為宓縫補長衫左肩破處」（梅即盧雪梅）等。不僅如此，吳可讀因病去世後，吳宓還在其遺物中取了青灰絨褲一條和領帶一根。由此可知，在生活已成問題的戰爭年代，吳宓對衣服的新舊並不在意。

戰爭後期的吳宓常年一襲長袍，即使是正式場合也很少穿西裝。這雖然帶有客觀經濟因素，但也有他對傳統文化的重視和堅持。從西服回歸長袍，這種穿著打扮抹去了外在的西方因素，是戰時吳宓文化保存意識的一點顯現。在他看來，長袍馬褂是儒家文化的縮影，代表「禮」的基本內涵。所以，1938 年 8 月 27 日孔子聖誕典禮，吳宓五點就起床「肅衣冠、著長袍、單馬褂」[11]。吳宓如此重視當日的穿著並特意將西裝換回長袍，可見他對傳統文化是帶有敬畏之心的。吳宓認為，穿著體現著一個人的禮儀，

9　吳宓著，吳學昭整理：《吳宓日記》（第八冊），生活·新知·讀書三聯書店，1998 年，第 98 頁。

10　汪兆騫：《民國清流：大師們的抗戰時代》，現代出版社，2017 年，第 202 頁。

11　吳宓著，吳學昭整理：《吳宓日記》（第六冊），生活·新知·讀書三聯書店，1998 年，第 348 頁。

體現著對別人和對自己的恭敬尊重。所以不管生活多麼艱苦，他始終注意儀表和穿著。他會間隔不久地剪髮、浴身、薙面等；會因為衣服上的泥痕而鬱鬱不歡；會慶幸下雨天沒有穿皮鞋而染上汙漬；會在赴宴或是參加朋友婚禮前特意洗面、浴身、易衣；會嫌棄朋友的衣服太過豔麗奢華……雖然他後來的衣服沒有了往日的體面，可他也依然常年如一日地注意著自己的衣著，一如絕大部分的知識分子。

二、食

「民以食為天」，這是中國人對食物最基本的理解。抗戰頭兩年，西南聯大的伙食雖比不上平津時期，但吃飽總是沒問題的。1940 年後，國民政府的經濟手段完全失策，外來人口又迅速填滿昆明，這直接導致了昆明物價飛漲並成為大後方最高的幾個城市之一。據李學通《國民政府與大後方經濟》，戰爭後期昆明的食物類物價上漲了約 6000 餘倍。[12]昆明本地的土地大量種植罌粟，越南的大米因戰爭而無法進口，所以米就成了稀缺貨，米價也始終高居不下。「抗戰第二年我們初到昆明時，米才賣法幣 6 塊錢一擔（約 80 公斤），後來一擔米慢慢漲到 40 元……後來一擔米真的漲到 70 元。」[13]1941 年 1 月 7 日，教育部急電令報 11、12 兩月米價。聯大 11 日電覆：公米平均價格每石 80 元。[14]三年

---

12 李學通：《國民政府與大後方經濟》，四川大學出版社，1997 年，第 794 頁。

13 蔣夢麟：《西潮與新潮》，東方出版社，2005 年，第 254-255 頁。

14 西南聯大北京校友會編：《國立西南聯合大學校史》，北京大學出版社，1996 年，第 511 頁。

內，米價上漲了 10 倍。對於依靠貸金維持生活的學生以及薪金只漲了 5 倍的教授們來說，這顯然是一個難題。

長沙臨大時期，學生包飯每月僅 5.5 元，且午晚兩餐可三葷二素，二岔葷（肉加菜）、二素。到了西南聯大時期，學生們早先也是自辦大眾廚房，每月 6 元。包飯，每月 7.5 元。在小廚包飯 9 元……[15]。大眾廚房的伙食狀況並不好：早飯常是前一天剩飯泡的稀粥；午晚兩餐是 8 人一桌合吃 4 個小菜。後來大家普遍吃食堂，而食堂每天提供的只有兩頓沒有油鹽的白水煮青菜和「那永遠煮不熟的黑米加上十分之一的穀子、稗子、砂子、泥巴的『八寶飯』」[16]。「八寶飯」的稱呼是學生們對自己生活的自嘲。這種自嘲既有對生活現實的無奈，也有對生活壓力的釋放。

教授們的情況當然要稍微好於學生，但也絕不是雞鴨魚肉、山珍海味。大多數教授是包飯的，「每人每月九元，菜的量與質約等於長沙十二元的飯食」[17]。拖家帶口的就只能自己在家做飯，食物並不好。就連梅貽琦家中也常常是吃白飯拌辣椒。即使是這樣，梅貽琦的薪水也只能勉強維持半個月家用。這只是其中很籠統的情況。吳宓日記裡的詳細記錄可以提供一個更為真實的戰時圖景：抗戰初中後期有所差異，艱難的程度也有差別。

抗戰頭兩年，教授們的飲食還稱得上好。1937 年 12 月 7 日，吳宓日記記載，「教授飯食，有二團體，其一米食，其二麵食。……

---

15 馬嘶：《百年冷暖：20 世紀中國知識分子生活狀況》，北京圖書館出版社，2003年，第 208-209 頁。

16 西南聯合大學北京校友會校史編輯委員會編：《笳吹弦誦在春城》，北京大學出版社，1986 年，第 214 頁。

17 陳達：《浪跡十年之聯大瑣記》，商務印書館，2013 年，第 23 頁。

宓加入此麵食團。每月約二十元，不但有饅頭，且肴饌豐美。紅燒肘子常有，炒菜亦好」[18]。可見，長沙時期的飲食還較少受到影響。1938 年 5 月 4 日-7 月 30 日，吳宓在校內教職員食堂用膳。每日三餐四角，但是飯菜菲劣，他常常吃不飽。所以他每天都要加餐，或是雞蛋或是麵包。自 8 月 1 日起，吳宓就不在教職員食堂吃飯了。他選擇自由就餐，有搭夥入團也有下館子。

昆明期間，吳宓有幾次搭夥入團。「天南精舍」時期，「每天晨粥，雞蛋二枚。午晚米飯，四菜一湯。晚菜有紅燒肉一盤」[19]。搭夥周珏良時期，每月約 25 元。搭夥葉公超時期，每月約 30 元，後有所增加。雖然每次搭夥並未維持很長時間，但吳宓此時的伙食應該還是不錯的。搭夥入食難免有不合口味之處，吳宓經常在飯後加餐，花樣層出不窮，包括牛肉、豆沙包子、饅頭、甜酒雞蛋、花卷等。

絕大多數時間，吳宓都是下館子吃飯。昆明大小飯館都留下了吳宓的足跡。吳宓日記裡關於下館子的記錄非常豐富，包含請客、被請客、客人、座次、事由、餐館名、酒菜名、費用等，十分詳盡。吳宓日記中第一次出現物價增長的字眼，是在 1939 年 8 月 29 日，「菜價近又增矣」。而此段時期他的日記中並未詳細記錄食物的價格，對食物的評價多是「肴饌精美」、「佳美」、「豐美」等。據此可以了解到，彼時昆明的物價增長緩慢，食物也還能夠慰藉教授們的口胃。而自 1940 年下半年始，昆明物價明顯大幅度增長，1942-1944 年已達到非常嚴重的地步。吳宓的

18　吳宓著，吳學昭整理：《吳宓日記》（第六冊），生活·新知·讀書三聯書店，1998 年，第 270-271 頁。

19　吳宓著，吳學昭整理：《吳宓日記》（第六冊），生活·新知·讀書三聯書店，1998 年，第 351 頁。

記錄也在先前的「增價」二字之後不斷變化數字，如包子增價 4 元、米飯增價 25 元、面增價 20 元、醬肉增價 40 元……1944 年後期至 1945 年，吳宓成都的日記更加頻繁地記錄了物價的上漲，基本每天一個樣，甚至一天中價格也要漲好幾次。而此時，吳宓對食物的評價更多的是「劣」、「菲劣」、「庸劣」、「惡劣」、「劣且昂」……據此而言，吳宓的飲食情況在逐日下降。食物的品質一天不如一天，由食物帶來的心情也由之前的多「適意」轉變為了多「惱怒」。

　　由吳宓日記可知，昆明的物價有一個集中上漲的時期。1942 年之前，食物還處於物美價廉的階段。1942 年之後，食物就昂貴而劣質了。對於飲食，吳宓應是知足的。當其他許多教授們都在為了生計而緊衣縮食時，吳宓依然經常下館子，要麼單獨赴食，要麼請客，要麼被請客。雖然鮮有大魚大肉，但至少沒有餓過肚子，偶爾還能吃吃魚翅喝喝茅臺。然而，即使是像吳宓這樣能吃飽穿暖的教授，也面臨著飛漲的物價帶來的生存生活的壓力，更何況其他拖家帶口的文人們。所以，西南聯大的教授們都開始為了生存而努力創收。

第二節　開源節流──兼差

　　20 世紀 30 年代，北平大學教授月薪為 400-600 元，再加上其他兼課兼職，他們的收入最高能達 1500 元。而當時的北平一戶普通人家的每月生活費僅需要 30 元左右。[20]可見，知識分子在

---

20 陳明遠：《文化人的經濟生活》，陝西人民出版社，2013 年，第 238、248 頁。

20 世紀 30 年代的生活是相當優越的。他們大抵都是有錢人，或有存款或置房產，對錢的概念並沒有十分清晰。

　　然而戰爭打破了一切。聯大師生在物質生活上的黃金時期，僅限於 1938-1939 年上半年。而後由於國民政府的政策失當、戰爭節節潰敗以及外來人口急劇增加等原因，昆明的經濟持續紊亂，物價一直高漲不下。這直接波及了知識分子群體的日常生活。在文人筆下曾經充滿情調的柴米油鹽如今十分尖銳地遊蕩在知識分子們眼前。「錢」好似夢魘一樣日夜不停地提醒著他們枯瘦的荷包。知識分子的精神壓力與日俱增。

　　魯迅很早認為，「錢是要緊的。……自由固不是錢所能買到的，但能夠為錢所賣掉。人類有一個大缺點，就是常常要饑餓。為補救這缺點起見，為準備不做傀儡起見，在目下的社會裡經濟權就見得最要緊了……」[21]。而這種認識，聯大師生們到了通貨急劇膨脹的時候才有。高漲的物價和低廉的購買力構成強烈的對比，真的是「淮南米價驚心問，中統錢鈔入手空」[22]、「日食萬錢難下箸，月支雙俸尚憂貧」[23]。生活的重壓下，知識分子們不得不和金銀細軟做鬥爭。他們一方面精打細算地節流，另一方面也不得不開源。

　　文人們開源的方式有很多。有的工作繁忙，太太們便設法貼補家用，最著名的是梅貽琦夫人的「定勝糕」；有的通過自己的專業技術，進行生產，如製作肥皂、墨水等；有的自種蔬菜瓜果，如葉公超、聞一多等；有的經商，如楊西崑開飯館、葉公超囤積

---

21 魯迅：《魯迅全集》（第 1 卷），人民文學出版社，1981 年，第 161-164 頁。

22 陳寅恪：《庚辰元夕》。見吳宓著，吳學昭整理：《吳宓詩集》，商務印書館，2004 年，第 356 頁。

23 陳寅恪：《目疾未愈擬先事休養再求良醫以五十六字述意不是詩也》。見陳美延編：《陳寅恪詩集》，清華大學出版社，1993 年，第 37 頁。

布匹、羅隆基做茶生意等；有的甚至還販賣其視為生命的書籍，如吳晗和陳寅恪等。……當然，最普遍的方式還是在大、中學裡兼課或作家教。

在「兼差隊伍」中，吳宓是較晚加入進來的。一是由於單身，支出相對沒那麼大；二是 1942 年吳宓被評上了部聘教授，享受著「雙俸」，即每月薪俸 600 元，學術研究費補貼 1000 元。這兩個條件加起來，吳宓的日子總比其他教授們要好過一點。所以雖然生活越來越困難，吳宓還是堅持「力行節儉，量入為出，不敢煩費」的生活準則。後來，吳宓的家庭索取越來越頻繁，他的日子也越來越難過。吳宓終於還是決定要開源了，主要包括以下幾種：

（1）兼課。吳宓最重視自己的教師身份，所以首選的開源方式也是兼課。1943 年 8、9 月起，他在中法大學和雲南大學兼課，講授《文學與人生》《世界文學史綱》《19 世紀英國詩人》等課程。中法大學每星期一小時，月薪 360，全年 12 個月薪金。吳宓在兩校兼課每月大概能掙 1700-2000 元。但這 2000 元的實際購買力還不到戰前的 5 元法幣。

（2）家教。吳宓對做家教的家庭是非常挑剔的，希望是上層的大戶人家。所以他托梅貽琦、林文錚、白之瀚、遠峰和尚等為其尋覓「巨室家館」。如，林文錚介紹商品檢驗局會計潘某跟吳宓學英語，每次兩小時，收費 250 元，每月 2000 元。[24]

（3）編輯。這是吳宓最願意從事的副業，一是想要繼續完成《學衡》的使命；二是想要通過報紙宣傳文學主張。當時《曙報》《正義報》《中南晚報》等都想請吳宓做編輯。他思前想後，

24 吳宓著，吳學昭整理：《吳宓日記》（第九冊），生活·新知·讀書三聯書店，1998 年，第 214 頁。

先答應了《中南晚報》，允為顧問；又答應了《曙報》，月薪 1000；再答應了《正義報》。後來由於多種原因，他把三家報紙都辭退了。

（4）學術演講。1942-1944 年，吳宓應邀為很多單位和機構做學術演講，如昆明廣播電臺、雲南省地方行政幹部訓練團、迤西會館、昆明職業婦女會、雲南錫業公司等，每次演講酬款不等。

（5）稿費。這一時期吳宓還為不少雜誌和報刊寫稿件，如 1943 年 7 月 22 日，收到《旅行雜誌》稿費 200 元；1944 年 12 月 16 日，得《星期快報》稿費 500 元等。

（6）審議學術著作。1942 年，吳宓被聘為部聘教授後又被聘為教育部學術審議委員會委員。許多學者的著作都是經由吳宓審查的，如朱光潛的《詩論》等。審議工作是有酬勞的，常常是 800-1000 元不等。

（7）兜售講義。如 1942 年 10 月 3 日記載，「上午在系中整理出售《歐文史》講義，每份 21 頁，售價$6......共售出 70 份，得$420」[25]等。

（8）代賣《旅行雜誌》。吳宓每次去演講都要帶上《旅行雜誌》托主辦方代售，售完結帳。如，中旅社繳給吳宓所售 200 本《旅行雜誌》的款項等。

據此可以了解到，吳宓的兼差創收方式是多種多樣的，但也僅限於自己專業之內，沒有商業的摻雜。有一次，林文錚和吳宓去參加朋友聚會，兩人談到了經商的事。林文錚主張營商以獲得豐厚收入，並付諸了行動。對此，吳宓則「自愧無錚之才力，不能營商。即能，亦不願且不敢為。因習俗易人，既營商，則一切

---

25 吳宓著，吳學昭整理：《吳宓日記》（第八冊），生活・新知・讀書三聯書店，1998 年，第 393 頁。

思想精神，必變為汙濁刻覈。今世中國更無一二純潔清正之士矣」[26]。

這是吳宓對商業的基本態度：不願，不敢且不屑。吳宓十分厭惡趨鶩實利的行為，討厭為獲取豐厚利潤而不折手段的貪鄙之人。所以，他拒絕了白之瀚為其介紹的月薪 6000 的光明電影院英文秘書工作；強烈譴責了葉公超囤積居奇想待時出售以獲得巨額利潤的行為；拒絕了李宗蘗等人的租店營業以獲收入的邀請……

對商業的不願和不屑，是吳宓道德精神的一個顯現。他非常清楚「商業」帶來的後果：「上下交征利而國危」[27]、「盡中國強有力者勾結為利，暴富者眾。而民益窮、國益危矣！」[28]下層人民饑寒交迫、上層官商燈紅柳綠，窮人愈窮、富人愈富，最終導致的是社會整體道德精神的下滑。而這種「國家危象」正是吳宓等知識分子們所擔心的。

吳宓代表的是信守儒家傳統的知識分子。他們依然有著修身齊家治國平天下的抱負，追求人格的獨立和思想的自由，信奉「君子愛財，取之有道」，認為「窮且益堅，不墜青雲之志」才是面對困厄的正確態度。這就是儒家常說的人間正道，即符合道德要求之道。吳宓提倡以道德為中心的人生觀，認為無論何時，人都要依靠道德來自我約束。在他看來，從商趨利的行為已經違背了儒家的道德要求。所以，他寧做精神的聖人，不做追名逐利的小

---

26 吳宓著，吳學昭整理：《吳宓日記》（第九冊），生活·新知·讀書三聯書店，1998 年，第 79 頁。

27 吳宓著，吳學昭整理：《吳宓日記》（第七冊），生活·新知·讀書三聯書店，1998 年，第 164-165 頁。

28 吳宓著，吳學昭整理：《吳宓日記》（第九冊），生活·新知·讀書三聯書店，1998 年，第 28 頁。

人。而像葉公超這樣迷戀金錢、以利為主的知識分子，已經違背了傳統知識分子的道德觀念。這自然不被吳宓這樣信守儒家傳統的知識分子們所待見。

　　戰時的知識分子們為生活所困，兼差賺錢當然無可厚非。吳宓輩們本也有機會和能力從商，但這是傳統知識分子所不恥的。他們只願意兼職一些跟自己專業相關或類似的職業，嚴重的時候甚至賣書來貼補家用，但絕不肯投機從商獲取巨額利潤。這是吳宓輩們對道德精神的堅持，是他們為保存中國傳統精神所做的微小努力。

第三節　吳宓戰時的日常交際

　　在為衣食等基本生活奔波之時，吳宓將日常交際也融入了其中。值得注意的是，吳宓的飲食飽含了太多的人事交往，有時是他宴請別人，有時是他應別人的招宴。請客與被請之間無形中構成了他的日常交往網路。他們通過聚餐、唱和等方式，不斷地將周圍人聚集在一起。其間的觥籌交錯、把酒言歡，直接影響了吳宓的文學書寫，也能夠洞見戰時學院派知識分子的生活。

　　吳宓此時的宴請聚會有公事性質，也有私人情誼。公事性質的宴請不多，而處於其間的吳宓大多如坐針氈，不能感到舒適，還常常帶有抱怨的意味。如：1939 年 11 月 17 日赴吳可讀招宴，「宓深感宓近者與公宴，論年則幾為最老，敘座則降居最末」[29]；1941 年 12 月 15 日：「7-10 至海棠春，赴杜聿明軍長招宴……客

29　吳宓著，吳學昭整理：《吳宓日記》（第七冊），生活·新知·讀書三聯書店，1998 年，第 92 頁。

為蔣、梅校長以下，宓得陪末座，終席而已」[30]等。在公事性質的宴會中，吳宓大多都會在日記裡發發牢騷，說其年齡最大，位置卻最末；說參會的人虛偽矯飾；說宴會內容浮於表面並沒有太大的實際意義……

相比而言，在與朋友、學生等私人情誼的宴請聚會中，吳宓要自然舒適得多。在這類聚會中沒有公關的拘束，朋友聚在一起更多的是由於相似的人生觀、文學觀、興趣愛好等。如：

1938 年 2 月 10 日：「是日下午，胡徵再來，邀至奇珍閣晚宴……肴饌亦佳美，暢談人生與小說。」[31]10 月 1-4 日：「此數日中，宓每日上午 10-12 輒邀麟出，至蒙湖食牛肉，又至三山公園久談，甚為酣洽。」[32]

1939 年 3 月 30 日：「4：00 陪岱訪林同濟夫婦……訪沈從文……客有蕭乾、馮至、錢鍾書、顧憲良、傅雷等。眾肆談至 7：00 始散。」[33]8 月 16 日：「晚 5:30 赴玨處晚飯，飯後與眾談中國小說。」[34]

1942 年 2 月 13 日：「宓請宴於厚德福樓下（$57），談詩文及友瑣事。」[35]

…………

---

30 吳宓著，吳學昭整理：《吳宓日記》（第八冊），生活·新知·讀書三聯書店，1998 年，第 215 頁。

31 吳宓著，吳學昭整理：《吳宓日記》（第六冊），生活·新知·讀書三聯書店，1998 年，第 295 頁。

32 吳宓著，吳學昭整理：《吳宓日記》（第六冊），生活·新知·讀書三聯書店，1998 年，第 358 頁。

33 吳宓著，吳學昭整理：《吳宓日記》（第七冊），生活·新知·讀書三聯書店，1998 年，第 14 頁。

34 吳宓著，吳學昭整理：《吳宓日記》（第七冊），生活·新知·讀書三聯書店，1998 年，第 51 頁。

35 吳宓著，吳學昭整理：《吳宓日記》（第八冊），生活·新知·讀書三聯書店，1998 年，第 249 頁。

　　據學者統計，1942 年的前四個月裡吳宓餐飲應酬達 53 次，其中請客 25 次，被請客 28 次，「兩三人的小宴較多，上檔次的較少，有時候也是家宴」[36]。在此類朋友間的聚會中，有些是毫無目的的消遣，有些是帶有思考的爭論；有些論及個人私生活，有些漫延到詩詞文學和人生。他們一起辦椒花詩社，在詩歌唱和中表露對人生的態度；他們一起辦石社，暢談紅樓夢與人生愛情。這種帶有私人情誼的朋友間的宴請儘管不是每次都舒暢快然，但也給臨知天命之年的吳宓帶來了心靈的慰藉。畢竟吳宓的「學衡」諸友沒有一個在聯大，而清華的諸君也似乎沒有重用他。

　　除了日常性的飲食宴會所建立的交往網路外，一些偶然性的事件也加固了朋友間的聯繫，例如「婚禮」和「生日」。這種帶有祝禱性質的聚會有著外在的宴會空間形式，也有著更加內涵化的祝詞表現形式。他們通過文字唱和的方式來傳達對過壽的人或結婚的人的祝願，並在祝願中達成雙方的情感交流。這種交流顯然可以明顯區分出不同知識社群的精神氣質，折射出這一交往網路中人們的文學精神和價值傾向。

　　吳宓的生日是朋友宴集的一個契機。1939 年 9 月 3 日，是吳宓 46 歲生日。他設席宴客，周玨良、鄭僑、李賦甯、王德錫等均作詩慶祝。周玨良「亂離嘉日當狂歡，醉後先生率性真」、李賦甯「滇南遠戍逢佳辰，鄉語客邊最覺親」[37]等詩表達了眾友對吳宓最真切的祝福。1943 年 8 月 20 日，是吳宓 50 歲生日。這一天，吳宓因思親更甚而辛酸悲傷。晚上，吳宓宴眾友於蜀薌樓，

36　余斌：《西南聯大的背影》，生活·讀書·新知三聯書店，2017 年，第 90 頁。
37　吳宓著，吳學昭整理：《吳宓詩集》，商務印書館，2004 年，第 352 頁。

眾人亦賀函慶祝。吳宓自作《五十生日詩》十四章，浦江清、蕭公權、釋遠峰、林文錚、汪懋祖等紛紛寫詩唱和[38]。這既表達了友人對吳宓的深深祝願，也在唱和之中給予同伴肯定，給悲傷中的吳宓帶去了一點點的溫情。這樣的方式不僅彰顯了朋友之間的真摯情誼，還是以詩會友的一個表現。吳宓的舊體詩創作是逆流的，而這樣的「逆流」在戰時顯得尤為孤獨。亂世之下形單影隻畢竟令人倍感落寞，而尋到知音則是對自己選擇的一種變相肯定與支持[39]。他們寫詩酬和，依韻切磋，探討舊體詩詞的音韻格律。顯然，舊體詩詞是他們共同的文學選擇，代表了他們對傳統文化的態度和傾向。這些寫詩唱和的朋友們使吳宓體會到了一種群體歸宿感與自我存在感。烽火連天中，這種感覺給吳宓提供了強大的精神力量並支撐其度過了頻繁的大轟炸歲月。

小　結

　　抗戰時期的《吳宓日記》再現了戰時知識分子們的生存圖景。1937-1938 年，知識分子們的生活水準即使有所下降但依然能保持日常生活；1940-1941 年，聯大師生們還沒能好好掌握節衣縮食的本領，隨戰爭而來的生存和生活的困難便潮水般湧來。生存與生活背後的酸甜苦辣展現了戰時知識分子們最真實的生存狀態。以吳宓為代表的學院派知識分子們不得不為了日常基本生活而使出渾身解數。他們穿著打補丁的衣服，吃著和有穀稗的

---

38 詳見吳宓著，吳學昭整理：《吳宓詩集》，商務印書館，2004 年，第 352 頁。
39 徐珊：《戰時大後方知識分子的日常生活》，華東師範大學，2011 年碩士論文。

食物，還要兼職掙錢以維持一家人的正常生活……「中國的知識分子進入了另一個時代，再也沒有窗明幾淨的書齋，再也不能從事縝密的研究，甚至失去了萬人崇拜的風光」[40]，而這一切在日軍的「疲勞轟炸」中顯得更加突出。

---

40 裴毅然：《中國知識分子的選擇與探索》，河南人民出版社，2004 年，第 371 頁。

第四章　戰爭威脅：大時代下文人的「轟炸生活」

　　知識分子們南渡西遷本是為了遠離戰爭，然而，蔓延的炮火使得原本意義上的大後方變成了前線戰地。對聯大師生來說，大轟炸給他們帶來了更為直接的戰爭體驗。1937 年 11 月 24 日，長沙首次遭到轟炸，他們被迫繼續遷徙。1938 年 9 月 28 日，日機首次轟炸昆明。由此，日軍開始了以堵截破壞滇越鐵路和滇緬公路為終極戰略意義的昆明大轟炸。據《雲南防空實錄記載》：「1938 年至 1944 年，昆明共發警報 232 次，日機入侵昆明上空 142 次，入侵日機達 1099 架，共投彈 3043 枚，死傷無辜同胞 3530 人（其中被炸死 1759 人），炸毀、燒毀、震毀各種房屋 19015 間」[1]。

　　日軍的「疲勞轟炸」戰術完全打亂了人們的生活節奏。文人知識分子們的住宿情況、心態起伏和日常生活等都受到大轟炸的牽連和影響。這一點，《吳宓日記》中有非常詳細的記錄。考察《吳宓日記》，能夠洞悉戰時大轟炸背景下文人們居住環境的變遷，探析其「跑警報」前後期的心態變化以及「跑警報」時的業餘活動背後的深刻含義，從而了解知識分子們在戰時的態度和人文關懷。

1　丁學仁：《日記轟炸昆明罪行錄》。詳見中共雲南省黨委黨史研究室編：《抗戰紀實——抗日老戰士徵文選》，雲南人民出版社，1996 年，第 49-50 頁。

第一節　大時代下文人的住宿問題

相比穿衣和飲食，住房是西南聯大師生較少操心的地方。聯大的學生宿舍是統一安排的每個房間 20 張雙層木床的土坯茅草房。聯大教師中有家庭的人一般在外租住，而單身的教師們大多集中住在一起。蒙自時期，住宿條件相對較好。教授們有的是幾個人抽籤住一個房間，有的是幾個人一起租住當地大戶人家的房子，但大多都合住在法國銀行、圖書館、歌臚士洋行等地。昆明時期，教授的住宿條件比學生宿舍好不了多少，「聯大教員來者愈多，隨時加板床。於是一廳之中，板床櫛比密連，凡住二十餘人。其喧鬧擁擠之情形可詳見」[2]。後來為避日機的頻繁轟炸，教授們大都散居鄉野。於是，搬家成了教授們的普遍現象。聞一多搬了八九次，朱自清也搬了八九次……教授們有的搬到郊野，有的入住山中寺院，有的散戶到各家農院……情況不一，但大體都有安身之處。

吳宓是離了婚的人，來昆明時也是單身，所以住宿問題相對簡單。據《吳宓日記》，筆者大概整理了戰時吳宓的搬家情況，如下：

1937 年 12 月 7 日，剛到南嶽的吳宓住在山上的宿舍，與沈有鼎做室友。12 月 18 日，吳宓搬到山下的宿舍，與沈有鼎、錢

---

2 吳宓著，吳學昭整理：《吳宓日記》（第六冊），生活·新知·讀書三聯書店，1998年，第 317 頁。

穆、聞一多同室。[3]

　　1938 年 3 月 7 日，吳宓輾轉到了昆明，居住在全蜀會館後院樓下大廳之西壁，與湯用彤、賀麟做鄰居。4 月 2-8 日，他與塗文合住法國銀行 311 之前半小間。4 月 9 日-5 月 3 日，他先住 211 室，後與塗文共居 347 室，至 8 月 9 日止。期間的 4 月 24 日，他遷入李氏兄弟的西式二層樓房，命名為「天南精舍」，與湯用彤父子、賀麟、浦江清等為室友。5 月 15 日遷回校內 347 室，8 月 30 日又遷回「天南精舍」。11 月 1 日，吳宓隨文法學院遷回昆明，居住在昆華農業學校東樓 44 室。[4]

　　1939 年 7 月 11 日，吳宓獨居農校東樓樓上 63 室。7 月 15 日，搬至昆華師院第五室（No44），與葉公超、金岳霖同居。7 月 23 日，仍居住昆華師院第五室，室友為趙淞、王竹溪。此年，吳宓只搬了一次家。[5]

　　1940 年，吳宓先居住在昆華師院，室友換了好幾波；後至昆華農校借室居住。8 月 29 日，他遷至玉龍堆 25 宅居住，與鄭之蕃為室友。後居於 25 宅西樓樓上四十二室，與陳省身同室。[6]

　　1942 年 3 月 4 日，吳宓遷至北門街 98 號宿舍 13 室。7 月 27 日，搬至陳銓居室。9 月 26 日，遷至北門街 71 號清華教授新宿

3 吳宓著，吳學昭整理：《吳宓日記》（第六冊），生活·新知·讀書三聯書店，1998 年，第 270、274 頁。

4 吳宓著，吳學昭整理：《吳宓日記》（第六冊），生活·新知·讀書三聯書店，1998 年，第 316、327、330-331、333、350、371 頁。

5 吳宓著，吳學昭整理：《吳宓日記》（第七冊），生活·新知·讀書三聯書店，1998 年，第 26、30-31、38 頁。

6 吳宓著，吳學昭整理：《吳宓日記》（第七冊），生活·新知·讀書三聯書店，1998 年，第 204、219、222 頁。

舍前樓樓上 212 室，開始繳納宿舍各費。[7]

　　1945 年，吳宓到了成都，還是跟居室長期「奮戰」著，甚至威脅燕京大學以求得佳室居住。9 月 5 日，吳宓遷至燕京大學男教職員三樓 16 室。[8]

　　據此可以了解到吳宓搬家是很頻繁的。搬家的原因不外乎三個：居室環境、室友、大轟炸。

　　首先是居室環境，它影響著吳宓的心情。1937 年南嶽時期，吳宓心情愉悅舒暢。一是顛沛流離的南下之途終於告一段落；二是室內寬敞，宿舍樓外風景優美。吳宓自述道：「居之甚舒適，誠佳美之講學讀書地也」[9]。1940 年，吳宓搬至昆華師院。因諸人在客廳中抽煙打牌喧鬧異常，他十分怫然苦惱。1941 年，吳宓居北門街 98 號，日夜聞馬冀之氣息，聆市井之惡罵，難以安居；而遷至陳銓居室則覺較寬廣而舒，且安靜。1945 年到了成都，吳宓終於找到了一個高敞清潔、充滿陽光而窗明幾淨、極合安居讀書的地方，於是在昆明鬱鬱寡歡的他終於得以愜心。

　　其次是室友。聯大伊始，教授們是通過抽籤的方式決定室友的，這種方式帶有極大地偶然和緣分。如，陳省身與吳宓，他們學科、個性和年齡完全不同，卻同住一屋、朝夕相處。後來，吳宓的室友帶有他自己選擇的痕跡。他不喜抽煙，所以選擇跟不抽煙的趙淞、王竹溪住一起。他喜安靜，所以會勒令制止別人的吵

7　吳宓著，吳學昭整理：《吳宓日記》（第八冊），生活·新知·讀書三聯書店，1998 年，第 258、347、389 頁。

8　吳宓著，吳學昭整理：《吳宓日記》（第九冊），生活·新知·讀書三聯書店，1998 年，第 501 頁。

9　吳宓著，吳學昭整理：《吳宓日記》（第六冊），生活·新知·讀書三聯書店，1998 年，第 270 頁。

鬧。為了得到一個較為良好的居住環境，吳宓甚至以離校的方式威脅校方。

第三是大轟炸。本以為南渡西遷帶來的是安定的生活，然而，大轟炸使得後方也變成了戰爭前線，知識分子們的生活更加動盪不安。頻繁的轟炸程度不一地破壞了教授們的居住環境。而頻繁的搬家也給他們帶來了疲勞感，造成了較大的心理壓力。吳宓日記中多次記載了房屋受損的情況，如：

1940 年 10 月 23 日：「夜中，風。宓所居樓室，窗既洞開，屋頂炸破處風入。壁板墜，壁紙亦吹落。彌覺寒甚。」[10]

1941 年 1 月 29 日：「舍中同人皆外出，宓即掃去窗上之積土，悄然安寢。寓舍僅齋頂震破數方，簷角略損，玻窗震碎。」[11]

1941 年 4 月 29 日：「4:00 抵舍，則本舍僅蕭蓬小室屋頂洞穿方寸之孔。一鐵片落床上。宓室中塵土薄覆，窗紙震破而已！」[12]

1941 年 5 月 28 日：「我這間屋子雖不漏雨，那邊 F.T.和岱孫的房裡，已經大漏特漏，雨水一直滴流到下面皮名舉的房裡，濕了一大塊地……我們這窗子是開敞的，對面板壁上轟炸震破的寬縫，用厚紙糊著的，紙又都吹破了……」[13]

10　吳宓著，吳學昭整理：《吳宓日記》（第七冊），生活·新知·讀書三聯書店，1998 年，第 251 頁。

11　吳宓著，吳學昭整理：《吳宓日記》（第八冊），生活·新知·讀書三聯書店，1998 年，第 21 頁。

12　吳宓著，吳學昭整理：《吳宓日記》（第八冊），生活·新知·讀書三聯書店，1998 年，第 79 頁。

13　吳宓著，吳學昭整理：《吳宓日記》（第八冊），生活·新知·讀書三聯書店，1998 年，第 86-87 頁。

　　由於頻繁地搬家，吳宓的心情早由「山青雲白無烽景，且共兒童笑語嘩」[14]轉變為多郁悒少舒適的境地。這種居無定所、不停換宿舍的生活是戰亂帶來的。而對戰爭本來就持悲觀態度的吳宓而言，這種居無定所的日子無疑加強了漂泊無依的心理體驗以及由悲觀衍生出來的出世、為僧的念頭。亂世之中，吳宓跟他的室友們的關係並沒有達到很深的層次。室友中少有能夠像陳寅恪、吳芳吉這樣交心的知己，加之他始終帶有些許親人不在身邊的落寞，長期處於這種情況下的吳宓從心底衍生出了些許疲勞感和疏離感。這也是吳宓與眾人聚在一起經常會突然生出一種孤獨感的原因。

　　吳宓對頻繁搬家所表現出的疲勞感或許是戰時大多數知識分子的感受。原以為可以在蒙自安定，但一個學期之後即搬回了昆明。原以為昆明的住處會相對安定，戰事的潰敗以及接二連三的大轟炸使得教授們再也不能在窗明幾淨的空間環境中生活，這其中的心態轉換也正是教授們對戰爭的態度。吳宓發出「苟能國難平息、生活安定，在此亦可樂不思蜀也矣」[15]的感嘆，既包含了對戰事日益嚴峻的無奈，也表達了期望和平的心情。

第二節　大轟炸下的「跑警報」活動

　　昆明不像重慶，基本沒有防空洞，所以「一有警報，別無他

---

14 吳宓：《天南精舍即事》。詳見《吳宓詩集》著，吳學昭整理，商務印書館，2004 年，第 338 頁。
15 吳宓著，吳學昭整理：《吳宓日記》（第六冊），生活・新知・讀書三聯書店，1998 年，第 331 頁。

法，大家就都往郊外跑，叫做『跑警報』」[16]。1940-1941 年是日軍轟炸昆明的高峰時段。這兩年中，聯大師生過上了幾乎是天天在空襲的警報聲中匆忙躲避炸彈的日子。「跑警報」成了戰時師生們共同的生活方式。《吳宓日記》中關於「跑警報」的記錄頗為詳細。考察《吳宓日記》，能夠探析「跑警報」前後期的心態變化，了解「跑警報」的業餘活動的深刻含義，從而理解知識分子們對戰爭的態度和人文關懷。

一、「跑警報」的心態變化

與轟炸相比，警報的威懾力量更大。由於「轟炸的時間短，人都躲起來，一點兒自由沒有，只乾等著。警報的時間長，敵機來不來沒準兒，人們都跑著，由自己打主意，倒是提心吊膽的」[17]，所以人們更害怕警報聲。這種看法能夠代表當時大多數人們的心態。日機最初轟炸時，人們對轟炸的憂慮過分誇大。所以，人們最初對待空襲也很認真，一有預行警報，就紛紛向郊外跑去。直到後期，聯大師生的「跑警報」行為才不總是顯得急切慌張。其中的心態起伏因人因時而異。

1937 年 11 月，三校剛遷到長沙的時候，長沙雖有空襲但不多。吳宓日記中首次親歷空襲的記錄是在 1937 年 11 月 24 日。警報一響，人們四處奔竄，場面極為慌張混亂。這時的人們對轟炸的認識還不深刻，心理也沒有把握。所以，看熱鬧的很多，四

---

16 汪曾祺：《汪曾祺散文》，人民文學出版社，2005 年，第 46 頁。
17 朱自清著，朱喬森編：《朱自清全集》（第 3 卷），江蘇教育出版社，1988 年，第 418 頁。

處奔竄的人也很多，受別人緊張影響的更多，總體的氣氛是驚懼慌張。這時期知識分子親歷的或是見到的傷亡還比較少，整體的心境比較淡定。

　　1938 年吳宓從長沙南下昆明，一路上都是炸彈毀鑿的痕跡。他這才真正意識到國軍的潰敗以及戰爭的激烈。破敗的戰爭景象加深了教授們的心理體驗。這種心理體驗首先表現在他們初遇轟炸時的緊張驚懼以及「跑警報」的一本正經。

　　1938 年 9 月 28 日，敵機 9 架首次轟炸昆明。此次的主要目標是位於昆華師院的聯大教職員和學生的宿舍。彼時吳宓還在蒙自，十分慶倖自己沒有早赴昆明而遭此大劫。然而雖未處於轟炸中心，吳宓內心還是緊張恐懼的。據錢穆回憶，當時他們聽到謠言說有空襲，住在「天南精舍」的 7 位教授們如臨大敵：

> 沈有鼎自言能占易。某夜，眾請有鼎試占……竟是「不出門庭凶」五字。眾大驚。遂定每晨起，早餐後即出門，擇野外林石勝處，或坐或臥，各出所攜書閱之。隨帶麵包、火腿、牛肉作午餐，熱水瓶中裝茶解渴，下午四時後始歸。……群推雨生為總指揮。三餐前，雨生挨室叩門叫喚，不得遲到。及結隊避空襲，連續經旬，一切由雨生發號施令，儼如在軍遇敵，眾莫敢違。[18]

　　此時教授們的反映很有代表性。因為不清楚日機出沒的時間，所以眾人都處於高度緊張的狀態。當時昆明的警報大致可以

18　錢穆：《八十憶雙親・師友雜憶》，嶽麓書社，1986 年，第 189 頁。

分為三種：預行警報、空襲警報、緊急警報。那時的人們雖然不知道什麼時候跑，但跑是必須的，而且是提前準備好乾糧的。所以一聽到預行警報響甚至僅僅是聽到謠言，師生們也是要跑的。這樣自然很疲乏。

跑警報的日子久了，大家發現空襲和轟炸的威力並沒有預想中嚴重，所以人們也漸漸習以為常，不再手忙腳亂，甚至產生了懈怠和僥倖的心理，。

在 1940 年的日記裡，吳宓雖然記載了很多跑警報的日子，但這時他的心境遠沒有 1938、1939 年那樣慌張。1940 年 2 月 3 日，1:00-3:30 警報，吳宓坐在葉公超的孝園中休息，觀下圍棋，並沒有要跑的意思。[19]4 月 25 日，10-12 警報響，吳宓在葉公超的宅院中，觀看兩頭水牛耕地。[20]……此時期的吳宓遇到預行警報時一般比較淡定，就算外出躲避也不再匆忙慌張。總體而言，他「以悲苦而輕視死生」、「意殊坦適」，心境平易了不少。

1940 年下半年-1942 年，吳宓就更為從容淡定了。有時警報來了，他也選擇留在室中睡覺、補日記、看書、寫信、閒談等。此時吳宓已經有了幾個固定地躲避空襲的場所，如昆華農校後的西樹堤、翠湖中的會心亭、鄉下田野、第二山中的谷地等。有了固定的線路後即使警報來了，吳宓也是行途放緩、徐徐出城。而對於日軍的高射炮連擊等行為，吳宓的態度已由剛開始的驚懼轉到了「殊不驚」。

---

19 吳宓著，吳學昭整理：《吳宓日記》（第七冊），生活·新知·讀書三聯書店，1998 年，第 127 頁。

20 吳宓著，吳學昭整理：《吳宓日記》（第七冊），生活·新知·讀書三聯書店，1998 年，第 159 頁。

吳宓前後「跑警報」的心態變化不是個例，它代表了絕大部分知識分子的變化。頻繁的轟炸致使教授們已經習慣了天天跑警報。警報跑久了，自然也能摸出大概規律，「十點左右是最可能放警報的，一跑可能有三四個鐘頭，要下午一二點鐘才能回來……昆明雖則常有警報，真正轟炸的次數並不多，而且又不常以市區作目標的……」[21]。教授們一旦摸清這個規律，行動上和心理上都有了預期準備。而在數次空襲中教授們本身並未遭受大災難，所以他們的警惕性也慢慢下降，「很多人聽到緊急警報還不動……要一直等到看見飛機的影子了，這才一骨碌站起來，下溝，進洞……」[22]。此時跑警報有了經驗，形成了固定的路線和固定的三五好友，所以跑起警報來駕輕就熟，自然少了些恐慌，多了些鎮定。後來的「跑警報」生活竟然衍變成了一種高於受罪低於享受的別樣體驗。

二、「跑警報」的業餘活動

頻繁的「跑警報」是一件費時勞心的事情。無論是學者還是師生，大好的時光都白白流逝。由此，人們在跑警報的時候常常會有一些活動，一是為了打發時間，二是找點樂趣來舒緩空襲帶來的心理壓力。汪曾祺曾回憶：「空襲警報到緊急警報之間，有時要間隔很長時間，所以到了這裡的人都不忙下溝……大都先在溝上看書、閒聊、打橋牌」[23]。閒聊、打橋牌、讀書成為當時人

---

21 費孝通：《疏散——教授生活之一章》。詳見西南聯大《除夕副刊》編：《聯大八年》，新星出版社，2010年，第67-69頁。
22 汪曾祺：《汪曾祺散文》，人民文學出版社，2005年，第50頁。
23 汪曾祺：《汪曾祺散文》，人民文學出版社，2005年，第50頁。

們消遣時光的方式，吳宓也不例外。

（一）會友閒談

1937 年 11 月 27 日警報一響，吳宓隨眾到辦公室的地室中躲藏，「或新交故知，互道寒暄，又述情意……乃如一交際會」[24]。吳宓是較早看透「跑警報」的另一面含義的人。時間固定、地點固定，人員大多相同，這樣的「跑警報」似乎的確是形成了一個小型的交際會。在這些「交際會」中，吳宓多數時間都在與朋友閒談。

這種閒談是友人、同事之間交流情感、互通信息、討論問題的重要方式。內容有對日常生活的嘮叨，如戰時的衣食住行等；有對戰爭情勢的看法，如國軍如何抵抗日軍、學生從軍的情況等；也有對文學文藝的討論，如吳宓日記中提到的 1940 年 12 月 18 日與時亮及其夫人談佛教利益。[25]1941 年 2 月 22 日與任繼愈、張爾瓊等談各人所讀過的中西小說等。[26]……

這樣的交談是當時聯大師生們「跑警報」的普遍活動。也許交談的內容並沒有實際意義，但這是他們在戰亂中找到的釋放壓力的出口。他們以交談的方式表達內心的不安與焦慮。在朋友間的互相傾訴中，知識分子們的焦慮和不安已不自覺地降低並最終得到紓解。據此，會友交談的行為可看作是知識分子為適應戰爭

---

24 吳宓著，吳學昭整理：《吳宓日記》（第六冊），生活·新知·讀書三聯書店，1998 年，第 263 頁。

25 吳宓著，吳學昭整理：《吳宓日記》（第七冊），生活·新知·讀書三聯書店，1998 年，第 278 頁。

26 吳宓著，吳學昭整理：《吳宓日記》（第八冊），生活·新知·讀書三聯書店，1998 年，第 41 頁。

環境而做出的努力，代表了他們在亂世之中的樂觀心態。

（二）讀書

在吳宓看來，躲警報已經成為日常生活的重要組成部分，而生活和學術也緊密聯繫在一起。吳宓在躲警報時看了不少的書，大多涉及佛教、儒家及西方關於宗教的經典理論，包括《維摩詰經》《涅槃經》《楞嚴經》《佛教史》《圓覺經》《石頭記》《學》《庸》《北支畫報》《中國俗文學史》、Proust、Jaeger「Aristotle」、Warren「Buddihism」等。

書籍的選擇帶有吳宓思想中的道德偏好性，這跟當時日益惡化的戰爭局勢相關。吳宓本是強調入世的，「修身、齊家、治國、平天下」是他的抱負。但是殘酷的戰爭毀壞了美好的家園，他也只是成為了眾多南下逃亡者的一個。外界環境的極端變化使得吳宓越來越注重向內尋找安定的因子，而這個橋樑便是宗教。1939年7月，吳宓萌生了出家為僧的念頭，並閱讀了大量關於佛教的書籍，「覺心情暢適」。1940年8月，好友林文錚多次與吳宓談及讀佛經的心得體會，吳宓深以為然。在日軍轟炸日益頻繁的1940-1942年，吳宓選擇閱讀的書籍就更加偏向宗教。

吳宓強調宗教具有情感寄託功能，聲稱「宗教，只不過是在戀愛與成就方面遭到失敗後的庇護所」[27]。那麼，當生命遭到威脅，他選擇從宗教中尋找安寧與和諧則是自然而然的事情。1940年10月13日，昆明被炸。10天之後，吳可讀血液中毒去世，聯大學生被憲兵槍斃……戰爭亂象，人命如絲。吳宓心生感嘆，作

---

27 吳宓著，王岷源譯：《文學與人生》，清華大學出版社，1993年，第72頁。

詩《昆明近況》：

> 三年好景盛昆明，劫後人稀市況清。
> 入夜盲雞棲密架，凌晨隊蟻湧空城。
> 夢疑警笛鳴鑼響，途踐土堆瓦礫行。
> 緣會難期生死遞，歸依佛理意安平。[28]

　　眼見昆明街市及聯大被炸的痕跡，吳宓想到聯大剛遷來昆明時的美好景象。當眼前的廢墟與昔日的繁華形成鮮明的對比，吳宓對生和死有了不同的感悟。每當日軍掃射轟炸完昆明，聯大以及周邊地區都充滿了寂靜可怕的死亡氣息。而這樣擔驚受怕的日子，吳宓每隔一段時間就要經歷一次。所以，他想要通過閱讀佛教書籍，將自己從現實的轟炸空襲中稍微解脫出來以尋求心靈的平靜。對佛學的癡迷讓吳宓認識到人生的本質就是虛無，就是「空」。所以後來在面對轟炸時，他能夠輕視死生，「意殊坦適」。

（三）談戀愛

　　殘酷的戰爭、頻繁的轟炸致使生和死都成為生命的常態。人們越來越明白明天和意外不知道誰會先來。在這種環境下，人們對幸福的渴望越來越明顯。西南聯大也就多出了一道風景——成雙成對的、「宜結良緣」的越來越多。吳宓當然也意識到了這種機緣，認為跑警報「實為少年男女締造愛情絕佳之機會」[29]。本

---

28 吳宓著，吳學昭整理：《吳宓詩集》，商務印書館，2004 年，第 361 頁。
29 吳宓著，吳學昭整理：《吳宓日記》（第七冊），生活·新知·讀書三聯書店，1998 年，第 254-255 頁。

著這樣的認識，不惑之年的吳宓也為自己的愛情和幸福付出了實際行動。

1940 年 10 月 26 日，在又一次「跑警報」的過程中，吳宓遇到了張爾瓊。兩人從詩詞歌賦談到人生哲學，場面異常和諧融洽。他不免心生愛意，「對瓊未免『舊病復發』，略有繫戀。瓊對宓似亦頗有傾向之意……」[30]。從此，警報一響，吳宓擔心的就不僅是自己了。然而，在談戀愛方面，吳宓是天真的，是「不會使用術來進行的」。當他滿心真誠對待張爾瓊時，張爾瓊卻表示要回歸到普通朋友的身份。1941 年 6 月，她為一穿草綠軍服的少年而放棄了吳宓，吳宓也只好十分不捨地結束了這段感情。雖然吳宓的這場戀愛沒有成功，但也體現了亂世中的人們對生命的熱愛和對愛情的追求。

吳宓的戀愛只是聯大師生們眾多戀愛中的一個。由於日軍頻繁的轟炸，人們長期處於危機和死亡的恐懼之中。這種戰時的危機感非常容易使人們的關係得到更好地親近。又由於戰爭的殘酷性，這時的人們對愛情看得比較隨性，有長長久久的，也有三兩天就換對象的。無論如何，「談戀愛」的風景本身就是體現了戰時知識分子們對愛情和生命的追求，是他們戰時樂觀心態的一個表現。

第三節　知識分子們的態度和關懷

---

30 吳宓著，吳學昭整理：《吳宓日記》（第七冊），生活·新知·讀書三聯書店，1998 年，第 255 頁。

　　1940 年 10 月和 1941 年 8 月，是聯大損失最為慘重的兩個時間段。1940 年 10 月 13 日，吳宓與友人同游西山，在滇池中聽聞空襲警報時並不感覺驚恐。下午兩點敵機開始大規模轟炸，吳宓記錄了這一天的慘狀：「見日機 27 架飛入市空，投彈百餘枚。霧煙大起，火光迸鑠，響震山谷。較上兩次慘重多多……」[31]。此時吳宓懷疑被炸的是圓通公園的火藥庫和東北城外的軍械儲藏處。直到晚上歸校，他才知道此次的轟炸目標為文林街一帶，聯大和雲大損失極為慘重。1940 年 10 月 26 日，日軍以機槍掃射聯大師生。吳宓等倖免遇難，但周遭一切靜寂，充滿了死亡的氣息。

　　這幾次大轟炸給吳宓帶來了很強的體驗和感受。當聯大首次遭到掃蕩式轟炸時，他是驚詫的，是惶惶無所歸的，也是更加清醒的。在周遭的一切都染上死亡因子的時候，吳宓本能地害怕，他的直接反應不是憐憫蒼生，而是慶倖自己並未處於轟炸的中心。他會慶幸自己外出遊玩而保全了性命，會慶幸書籍物品絲毫無損，甚至會因沒受傷而興奮過度難以安眠。各種複雜的心情交織在吳宓心中，於是，他作詩《十月十三日昆明紀事》，記錄下了聯大的災難和自己的心境：

　　　　遠看投彈霧煙飛，休沐出郊俯翠微。
　　　　重謝天恩今日免，同遭橫禍幾人歸。
　　　　平生正直無尤怨，偶爾存亡漫是非。

---

31 吳宓著，吳學昭整理：《吳宓日記》（第七冊），生活·新知·讀書三聯書店，1998 年，第 245 頁。

曇舍街衢埋劫土，玉孃湖上月仍霏。[32]

1941 年 8 月 14 日，敵機三批 27 架來炸聯大和拓東路。此次吳宓親見了日軍的殘暴，「落彈二十枚，新樓全毀。聯大新校舍北區彈毀學生三舍及圖書館書庫並教務處、出納組、校委辦公處等。南區毀生物實驗室等。校門至雲光飯館夷為平地。昆華南院中四彈。北院彈落操場及大門內，無損傷」[33]。

吳宓獨自在碉堡東谷中躲避，眼見幾小時前還鮮活的聯大瞬間化為廢墟，他的心裡難受痛苦極了。在此之前，他預料到了日軍的兇殘，但並未預料到日軍真能對手無縛雞之力的學校及師生痛下殺手。他擔心個人安危，在個人安危得以確定和保障之後，他又憂憤聯大的慘烈損失、憂憤國軍的無能和日軍的殘忍。吳宓的感受是當時大多是知識分子所共有的。在生命遭受威脅時，他們本能地要自我保護。同時，他們也在思考自己能做些什麼？

日機的頻繁轟炸打亂了聯大的整個教學秩序。為了避免空襲以及維持正常的教學活動，1940 年 10 月聯大常委會召開第 157 次會議，決定「……上課時間改為上午 7 時至 10 時，下午 3 時至 6 時，晚上 7 時至 9 時。……遇有警報，一律停課，警報解除後一小時內照常上課……」[34]。因大轟炸而搬到鄉下居住的諸多教授們天不亮就得起床，步行一二十里進城上課。教授們更辛苦了，也更加敬業了。

---

32 吳宓著，吳學昭整理：《吳宓詩集》，商務印書館，2004 年，第 361 頁。
33 吳宓著，吳學昭整理：《吳宓日記》（第八冊），生活·新知·讀書三聯書店，1998 年，第 152 頁。
34 西南聯大北京校友會編：《國立西南聯合大學校史》，北京大學出版社，1996 年，第 508-509 頁。

　　由於白天有轟炸，教授們大多把課調到了晚上。1940 年 10 月 14 日聯大被轟炸的第二天晚上，吳宓還想著就月明之夜繼續講授柏拉圖[35]；10 月 15 日，吳宓召集學生「至新校舍大圖書館外，月下團坐，上《文學與人生理想》」[36]。雖然只到了五六個學生，但他依然縱橫古今，「由避警報而講述世界四大宗教對於生死問題之訓示」，引導學生從現實的空襲轟炸中思考生死的命題，提倡「主自修以善其生」的積極人生態度。用文化的思想來對抗戰爭，這是學院派知識分子的應對姿態。

　　戰爭的節節失利讓人們感到焦慮不安，但人們並未因此而退縮求饒。教室被炸了，師生席地而坐也可以講學。生命被恐懼和死亡裹挾，老師就為學生講解生死問題。敵軍妄想中斷學校的進行，師生們則更有求知、傳授、做研究的欲望。這種學習、求知與傳授知識的行為本身就代表了他們為保存和賡續傳統文化所作出的努力，彰顯了知識分子們的信念和態度。

小　結

　　1940-1942 年日軍頻繁侵擾並轟炸昆明，聯大師生們度過了最為動盪不安的時期。日軍企圖以轟炸、屠殺、恐嚇等方式摧毀人們的抗爭意志，但戰爭並沒有使中國人屈服。面對大轟炸對房屋的摧殘，他們努力適應破敗的居住環境；面對頻繁的「跑警報」，他們選擇輕鬆的活動來消解戰爭的沉重感；面對日軍的肆

---

35 吳宓著，吳學昭整理：《吳宓日記》（第七冊），生活·新知·讀書三聯書店，1998 年，第 246 頁。

36 吳宓著，吳學昭整理：《吳宓日記》（第七冊），生活·新知·讀書三聯書店，1998 年，第 247 頁。

意轟炸，他們由驚懼惶恐到緩和平易最後到淡定從容。縱使日軍摧毀了聯大的物質生活，以吳宓為代表的聯大師生們依然用積極樂觀、弦歌不輟的生存求知態度給予了日軍強力反擊。這也許就是林語堂所評價的西南聯大：物質上不得了，精神上了不得。

第五章　孤癖眞摯：大時代下文人的「情」與「愛」

縱觀吳宓日記可以發現，貫穿吳宓一生的無非就是兩件大事：「事業」和「感情」。「情」是理解吳宓的一個切入點。吳宓一生都在為情「著迷」，不管是親情、愛情，亦或是友情，它們構成了吳宓獨特而又豐富的一生。昆明時期，吳宓的親情似乎是缺失而不和諧的，懸而未決的愛情也總是輕而易舉能撩撥他的心弦，惟有友情能給他鬱悒的情感帶來些許慰藉。這三者，無疑都對吳宓的文學人生觀造成了一定影響。考察昆明時期吳宓的情感，能夠更好體會其內心深處的孤獨，深刻理解他的婚戀觀及愛情悲劇的必然性，以及友情在戰時給他帶來的心靈支撐。

第一節　缺失的親情

在吳宓的一生中，親情似乎並沒有友情和愛情那麼濃烈。離婚之前，他一個人住在清華園的西客廳，家人們住在城裡。離婚之後，他住在清華園內，偶爾去城裡姑母家探望。七七事變之後，他闊別姑母南下，隻身一人在長沙、昆明、成都生活。抗戰勝利之後，他獨自飄零到武漢、成都等地生活。後來輾轉來到重慶北

碴，度過了人生的第三個 28 年。縱觀吳宓的一生，家庭團聚的
日子屈指可數。這種與家人的距離感使得吳宓很難擁有真正來自
家庭的溫情，而這溫情在抗戰時期的吳宓心中顯得尤為縹緲。

　　吳宓昆明時期的日記中包涵了太多的朋友和戀人，然而，關
於家庭的描寫卻很少。盧溝橋事變之後，吳宓舉棋不定，經常去
城裡的姑母家商量對策。這也許是吳宓在戰爭中第一次感受到的
來自家庭的溫情。而後，缺少了親情這個「日子的必備品」，吳
宓的昆明生活（包括長沙、成都的生活）充滿艱辛和孤獨。

一、家庭的給予與索取

　　盧溝橋事變之後，吳宓的日記中沒有表現出對遠在西安和上
海的家人們的安危的擔憂和關心。與他對友情和愛情的態度相
比，吳宓對家人的關心雖然有但顯得淡薄。

　　吳宓的昆明日記中唯有兩次和家人團聚的記錄。1938 年 2
月，他在南下昆明途中輾轉香港並拜見生父，與父親和祥曼弟一
家團聚，暢敘闊別多年的心境。這次旅途，吳宓本是去會晤毛彥
文的，遇到父親和祥曼弟是意外收穫，也算是戰亂途中的一點安
慰。1945 年 2 月，吳宓利用寒假回陝西探望闊別九年的嗣父及家
人，2 月 6 日晚到家，2 月 24 日返抵成都。臨走之前，嗣父勸諭
吳宓再娶妻，「宓甚惜父之非宓知己，於是屬色堅詞以抵拒
之……」[1]，兩人不歡而散。除此之外，家庭給予吳宓的溫情就很
少了。吳宓感嘆所有親人中沒有人能夠真正了解他，於是他離家
庭越來越遠。溫情越來越少，隔絕越來越多，孤獨也就埋藏在了

---

1 吳宓著，吳學昭整理：《吳宓日記》（第九冊），生活·新知·讀書三聯書店，1998
　年，第 439 頁。

他內心深處。

　　在戰爭中，吳宓關於家人的記錄很少，而在這些記錄中，還多是跟「錢」有關係。吳宓覺得他和家庭的關係就是納稅供給。自 1921 年回國工作始，吳宓就每個月定期給家裡寄錢，成了家裡最大的精神支柱。戰時生活日益艱難，家庭的索取便日益增多，主要包括（1）前妻和三個孩子；（2）兩位父親；（3）弟妹等，如：

　　1940 年 11 月 14 日：「奉父十一月二日諭，仍索$1000……。」[2]

　　1943 年 2 月 14 日：「以現款$3000 託譚子濃君在中央銀行代匯西安呈父收用……」[3]；3 月 1 日：「……欲匯呈巨款，為今年爹、後年媽七十壽辰之稱觴之資……」[4]。

　　1944 年 1 月 28、30 日，分別託朋友、陝西商人轉撥一萬元交心一。[5]11 月 26 日：「因仲旗公為含曼弟婚妻，一日之中，花費十數萬元，而子敬公又促宓『速匯巨款』來滬。……」[6]

　　1945 年 1 月 9 日吳須曼致函吳宓，求借萬元還債。10 日吳宓電匯二萬元。[7]1 月 18 日：「……交付張君$30000。由彼攜交李有章君，一併匯呈滬爹爹大人，連昨共匯出$60000……宓旋函

2　吳宓著，吳學昭整理：《吳宓日記》（第七冊），生活·新知·讀書三聯書店，1998年，第 262 頁。

3　吳宓著，吳學昭整理：《吳宓日記》（第九冊），生活·新知·讀書三聯書店，1998年，第 27 頁。

4　吳宓著，吳學昭整理：《吳宓日記》（第九冊），生活·新知·讀書三聯書店，1998年，第 34 頁。

5　吳宓著，吳學昭整理：《吳宓日記》（第九冊），生活·新知·讀書三聯書店，1998年，第 196、197 頁。

6　吳宓著，吳學昭整理：《吳宓日記》（第九冊），生活·新知·讀書三聯書店，1998年，第 360 頁。

7　吳宓著，吳學昭整理：《吳宓日記》（第九冊），生活·新知·讀書三聯書店，1998年，第 407 頁。

稟爹，請以此款之半，即六萬元，分給心一及文、昭二女用度。」[8] 4月2日，「宓以六萬元托朋友匯滬，俾爹與心一各得半數。」[9]

1937-1939 年，筆者較少發現家庭索取或吳宓匯款的記錄。這說明戰爭初期，吳宓來自家庭方面的金錢壓力還不是特別大。1940 年後，家庭的索取便日益增進了。除了基本的工資，吳宓不得不做多份兼差來彌補家庭的需求。這給他增添了許多的痛苦，「宓痛感宓之一家，無不賴宓贍給接濟，而皆不能與宓同心合作，共勤共儉。宓一生辛苦奮勉，一身節儉至極，以錢財供給各方……」[10]。

除了索取之外，家人似乎也並不體恤吳宓的處境。他們常年來函的重要事情之一就是求匯款，而並不關心吳宓的錢來於何處。有時晚了，還要「催債」。1938 年 3 月 31 日，陳心一寫信給張奚若夫人，抱怨吳宓不匯款接濟母女四人。[11] 其實吳宓只是因交通阻塞，匯款受阻，才未能按時匯款至上海。自 1929 年離婚之後，吳宓從未間斷對心一母女四人的金錢支助。縱使這樣，陳心一依然信不過並誤解了他。可想而知，吳宓心裡有多酸楚和落寞。

戰亂時期家人雖分隔兩地，但總存有團聚的美好願景。然而，吳宓卻不常有這個心思。他往往是在特別的場景裡，才感受到家人不在身邊的辛酸，如過年時，「宓懷念姑母以下，及淑等。

8　吳宓著，吳學昭整理：《吳宓日記》（第九冊），生活·新知·讀書三聯書店，1998 年，第 413-414 頁。

9　吳宓著，吳學昭整理：《吳宓日記》（第九冊），生活·新知·讀書三聯書店，1998 年，第 462 頁。

10　吳宓著，吳學昭整理：《吳宓日記》（第九冊），生活·新知·讀書三聯書店，1998 年，第 360 頁。

11　吳宓著，吳學昭整理：《吳宓日記》（第六冊），生活·新知·讀書三聯書店，1998 年，第 325 頁。

兼以宓一己孤苦衰老，值茲年關，更覺傷悲」[12]；生病時，「病苦中……戀愛友情，均是空虛。惟天倫骨肉，是真關切」[13]；生日時，「淚落辛酸，悲泣久之」[14]；知道家人安危不定時，「深為父憂」；看見別人一家團圓時，「倍感新年之淒清」等。除此之外，他並沒有很思念家人。究其原因，在親人的關係網中，吳宓感受的始終是隔膜和孤獨。

他與父輩是隔膜的。早在 1914 年，吳宓就意識到了他與父輩觀念的對立。「余之德業、學問、文章，……爹則毫不過問……爹之所談，其關係皆甚小，而處處不脫金錢功利之意味……」；吳宓則認為「金錢之心盛，而道德感情，減多多矣」。這種對立的精神境界使得吳宓很早就決定「此後與家庭之關係當以漸疏，寧為不肖子，必為有用之人物」。[15]這註定了在父子這一關係中，他是不被理解的。

他與前妻和三個女兒是隔膜的。即使是在沒離婚的時候，吳宓和陳心一及三個女兒也是處於分居的狀態。他基本上都住在郊外的清華園內，而心一和三個女兒則住在城裡姑母家。後來離婚了，吳宓還在北平，陳心一帶著三個女兒去了上海。在三個女兒的成長過程中，吳宓除了撫養費外幾乎沒有盡一個父親的責任。這就註定了三個女兒與他之間的罅隙是逾越不了的。

在這樣的隔膜背景下，戰亂時期的吳宓幾乎未感受到家人的

---

12 吳宓著，吳學昭整理：《吳宓日記》（第八冊），生活·新知·讀書三聯書店，1998 年，第 248-249 頁。

13 吳宓著，吳學昭整理：《吳宓日記》（第八冊），生活·新知·讀書三聯書店，1998 年，第 235 頁。

14 吳宓著，吳學昭整理：《吳宓日記》（第九冊），生活·新知·讀書三聯書店，1998 年，第 101 頁。

15 吳宓著，吳學昭整理：《吳宓日記》（第一冊），生活·新知·讀書三聯書店，1998 年，第 368-370 頁。

溫情便是註定的。他與家人常年分居幾地，只能依靠書信進行交流。而由書信的緩慢所造成的時間差會天然的增加雙方之間的不信任感，這種日積月累的不信任感最後必然會導致雙方之間的誤會和摩擦增加。再加上生父來函幾乎是為錢，心一的來信大部分是要錢，而三個女兒很少與他通信。這種無形的壓力讓吳宓不自覺地有一種遠離的意識，所以在戰亂時期吳宓與家人的隔膜顯得尤甚，他的心境也愈來愈孤獨。還好，抗戰後期，女兒吳學淑輾轉到了昆明。

二、與女兒的矛盾

1943 年，吳宓已經到了知天命的年紀。抗戰已經第六個年頭，日益頻繁的轟炸讓他越來越覺得疲乏，也越來越思念家人。這時，燕京大學由於戰爭的原因而被迫遷往成都，大女兒吳學淑的學業成了問題。吳宓便寫信給陳心一，讓她勸慰吳學淑來昆明求學。他得知學淑要來昆明，特作詩《淑女將至》[16]，高興之情溢於言表。1943 年 9 月，吳學淑輾轉到了昆明。吳宓本以為女兒的到來終於能夠紓解他對親人的思念、慰藉自己孤獨的心境，然而，原本就陌生的父女此刻矛盾重重。

父女間的矛盾首先表現在生活習慣。吳宓一生奉行節儉，但女兒吳學淑卻有些鋪張。吳宓每個月給學淑的生活費基本是其工資的三分之一，即便如此，吳學淑每個月還是會超支。對此，他在日記中有很多抱怨，如：1943 年 12 月 17 日：「與淑談，知購

---

16 詳見吳宓著，吳學昭整理：《吳宓詩集》，商務印書館，2004 年，第 384 頁。

皮鞋（$700），又連日入城看電影，並在曉東街飯。」[17]1944 年
3 月 13 日：「知淑昨午飯後，偕梅至文明街，售去衣料一件，得
$1440，……蓋淑已獲宓給月費三千元。今更闢一新閫門，售物
得錢，增其花費，不思節儉，罔顧時世之艱危，而對宓蒙蔽。」
[18]3 月 26 日：「本月淑之用費已逾$5000 矣！」[19]5 月 2 日：「是
故淑本月所用，已過$5000 矣！」[20]1945 年 11 月，吳學淑擅自將
吳宓珍愛的西服改做自己的上衣[21]，他深感痛憤……

　　吳宓在日記中事無巨細地記錄女兒的開銷，可知他對學淑不
思節儉的行為是很不滿的。但是，他不便向本就對他冷淡粗疏的
女兒發火，所以也只是常常在日記裡發發牢騷而已。

　　其次，父女間的矛盾表現在吳學淑對父親的冷淡。昆明時
期，吳學淑似乎不太願意和父親交流。她住聯大宿舍，主動去看
望吳宓的時候很少，而且經常失約。起初，吳宓還常常擔心學淑
不來是由於生病。後來才知道，女兒失約僅僅是她要與朋友出去
玩。因此，他經常感到怏怏不樂。他希望女兒多來看看他、陪他
說說話，女兒卻總是推三阻四；他擔心女兒的學習，希望她能夠
靜心讀書以獲教益，但吳學淑卻甚喜觀劇觀電影……這種錯位使
得二人經常鬧得很不愉快。

---

17 吳宓著，吳學昭整理：《吳宓日記》（第九冊），生活·新知·讀書三聯書店，
　　1998 年，第 165 頁。
18 吳宓著，吳學昭整理：《吳宓日記》（第九冊），生活·新知·讀書三聯書店，
　　1998 年，第 225 頁。
19 吳宓著，吳學昭整理：《吳宓日記》（第九冊），生活·新知·讀書三聯書店，
　　1998 年，第 232-233 頁。
20 吳宓著，吳學昭整理：《吳宓日記》（第九冊），生活·新知·讀書三聯書店，
　　1998 年，第 254 頁。
21 吳宓著，吳學昭整理：《吳宓日記》（第九冊），生活·新知·讀書三聯書店，
　　1998 年，第 359 頁。

　　再次，父女的矛盾還在於女人。吳宓的離婚事件在當時鬧得沸沸揚揚，大女兒吳學淑時值 7 歲，但後來肯定也聽說了父親的愛情故事。所以，到了昆明之後，吳學淑極其排斥吳宓身邊的女人。1943 年盧雪梅多次主動向吳宓求婚，吳學淑自然不待見盧雪梅。1944 年 9 月吳宓請盧雪梅為吳學淑填寫聯大的入學保證書，吳學淑以拂袖而去來表示強烈拒絕。後來，「言及保證書事，淑泣，謂盧葆華對淑所談，不能忍受云云。」[22]吳學淑生氣吳宓欲以盧葆華為保證人；吳宓生氣學淑行事自由，不願全部告訴自己。兩人之間充滿隔閡。

　　其實，吳宓父女之間雖然沒有平常家庭的日常溫情，但總不至於成為仇人。吳宓會在學淑生病的時候精心照顧；雖然會抱怨女兒用錢鋪張，但也會在好友那裡預存款項以備危急。學淑雖然不待見父親，也會來給他縫補衣服。這些小小的溫情總算給吳宓帶來了一點溫暖，只是好景不長。1944 年，吳宓申請休假去了成都，又開始了獨居生活。

　　與女兒間的這一點溫情並不能消釋吳宓內心的孤獨。吳宓與陳心一離婚給孩子留下的心理陰影決定了學淑對父親的態度是不友好的。而長期一人生活的吳宓似乎並不知道該如何與女兒相處，所以常常將自己的想法灌注到女兒身上。女兒的不友好態度與吳宓強加於人的意志相衝突，這無疑會加強吳宓的孤寂心境。吳宓本來希望女兒能帶來久違的親情，但似乎更多的是矛盾衝突。這更加深了吳宓對親人的認知，即沒有親人能夠真正理解他。

　　家庭的索取和與女兒的矛盾使吳宓真正理解到，他與家人是隔膜的。嗣父雖督促他要認真著述，也會催促他結婚；生父和心

---

22 吳宓著，吳學昭整理：《吳宓日記》（第九冊），生活·新知·讀書三聯書店，1998 年，第 333 頁。

一跟他的情分往來似乎金錢意義更多一些；三個女兒對他也是不友好的……這些無疑都加深了吳宓內心的孤獨。也許正因為如此，吳宓才不停地追尋愛情和友情以緩解孤獨的情緒和心境。

第二節　矛盾的愛情

吳宓一生都在暢想和追逐愛情，認為「一切人生實際之權利及享受，自隨愛情婚姻而俱至」[23]。愛情至上的吳宓在 1929 年排除眾議與陳心一離了婚。對吳宓來說，毛彥文是他感情生活裡最重要的一個角色，是他離婚的重要因素。然而，除了毛彥文之外，吳宓一生還追求過很多女人。1929-1936 年，包括陳仰賢、Harriet、Mering、鍾令瑜、盧葆華等。1937-1946 年，自北平至長沙再至昆明，吳宓愛戀追求的女人有十幾人之多，包括 K、方秀貞、黎憲初、張敬、朱絳珠、歐陽采薇、梁琰、關懿嫻、張爾瓊等。儘管這些人中有不少是吳宓一廂情願的單相思，但其數量之多仍然是同時代其他文人無法比擬的。然而，自盧溝橋事變起至 1945 年抗戰勝利止的近九年時間裡，吳宓身邊始終沒有一個伴兒。他的愛情終究以悲劇而告終。

一、無疾而終的「昆明之戀」

西南聯大時期，雖說吳宓追求了很多女人，但重要的只有 4 個：K、盧雪梅、張爾瓊，還有毛彥文。

---

23 吳宓著，吳學昭整理：《吳宓日記》（第八冊），生活·新知·讀書三聯書店，1998 年，第 316 頁。

　　1937 年，44 歲的吳宓正在追求一個名為 K 的姑娘。七七事變後，吳宓擔心得最多的不是自己，更不是遠在西安的嗣父或者上海的前妻和三個女兒以及爹媽等親人，而是 K 及 K 母。自北平南下的途中，吳宓對 K 關懷備至，多次為 K 祈禱直至安全到達長沙。這樣看來，吳宓不啻為熱戀。然而，K 卻始終沒有正面接受過吳宓。到達長沙之後，K 火速與上司袁同禮發展。吳宓又失戀了。

　　不料，在動盪的 1937 年的最後一天，吳宓得知毛彥文的丈夫熊希齡去世了。對他而言，這個消息的悲痛意義顯然要弱於它的潛在意思。因為，它代表著自己日思夜想的毛彥文又恢復單身了。有了毛彥文這個希望，吳宓對 K 也就淡然了。他也帶著這個幻想，匆忙從長沙趕往昆明。

　　1938 年，吳宓屢作長函與毛彥文並約港會晤，「歷敘宓真切愛彥之經過……三年來如何拒絕一切女子」、「希望與彥結合，蓋此生惟對彥為永久之真愛，餘皆一時之寄託而已」[24]。2 月 19 日，吳宓抵達香港後便尋訪毛彥文，結果不僅一無所獲，還收到了毛彥文的絕交信。

　　1938 年底-1939 年初，吳宓在毛彥文處吃了閉門羹，而曾經拒絕過他的盧雪梅卻向他求婚了。吳宓當然毫不猶豫地拒絕了，他還義正言辭地寫了一封信，陳述自己經歷了種種磨難之後已對愛情心灰意冷。這顯然是說辭，重要的是因為他念念不忘的還是毛彥文。可惜的是，面對一封又一封情書，毛彥文始終沒有回應。

　　1940 年 10 月 26 日，在又一次「跑警報」的過程中，吳宓遇到了張爾瓊。兩人從詩詞歌賦談到人生哲學，場面異常和諧融

---

24 吳宓著，吳學昭整理：《吳宓日記》（第六冊），生活·新知·讀書三聯書店，1998 年，第 292 頁。

洽。吳宓不免心生愛意，「對瓊未免『舊病復發』，略有繫戀。……」
[25]。就此，吳宓對毛彥文的情感弱下去了，對張爾瓊的情感漸漸
高漲。在間斷持續的一兩年中，吳宓多次寫情書致張爾瓊。然而，
與眾多其他女子一樣，張爾瓊一面接收著吳宓的愛意，一面又拒
絕吳宓。這段感情最終因為張爾瓊的冷漠而劇終。於是，吳宓又
回到對毛彥文的追求當中。

　　就這樣，昆明時期的吳宓幾乎每一年都要沉溺於對「某個女
人和毛彥文」的縈結當中。他常常在某個女人和毛彥文之間搖擺
不定。在吳宓的愛情生活中似乎並行著兩條軌道，一條是毛彥
文，一條是其他女子。這兩條軌道無盡地延展著，交叉又分離，
分離又交叉。吳宓就在這兩條軌道之間來來回回，充滿了希望和
幻想。當吳宓行走在毛彥文的軌道上時，他堅信著自己對毛彥文
的愛，但事與願違的狀態讓他也追求著其他女子；當他行走在其
他女子的軌道上時，他又總是受挫，總是想起毛彥文，所以又能
快速地回到對毛彥文的愛中。吳宓就在這樣的雙軌道路中備受煎
熬。

　　這樣的煎熬是吳宓性格中的浪漫因子和保守因子較量的結
果。受中國傳統文化浸染的吳宓囿於舊禮教，而詩人的本性又使
得他天生浪漫、優柔寡斷。這種性格因素決定了他在感情和婚姻
中永遠處於反復無常的狀態，「陷入感情的過去、現實、未來三
者相互衝突、矛盾之中」[26]。不管對於哪一段愛情，他都是一再
反復。所以他才會在毛彥文答應他求婚之後又故意拖延，會在盧

---

25 吳宓著，吳學昭整理：《吳宓日記》（第七冊），生活・新知・讀書三聯書店，
　　1998 年，第 255 頁。
26 沈衛威：《吳宓的志業理想與人生悲劇》。詳見李繼凱、劉瑞春編：《解析吳
　　宓》，社會科學文獻出版社，2001 年，第 574 頁。

雪梅求婚時毅然拒絕，會在眾多個女人和毛彥文之間徘徊不定。對於吳宓在愛情方面的搖擺，陳寅恪有著更為透徹的看法，說他「本性浪漫，不過為舊禮教舊道德所『拘束』，感情不得發抒，積久而瀕於破裂，因此『猶壺水受熱而沸騰，揭蓋以出汽，避之任壺炸裂，殊為勝過』」[27]。

　　吳宓是一個強調節制情感新人文主義者，也是一個愛情至上的浪漫主義文人。因此，舉棋不定的愛情便成為其被詬病的一大方面，很多人批評他浮淺輕率、濫情好色。然而，吳宓絕對不是一個好色之徒，否則他不會在日記裡反覆強調性欲不得抒發的鬱悶和痛苦。縱使吳宓追求過很多女人，但他的感情都是真摯的。即使是單相思，他也在享受追求愛人的整個過程。吳宓無比真誠地信仰愛情，可惜的是，時人並不理解他對愛情的執著情感，聞一多等人甚至還作詩嘲笑他。這種不被理解的孤獨致使吳宓只能在宗教中去尋求解脫，用他自己的話說：「愛情=宗教精神」[28]。

二、愛情與宗教

　　昆明時期，吳宓的愛情顯得異常複雜。有學者認為，吳宓的人生中隱約含有一條行為軌跡，即「追求事業愛情——受挫——墮入精神世界——再追求事業愛情，如此循環再三」[29]。這個認識準確地描述了吳宓陷入情感怪圈的狀態。吳宓的戀愛結果往往是求而不得，但他卻又一直執著於追求愛情。這二者看似矛盾，

27　吳宓著，吳學昭整理：《吳宓日記》（第五冊），生活·新知·讀書三聯書店，1998 年，第 60 頁。
28　吳宓著，王岷源譯：《文學與人生》，清華大學出版社，1993 年，第 52 頁。
29　史元明：《好德好色——吳宓的坎坷人生》，東方出版社，2011 年，第 111 頁。

吳宓自己卻有很好的解釋：但問耕耘，不問收穫。

什麼是愛情？吳宓有著自己的解釋，認為「（一）情之最上者，世無其人。懸空設想，而甘為之死，如《牡丹亭》之杜麗娘是也。（二）與其人交識有素，而未嘗共衾枕者次之，如寶、黛等及中國未嫁之貞女是也。（三）又次之，則曾一度枕席，而永久紀念不忘，如司棋與潘又安，及中國之寡婦是也。（四）又次之，則為夫婦終身而無外遇者。（五）最下者，隨處接合，惟欲是圖，而無所謂情矣」[30]。這個關於愛情的認知是陳寅恪的看法，吳宓表示非常贊同。據此可以了解到，吳宓崇尚的愛情本質上源於儒家的「發乎情，止乎禮」，與情欲無關。

吳宓對愛情的理解是包括道德和宗教兩個方面。在道德這一方，吳宓認為戀愛與義務不可割裂，評價戀愛是否成功的依據並不是行為或者結果，而是處在戀愛狀態中的男女雙方的精神和態度。這種認識為他之後由愛情進入宗教做了先決條件。由此，吳宓昆明時期的日記中才常常有著「道德」、「愛情」、「宗教」等字眼，顯露出他對愛情和宗教的關聯思考。吳宓對戀人的初始情感常常是道德標準引發的，而戀愛破滅之後他又覺得宗教才是人生的唯一出路和歸宿。這就顯得他對愛情的追求中含有一種宗教的熱忱。

1941 年 5 月 29 日，吳宓致當時女友張爾瓊的信中明白表達了自己的愛情觀：

「……（二）我一生最傾心的是愛情與宗教。（宗教為愛情之最後歸宿，愛情中之高尚真摯熱烈，無異宗教。）即是敬愛女人與敬愛 上帝或佛。在未死以前，愛情必至完全無望之後，乃

---

30 吳宓著，吳學昭整理：《吳宓日記》（第二冊），生活‧新知‧讀書三聯書店，1998 年，第 20-22 頁。

靜心皈依宗教。我的文學，我的生活，皆不外愛情、宗教二者之表現。此外一切，都不深繫我心。

（三）我在愛情中之基本條例：第一，愛一女子，必須自然的發自我的本心，不計成敗，不為婚姻戀愛。……第二，既愛上此一女子，必永久專心全部的愛之。……第三，以肉體服從靈魂，以婚姻完成戀愛。無愛而婚，必悔，應離。

（四）……次愛毛彥文，乃出以極真摯熱烈之愛情，諸事皆悉力佈置盡善。其後未果結婚，在宓方面之遲疑，乃嫌伊愛我不足，寧願失伊而永保愛情之美麗的影像。……」[31]

由此，吳宓明確表達了自己的愛情觀念，即愛情跟宗教是一回事；愛情完全出於真道德真感情；不為婚姻戀愛。這是吳宓在昆明時期乃至整個人生中戀愛的標尺和動力。

在吳宓看來，愛情中的浪漫就是具有宗教情懷的道德理想，而愛情中的女人是與上帝或佛聯繫在一起的。他認為在以夫為妻綱為核心的傳統社會婚戀觀中，女性並沒有被當作尊重或被愛的主體加以對待。傳統社會注重的是婦女的社會屬性，「如賢妻良母，而不是才女、智媛、美人、巧匠、交際家」[32]，所以離婚的人們和追求愛情的人們都會遭致非議。吳宓非常讚賞西方文明所表現出來的對婦女個體的尊重。他所要追求的正是男女性各為主體的戀愛，即男人或女人，都是具有獨立的道德和精神的單獨的個體。吳宓「痛感世間千百男子，對女子或兇暴欺凌，或負心騙詐，始亂終棄，自縱自私」，所以他更想要竭力傾注道德於愛情

---

31 吳宓著，吳學昭整理：《吳宓日記》（第八冊），生活・新知・讀書三聯書店，1998年，第91-92頁。
32 吳宓著，王岷源譯：《文學與人生》，清華大學出版社，1993年，第49-50頁。

他自己對此也是知道並理解得很清楚的......」[38]。對於求愛而不得的吳宓而言，沒有比宗教更好的方式來安放自己處於戰亂中的不平靜的心。所以，他也只好把自己的浪漫主義轉化為道德理想，把自己的愛轉化為宗教精神。這是逃避，也是超越；是不幸的，也是悲情的！

第三節　真摯的友情

抗戰時期，文人知識分子們不得不遠離家鄉和親人，獨自飄零在毫無定數的旅途之中。在炮火連天的環境下，他們常常彷徨於自己的未來和國家的命運，陷入無盡的悲哀。這種悲哀和憂患意識往往會放大孤獨的意味，於是他們又沉溺于朋友、老師等關係網絡中以尋求支持和幫助。吳宓當然也不例外。然而，昆明時期，吳宓與室友們的關係雖和諧但不深入，謂「諸君皆難得之好人，待宓亦甚厚，然不免為普通中國式之君子」[39]，可見諸位室友並不能滿足其對朋友的精神層面的要求。而曾經一起奮戰過的學衡諸友此時幾乎都在浙江大學，戰爭所引發的通信困難也使得他與學衡諸友的關係漸漸疏遠。由此，因親情缺失、愛情無果而鬱悒非常的吳宓內心越來越孤獨。於是，志同道合的朋友便成為他孤獨情緒的最好宣洩口。

昆明時期，陳寅恪、湯用彤、林文錚、葉公超、賀麟、李賦寧等都是吳宓交談信任的對象，但除了陳寅恪，他對朋友們或多

---

38 吳宓著，王岷源譯：《文學與人生》，清華大學出版社，1993 年，第 52 頁。
39 吳宓著，吳學昭整理：《吳宓日記》（第六冊），生活·新知·讀書三聯書店，1998 年，第 360 頁。

或少都有過不滿情緒。縱觀其昆明日記，吳宓一直未變的訴諸對象似乎只有陳寅恪。兩人惺惺相惜，在學術、作詩、生活等方面互幫互助，共同走過了戰時的艱難歲月。考察兩人戰時的交流，能夠更好地理解他們的文學人生觀以及那一代知識分子的人文情懷。

有意思的是，筆者發現昆明時期吳宓時常想起亡友吳芳吉，並經常在課程中講解吳芳吉的詩歌和文學。這當然不是吳宓的隨意選擇，其表現的不僅是他對亡友的懷念，更是其背後潛藏的吳宓戰時的文學觀念。

一、相交二十年，風宜兼師友——陳寅恪

1937 年，日軍的炮火震毀了所有的寧靜。廁身書齋的知識分子們明白這一場戰爭他們在劫難逃。漫長的戰爭歲月裡有太多的「噩夢」：敵機頻繁的轟炸，生活質量的急劇下降，物質資料的極度缺乏……這些噩夢一點點地壓榨和侵蝕著文人們的物質和精神。這時候，老友的關心便顯得異常溫情。戰時好友間的交流能夠增加雙方的彼此認同，獲得心靈的慰藉。吳宓和陳寅恪就是這樣相互扶持而度過戰時艱難歲月的。

昆明時期的吳宓是隻身南下的。陳寅恪南下途中本帶著一家老小，但由於妻子唐篔在香港突發心臟病，他便將妻兒留在香港而獨自到了昆明。老友二人在昆明重逢，自然會給予對方照顧。

昆明時期的陳寅恪真是多災多難。1937 年秋陳寅恪的視網膜已發生脫落，但為了躲避日本人的騷擾，他放棄了手術治療而倉促南下，以致眼睛失明。南下途中，陳寅恪的文稿和書籍接二連三的丟失；1938 年 10 月 13 日長沙遭遇大火，陳寅恪的書籍化為

灰燼……這一路上的災難使陳寅恪感受到的是極大的不幸和悲苦。再加上其非常擔憂千里之外的妻子女兒，他的精神就更加地鬱悒悲觀。吳宓十分擔心老友狀況，所以經常去探望陳寅恪以寬慰他鬱結的愁緒。如，1939 年 12 月 30 日：「4-6 訪寅恪，陪至華山西路，配電筒」[40]；1940 年 3 月 23 日：「上午 10-12 訪寅恪……為至西倉坡及工校帶領薪金……5-6 訪寅恪，送款」[41]；1940 年 6 月 11 日：「9-11 訪寅恪，同步翠湖。下午 2-3 赴工校，為寅恪送成績」[42]……

　　1940 年 6 月 17 日，陳寅恪授完課後立即啟程回香港。此次回港，陳寅恪本來是準備去牛津大學講學的。然而由於戰事加緊，他的英國之途不得不擱置。此時的陳寅恪被困在香港而與朋友失去了聯絡。吳宓深為擔心老友的安危，卻苦於無法獲得消息。於是，他仔細閱讀了陳寅恪的所有著作，有的認真做有筆記、有的在日記中記錄心得，還有些直接賦詩（如《寄懷陳寅恪》），並以此類方式表達對老友的擔心和思念。直到 1942 年 7 月 15 日，吳宓接到陳寅恪的詩函後才真正將懸著的心放下。詩云：

〈壬午五月五日發香港赴廣州灣舟中作〉

萬國風波一葉舟，故丘歸死不夷猶。

袖間縮手人空老，紙上刳肝或少留。

此日中原真一髮，當時遺恨已千秋。

---

40 吳宓著，吳學昭整理：《吳宓日記》（第七冊），生活‧新知‧讀書三聯書店，1998 年，第 105 頁。

41 吳宓著，吳學昭整理：《吳宓日記》（第七冊），生活‧新知‧讀書三聯書店，1998 年，第 145 頁。

42 吳宓著，吳學昭整理：《吳宓日記》（第七冊），生活‧新知‧讀書三聯書店，1998 年，第 177 頁。

讀書久識人間苦，未待崩離早白頭。[43]
〈壬午五月五日發香港，七月五日至桂林良豐燕山作〉
不生不死欲如何，二月昏昏醉夢過。
殘剩河山行旅倦，亂離骨肉病愁多。
江東舊義饑難救，浯上新文石待磨。
萬里遷昆空莽蕩，百年身世任蹉跎。[44]

　　這兩首詩是陳寅恪在一家人逃難途中寫的。有眼疾的陳寅恪，體弱多病的唐篔，尚未成年的三個女兒，拉雜著簡簡單單的行李離開了香港。從詩歌中，我們不僅能夠感受到詩人所受的苦楚，更能了解到國破山河時期一個知識分子的無力與無奈。逃難途中陳寅恪親見了被日軍凌辱的河山、親歷了亂世中的骨肉分離，這樣的落魄與艱苦連滿腹經綸的陳寅恪都感到驚顫，而他所做的也只能是連連慨歎。接到詩函的吳宓顯然解讀出了老友的複雜心境，他一方面高興老友已無危險，另一方面更為老友的困苦而感到哀傷。次日凌晨便於枕上作和詩〈答寅恪〉，表達別後重獲消息的心緒以寬慰老友。

　　1944 年吳宓申請休假到成都講學，終於又見到了闊別 4 年的好友。令吳宓難過的是，飛漲的物價使得陳寅恪一家的生活得不到最基本的保障，他的視力也急劇下降。1944 年 12 月陳寅恪不得不住院治療。為了寬慰老友的焦躁情緒，吳宓天天去醫院看望（有時還是一天兩次），陪他聊天、為他讀報、有時還留下錢財給陳寅恪作為家用。吳宓的陪伴對困病中的陳寅恪有著巨大的撫慰作用。正是在老友的悉心陪伴下，陳寅恪才終於從這場劫難中

43　吳宓著，吳學昭整理：《吳宓詩集》，商務印書館，2004 年，第 374 頁。
44　吳宓著，吳學昭整理：《吳宓詩集》，商務印書館，2004 年，第 375 頁。

挺了過來，慢慢恢復了情緒和精神。1945 年 7 月陳寅恪將赴英治療眼疾，吳宓作詩〈賦呈陳寅恪兄留別〉：「錦城欣得聚，晚歲重知音。病目神逾朗，裁詩意獨深」[45]，表達了二人在成都重逢後的精神滿足與對老友治療眼疾的美好祝福。

當然，陳寅恪對吳宓也有幫助。吳宓將陳寅恪視作老師，遇到煩心的事一般會徵求他的意見，而陳寅恪常常是毫無保留地對好友說出自己的看法。比如錢鍾書事件，吳宓很愛惜錢鍾書的才華，但當時系主任陳福田因怨不願聘請錢鍾書。吳宓奔走呼籲也沒改變事實，心裡慨然不滿。陳寅恪勸導吳宓冷靜處理，寬慰他「不可強合，合反不如離」。這才稍稍緩解了吳宓的憤懣情緒。

陳吳二人在生活上的互幫互助使得他們在貧困無助的生活中多了一絲溫暖，也讓讀者了解了亂世中朋友之間的真情。當然，除了生活上的相互扶持，他們還有著精神上的相通。

據吳宓 1938 年 5 月日記記載：「陰雨綿綿，人心多悲感。而戰時消息複不佳，五月十九日徐州失陷。外傳中國大兵四十萬被圍，甚危云云。於是陳寅恪先生有《殘春》（一）（二）詩之作，而宓和之。因憂共產黨與國民政府不能圓滿合作，故宓詩中有『異志同仇』之語……」[46]。三首詩歌分別如下：

殘春　　陳寅恪

（一）

無端來此送殘春，一角湖樓獨愴神。

讀史早知今日事，對花還憶去年人。

---

45 吳宓著，吳學昭整理：《吳宓詩集》，商務印書館，2004 年，第 416 頁。

46 吳宓著，吳學昭整理：《吳宓日記》（第六冊），生活·新知·讀書三聯書店，1998 年，第 334 頁。

過江潛度饑難救，棄世君平俗更親。

解識蠻山留我意，赤榴如火綠榕新。

（二）

家亡國破此身留，客館春寒卻似秋。

雨裡苦愁花事盡，窗前猶噪雀聲啾。

群心已慣經離亂，孤注方看博死休。

袖手沈吟待天意，可堪空白五分頭。[47]

殘春和寅恪　　吳宓

陰晴風雨變無端，折樹摧花未人看。

小勝空矜捷坦堡，覆軍終恐拜師丹。

降心苟活全身易，異志同仇禦侮難。

一載顛危能至此，何堪回首夢長安。[48]

　　這幾首詩歌充分表達了詩人們對時局的關注，體現的是亂世兒女們的漂泊和無奈。雖然身處亂世，但兩人依舊堅持詩書唱和。兩人的詩歌往來寄寓了濃濃的個人遭遇和情懷，給彼此帶來了心靈的慰藉和支持。

　　抗戰時期，吳宓和陳寅恪不僅在生活上互幫互助，還在詩詞中寄寓對國家民族的態度、對戰爭的關注以及對彼此的關心。這些記錄不僅展現了他們在戰爭歲月的艱苦生活和精神狀態，也潛藏著國破家亡的憂戚與哀愁；是對老朋友的掛念，更是對亂世的共同感慨。

---

47 吳宓著，吳學昭整理：《吳宓詩集》，商務印書館，2004 年，第 338 頁。
48 吳宓著，吳學昭整理：《吳宓詩集》，商務印書館，2004 年，第 338 頁。

二、駟馬千鐘非我欲，得一知己萬年足——吳芳吉

　　吳宓曾說從私人感情而言，最好的女友是毛彥文，而最好的男友則是吳芳吉。吳芳吉（1896-1932），重慶江津人，字碧柳，自號白屋吳生，世稱白屋詩人。吳宓與吳芳吉相識於 1911 年的清華學堂，從此結為一生摯友。吳芳吉有詩雲：「況複憂患迫，人世多榮辱。駟馬千鐘非我欲，得一知己萬念足」[49]，表達了吳宓與吳芳吉的惺惺相惜之情。

　　昆明時期，吳宓的室友們並不能滿足其對朋友精神層面的要求，所以他時常覺得孤獨。這時，他也就時常想起亡友吳芳吉。昆明日記中，吳宓多次提到其上課的內容是吳芳吉，如：1941年 5 月 31 日：「1-3 上課，講碧柳與《婉容詞》，並及宓之往事」[50]；1942 年 3 月 10 日：「再 10-11 上《中西詩》課，講《婉容詞》」[51]；12 月 7 日：「晚 6:30-8:50 上《文學與人生》課，講述碧柳生平行事」[52]；1944 年 3 月 24 日：「3-5《中西詩》課，勉述與碧柳往事，聽者似多不省」[53]等。這些記錄不僅表達了吳宓對亡友的思念，更暗含了深層的文化印跡，表明了吳宓對其文學人生觀的堅持。

　　吳宓在〈吳芳吉述家中情形書跋〉中說：「竊謂若論其人之

49 吳芳吉：《白屋詩選》，四川人民出版社，1982 年，第 47 頁。
50 吳宓著，吳學昭整理：《吳宓日記》（第八冊），生活·新知·讀三聯書店，1998 年，第 93 頁。
51 吳宓著，吳學昭整理：《吳宓日記》（第八冊），生活·新知·讀三聯書店，1998 年，第 262 頁。
52 吳宓著，吳學昭整理：《吳宓日記》（第八冊），生活·新知·讀三聯書店，1998 年，第 422 頁。
53 吳宓著，吳學昭整理：《吳宓日記》（第九冊），生活·新知·讀三聯書店，1998 年，第 231 頁。

天真赤誠，深情至意，不知利害，不計苦樂，依德行志，自克自強，一往而不悔，則未有如吾友碧柳者」[54]。可知，吳芳吉的天真赤誠、深情至意符合吳宓人生觀中對真善美的要求。不僅如此，吳芳吉身上還有很多吳宓讚賞的因子。作為學衡派代表，吳芳吉提倡儒家傳統文化的仁愛、良知、道德等人文情懷，而這恰恰是社會所缺乏的也是吳宓所強調並堅持的。這是吳宓將吳芳吉納入講課內容的原因之一。

其次，吳芳吉在《再論吾人眼中之新舊文學觀》中明確提出了文學作品的「格」與文章所反映的道德精神之間的關係：「文學作品譬如園中之花，道德譬如花下之土，彼遊園者固意在賞花而非以賞土，然使無膏土，則不足以滋養名花。土雖不足供賞，而花所托根，在於土也。道德雖於文學不必昭示於外，而作品所寄，仍在道德也」[55]。這種關於文學與道德關係的見解更是吳宓所讚賞的。吳宓的文學人生觀的核心是道德中心主義，「宓一生所志，惟在道德。……宓以宗教為道德之源泉，詩文為道德之表現……」[56]。可見，吳宓選擇將吳芳吉的詩歌及文學觀念作為課程內容其實還是暗含著對自己道德文學人生觀的堅持。戰時學生們的學習風氣早已不像戰前那樣努力，社會風氣也越來越不重視道德的力量。這正是吳宓所擔心的。吳宓講述吳芳吉的人生和詩歌，是想通過這樣一種方式來傳達文學和道德的力量，並希望能夠給學生們更多關於人生與道德的思考。

吳宓講解吳芳吉的詩歌還暗含了他對學生的愛國教育。吳宓

54　吳宓著，吳學昭整理：《吳宓詩話》，商務印書館，2007 年，第 157 頁。

55　吳芳吉：《再論吾人眼中之新舊文學觀》，《學衡》，1922 年 4 月，第 4 期。

56　吳宓著，吳學昭整理：《吳宓日記》（第七冊），生活·新知·讀書三聯書店，1998 年，第 130 頁。

特別重視詩歌的教化功能，「吾以為，國人而欲振作民氣，導揚其愛國心，作育其進取之精神，則詩宜重視也；而欲保我國粹，發揮我文明，則詩宜重視也；而欲效法我優秀先民之行事立言，而欲研究人心治道之本原，而欲使民德進而國事起，則詩尤宜重視也」[57]。吳芳吉有著強烈的反對帝國主義侵略的憂國憂民的愛國情懷。他將這種情懷融注筆端，創作了大量感時憤世的愛國主義詩歌，如〈巴人歌〉〈曹錕燒豐都行〉等。九一八事變後，吳芳吉通過寫詩、演講等方式投身於抗日救亡的鬥爭中，並於 1932年 5 月病死在抗日宣傳的講臺上。這是一代詩人的抗戰方式。吳宓不遺餘力地講解吳芳吉的詩歌與為人，既是對自己的勉勵，也是希望能夠通過這樣一位愛國主義詩人去教育和感化廣大的學生。

　　此外，昆明時期儘管新文化運動的熱潮已經淡去，但新文化派們依然會若有似無地表現出不屑和敵對的情緒。如：1944 年 5月 9 日：「報載昨晚聯大文藝晚會，諸人盛表五四身與之功，而痛詆中國之禮教與文學。讀之憤怒已極，惜年衰力孤，未由與彼輩征戰」[58]；5 月 10 日：「報載前日聞一多演辭，竟與我輩『擁護文學遺產』者挑戰。恨吾力薄，只得隱忍」[59]；5 月 11 日：「見學生壁報，承聞一多等之意，出特刊討論尊孔、復古問題。不勝痛憤，仍強為隱忍」[60]……

---

57 李賦寧：《紀念吳宓先生》。詳見李繼凱、劉瑞春編：《追憶吳宓》，社會科學文獻出版社，2001 年，第 188 頁。

58 吳宓著，吳學昭整理：《吳宓日記》（第九冊），生活·新知·讀書三聯書店，1998 年，第 257-258 頁。

59 吳宓著，吳學昭整理：《吳宓日記》（第九冊），生活·新知·讀書三聯書店，1998 年，第 258 頁。

60 吳宓著，吳學昭整理：《吳宓日記》（第九冊），生活·新知·讀書三聯書店，1998 年，第 259 頁。

這種「隱忍」的回應態度可以看出聯大時期的吳宓是孤獨的。每當如此，吳宓便常常回想起吳芳吉，想起他們在文學觀念上的互相認同，想起在新舊夾擊之下他們共同作出的文化努力。懷念亡友、讀〈吳白屋遺書〉等行為，是吳宓排解內心孤獨苦悶的一種方式。他希望通過文字交流的方式來證明自己的正確性。這是吳宓對戰時新文化派的應對姿態，更是他對自己文學人生觀念的堅持。

小　結

吳宓一生都在為情「著迷」。研究戰時吳宓的情感，有利於我們了解吳宓的真實生活樣態和獨特而豐富的歲月人生。昆明時期，家庭的索取和與女兒的矛盾使吳宓真正意識到他與家人是隔膜的。對於愛情，吳宓始終處於「毛彥文與其他女子」的徘徊之中。他把自己的浪漫主義轉化為道德理想，把愛轉化為宗教精神，其對愛情本身意義的追求遠遠超過了對愛人的追求。惟有友情給鬱悒的吳宓帶來了些許慰藉。不管是與陳寅恪的交往還是與吳芳吉的隔空對話，都展現了朋友給孤獨的吳宓帶來的精神支撐。這其中暗含著他對文學人生觀的堅持，也是他繼續堅持「志業」的力量。

第六章　變與不變：大時代下文人的「志」與「業」

　　盧溝橋事變以來整個中國都處於抗日救國的氛圍當中，愛國主義似乎已被概括為大多數知識分子安身立命的精神支柱，「對中國傳統文化的認同成為培養民族種苗與愛國情操最佳的養分來源」[1]。這種「整齊步伐」的論調明顯過於同化和模糊了界限。抗戰時期的吳宓並沒有如聞一多等文人激進革命，也沒有像馮友蘭等文人自覺承擔起對國家民族的責任，他對文化價值和道德的關心超過了對社會政治本身。他強調：「宓一生所志，惟在道德。思辨工夫在此，所兢兢力行者亦惟此」[2]，這就決定了吳宓的抗戰方式始終是以「道德」為核心的。

　　作為知識分子，大學教授在「在謀生過程中同時承擔許多道義上的責任」[3]。在吳宓看來，謀生的行為是他的職業，為道義而做出的努力則是他的志業。戰時吳宓的行為都圍繞著他的「志」「業」展開。戰時吳宓不僅繼續履行著其作為教師的職責，還承續了新文化運動以來對文化和道德的關注及思考。考察吳宓在戰

1　嵇國鳳：《抗戰時期吳宓對時局的思考》，《國史館館刊》，2013 年 12 月，第 38 期。

2　吳宓：《吳宓日記》（第七冊），三聯書店，1998 年，第 130 頁。

3　謝泳：《西南聯大與中國現代知識分子》，福建教育出版社，2009 年，第 13 頁。

時的「志業」，能夠了解在愛國主義包裹下的吳宓為抗戰所做出的獨特努力，探析他對個人、社會以及民族的思考，揭示其不同於「鬥士」的更接近人性本真的學者面貌。

第一節　民族與國家

　　抗日戰爭時期，幾乎所有的活動與行為都被囊括在「民族」「抗日」「救國」的氛圍當中。在「一切為了抗戰」的前提下，國民性格中的正面因素被放大到空前的位置，正如林賢治所看到的那樣，「國民性格的消極面更大程度上被隱匿起來。無論是政治家的演講、報告、著作，還是普通的『文人話語』，都是如此」[4]。在這種大環境下，吳宓對戰時中國社會眾生相及人心道德淪喪有著極為清醒的認識。他以道德作為價值評價標準，並在此基礎上對國民性的負面因子進行批判和教化、對戰時的社會進行思考，顯得極為另類和真誠。

　　1930 年代，當國民政府大肆宣揚文化民族主義以企圖復興中國文化時，吳宓卻認為政府所作出的種種努力並沒有觸及根本問題。1937 年 7 月 14 日，吳宓和陳寅恪就意識到了國民性格的負面因子：「……寅恪謂中國之人，下愚而上詐。此次事變，結果必為屈服……況中國之人心士氣亦虛憍怯懦而極不可恃耶」[5]。7月 15 日，吳宓談及：「……中國人之道德精神尤為卑下，此乃

---

4 林賢治：《紙上的聲音》，灕江出版社，2015 年，第 143 頁。
5 吳宓著，吳學昭整理：《吳宓日記》（第六冊），生活·新知·讀書三聯書店，1998年，第 168-169 頁。

致命之傷。非於人之精神及行為，全得改良，決不能望國家民族之不亡。遑言復興？」[6]。7 月 29 日，北平失守，吳宓認為其「……不特為實事上之大損失，抑且為道德精神上之大失敗……」[7]。這是吳宓對抗戰時期國人性格較早的洞察和反思。民族危亡之際，國人表面和諧一致，實際卻各有心思。這一點，貫穿了整個抗戰始終。

在糾結南下的過程中，吳宓看到了國人為虎作倀、自相殘殺、不能共處患難之醜態。南下途中，他看到了國人蠅營狗苟、爭相廝殺、恃強凌弱的醜態。吳宓在日記中記載了第一次跑警報時眾人的「看客」狀態：「日本飛機忽至……警察禁止行動，而街中人民擁擠奔竄……警報解除，始得出。此時街中人更多，蓋群趨車站欲觀轟炸之實況，無殊看熱鬧者，道途擁塞」[8]。戰亂之時，吳宓原本以為國人會謹守秩序，卻沒想到看熱鬧者依然眾多。這給他帶來了不小的觸動。他也正因為親見了國人道德精神的卑下和淪落而對中國的戰爭前途充滿擔憂。

此外，吳宓對抗戰時期國人的趨名鶩利、自私自利有著更深層次的感慨。他多次記載了其及身邊朋友遭遇偷盜的經歷，更發現了不少聯大學生偷墮庸劣的行為。他批評「兵凶戰危，民窮財盡，而貨悖出入，得財反覺甚易」[9]的末世亂象；批評大學教授中

6　吳宓著，吳學昭整理：《吳宓日記》（第六冊），生活·新知·讀書三聯書店，1998年，第 170 頁。

7　吳宓著，吳學昭整理：《吳宓日記》（第六冊），生活·新知·讀書三聯書店，1998年，第 181 頁。

8　吳宓著，吳學昭整理：《吳宓日記》（第六冊），生活·新知·讀書三聯書店，1998年，第 261 頁。

9　吳宓著，吳學昭整理：《吳宓日記》（第八冊），生活·新知·讀書三聯書店，1998年，第 255 頁。

如葉公超之流「立即釀資一二千元，趨赴市中，購來大批紙煙及布等，將待時出售而獲贏利」[10]的醜惡行徑；批評「入緬軍皆以發洋財為志……途中每日尋樂。至一城，則必欲入居最富麗之宅第，且搜求當地美婦女以自娛」[11]的惡劣行為；慨歎鄉民見到重傷之兵「不惟不舁而救之，且以菜刀斬殺此傷兵，而劫奪其身上之衣物財械」[12]的嘶殺行為……

吳宓獨自見到這些場景時已是滿心的哀慟，更別說外國友人當面評價國人時心中的哀寞。據吳宓日記記載，友人 Winter 經常向他表達其對中國人的看法和見解，如：

「Winter 謂世界古今，當國家有大戰，危機一發，而漠然毫不關心，只圖個人私利，或享樂者，未有如中國人者也！」[13]

「Winter 又述中國人之怯懦，乏見義勇為之精神。親見中國諸多貪汙自私之事，而無人敢言敢阻。」[14]

「Winter 責中國人不講實用道德。不能效法蘇俄之犧牲勇往，富國強兵，擊退大敵。」[15]

「Winter 述英美人士來華者對中國上下泄遝之失望，傷中國智識界人士大都安居獨善或自營私利，無以國事戰局為念

10　吳宓著，吳學昭整理：《吳宓日記》（第七冊），生活·新知·讀書三聯書店，1998 年，第 164-165 頁。

11　吳宓著，吳學昭整理：《吳宓日記》（第八冊），生活·新知·讀書三聯書店，1998 年，第 380 頁。

12　吳宓著，吳學昭整理：《吳宓日記》（第七冊），生活·新知·讀書三聯書店，1998 年，第 119 頁。

13　吳宓著，吳學昭整理：《吳宓日記》（第八冊），生活·新知·讀書三聯書店，1998 年，第 260 頁。

14　吳宓著，吳學昭整理：《吳宓日記》（第九冊），生活·新知·讀書三聯書店，1998 年，第 5 頁。

15　吳宓著，吳學昭整理：《吳宓日記》（第九冊），生活·新知·讀書三聯書店，1998 年，第 30 頁。

者。」[16]

　　每當 Winter 向吳宓闡述看法時，吳宓都很難過。他又何嘗沒有看到這醜陋無比的社會眾生相呢？吳宓認為戰時的種種醜惡現象正是「二十餘年來學術思想界所謂『領袖』所造之罪孽」[17]，是他們重革命輕傳統文化才致使戰時國人道德淪落。所以，他才堅持認為如果不改良道德，中國終將無望。這樣的哀慟與無望刺激著吳宓不斷追求道德的意義。由此，吳宓將道德上升到關係民族存亡的高度。在他看來，道德的高下是中日戰爭勝敗的關鍵，而惟有道德才是拯救民族危亡的良藥。

　　九一八事變後，吳宓就極為關注民族的命運，在《大公報·文藝副刊》上先後發表了《民族生命與文學》[18]、《中華民族在抗敵苦戰中所應持之信仰及態度》[19]、《道德救國論》[20]等文章，提出了「道德救國「的觀點。吳宓認為道德之所以能救國是因為它根源于人的本性。抗日戰爭中，吳宓愈見國人道德之淪喪，就越發覺得傳統文化中內聖外王的道理才是正人心、救國家的金科玉律。因此，他就越發慨歎道德之於國人的重要性及道德建設之於民族國家的重要性。「道德」，成為吳宓戰時最重要的一個思想武器。

　　吳宓認為種種社會亂象不僅是個人的道德淪喪，更是整個民

16　吳宓著，吳學昭整理：《吳宓日記》（第九冊），生活·新知·讀書三聯書店，1998 年，第 37 頁。

17　吳宓著，吳學昭整理：《吳宓日記》（第六冊），生活·新知·讀書三聯書店，1998 年，第 334 頁。

18　吳宓：《民族生命與文學》，載《大公報·文學副刊》，1931 年 9 月 28 日，10 月 5 日，10 月 19 日。

19　吳宓：《中華民族在抗敵苦戰中所應持之信仰及態度》，載《大公報·文學副刊》1932 年 2 月 8 日。

20　吳宓：《道德救國論》，載《大公報·文學副刊》，1932 年 2 月 15 日。

族的道德滑坡。因此，他指出道德救國必須努力提升個人及民族的道德，而個人道德的提升是民族道德提升的前提。為此，吳宓在《建立道德論》中明確提出了個人道德之進程。

吳宓認為個人道德之進程分為三個階段，首先是沒有理智與感情的行為，即傳統因襲、風俗、習慣等；其次是基於教條理性或叛逆情緒之行為，即革命、劇變、自作主張等；最後是基於完美理性與善良情感之行為，即重建、和諧、綜合等[21]。換言之，個人道德的進程是由被動接受到革命裂變再到和諧統一的過程。只有完成了這三個階段，個人才能獲得真正的道德。然而，不是每個人都能完成個人道德的進程，個體必須具備道德進步的條件：

1、其人必信人生是道德的，因之亦有不道德之處，而決非與道德無關；

2、其人兼具澄明之理性與熱烈之情感，二者不可缺一；

3、其人必嚴肅對待人生。其人恒將自己行事，與他人行事一律看待；而皆認為其中每一步驟皆有研究評論（從道德的觀點出發）之價值；

4、其人有反省及自察之能力。其人於自己所已作，所正作，及所欲作之事，恒細為分析體驗，了解深徹，而感覺敏銳；

5、其人不但多讀書，且富於實際社會之各種生活經驗——總之，所知所見他人（真假、古今）之生活及行事，甚為豐備；

6、其人富於想像力及同情心，善能設身處地，看出人與人、事與事、境與境間之根本異同。於是，其人能忠恕，且能為無私的服務；

21　吳宓著，王岷源譯：《文學與人生》，清華大學出版社，1993 年，第 166 頁。

7、其人勇於實行：凡己所認為最正最上之途徑，立即趨此而行。又其人由自己之經驗或他人之經驗，取得道德之智慧以後，欲以此種智慧傳授於世人之故，不諱言自己之失敗與錯誤，亦不避引述他人生活中之事實。」[22]

吳宓提出的個人道德進步的條件就是要求人們要處理好思想、感情、生活和事業的關係。由此可看出，吳宓一直強調的是道德不斷自我完善的個體，即人的道德自律。在他看來，修身齊家治國平天下是合為一體的，所以個人自律才能帶動整個民族的道德提升。然而個人的道德自律與本能欲望是相對抗的。吳宓認為每個人的內心都充滿了知識欲、權力欲和情感欲，但他並不排斥人的欲望。他提倡通過道德來約束欲望，即「使人之內心外行均成為諧和、平均、完美者」[23]。不僅如此，吳宓還想通過義利之辨來傳達道德的價值。

在吳宓看來，「義」是人生的理想方面，象徵理想生活，屬於「一」；「利」是人生的實際方面，象徵現實生活，屬於「多」，「在理想生活中應重義，在實際生活中可重利」[24]。吳宓還將義利與經濟、道德聯繫起來，認為「義=道德，利=經濟」，一切宗教及人文主義哲學均教導人重視道德（義）而輕視經濟（利）或者使道德（義）勝於經濟（利）[25]。這是吳宓對世人重私利輕義理的思想和行為的警醒，希望世人能通過注重道德、輕視經濟來獲得自我道德修養的提升。由此，吳宓不贊成由金錢名利而帶來的幸福感而強調倫理道德上的幸福觀。對他來說，「人生問題，

---

22 吳宓著，王岷源譯：《文學與人生》，清華大學出版社，1993年，第167頁。
23 吳宓著，王岷源譯：《文學與人生》，清華大學出版社，1993年，第130頁。
24 吳宓著，王岷源譯：《文學與人生》，清華大學出版社，1993年，第139頁。
25 吳宓著，王岷源譯：《文學與人生》，清華大學出版社，1993年，第135頁。

即道德之修養，與幸福之取求」，而最高的幸福則是道德所帶來的「善」。

綜上，在日益高漲的民族情緒中，吳宓以他所堅持的「道德」來冷靜審視並思考戰時社會。在「道德」理論的支撐下，他洞悉並揭露了戰時愛國主義情緒包裹下的國民負面性格和社會亂象。對於戰爭中國的節節敗退，吳宓雖然痛心疾首但也很理智地並未全歸咎於日本，認為「弱之受侮，亦必有其因，是亦弱之咎也」[26]；對於戰時中國社會流露出的種種醜態，他深感哀慟，認為道德勢力的衰微是戰時人們趨名鶩利的首要原因。

然而，吳宓雖有弘道用世之心卻時感無能為力。1938-1939年，吳宓想通過創辦《善生》週刊來發起「救國救世」的道德改良運動。他費了很大力氣幹旋《善生》的創辦及出刊事宜，然而「如近今之新生活運動及全國精神總動員，既不徵聘及宓，其發表之宗旨規條，亦與宓所知所信者相去極遠」[27]，《善生》週刊也終究胎死腹中。可見，「道德救國」的理想在當時多少顯得有些不合時宜，這也註定了他「道德救國」的失敗。但無論如何，吳宓依然堅持以道德眼光批判社會，並將以道德為中心的人生觀融入到自己的教學當中。這是吳宓作為一個學院派知識分子的抗戰努力和堅持。

第二節　道德與人性

依託於大學或學院存在的知識分子們安身立命的基礎就是

26　吳宓著，吳學昭整理：《吳宓日記》（第七冊），生活·新知·讀書三聯書店，1998 年，第 163 頁。

27　吳宓著，吳學昭整理：《吳宓日記》（第七冊），生活·新知·讀書三聯書店，1998 年，第 4-5 頁。

教育，這在抗日戰爭時期表現得尤為突出。戰時大多數教師們有著共同的感受，那就是「做教師的，最好、最切實的救國方法，就是致力學術，造就有用人才，將來為國家服務」[28]。正因為此，西南聯大那一輩人的憂國憂民精神深深地印在了他們的教學中。

在吳宓心中，教授的頭銜始終是學識、人格、價值和尊嚴的象徵。[29]抗戰時期，吳宓的基本身份是「敬業守職」的教書匠，在更廣泛的文化領域很少聽到他的聲音，彷彿成了遠離中心的「邊緣人」[30]。對他來說，這一時期的教書生活不僅是「謀生」的職業，也是其實現文化理想的重要陣地。他將中西匯通的人文主義教育理念貫穿到教學當中，以「道德」為核心，努力傳承自己的文學人生觀念。

一

吳宓的戰時教育觀首先表現在教育理念上。

在聯大的外語系，吳宓始終沒有當上系主任，但他的作用卻不可小覷。1937 年長沙臨時大學時期，由於當時的系主任葉公超和清華外文系系主任陳福田均未及時到達長沙，所以臨大的外語系任務實際上是吳宓在負責。這就為後來聯大外文系培養目標的確定及課程的設置奠定了基礎。西南聯大外文系的培養目標未明確提出過，但我們可根據吳宓戰前提出的清華大學外文系培養目標作為戰時西南聯大外文系培養方案的參照。

---

28 梅貽琦：《梅貽琦自述》，安徽文藝出版社，2013 年，第 14 頁。
29 張高傑：《知識分子在 1949》，人民出版社，2009 年，第 85 頁。
30 李繼凱、劉瑞春編：《追憶吳宓》，社會科學文獻出版社，2001 年，序言第 5 頁。

　　1926 年吳宓被聘為清華大學外文系主任。他參照美國大學裡比較文學系的方案，為清華大學的外文系制定了培養目標，即：把學生培養為「了解西洋文明之精神，熟讀西方文學之名著、諳悉西方思想之潮流，創造今世之中國文學，匯通東西之精神思想」[31] 的「博雅之士」。在此目標的基礎之上，吳宓確定了清華外文系的辦系方針和課程設置：「其一，研究西洋文學之全體，以求一貫制博通。其二，專治一國之語言文字及文學，而為局部之深造。課程表中，如西洋文學概要及時代文學史，皆屬於全體之研究，包含所有西洋各國而為本系學生所必須者，但每一學生並須于英、德、法三國中擇定一國之語言文字及文學為精深之研究，庶同時可免狹隘及空泛之病。」[32]

　　除此之外，吳宓在 1935 年的《外國語文學系概況》中對 1926 年的課程設置進行了增補：

　　「本系始終認定語言文字與文學，二者互相為用，不可偏廢……」[33]

　　「將西洋文學全體，縱分之五時代，分期詳細研究，即（1）古代希臘、羅馬，（2）中世，（3）文藝復興，（4）十八世紀，（5）十九世紀，更加以（6）現代文學，分配於三年中。又橫分之，為五種文體，分體詳細研究，而每一體中又擇定一家或數家之作品詳細講讀，以示模範，亦分配於三年中，即（1）小說，近代小說，（2）詩——英國浪漫詩人，（3）戲劇，近代戲劇即

31　清華大學校史編寫組編：《清華大學校史稿》，中華書局，1981 年，第 164 頁。

32　清華大學校史編寫組編：《清華大學校史稿》，中華書局，1981 年，第 164 頁。

33　徐葆耕編選：《會通派如是說——吳宓集》，上海文藝出版社，1998 年，第 198 頁。

莎士比亞，（4）散文——第二年級、第三年級英文散料以英文為主，（5）文學批評......」[34]

「本系對學生進修他系之學科，特重中國文學系，蓋中國文學與西洋文學關係至密......」[35]

由此觀之，吳宓秉持的是中西會通的教育觀。他強調語言、文字與文學並重，世界文學和中國文學並重的原則，提倡外文系學生要培養深厚的中國文學功底。需要指出的是，吳宓所提倡的「博雅之士」的培養與推動傳統文化的繼承和發展有著關聯。他不是單純地培養讀書人，而是希望以「博雅」的目標培養具有健全人格的「人」。

有了這樣較為成熟的教育觀念，戰時吳宓自然將其引入到聯大外文系的培養方案當中。據聯大校史資料，聯大外文系雖未明確提出培養方案，但大致是清華外文系的延續，主張培養通才博雅之士。聯大外文系的課程分為必修和選修兩類，一年級學生所修課程是文法學院學生共同的必修課；二年級除共同必修課外還有 4 門專業必修課：英國散文及作文、英國詩、歐洲文學史、第二外國語；三四年級是專業必修課，包括：英國散文及作文、西洋小說、西洋戲劇、英語語音學、歐洲文學名著選、第二外國語、翻譯、印歐語系語言學概要等。[36]此外，還有很多選修課程，如國別文學史、斷代文學史、作品選讀、作家作品研究、文學理論、

---

34 徐葆耕編選：《會通派如是說——吳宓集》，上海文藝出版社，1998 年，第199 頁。

35 徐葆耕編選：《會通派如是說——吳宓集》，上海文藝出版社，1998 年，第201 頁。

36 西南聯大北京校友會編：《國立西南聯合大學校史·院系史》，北京大學出版社，1996 年，第 33 頁。

語言理論等等[37]。這樣的課程設置和培養目標可謂全面而系統，為戰時艱苦環境下學生的學習創造了良好條件，有利於開拓學生的視野，豐富學生的知識結構，培養全面發展的人。

戰爭後期，受社會趨鶩功利的環境影響，聯大的教育漸漸忽視了人文素質而注重傳授謀生的知識和技能。在吳宓看來，這是百害無一利的。他認為「治學的目的不在獲取若干專門的知識，而在自身的精神完善」[38]，所以他常常痛感清華大學獨立自由的思想及學術傳統在西南聯大已漸漸蒙上了非學術性的色彩。他遺憾聯大外文系成為戰地服務團的附庸，痛恨聯大某些教員廢弛系務課程、不與學生交流的趨利行為。他認為戰時的聯大更應該關注人的道德精神和全面發展，更需要培養博雅之士，這樣才能堅守住民族的底線以抵抗危難。

二

當然地，吳宓把這樣的精神貫穿到了具體課程的開設和講授之中。這些課程既是他的教育實踐也是其文學人生觀的顯現。筆者統計了吳宓 1937-1945 年開設的課程，如下：

1937 年：《西洋文學史》、《歐洲名著選讀》、《歐洲古代文學》；

1938 年：《文學與人生》、《第三年英文》（讀本為《近代英文散文選》III）；

---

37 西南聯大北京校友會編：《國立西南聯合大學校史·院系史》，北京大學出版社，1996 年，第 37-40 頁。
38 李繼凱、劉瑞春：《解析吳宓》，社會科學文獻出版社，2001 年，第 343 頁。

1939 年：《人文主義》、《歐洲文學史》、《古代文學》、《歐洲文學名著選讀》（講柏拉圖《對話錄》）；

1940 年：《英文散文》、《歐洲文學史》、《人文主義》、《古代文學》、《世界文學史》、《英文作文》、《作文》；

1941 年：《人文主義》、《歐洲文學史》、《中西詩之比較》、《英文作文》、《法文》；

1942 年：《中西詩之比較》、《英文作文》、《古代文學》、《歐洲文學史》、《文學與人生》；

1943 年：《文學與人生》、《歐洲文學史》、《中西詩之比較》、《十九世紀英國詩人》、《世界文學史大綱》；

1944 年：《中西詩之比較》、《歐洲文學史》、《文學與人生》、《世界文學史》；

1945 年：《文學與人生》、《世界文學史》、《中西比較文學》、《翻譯》。[39]

這一時期吳宓為外文系研究生開設的課程有：《雪萊研究》、《西方文學批評》、《比較文學》、《文學與人生》等。由吳宓開設的課程可知，本科生的課程注重基礎知識，研究生的課程則明顯帶有研究性質。而《歐洲文學史》和《文學與人生》貫穿了其戰時課程教育的始終。

《歐洲文學史》是聯大外文系學生最重要的專業基礎課。吳宓縱橫于各國文學之內，為學生講解以歐洲為主，並涉及北美、

---

39 注：《西洋文學史》、《歐洲文學史》與《世界文學史》是同一門課程，1937-1938 學年稱為「西洋文學史」，1938-1939 學年改稱為「歐洲文學史」，1943 年改為「世界文學史」；《文學與人生》與《人文主義》是同一門課程。筆者此處將同一課程的不同名字一併錄入，以區別。

俄國、東歐、埃及、印度、尼泊爾、波斯、日本等國的全面系統的世界文學知識。不僅如此，他還將大致為同一時期的西方文學與我國古代文學做橫向比較（如但丁和王實甫，莎士比亞和湯顯祖等），以比較的視閾展開了對中西文學的研究。這樣的教學方式和內容為戰時的學生了解世界文學文化提供了方向和基礎，拓開了學生的眼界。值得注意的還有《文學與人生》課程。

除此之外，《文學與人生》是吳宓在 20 世紀 30 年代為清華大學外文系學生開設的選修課。西南聯大時期，他堅持繼續講授此課，不遺餘力地將自己對文學與人生的理解傳授給學生。在《文學與人生》的課程說明中，吳宓對這門課下了定義，「本學程研究人生與文學之精義，及二者間之關係。以詩與哲理二方面為主。然亦探討政治、道德、藝術、宗教中之重要問題」[40]。在吳宓的觀念中，文學是人生的表現，通過文學可以研究人生的要義，所以他認為「文學是人生的精華：哲學是氣化的人生，詩是蒸餾（液化）的人生，小說是固體化的人生，戲劇是爆炸的人生……」[41]。由此，他為學生列了一份包含一百多種書籍的「應讀書目」，涵蓋了古今中外的文學、歷史、哲學、宗教等領域。[42]從這些書目中我們可以了解到吳宓對於人生、道德、文學、藝術等方面的獨特而新穎的見解。西南聯大的教授們在建構學術體系的同時，也在努力建構自己的道德體系[43]。吳宓當然也是其中的身體力行

---

40 吳宓著，王岷源譯：《文學與人生》，清華大學出版社，1993 年，第 1 頁。
41 吳宓著，王岷源譯：《文學與人生》，清華大學出版社，1993 年，第 16 頁。
42 詳見吳宓著，王岷源譯：《文學與人生》，清華大學出版社，1993 年，第 3-9 頁。
43 楊立德：《西南聯大的斯芬克司之謎》，雲南人民出版社，2005 年，第 110 頁。

者。他認為「宗教是一上字、哲學是一全字、科學是一真字、道德是一善字、藝術是一美字」[44]。這五者其實是一回事，其中，道德為宗教的基礎。基於此，吳宓認為教育應該把道德培養作為根本。秉承「教育救國」的吳宓為民族國家提出了兩條道路，分別是：「（1）發展並改進經濟與實業（科學、技術、組織）；（2）促進並實施實用道德（常識、中庸）」[45]。

　　早在《學衡》時期，吳宓就提出了實踐道德的三條法則：克己復禮、行忠恕、守中庸。在他看來，「克己復禮」是以理制欲的功夫。克己是去除人性中本來之惡，而復禮則是保持人性中本來之善。這兩者合在一起，可以使人性日趨完善而最終成為道德的人，所以「克己又為實踐凡百道德之第一步矣」。[46]「行忠恕」則是盡心寬容，「忠於律己，恕以待人」。忠是知人類共有之優點而自律，而恕則是知人類共有之缺點而能夠悲天憫人。[47]這二者合在一起，能夠使人不斷修正自己以提高道德修養。「守中庸」是守中道，即有節制、求適當，「過與不及，皆不足為中庸」[48]。吳宓認為一個人要想成為道德的人就必須努力實踐這三個法則，其中最重要的就是守中庸。

　　在《文學與人生》課程中，吳宓進一步闡發了中庸與道德的

---

44 吳宓著，王岷源譯：《文學與人生》，清華大學出版社，1993 年，第 128 頁。

45 吳宓著，王岷源譯：《文學與人生》，清華大學出版社，1993 年，第 123 頁。

46 吳宓：《我之人生觀》。詳見：徐葆耕編：《會通派如是說——吳宓集》，上海文藝出版社，1998 年，第 97 頁。

47 吳宓：《我之人生觀》。詳見：徐葆耕編：《會通派如是說——吳宓集》，上海文藝出版社，1998 年，第 99 頁。

48 吳宓：《我之人生觀》。詳見：徐葆耕編：《會通派如是說——吳宓集》，上海文藝出版社，1998 年，第 101 頁。

關係。他認為中庸是實現道德的一種途徑。他將「中庸之道」進一步解釋為「執兩用中」，即在「一與多之間居中」。這就是吳宓的重要思想武器──「一多並在」。

「一多並在」是吳宓從柏拉圖的「兩個世界」理論和白璧德的新人文主義觀念中衍生出來的人生哲學觀。他認為，「宇宙人生，事事物物，皆有兩方面：曰一曰多。（1）知有一且有多，知一多關係（是一是二，一分亦合），是曰真知……（2）知一比多更為重要，更有價值，我必處處為一盡力，重一而輕多，是曰正行……（3）深信宇宙間之精神價值永存長久，不銷不減，僅其所表露之形色，所寄託之事物，隱現生滅，變化不息，是為正信」[49]。在吳宓的認知中，「一」指理念世界，代表本質、真理、永恆、絕對；「多」指現實世界，是瞬息的、變化的、相對的。因此，「一」比「多」更加重要。這種人生哲學觀是吳宓看世界的基本視點。根據他的理解和體悟，道德可分為「道」和「德」。道為「多」，是規範和準則，是人與人之間的關係和態度；德為「一」，是美德和才能，是人的本性。[50]在此基礎上，吳宓認為道德的絕對價值比社會現實的相對價值要重要很多。

明確了道德是「一」與「多」的統一體，就能理解吳宓所說的「執兩用中」了。「兩」並不是指「多」中的「兩」，而是指「一」「多」兩極。「執兩用中」是「一＋多」，是本末同重、內外兼取[51]。摒棄了「一」而在「多」中求「兩」，即為「低級、

---

49 吳宓：《一多總表》，《哲學評論》，1947 年第 10 卷第 6 期。
50 吳宓著，王岷源譯：《文學與人生》，清華大學出版社，1993 年，第 95 頁。
51 吳宓著，王岷源譯：《文學與人生》，清華大學出版社，1993 年，第 177 頁。

庸俗的『鄉愿主義者』」[52]，而摒棄「多」而單求「一」，則常常會陷入一元的固定思維之中。吳宓認為中庸就是要在「一多」中尋求平衡點。然而，「幼稚愚昧之個人，未開化而野蠻之民族，只知有多，不知有一；只可言實物，不能與言虛理」[53]，所以「中庸」就成了開啟幼稚愚昧個人及未開化而野蠻民族的鑰匙。

吳宓認為真正的道德是「循規蹈矩與放縱自由兩極端間之中庸」[54]。中庸的基礎是認為一個原則必須建立在更高級或更普遍的原則之上，以至於無窮，最後達到神。中庸是實際的生活智慧，是在眾多可能中正確選擇出唯一可能的感情和行為。[55]因此，中庸只存在於道德之中。那麼，實現中庸的標準是什麼呢？吳宓認為「神」是「中庸的最終標準」[56]。根據柏拉圖「神=『好』的意念」的觀點，吳宓認為「『好人』=一個模仿神的人」[57]，即有道德的人。在他看來，「君子重一，小人重多」，而真正的中庸是要完善人性，培養有德行的君子和真正具有健全人格的人才。吳宓認為道德約等於人性，規範人性就是道德的價值和意義。所以要「守經而達權」，要言行整合道德。這是戰時吳宓「道德救國」的一個理想。

綜上所述，吳宓在戰時依然秉持著一個教師的教學努力和人

---

52 徐葆耕編：《會通派如是說——吳宓集·前言》，上海文藝出版社，1998 年，第 14 頁。

53 吳宓著，王岷源譯：《文學與人生》，清華大學出版社，1993 年，第 151 頁。

54 吳宓著，王岷源譯：《文學與人生》，清華大學出版社，1993 年，第 173 頁。

55 吳宓著，王岷源譯：《文學與人生》，清華大學出版社，1993 年，第 121-122 頁。

56 吳宓著，王岷源譯：《文學與人生》，清華大學出版社，1993 年，第 123 頁。

57 吳宓著，王岷源譯：《文學與人生》，清華大學出版社，1993 年，第 155 頁。

文關懷。戰時，他將清華大學外文系的培養方案適宜地運用到聯大外文系的人才培養中，為戰時的中國培養了一大批具有開闊視野的博雅之才。抗戰時期，吳宓的教育依然以道德為核心，強調教育要關注人的全面發展及人的精神和道德需求。他高倡以中庸來實現道德。在「一多並在」人生哲學觀的影響下，吳宓認為中庸是「執兩用中」，是「一＋多」，是要培養具有健全人格的有道德的人。如此獨特的課程安排與人生道德哲學，深刻地體現了吳宓在戰時的思考。對他而言，這一時期的教書生活不僅是「謀生」的職業，也是他實現文化理想的重要陣地，更是其在抗戰時期所作出的「道德救國」的努力。吳宓以道德為核心的教育理念的理想成分遠遠大於現實可能，而且與當時的時代氛圍格格不入，但也體現了他對文化深層意義的追求和思考。當然，這種追求還體現在他以學者身份為抗戰所作的努力上。

第三節　文學與人生

有學者認為，知識分子有三種人生關懷：「社會（政治）關懷，文化（價值）關懷和知識（專業）關懷」[58]。與此對應，吳宓在戰時更多表現出的是文化關懷。然而，戰時吳宓對文學文化的堅持似乎並沒有受到重視。由於戰時吳宓的學術著述較 20-30 年代初明顯減少，許多學者便認為昆明時期的吳宓出現了學術滑坡的現象。其實，戰時吳宓並不在乎純專業的學術問題，他「看重人

---

58 許紀霖：《中國知識分子十論》，復旦大學出版社，2015 年，第 85 頁。

生哲學或道德哲學」[59]，並以此作為武器堅守著他的人生文學觀。

　　吳宓對文學、人生、道德三者的關係有著自己的思考。他認為文學的要義並不是要表達作者對人生的判斷，而是表現作家們對人生和宇宙的思考以及對真善美的追求。所以，吳宓反對戰時的文學就是宣傳抗戰的工具，他強調戰時文學應該有著自身的邏輯和規律。他認為文學有十大功用：「（1）涵養心性；（2）培植道德；（3）通曉人情；（4）諳悉世事；（5）表現國民性；（6）增長愛國心；（7）確定政策；（8）轉移風俗；（9）造成大同世界；（10）促進真正文明」[60]。由此可見，吳宓極為強調和重視文學的道德功能及作用。當然，吳宓把道德和文學聯繫在一起並不是要將文學作為道德的注釋，而是想要借助文學來傳達道德的力量以實現「道德救國」。他指出文學應該是間接的暗示而不是直接的說教，「文學不以提倡道德為目的，而其描寫則不能離乎道德……」[61]。這種認識是吳宓基於其「道德觀」基礎之上產生的文學觀念，是他對文學的道德功能的提倡。

　　在這樣一種以道德為中心的文學人生觀的觀照之下，我們就不難理解吳宓在戰時對《紅樓夢》的大力提倡了。

　　吳宓對《紅樓夢》的閱讀和研究貫穿了其人生的始終。早在哈佛讀書期間，他就以「《紅樓夢》新談」的演講名震整個留美學生圈。在這次演講中，吳宓認為「《石頭記》為中國小說一傑作。其入人之深，構思之精，行為之妙，即求之西國小說中，亦

59　余斌：《西南聯大的背影》，三聯書店，2017年，第99頁。
60　吳宓著，王岷源譯：《文學與人生》，清華大學出版社，1993年，第59-68頁。
61　吳宓：《評歧路燈》，《大公報·文學副刊》，1928年4月23日。

罕見其匹。……自吾讀西國小說，而益重《石頭記》。若以西國文學之格律衡《石頭記》，處處合拍，且尚覺佳勝」[62]。這是吳宓一生情繫《紅樓夢》的濫觴。從此，吳宓與《紅樓夢》的情緣就表現在《石頭記評贊》、《紅樓夢之文學價值》、《賈寶玉之性格》、《論紫鵑》、《紅樓夢之教訓》、《紅樓夢之人物典型》、《王熙鳳之性格》、《文學與人生》等著述，71 場紅學講座以及《吳宓日記》的文字中了。

抗日戰爭時期，吳宓對《紅樓夢》的關注顯得尤甚。在《文學與人生》課程中，他常常以《紅樓夢》作為講解或論述的例證，也時常會將《紅樓夢》作為考試題目[63]等。此外，他還做了大量關於《紅樓夢》的講座。據學者統計，吳宓一生作過關於《紅樓夢》的講座共有 71 次，而抗日戰爭時期占了 45 場之多。[64]不僅如此，1940 年吳宓、陳銓等人還創建了一個專門以「紅樓夢」為研究內容的社團——石社。想要加入「石社」者，需要以一篇關於《紅樓夢》的心得體會來獲取入社的憑證。由此，西南聯大興起了一股「紅學熱」並迅速蔓延到整個昆明的教育基地中。不管是大學還是中學，甚至是政府機關、軍隊、廣播電臺等都在相約邀請聯大教授們演講《紅樓夢》。

上述行為充分說明瞭吳宓對《紅樓夢》的關注和重視。當然，筆者無意羅列吳宓究竟在何時何地演講了《紅樓夢》的什麼內容

---

62 吳宓：《<紅樓夢>新談》。詳見徐葆耕：《會通派如是說——吳宓集》，上海文藝出版社，1998 年，第 276 頁。

63 吳宓著，王岷源譯：《文學與人生》，清華大學出版社，1993 年，第 208 頁。

64 沈治鈞：《吳宓紅學講座述略》，《紅樓夢學刊》，2008 年第五輯，第 205-236 頁。

來證明他對《紅樓夢》的偏愛。筆者想要探討的是，為什麼吳宓在戰時會尤其偏愛重視《紅樓夢》？一方面，這當然是因為吳宓喜愛這部小說，願意將其與眾人分享。除此之外，他對《紅樓夢》的偏愛還有更深層次的原因。

吳宓對《紅樓夢》的偏愛來自於深植在他身上的特有的文化觀念，即對真理、道德、理想的追求以及對文學、人生等的思考，展現的是他一生所追尋道德濟世的文化理想。

在《紅樓夢》中，吳宓發現了真幻兩個世界：「天下有真幻二境，俗人所見眼前形形色色，紛拏擾攘，謂之真境；而不知此等物象，毫無固著，轉變不息，一剎那間，盡已消滅散逝，蹤影無存。故其實乃幻境也。至天理人情中之事，一時代一地方之精神，動因為果，不附麗於外體，而能自存，物象雖消，而此等真理至美，依舊存在。內觀反省，無論何時皆可見之。此等陶熔鍛煉而成之境界，隨生人之靈機而長在，雖似幻境，其實乃唯一之真境也」[65]。這是吳宓關於「兩個世界」說的前期探討。他認為大觀園裡的一切是物質世界，看似真境實際卻不過是一場夢；而那些虛無縹緲的精神世界才是不會消逝的真境。由此，吳宓在《文學與人生》的課程中，將其細緻分為「兩個世界」：從哲學上看，太虛幻境＝理想世界；賈府、大觀園＝現實世界；從藝術上看，太虛幻境＝小說世界；賈府、大觀園＝實際生活的世界。[66]在吳宓看來，現實的世界是對理想世界的模仿，而理想世界才是根本的、

---

65 吳宓著，吳學昭整理：《吳宓日記》（第二冊），生活·新知·讀書三聯書店，1998 年，第 46-47 頁。
66 吳宓著，王岷源譯：《文學與人生》，清華大學出版社，1993 年，第 40 頁。

真實的，也才更有價值。

之後，吳宓又將「兩個世界」的觀點上升到更為普遍的人生含義，「宇宙間事物，不可知者多，故生涯一幻想耳。究極論之，道德、理想、功業，無非幻象，人欲有所成就，有所樹立，亦無非利用此幻象」[67]。在這一解釋中，吳宓認為人生的追求就是存在於許許多多變換的形式中，那些真實存在的也是瞬間變化的。只有道德、理想等才是人生的真諦。

後來，吳宓又將其上升為人生哲學觀，「按兩世界之說，為一切宗教、哲學、文藝之根本，固矣。然此兩世界者，是一是二，未可劃分」[68]。「一」是理想世界、是精神價值，「多」是現實世界、是物質生活。吳宓深信變化的現實世界依靠絕對的理想世界而存在。而從事實世界到理想世界，吳宓顯然更傾向於道德意志。

吳宓始終認為文學、道德、人性應該是統一的。他主張「文學通過特殊的具體形式表現普遍人性」[69]，強調在文學藝術中「終必含有道德之原素」[70]。而對於道德和人性，吳宓認為《紅樓夢》很好地將它們包孕在了文本之中並表現了出來。在《文學與人生》中，吳宓指出「在中國文學與社會中，對上帝之愛與對婦女之愛與尊敬都不存在」[71]，但是曹雪芹先生卻將各種程度的價值觀傾

67　吳宓：《我之人生觀》。詳見徐葆耕編：《會通派如是說──吳宓集》，上海文藝出版社，1998 年，第 102 頁。

68　吳宓著，吳學昭整理：《吳宓日記》（第七冊），生活·新知·讀書三聯書店，1998 年，第 220 頁。

69　吳宓著，王岷源譯：《文學與人生》，清華大學出版社，1993 年，第 61 頁。

70　吳宓：《評歧路燈》，載《大公報·文學副刊》，1928 年 4 月 23 日。

71　吳宓：《文學與人生》，清華大學出版社，1993 年，第 49-50 頁。

注到「愛」裡，從而創造並描寫了在道德和社會等方面都引人注目的女性，如命運各不相同的「十二釵」、性格紛呈迴異的眾多丫頭婢女等。在這之中，吳宓最喜歡紫鵑。他認為，林黛玉是「美」和「愛情」的化身，而紫鵑是最忠於林黛玉的人。在吳宓看來，林黛玉逝世後紫鵑義無反顧地選擇出家的行為是很道德的。所以，他以紫鵑自擬，「吾願效法紫鵑，且願引紫鵑以自慰，終吾之餘年」[72]。紫鵑保護的是象徵「美」的林黛玉，而吳宓要竭力追求並維護的是文化和道德。他以紫鵑自擬顯示了其保護文化、捍衛道德的決心。

抗日戰爭時期，吳宓始終堅持以維護文化道德為己任。在他看來，作為「中國文明最真最美而最完備之表現」[73]的《紅樓夢》，濃縮了中國社會、文化、生活、道德、精神、人生哲學等全部內容。其體現的不僅是個體的命運，更是一個國家民族的榮辱興衰。從此意義而言，《紅樓夢》無疑是喚醒國人民族自信心及深化國人文化記憶的最好代表。所以，抗日戰爭時期吳宓講談《紅樓夢》的熱情達到了前所未有的高度。這不僅是他對自己文化道德理想的堅持，更是大時代下一個學者為抗戰所作的努力。

抗戰時期，吳宓對人生文學文化的關注還表現在他對中國古典詩歌的堅定和執著中。

早在新文化運動時期，吳宓就對新詩佔據中國詩壇主流地位而頗有說辭，「……是故舊詩之不作，文言之墮廢，尤其漢文文

---

72 吳宓：《論紫鵑》，載《成都週刊》，1945 年 3 月 11 日，第 1 期。

73 吳宓：《石頭記評贊》。詳見：徐葆耕編：《會通派如是說──吳宓集》，上海文藝出版社，1998 年，第 296 頁。

字系統之全部毀滅，乃吾儕所認為國家民族全體永久最不幸之事！……」[74]。在他看來，要想保持中國文化精神不亡，最重要的就是要保持文化傳統的延續、保持文字的賡續。這是他堅持用文言文寫作舊體詩的最根本原因。抗日戰爭時期，吳宓所堅持的依然是保存文化火種。所以，戰時吳宓理所當然地繼續著他對文化的堅持——寫作舊體詩。

在《吳宓詩集》的《南渡集》、《昆明集》、《入蜀集》中，記載了吳宓在抗日戰爭時期中的所歷、所見、所聞、所感。我們可以在「十載閑吟住故都，淒寒迷霧上征途」（《曉發北平》）[75]中了解他南下的辛酸和悵惘；在「亂離流轉未成詩，憂世祈天復自危」（《亂離一首》）[76]中品讀其在亂世中的憂愁；在「魂亡病久體難存，國命如絲天地昏」（《魂亡一首》）[77]中感受其對於個人與國家的命運均無著落的慨歎；在「悲深轉覺心無繫，友聚翻憐道更孤」（《南湖一首》）[78]中明白戰亂中文人們緊張無奈的心境；在「前游到處成焦土，苟活經年遂陸沉」（《歲暮感懷》）[79]中明晰其對戰爭帶來的國破家散的憤恨和無能為力……在這些詩歌中，吳宓表達了他對人生命運的思考，對國家民族命運及文化命運的思考和關懷。

除了寫舊體詩外，吳宓在西南聯大還組建了一個專門寫舊體詩作的詩社——椒花詩社。1939 年 9 月 5 日，「晚在玨處舉行椒

---

74 吳宓著，吳學昭整理：《吳宓詩話》，商務印書館，2007 年，第 254-255 頁。
75 吳宓著，吳學昭整理：《吳宓詩集》，商務印書館，2004 年，第 327 頁。
76 吳宓著，吳學昭整理：《吳宓詩集》，商務印書館，2004 年，第 328 頁。
77 吳宓著，吳學昭整理：《吳宓詩集》，商務印書館，2004 年，第 328 頁。
78 吳宓著，吳學昭整理：《吳宓詩集》，商務印書館，2004 年，第 339 頁。
79 吳宓著，吳學昭整理：《吳宓詩集》，商務印書館，2004 年，第 343 頁。

花詩社第一社集」[80]。由此，椒花詩社成員輪流做社主，定期聚會，互相唱和。由椒花詩社的唱和開始，吳宓展開了一個以他為中心的舊體詩歌唱和群體。據陳平原統計，吳宓抗戰時期的酬唱對象包括：陳寅恪、朱自清、蕭公權、劉永濟、潘伯鷹、繆鉞、李思純、容肇祖、浦江清、林同濟、胡小石、毛子水、汪懋祖、錢鍾書、李賦甯、周玨良等等[81]。這些朋友間的唱和之作「建構了一個群體寫作空間，或者說結成了一個小圈子，醞釀了一種小氣候」[82]，舊體詩詞成了他們交往的媒介。在這些詩詞中，他們或流露欲說還休的遲疑、不能衷言的悵惘，或表達對戰爭的憂懼、對人生的感傷，抑或展現對文化的堅守、對國家命運的關懷……

言而總之，戰時吳宓以吟詠創作舊體詩、組建詩社等方式表達了他對古典詩歌的執著。這些舊體詩詞不僅再現了抗日戰爭時期吳宓個人的命運流轉，還融入了其對人生、民族、國家的思考，展現了他對中國傳統文化的堅守。這是吳宓對抗日本侵略的一種方式，雖然微小，但展現了以他為代表的知識分子們的努力。

小　結

抗日戰爭時期，吳宓以「道德」為武器表達了他對日本侵略

80　吳宓著，吳學昭整理：《吳宓日記》（第七冊），生活·新知·讀書三聯書店，1998 年，第 63 頁。

81　陳平原：《豈止詩句記飄蓬——抗戰中西南聯大教授的舊體詩作》，《北京大學學報（哲學社會科學版）》，2014 年第 6 期，第 5-19 頁。

82　孫志軍：《現代舊體詩的文化認同與寫作空間》，華中師範大學，2004 年博士論文。

的反抗以及對民族國家的關懷。他以「道德」為評判標準，觀察並剖析了社會亂象及國民性格的負面因素，制定並實踐了聯大外文系人才的教育和培養，並身體力行地通過教學、講座、詩詞唱和等方式表達了他對文學文化及人生的思考。這種以「道德」為核心的獨特抗戰方式雖然沒有達到救國的目的，但也是他作為一個學院派知識分子為抗戰所作出的努力，體現了他對個人、社會以及民族的思考。

結　語

　　在以民族和救亡為主題的抗戰文學或抗戰歷史中，大多論述都只是塑造和建構了一個輪廓分明的骨架和外形。它們以整齊劃一的愛國主義掩蓋了知識分子的多面性和複雜性。然而，「文學的本真歷史並不是由文學研究者所遴選的少數經典構成，鮮活的文學史其實也就是廣闊的文化史、社會史」[1]。這就無法避免地需要還原「歷史真相」。而有可能是第一手資料的現代知識分子的日記無疑為研究者提供了最好的文本。作為「目前已知的最詳盡最有思想情感力量」[2]的《吳宓日記》恰好給我們提供了學院派知識分子命運的完整個案。抗戰時期的 5 本《吳宓日記》不僅真實地記錄了其日常生活、個人見聞、思想情感、交友工作等細節，還關涉了大量文學創作、歷史社會變遷以及人生命運流轉的資訊。這些細節和資訊是抗日戰爭歷史流變的最小也是最好的注腳，表現了吳宓及那一代學人的人生變遷。

　　抗日戰爭時期，時局的變化毫無疑問給人帶來了重大刺激，但這種刺激不是整齊劃一的而是充滿了諸多的牽絆因素。七七事變後，「南渡西遷」不是政府的簡單命令，還包含了知識分子們

---

1 周憲：《文化研究：學科抑或策略？》，《文化研究》，2002 年第 4 期，第 26-32 頁。
2 李怡：《大文學視野下的<吳宓日記>》，《文學評論》，2015 年第 3 期，第 92-101 頁。

關於「走留」抉擇的思考。吳宓對於南下的糾結代表了絕大部分知識分子的心路歷程。他們或逃避害怕、或恐懼不安，然而，為了生存，他們也不得不南下。南渡西遷的漂泊路途中，以吳宓為代表的學院派知識分子們克服了「南渡亡國」的心理陰影，走出了保存賡續文化的第一步。昆明時期，知識分子們困囿於艱難的生存環境和頻繁的警報轟炸。他們先是驚懼惶恐而後緩和平易最後淡定從容，這些心理的變化展現了他們的樂觀心態。戰爭使得情感的意義更為深刻。昆明時期的吳宓裹挾於無處安放的情愛之中，完成了他對宗教、道德以及文學的堅持。這一時期，吳宓又堅定致力於完成自己道德救國的文化理想。他以道德為武器，身體力行地通過教學和其他文學活動表達了他對文學、人生的思考以及對傳統文化的堅守，展現了他對個人、社會以及民族國家的思考和關懷。然而，歷史終究沒有選擇吳宓的「道德救國」方式。在轟轟烈烈的抗戰隊伍之中，吳宓顯得孤獨又蒼涼。

　　抗戰時期的吳宓日記既表達了吳宓作為一個普通人在抗日戰爭救亡中的心路歷程，也呈現了戰時文人們真實的生活鏡像；它是知識分子命運的完整個案，也代表了學院派知識分子的文化選擇和價值走向。考察戰時的吳宓日記，不是要繼續充實整齊劃一的抗戰敘述，而是想要還原抗戰文學及歷史演進的真相。因而，從《吳宓日記》著手研究抗戰時期的文學僅僅是邁出的一小步，它所包羅的豐富的文學、歷史、社會、人生等資訊還值得進一步的挖掘。

中編　戰時大後方作家日常生活及文學書寫

——以《葉聖陶日記》為考察對象

　　如同上編所言，在 20 世紀的中國知識分子中，《吳宓日記》無疑是上個世紀中國知識分子中，日記牽涉背景漫長，個人遭遇與經歷最為完整的屈指可數的文人之一，而葉聖陶則是這為數不多的另一位日記完整記錄者。抗戰時期的葉聖陶日記真實地記錄了其在抗戰時期的思想、個性和情懷。它既呈現了在大遷徙與漂泊中做出艱難抉擇的作家真實的心路歷程，又飽含了一代知識分子「留與走」中的愛國情懷；它既是葉聖陶困厄日常生活的實錄，又是戰時大後方知識分子真實生存狀態的縮影；它既是作家心態及思想觀念變遷的承擔者，又是戰爭之於一介普通知識分子影響的見證者。正是如此，我們方能從親歷者的書寫中還原一個真實的歷史現場：戰爭本無後方可言，只要是處在戰時，任何地方都是戰場。

　　每日一記的《葉聖陶日記》，言語雖簡練，但勝在面面俱到，小到日常生活中的理髮、飲食、會友、工作、娛樂，大到警報與轟炸、前線戰事、國際關係等，在真實而細緻記錄戰時日常生活的同時，還涉及大量的文學創作、歷史事實以及知識分子為國獻力的吶喊與呼籲。這些資訊既充實了歷史的厚重感又填補了某些空白，有助於我們從另一個維度上認識抗戰，這樣的維度是，居

於戰時大環境之下，普通民眾的真實生活狀態與心理狀態；以及不同於歷史論述而是從大文學角度回到歷史本身，透過日記中的瑣事探查歷史事實之外的作家真實情感與生活，從而探查歷來被研究們所忽視的事實真相，這也是本編筆者以葉聖陶日記為切入點研究大後方抗戰生活的價值與意義所在。

　　因而，本編即是在「大文學」視野之下探析抗戰時期的葉聖陶日記，以葉聖陶戰時日記作為研究對象與切入點，透過個體日記關注戰時大後方的知識分子的真實抗戰生活圖景，考察戰爭之下他們的真實生存狀態與心理狀態；考察戰爭是否給他們帶來的心態、思想變化，以及這些變化給他們觀念、言行以及文學創作造成何種影響，從而揭示戰爭之於民族國家的影響與意義。

緒　論

　　目前，學界對作家個體日常生活研究，尤其是從日記以及書信切入以探討抗戰時期大後生活的研究還較少，總體而言，有關記述抗戰的日記眾多，如《胡適日記全編》《吳宓日記》、《蕭軍日記》、《葉聖陶集日記》、《郭沫若日記》、《梁漱溟全集書信日記卷》等。然而，以抗戰時期的日記為研究依據，在兼顧日記的歷史性與文學性的情況下研究抗戰歷史與文學還比較少。已有的研究有：曹佳麗《<謝覺哉日記（1937-1945）>研究》、高中華《<永師日記摘抄>看抗戰時期永安城的社會狀況》、吳景平《蔣介石與抗戰初期國民黨的對日合戰態度──以名人日記為

中心的比較研究》、王振興《抗戰時期的經濟困難對學者生活及學術的影響——以<顧頡剛日記>研究為例》、李怡《<從軍日記>與民國「大文學」寫作》等等。其中具代表性的文章則是李怡的《大文學視野下的<吳宓日記>》一文，李怡在該文中肯定了日記作為文學的價值，並說明現代日記、現代雜文及書信都「需要在『大文學』的意義上加以讀解。」，同時指出「『大文學』意義上的日記是歷史的記載」。日記是作家私人情感的直接表達，基於此，日記就「不僅有歷史的記載，同時也體現寫作者的這樣的歷史趣味，字裡行間，不僅僅讓歷史本身的資訊得以保留，同樣也自然地流淌著作家『私人』的心境、理想與情懷，洋溢著一種與情感、思想、想像有關的『文學性』」[1]。在「大文學」視野下，透過作家個體日記再現抗戰真實生活，挖掘作家日記中所內含的歷史與文學。因而，透過作家個體日記，分析與探討日記下的日常生活，有助於讓我們從另一個維度上認識抗戰，這樣的維度是，居於戰時大環境之下，普通民眾的真實生活狀態與心理狀態；以及不同於歷史論述而是從大文學角度回到歷史本身，透過日記中的瑣事探查歷史事實之外的作家真實情感與生活，從而探查歷來被研究們所忽視的事實真相，這也是文章以葉聖陶日記為切入點研究大後方抗戰生活的價值與意義所在。

　　文章為何選擇以葉聖陶日記作為考察對象，原因有三：

　　其一，葉聖陶日記是在中國現代文學史上最完整全面的。「在現代中國的大文學史上，有兩位作家的日記牽涉的歷史背景最為漫長，個人的遭遇的經歷也最為完整，一是新文學作家葉聖陶，

1　李怡：《大文學視野下的<吳宓日記>》，《文學評論》，2015 年第 3 期，第 93 頁

另外一位就是長期置身於新文學陣營之外的吳宓」[2]。日記，作為一種大眾化的文體，它極具純粹性與隱秘性，是作者自身同自身的真實對話，「言為心聲」即是其不容置疑的真實性的最恰當表述。葉聖陶的日記歷史背景漫長，從早期的辛亥革命、「五四」文化運動，到「大革命」失敗，到整個抗戰，以及抗戰勝利，再到後來建國後，葉聖陶的日記未間斷過。尤其是抗戰時期的日記，從 1937 年 7 月 7 日抗日戰爭全面爆發至 1945 年 9 月 2 日，日本簽字投降，如此完整的日記有助於我們對抗戰時期以葉聖陶為代表的知識分的全面認識。魯迅說過，「從作家日記或尺牘上，往往能得到比看他的作品更明晰的意見，也就是他自己的簡潔的詮釋。」[3]。作家，作為知識分子的代表，必然不同於普通人，他們因擁有豐富的知識，所以比平常人多了份敏感以及自我意識，這樣敏感和自我意識在作家的書寫與反應下便成了憂患意識和社會責任感；這有助於我們對作家個體的個性氣質與特點以及內心有更深入的了解，同時也可以透過作家個體的思想觀念從一定層面上分析與探討群體的思想觀念。這裡的完整、全面是基於時間和內容兩方面考察而言的：首先，時間上，葉聖陶的日記時間跨度長，從上世紀初到上世紀末，而筆者所截取的抗戰期間即 1937 年至 1945 年間的日記，葉聖陶幾乎每日一記，除了 1938 年整年的日記因毀於樂山轟炸不可考以外，我們還可以透過葉聖陶 1938 年期間的書信考察其戰時生活狀況及心理狀況，因此所選取抗戰期間葉聖陶的日記仍然是較完整的；其次，內容上，葉聖陶寓居川渝期間幾乎每日一記，每日日記短小簡練，言語雖不

---

2 李怡：《大文學視野下的<吳宓日記>》，《文學評論》，2015 年第 3 期，第 94 頁

3 轉引張高傑：《中國現代作家日記研究》，蘭州大學博士論文，2008。

多，但勝在面面俱到，小到日常生活中的理髮、吃食，大到前線戰事情況、國際關係等等這樣完整、簡練而細緻的書寫，十分有利於筆者對葉聖陶戰時大後方日常生活和心理狀況的考察。

其二，葉聖陶抗戰期間所寓居的四川、重慶，也即是當時的陪都及西南大後方。八年抗戰他寓居川渝，將完整的生活經歷，並將這樣的經歷記錄在日記中，而要考察西南大後方的知識分子群體在戰時的真實生活狀態和心理狀態，無疑葉聖陶日記是較好的切入點，也是極具說服力和代表性的原因所在。抗戰爆發後，眾多北京上海的文人知識分子以及文化機構湧入西南大後方，一些去了雲南昆明，一些去了貴州四川，還有一些隨國民政府到達陪都重慶。當時到西南大後方的文人甚多，比如郭沫若、茅盾、蕭紅、豐子愷、顧頡剛、朱自清等等包括葉聖陶，葉聖陶舉家遷往重慶的選擇並非偶然，這代表了當時知識分子的普遍選擇。既如此多的文人皆在抗戰爆發後遷往西南大後方，為何筆者單單選擇葉聖陶的日記作為考察對象？原因在於，眾多文人並非八年抗戰皆居於川渝，他們在川渝滯留的時間並不長，而抗戰時期，葉聖陶寓居川渝八年，雖多次遷居，但都是在川渝兩地搬遷，大範圍仍是西南大後方，因此其親歷的大後方的抗戰生活十分完整，這樣的完整有助於筆者研究時從整體出發，從而對日記的探析與考察才有比較充分的說服力。而葉聖陶抗戰時期的日記，正是這親歷的真實體現，因此挖掘葉聖陶戰時日記，更能反應出戰時大後方文人知識分子的真實日常生活與心理感受。

其三，目前，學界對葉聖陶的研究多集中于其文學創作以及教育教學思想，而較少涉及日記研究，尤其是抗戰時期的日記。建國以來對葉聖陶的研究已經取得了可觀成果，尤其是八十年代

後，對葉聖陶的研究有了粗略的系統，九十年代以後，則逐步形成了較完整的系統。專著有陳遼的《葉聖陶評傳》、金梅的《論葉聖陶的文學創作》、劉增人與馮光廉合著的《葉聖陶研究資料》等等。這些著作從生平資料、創作自述和文學主張、文學創作、研究論文選編等方面著手，對葉聖陶進行了較為全面的介紹。期刊及論文多而廣泛，大致可歸納總結為以下三個方面：首先是教育方面，涉及語文教學思想、閱讀與寫作教學研究以及小學語文教材研究，如薛晶茹的《葉聖陶的語文教育思想研究》、李靈豔《葉聖陶閱讀教學方法研究》、喬曉娟的《葉聖陶寫作教學觀與當今小學作文教學》、徐紅玉的《葉聖陶小學國語教科書選文研究》；其次是文學創作方面，主要集中於童話和小說的研究，如甄甄《論葉聖陶童話——以<稻草人>為中心》、孫軔的《葉聖陶安徒生童話創作比較輪》，梁秀梅的《葉聖陶小說反諷敘事研究》、顧彬的《德國的憂鬱和中國的彷徨：葉聖陶的小說<倪煥之>》；最後是其他研究方面：李常慶、蔡銀春的《葉聖陶編輯出版思想研究綜述》、李遇春的《葉聖陶舊體詩詞風格的形成及其嬗變》等等。而對抗戰時期葉聖陶的研究，期刊及論文較少。現有的研究，如楊健美的《抗戰時期葉聖陶在四川的語文教育活動》、鄧陶鈞的《葉聖陶居川時期的舊體詩詞創作》等偏向于葉聖陶抗戰時期的舊體詩詞及語文教學和教育思想等方面。而陳遼的《八年抗戰中的葉聖陶》與《葉聖陶與時代——紀念葉聖陶誕辰 100 周步》則涉及的是葉聖陶抗戰生活，並未涉及其日記；探討葉聖陶抗戰時期的思想的文章，如曉明的《嶄新的境界——葉聖陶 40 年代文藝觀綜述》、徐龍年的《論葉聖陶的愛國情懷與憂患意識》。另外劉增人的《商務、立達、開明——<葉聖陶傳>

選載》與陳大慶的《一死一生，乃見交情——葉聖陶與胡愈之》兩文，探討抗戰時期葉聖陶的編輯工作及與友人的關係，並未涉及葉聖陶的日記研究，更沒有以葉聖陶日記作為切入點而分析與探討大後方的抗戰生活。對於葉聖陶日記的研究，在 CNKI 等學術期刊論文檢索系統中，以「葉聖陶日記」為關鍵字輸入，則顯示相關知識的有 18331 條，但實際上真正書寫葉聖陶日記的只有十多篇，其中碩士論文一篇：白雪《葉聖陶日記中的語文教育思想研究》；期刊論文十篇左右：葉永和、蔣燕燕的《葉聖陶日記中的出版總署「三反」運動》、《葉聖陶日記中的 1958》、《由葉聖陶日記所想到的》、《葉聖陶末刊日記（1955）》、《葉聖陶末刊日記（二）關於一九五八年國民經濟發展（上／下）》，王濤《1949 年日記中的葉聖陶》，吳念聖的《葉聖陶書信日記中的吳朗西》，徐春《葉聖陶日記中的語文教育思想研究》，吳新安《葉聖陶語文教育思想形成內因之初探——葉聖陶早年教學日記管窺》，山峰《透過日記看葉聖陶的「長壽秘訣」》等等。從以上文章從標題中，不難發現，對於葉聖陶日記的研究不多且零散，研究者主要集中于日記中教育思想、1958 年國民經濟發展及養生方面，而涉及抗戰時期的日記研究幾乎為零，這恰好是文本試圖著手補充的地方。

綜上所述，抗戰時期的作家日記，真實地記錄了其在抗戰時期的思想、個性和情懷，再現了抗戰時期文學史的發展過程以及社會歷史的變遷，而日記作為這類變遷的真實載體，具有獨特的意義與價值。而目前學術界對於葉聖陶日記的研究不多且零散，研究者主要集中于日記中教育思想而涉及抗戰時期的日記研究幾乎為零，這恰好是文本試圖著手補充的。基於此，對抗戰時期

葉聖陶日記加以分析與研究，以再現大後方知識分子真實的抗戰生活與抗戰書寫，從而以另一角度認識並理解抗戰時期的大後方。因此，筆者擬對葉聖陶抗戰時期的日記進行分析，並對其居川渝時的生活以及文學書寫進行探索，以考察葉聖陶抗戰時期日記中大後方的真實抗戰生活，以及以葉聖陶為代表的知識分子在戰時大後方的真實生存狀態與心理狀態。同時，進一步思考在戰時大背景之下，面對無戰爭的後方或者說是戰爭沒有後方可言的情形，知識分子是如何將生活融入文學而進行創作與書寫的，又是以怎樣的姿態面對戰時生活的。

第一章 日記實錄：戰時葉聖陶的
大遷徙與漂泊

　　自抗戰爆發，中國百姓便開啟動蕩不安、流離失所的生活，「八一三」事變後，國民黨軍隊在日軍的進攻下節節敗退，北京、上海相繼失守，當局政府不得不遷居西南。這樣的時局下，知識分子亦不得不在前途迷茫及性命憂患中考慮是留在北平與北平共存亡，還是隨政府遷至西南大後方。隨著時局發展越來越嚴峻，在身邊越來越多的人西遷湧入大後方重慶、四川等地的情況下，文人紛紛考慮西遷南下，「世間最無用的想必只有我們這些自美其名為『文化人』的分子吧，平日大言炎炎，痛罵政府不肯抗戰，盧溝橋的炮聲才一響，便嚇酥了半邊，什麼都丟開，只有逃難第一，帶著老婆，帶著孩子，帶著大堆的行李，搶車、搶船，潮湧般向著那公認比較安全的後方擠。」[1]，蘇雪林先生的一段話，深刻而細緻的敘述了全面抗戰爆發後中國百姓及知識分子的普遍心理：在戰爭面前雖心憂國家，但人的求生本能讓人意識到生命的重要性與可貴性，保證自己及家人活著比什麼都重要。因此即便是自謀出路，文人心底也是傾向于相對安全的西南大後方，作為知識分子代表的葉聖陶亦是如此，在西南大後方多次遷居皆

---

1 蘇雪林：《浮生十記》，南京：江蘇文藝出版社 2005 年版，第 189-190 頁。

是基於保證家人活著的心理。自「九一八」事變發生，葉聖陶舉家遷移寓所不下十次，而遷居一半集中在抗戰期間，居川渝大後方的葉聖陶，八年六次移動寓所。戰時這一大時代背景之下，葉聖陶與尋常百姓一樣，日常生活已經沒有了安穩的可能，除卻衣食問題、經濟壓力之外，不得不時常流離失所，定居成了一件奢侈的事情。居住空間、居住條件並沒有因為時間的改變而變得更好，每一次遷居不是遷居到更好、更安全、更穩定的房子裡，而是出於現實打算：為遠離戰爭、為經濟實惠、為方便工作、為修養身體。每次遷居都非葉聖陶所願，而是為現實所迫不得不做出的艱難抉擇。因 1939 年 5 月 1 日以前日記俱被燒毀於樂山轟炸，所以只能依據葉聖陶此期的書信、詩歌以及其兒子所寫的傳略和索引而進行考察。

第一節　動蕩中的艱難抉擇

　　自「九一八」事變後，動亂不安的社會環境使得葉聖陶開始了顛沛流離的生活：從上海景雲里十一號搬至法大馬路多福裡，又於 1933 年夏搬至熙華德路汾安坊三號；一年後，因汾安坊房價昂貴加之開明書店搬至梧州路，為節省開支及工作方便，葉聖陶全家又從汾安坊住進狄思路的麥加裡三十一號。當然，顛沛流離並非僅是葉聖陶一家。處戰時，任何人都在動亂的大時代環境中，即便不情願也不得不適應顛沛流離的生活，王伯祥、顧頡剛、夏丏尊、徐調孚等葉聖陶的好友同樣在戰時不停的遷居。從一間房到另一間房，並非簡單的搬動，而是經過深思熟慮後所作的艱難抉擇。上海景雲里於「八一三」戰役中被毀於炮彈，在這之前

景雲里的人已經走的差不多了，「景雲里好像搬空了，只剩下隔壁周建人先生家和我們家」[2]，雖然葉聖陶極力勸說自己和朋友，總說別庸人自擾，也沒打算搬家，因為在其看來，首先國民黨政府會避免戰爭而屈服，如果屈服那就不會有什麼事情了；其次，恥與同抱頭鼠竄之人同流，禍患來臨只想著逃，顯得人十分卑怯，想要以此抗議，可政府不抵抗的既定方針使得葉聖陶也擔憂與不安起來，鄰居周喬峰告聽說可能會起衝突，勸服葉聖陶還是躲躲的好，葉聖陶內心開始動搖，幾經掙扎猶豫，最終攜全家老少搬進法租界大馬路多福里，對此葉聖陶自嘲說：「對於先前紛紛逃竄的人，我們是『五十步』」[3]。而王伯祥則遷居至人安里，夏丏尊全家和徐調孚全家同葉聖陶一家一起搬進汾安坊三號，後因開明書店遷移至梧州路，葉、夏兩家又搬至梧州路附近的狄思路麥加里，夏家居十二號，「八一三」事變之際，夏、王兩家又搬至霞飛坊。一年後，即 1935 年 10 月中旬，葉聖陶一家從麥加里三十一號搬回蘇州滾繡坊青石弄，一則葉聖陶自言不喜歡大城市，是因為朋友、工作等原因才留在城市，二則當時葉聖陶的妻子胡梅林工作繁忙、生活勞累、戰事中的經濟損失加之親友的逝世，使得其身心俱疲，想要離開上海這個是非之地，於是在滾繡坊青石弄建造了四間瓦房，讓其妻回蘇州修養，自己蘇州上海來回跑。蘇州滾石弄的新居，用葉聖陶自己的話形容：「講究雖然說不上，但是還清爽，屋前種有十幾棵樹木，四時不斷的有花葉可玩。」[4]葉聖陶一家此時的生活可以說是其樂融融，然而蘇州如

---

2 葉聖陶：《葉聖陶集 24 書信（一）》，南京：江蘇教育出版社 2004 年版，第 162 頁。

3 葉聖陶：《葉聖陶集 5 散文（一）》，南京：江蘇教育出版社 2004 年版，第 333 頁。

4 陳遼：《葉聖陶傳記》，南京：江蘇教育出版社 1986 年版 ，第 141 頁。

夢的生活不到兩年，便不得不醒來。

　　短短五六年時間，葉聖陶舉家幾次遷居，無論是搬進法租界，還是離開上海回蘇州老家，皆是出自於躲避戰爭、遠離傷亡，每一次的遷居並非葉聖陶所願，而是處於戰時不得不做出的選擇。1937 年繼「七七事變」後，天津、北平相繼失守，日軍為擴大侵華戰爭而發動「八一三」事變，上海戰況變得越來越嚴峻，蘇州局勢亦越發危急，大難來臨人人自危，為生命及生存考慮，眾多民眾考慮離開避難。隨著戰局的持續擴大，眾多文人及文化機構紛紛開始內遷，葉聖陶所在的開明書店亦不例外，已經到漢口的開明書店工作人員就地遣散，雖和書店老闆章雪村極為熟稔，但葉聖陶不願搞特殊，亦自謀出路。葉聖陶決定先在漢口等待家人，待匯合後再做將來出路打算。不難理解這種自危與避難心理，畢竟歷來與戰爭相伴的即是傷殘與死亡，葉聖陶深知前線戰局變化莫測，不知何時將會波及到自身，處於戰時隨時都將面臨死亡，只有早日逃離方有求取一線生機的可能。上海、蘇州、南京以及杭州等後果于同年 11 月相繼失守，手無縛雞之力的普通民眾及知識分子只能逃離，避戰於他鄉，「八一三」事變後，逃難者人數倍增，「蘇州城裡也開始逃難了，少數逃亡上海租借，多數逃亡僻遠鄉鎮」，葉聖陶從王伯祥和徐調孚的信中得知，梧州路的開明書店也被燒毀，當局政府直到八月十日才通知「各出版業的經理，說戰爭已無可避免，叫各家回去立即搬遷」。[5] 文化機構及文人不得不選擇逃難。得到上海諸友的書信及近況，葉聖陶想早日歸隊與開明書店同事共進退，於是同妻子商量，最終決定將一家老小先安頓在杭州紹興，順便把滿子（夏丏尊的女

---

5 葉聖陶：《葉聖陶集 26 傳略和索引》，南京：江蘇教育出版社 2004 年版，第169-170 頁。

兒，後為葉聖陶的兒媳）送回白馬湖。於是同年 9 月，一家人前往杭州，時滿子及葉聖陶的三個孩子前住白馬湖的滿子家，葉聖陶的妻子及母親暫居紹興直樂泗親朋家，而葉聖陶一人回上海處理開明書店事宜。但因「杭州打不開局面，開明不內遷沒有出路」[6]，只得決定先去漢口想想辦法，計畫待安排妥當之後再親自至杭州接家人，戰爭使人失去安穩生活，葉聖陶即便是工作，也是優先考慮安排好家人後才能安心獨自一人前往漢口。

　　1937 年 11 月 11 日，上海陷落成為孤島的前一天，地處漢口的葉聖陶給好友夏丏尊寫了封三百字的短信，信中首段談工作事宜，其次談及得知敵人似乎有攻擊的意圖，使得紹興居民十分恐慌。念及家人在紹興而甚為擔心，因而在郵寄書信的同時，葉聖陶又給家人發了電報，內容是讓大兒子帶著家人至南昌同其匯合，「父親叫我侍奉祖母母親，帶著一大家子到南昌，他在南昌接我們」[7]，接到電報的兒子，一刻也沒耽誤，開始準備行李、借路費，議定 19 日動身，並給葉聖陶寫了書信，此點葉聖陶在 1937 年 11 月 20 日寫給好友夏丏尊與王伯祥的信中交代的十分清楚：自己在得知敵人登陸後，便和妹夫商量，最終決定發電報讓兒子攜全家至南昌而後一同奔赴漢口，葉聖陶在漢口掐准了家人到達時間，並在寒風大雨中焦急的等待他們，但家人卻未如期而至，想及年邁的母親和病弱的妻子，葉聖陶為此憂從中來，內心自慰也許客車擁擠他們擠不上車，但思及再接不到他們而心急如焚，向好友吐露到：「他們之困頓，弟心之煩愁，將不堪設想矣」。

---

6 葉聖陶：《葉聖陶集 26 傳略和索引》，南京：江蘇教育出版社 2004 年版，第 174 頁。

7 葉聖陶：《葉聖陶集 26 傳略和索引》，南京：江蘇教育出版社 2004 年版，第 176 頁。

8第二日還未接到家人，葉聖陶心急如焚，無奈之餘只得又寫信吐露自己惆悵萬分的心情；為此葉聖陶十分後悔沒有同他們一起到漢口，並向諸友直言道：自己離不開家人，如果家人有個三長兩短，「我生已矣」9。在南昌等不到家人，葉聖陶只能先回漢口。家人這邊也是心急如焚，但路途中火車不通，繞道改走水路，客車站買不到票又改坐火車，幾經波折終於到達南昌，直到一個星期後一家人才總算在漢口交通路開明書店重聚，一家人就居住在漢口路開明書店三層的職工宿舍中。簡短的日記及書信背後，記錄的是個體在戰時遷移的真實情況與真實心理感受，葉聖陶在字裡行間表露出戰時遷居的不易，同時也顯現了戰時生命的渺小；每一次相聚及離開都需經過慎重的思慮，幾番斟酌後才敢前行。後因開明書店責任人章雪村和範洗人兩人認為居漢口不是長久之計，決定西遷並派人至重慶和桂林設點，同時將淪陷區的分店紛紛撤銷，已經到漢口的工作人員就地遣散自謀出路。1937 年12 月中旬，範洗人為開拓西南各省的營業，坐輪船先入行川，章雪村隨後亦乘車前往廣東，而後繞道香港回上海處理工作事宜，在漢口相處短短不到三個月的時間，又各奔東西。朋友、同事紛紛離去，家人也才從杭州遷至漢口，但種種現實因素之下，剛到漢口的葉聖陶不得不面臨被遣散自謀出路的境地，為戰事所迫、為生活計，即便再艱難，葉聖陶也不得不攜一家老小走上流亡之路。好友夏、王皆寫信勸葉聖陶回上海，但葉聖陶認為上海作為孤島離開本就難，自己身居其外何必再自投羅網，其在 24 日回

8　葉聖陶：《葉聖陶集 24 書信（一）》，南京：江蘇教育出版社 2004 年版，第107 頁。

9　葉聖陶：《葉聖陶集 24 書信（一）》，南京：江蘇教育出版社 2004 年版，第109 頁。

信道：

「承囑返滬，頗加考慮。滬如孤島，兇焰繞之，生活既艱，妖氛尤熾。公等陷入，離去自難，更為投網，似可不必。以是因緣，遂違雅命。並欲離漢，亦由斯故。……近日所希，仍在赴渝。渝非善地，故自知之。然為我都，國命所托，於焉餓死，差可慰心。幸得苟全，尚可奮勤，擇一途徑，貢其微力」。[10]

前線戰況令中國普通民眾措手不及，在國民政府內遷，並將重慶定為陪都後，地處武漢的葉聖陶不得不為一家老小的生活、生命安全謀劃，不得不為將來計畫，不得不考慮是留在武漢然後伺機回蘇州或上海，還是隨國民政府和開明書店西遷大後方。葉聖陶之所以沒有考慮回上海與蘇州的根本原因是 11 月 12 日上海淪陷。日軍統治下的上海妖氛尤為熾烈，猶如凶相環繞的孤島；而一周後，蘇州淪陷，蘇州老家亦無法回去；基於種種現實考慮，葉聖陶最終決定避戰大後方。

經過多番斟酌後，葉聖陶最終考慮了兩條避戰路線：一是南遷，先到長沙再做考慮；二是西遷，至陪都重慶。葉聖陶也自知地處中國西南的重慶並非善地，但作為國民政府陪都的重慶，無論如何是「國命所托」的地方，是中國抗戰的希望所在，因而葉聖陶內心或多或少的偏向重慶。但僅僅是偏向而已，現實往往有更多的因素需要考慮：一家人上有老下有小如何遷徙，母親年齡大了暈車，走遠後是否有歸鄉的機會；遷往長沙或者重慶後又靠什麼謀生；老家蘇州青石弄的房子怎麼辦；定親的兒媳滿子是否跟著一起走，如果一起走丐尊是否同意，又如何同他開口……等等。如此重大決定，葉聖陶並不想也不能私做主張，於是同家人

---

10 葉聖陶：《葉聖陶集 24 書信（一）》，南京：江蘇教育出版社 2004 年版，第 110 頁。

商量，分析並表明了自己的想法要麼向南去長沙，要麼往西去重慶。經過全家人多次商量談論，大兒子葉至誠只說了祖母年紀大了，只能乘船走水路，未作他言，葉聖陶的妻子胡梅林則贊成去重慶，「母親贊成去重慶」[11]，認為即便船票不好買，但多方托人行辦法總是能買到的，如果不能一起走，分批幾次走也不失為一種辦法。然而葉聖陶還是不能確定是否去重慶，因之一家老小的生活生計還需要考慮，重慶地處偏遠，距離漢口還隔著宜昌，去了人生地不熟一家人何以為生？正猶豫不決之時，一封書信成了葉聖陶遷渝的偶然性因素。葉聖陶收到在重慶商務書店當經理的表外甥的信，表外甥得知表舅一家滯留在漢口，於是盛情邀約表舅到重慶。經過多番考慮、猶豫和掙扎過後，葉聖陶最終決定西遷重慶，對此葉聖陶在 12 月 26 日寫給上海諸友的信中有細緻的描繪，信中告知諸友全家已決定西遷，如今在漢口候船，而幸得路上偶遇在民生公司上班的好友陸佩萱，他幫忙購得船票；而後葉聖陶感嘆道：「想去愈遠，晤面何期，思之悵悵，唯亦不得不勉自振奮耳。此後作何生涯，且待到後再說，手口猶在，大約不致餓死乎。盼惠信，一紙書信，珍如大寶」。[12] 西行對於葉聖陶而言是不得已而為之，但凡有半點留下的可能，葉聖陶也不至冒風險舉家西遷至陌生的異鄉，葉聖陶自知此次離去再相見便是無期，不知歸期是何時，感嘆或許要做「遷蜀第一世祖」，因而心緒悵然，同時對西南大後方的生活亦持憂心忡忡，到重慶後靠什麼維持生計，葉聖陶不自知，只能是自慰有手有腳不至餓死。此

11　葉聖陶：《葉聖陶集 26 傳略和索引》，南京：江蘇教育出版社 2004 年版，第183 頁。

12　葉聖陶：《葉聖陶集 24 書信（一）》，南京：江蘇教育出版社 2004 年版，第113 頁。

時此刻唯希冀諸友能多寄書信，以解身居異地的思鄉思人之苦，因而葉聖陶在信的末尾寫下「盼惠信，一紙書信，珍如大寶」。

故地因戰爭原因，不能停留，只能選擇遠離家鄉去一個陌生的城市，故地難留，其間的無奈與悲哀只有經歷這自知，而經歷者當時艱難的抉擇也只有他們自己能體會。處於戰時，留下與離開並不能依據個人意願，而是受戰爭這一大時代環境所影響。而戰時文人知識分子的離開，其原因是複雜的，不僅僅只在於一般抗戰宏大敘事之下的愛國情懷、社會責任感以及追隨國民政府，更多的可能是工作需要、生活需要、偶然因素、甚至是避戰心理；這些都是構成戰時知識分子西遷的重要因素，而透過實錄下的葉聖陶日記及書信探討此類因素，可以挖掘戰時知識分子西遷時的複雜心理以及所作的艱難抉擇。自葉聖陶決定西行入渝，也就開始了其在大後方動蕩的八年川渝生活，而從葉聖陶舉家遷渝至定居川渝的過程中，每一次的波動變化都展現了其居大後方的艱難選擇與顛沛流離生活，而這種顛沛流離生活正好可以印證一般抗戰文學宏大敘事之下，被遮蔽的大後方一般個體的戰時日常生活及真實的動蕩生存空間。

第二節　繼續向西南遷徙

漢口至重慶相距千里，葉聖陶要攜一家老小至重慶，途中艱辛可見一斑。最難是票難買，自決定遷居重慶，葉聖陶一家便竭力購買前往重慶的船票，然而滯留漢口多日皆未買著票，後得到在民生公司上班的葉聖陶同學陸佩萱的幫助，終於購得遷往宜昌的船票。處於戰時，民眾爭相湧入西南大後方，供求關係由此失

去平衡，人多票少導致船票高金難求。因 1939 年 5 月以前的日記俱被燒毀於樂山大轟炸，只能依據葉聖陶此期的書信、詩歌以及其兒子所寫的傳略和索引而進行考察。葉聖陶兒子葉至善後來回憶並未多說，只說是託父親初中同學陸佩萱的幫助，於民生公司買到從漢口至宜昌的船票，而葉聖陶在入川前的最後一封書信中亦未細談，只提及同學陸佩萱幫忙買到了到宜昌的船票。葉聖陶全家於 1937 年 12 月 27 日登上民族輪從漢口出發，三天後至宜昌，此番路程葉至善後回憶道：

「餐廳裡乘了三家人，老小十七個。夜裡攤開鋪蓋，沙發上，餐桌上，地板上，全睡滿了人。早晨捲起鋪蓋，餐廳恢復原狀……第三天晚飯後，突然傳來南京陷落的消息，餐廳立時煞然。大家肅立，竟想不出用什麼形式，來表示如此巨大的屈辱和悲痛。」[13]

歷經波折地託人卻未購買到房艙票，葉聖陶只能同其他兩家擠在船的餐廳中，吃睡都在裡面，即便是冬日，卻不得不睡在餐桌上、地板上，條件之艱苦不用多說。這對於葉聖陶及其一般的知識分子而言並不算什麼，艱難的是在席間聽聞南京陷落，喧囂的餐廳頓時煞靜，整個房間中充斥著無限的悲痛和巨大的屈辱。實則南京早在 12 月 23 日就已經被攻陷，漂泊在江上不知消息，待到宜昌後方聽聞此消息。到宜昌後，前往重慶的船票仍然十分難以購買，為購票葉聖陶一家被迫在宜昌滯留四日，要不是好友章雪村託朋友提前在宜昌預定旅館，葉聖陶一家到岸後也只能同其他的旅客一樣在旅店的櫃檯前過夜，上重慶的船少，而停留在宜昌的人越來越多，更加不易購得船票，等了四五日終於託關係買到票，並於 1938 年 1 月 6 日從宜昌出發，於同月九日抵達重

---

13 葉聖陶：《葉聖陶集 26 傳略和索引》，南京：江蘇教育出版社 2004 年版，第184 頁。

慶。對此次遷居重慶葉聖陶不是沒有擔憂，在給好友王伯祥的書信中，葉聖陶直言自己近來所希冀的仍然在奔赴重慶，「渝非善地，故自知之，然為我都，國命所托，於娥餓死，差可慰心。幸得苟全，尚可奮勉，擇一途徑，貢其微力」，[14]也自知重慶並非安全的地方，但總想著作為國家的陪都，此番前去如果苟全性命，那麼就在陪都貢獻自己的微薄之力吧；同時又為寬慰好友，葉聖陶言：前往重慶雖逆流而上，秋霜猿啼，山高清寒，沿途風景歷來被眾多文人所推崇，此次親歷就算作是遊覽壯麗風景；重慶那邊有表外甥接洽，既是親戚又是同行加之作為東道主，貿然舉家前往應該不算太冒昧。葉聖陶此言是寬慰他人同時也為寬慰自己。此次西遷葉聖陶並非心無所慮，也擔心發生意外，擔心還沒到重慶，敵人先到了，那也是命該如此，「設或不遂，而寇先至，則亦命耳，他何可言」[15]，無話可說。自漢口至重慶這一段路程，葉聖陶在「渝滬通信」第一號信中交代的十分清楚，信中同好友的所言所感，極為深刻的顯示了遷居異地的難處與艱辛：二十五元每人的統艙票是託關係買的，床位緊靠廚房，每日冷風夾雜著臭氣，尤為難受，後通過大菜間的熟人以吃他們的大菜為交換條件，打地鋪睡在他們的兩塌間；若不是托關係，民生公司可供支配的十八張船票，葉聖陶是無法購買到其中七張票的，「普通旅客買票須在公司或警備司令部登記，順次購買，法似甚善；但兩處登記之者俱有三四千人，而每天疏散者不足百人，故自以為已經登記而睡在旅館中老等，至少要等一個月才有希望。此種

---

14 葉聖陶：《葉聖陶集24書信（一）》，南京：江蘇教育出版社2004年版，第110頁。

15 葉聖陶：《葉聖陶集24書信（一）》，南京：江蘇教育出版社2004年版，第110頁。

情形或非公等所知，故詳述之。」[16]，如此苦熬了四日，方才抵達重慶。

初到重慶的生活談不上好壞，一切都在適應中，從借居表外甥家，到搬至開明駐渝辦事處，一家人七口人蝸居在簡陋的兩間房中，再到遷往樂山，生活中的不適應逐漸顯現：不習慣重慶的飲食、鄉音鄉俗；不習慣山城陡峭的地勢，上坡下坎使得初來乍到的葉聖陶一家喘不過氣，表外甥笑言歇口氣吧，「這裡的人叫我們『下江人』『腳底人』。來到這裡要先練往上爬的腿勁」。[17]走主幹道的馬路還好，一旦走舊式街道必定是上臺階下臺階，且一出門動輒就是五六百階梯，年輕如葉聖陶的兒子也是上氣不接下氣。重慶也有日常的交通工具，但重慶轎子、人力車雖便宜，葉聖陶一家是卻不常坐，原因在於「坐轎子下山坡，彷彿要跌下去似的，殊覺膽寒。人力車上斜坡，車夫甚可憐，咬牙品屏氣，舉步如移山石」[18]；不習慣重慶天氣，霧多、冬冷夏熱、蛇鼠猖獗，夏天蚊子多，容易生瘧疾。上海諸友在信中聽聞葉聖陶川渝生活狀況後，紛紛寫信勸其舉家回上海，尤其是王伯祥，葉聖陶也想回上海，回到熟悉的地方，回到周遭都是好友的圈子中，但現實往往不如人意，葉聖陶多番考慮，只能以回上海此時此刻難以實現回復諸友，一則，要走也是一家人同走，問題是老幼七口人如何走；二則，分批獨走不放心，況且機票已預訂到幾個月之後；三則，葉聖陶當時買不起機票；因此葉聖陶回以難以實現，

---

16 葉聖陶：《葉聖陶集 24 書信（一）》，南京：江蘇教育出版社 2004 年版，第115 頁

17 葉聖陶：《葉聖陶集 26 傳略和索引》，南京：江蘇教育出版社 2004 年版，第186 頁。

18 葉聖陶：《葉聖陶集 24 書信（一）》，南京：江蘇教育出版社 2004 年版，第117 頁。

只能依舊在重慶生活。此後葉聖陶全家在重慶的生活慢慢步入正軌，也開始慢慢適應大後方重慶的生活。

　　前文所述的葉聖陶日記中的遷徙與流離，無論是戰前的遷徙：從上海景雲里十一號搬至法大馬路多福裡，又於 1933 年夏搬至熙華德路汾安坊三號，一年後搬至狄思路的麥加里三十一號，到 1935 年 10 月中旬搬回蘇州滾繡坊青石弄，到 1937 年暫避漢口，再到 1937 年年底登上前往宜昌的輪船；還是戰時的流離：從 1938 年 1 月 9 日抵重慶後暫居於復興觀巷三號，到搬至西三街 9 號的重慶開明辦事處，到 1938 年秋遷往四川樂山，到樂山轟炸後搬至樂山城郊嘉樂門外張公橋附近，到 1940 年秋遷居至成都新西門外羅家碾王家崗附近，再到 1944 年至成都陝西街 106 號，最後 1945 年抗戰勝利後移居重慶中興路螃蟹井三號；每一次遷居實則都是葉聖陶基於現實因素考慮後，多番斟酌、艱難抉擇的結果。例如，葉聖陶最後一次遷居，在抗戰勝利的歡慶氛圍及上海諸友的催促中，在周邊好友都紛紛離開大後方東歸回鄉中，葉聖陶開始思鄉、開始迫切的想要回到離開八年的故鄉。1945 年 8 月 15，葉聖陶收到好友彬然的書信，信中談及開明書店計畫等到交通順暢開放以後，達君和範洗人兵分兩路酌情設立分店，一路沿長江，另一路向南海，並回上海與同事接頭會面。另外葉聖陶在當日的日記說道，章雪山留在重慶，他想要招葉聖陶到重慶，以便同葉聖陶商議開明書店東歸事宜，為此葉聖陶感嘆「我家因此須於今年秋冬之交遷渝。又將播動，不免稍稍心亂」[19]。一個星期後，范洗人和傅彬然又寄來書信商談店中事宜，信中決定，一先將重要地點收回，二同上海開明辦事處的同時商議

---

19 葉聖陶：《葉聖陶集 20 日記（二）》，南京：江蘇教育出版社 2004 年版，第 436 頁。

分店如何回滬，以及回滬期間上海印刷出版如何進行。在此期間，眾多知識分子紛紛從大後方撤離，路程選擇同葉聖陶一樣，都將重慶定為東歸第一站，此葉聖陶日記中有不少記錄。1945年8月20日葉聖陶在日記中提及，好友陳白塵將從成都前往重慶，而藥眠已離成都前往昆明；8月28日，朱自清和張志和前來告別。「佩弦言明日有飛機，將直航昆明。清華等校將於年底遷回北平，渠將隨往，以後再來接眷」；9月1日，鐘博約離去，第二天，「贊平來，留之共飲，談還鄉之期及在鄉閒適情形，共為設想，未知究何日實現。」[20]看著好友一個接一個的離去，幾經考慮，葉聖陶最終選擇從成都遷居重慶，也算作東歸第一站，每一次遷居，看似簡單實則艱難，其間的波折及複雜原由僅當事人自知。

　　抗戰爆發，為生活為工作更為一腔熱血，葉聖陶毅然選擇西南大後方，在顛沛流離中遷居至川渝。八年大後方生活，葉聖陶並未定居一地而是幾度遷居，日記中對每次遷居事宜的記錄，盡顯大後方生活的動亂不安，也從側面反映出文人知識分子西遷大後方後的真實生活狀態；人只要活著，任何情況下都得生活，即便處戰時、居大後方也同樣如此。基於這樣的認知，即便生活在戰時這一大時代背景之下，葉聖陶在心繫國事之外，唯一認為重要的便是確保一家老少健康平安。因此，葉聖陶每一次遷居的抉擇都是保證一家人的生活為關鍵的。每一次遷徙、每一次移居，對於葉聖陶而言都是多重現實因素作用的結果，都是無數次艱難選擇的最終抉擇，在這樣抉擇裡，葉聖陶要考慮太多的現實因素，要均衡眾多的利弊問題，每一次的抉擇都是經過充分且綜合

---

20 葉聖陶：《葉聖陶集20日記（二）》，南京：江蘇教育出版社2004年版，第440-443頁。

的考慮，或為工作，或因生活。

第三節　西南天地間的不斷漂泊

　　1938 年 1 月 9 日抵重慶，一家借居復興觀巷三號其表外甥劉仰之家中，葉聖陶深知此非長久之計，因而於 1 月 20 號左右搬至西三街 9 號的重慶開明辦事處樓上的兩間房中，此處為范洗人租的一幢房子，上下三層，每層兩間房。葉聖陶一家七口人就租住在第三層，使用著前房客遺留下來的傢俱，簡陋的房間和破舊的傢俱，葉聖陶不以為意，反認為房間寬適安然，「若心緒安泰，睹此紙窗瓶供，亦複可以悠然自得矣」[21]，玻璃窗上貼上薄桑皮紙、兩分錢買的紅梅插在瓦罐中、自己買菜做飯、為節省煤炭只用一個風爐、一家七口擠在兩間房裡，吃飯、睡覺、工作等都在兩間房中，這樣的生活讓葉聖陶怡然自得，並由衷的感嘆半年沒有過如此寬舒的生活了，不難理解其所言所感，自 1937 年 9 月一家人離開蘇州到至此定居，幾個月來一家人馬不停蹄的遷徙，在路途中顛沛流離，未嘗短暫定居，而現在能全家一起擁有兩間房及簡單的傢俱，是十分幸運與舒心的。但這寬舒的日子並未持續多久，因物價逐漸的上漲、工作的需要、孩子讀書更方便等原因，不到一年葉聖陶又舉家遷居四川樂山。在 1938 年 10 月 6 日、8 日所寫的「渝滬通信」第二十七號書信中，葉聖陶直言遷往樂山，「為弟方便計，為節省開銷計，為小墨修養計，決全體同往……

---

21 葉聖陶：《葉聖陶集 24 書信（一）》，南京：江蘇教育出版社 2004 年版，第 117 頁。

無人不瘦。得句云『經年流寓全家瘦』」[22]，不過是想維持一家
人的基本生活，為此葉聖陶不得不幾經權衡：為了工作方便，為
了節省全家開支，為了兒子修養身體等等。在告知好友遷居原由
後，葉聖陶又同好友訴苦，簡單的一句「經年流寓全家瘦」，就
道出了近兩年來遷居生活的不易，在經歷戰時與遷居雙重生活壓
力之下，在顛沛流離中全家老少皆瘦。而透過葉聖陶的書信及日
記，便可發現決定遷居樂山並非一時興起，而是多番斟酌和考慮
後的艱難決定，8 月 27 日的第二十四號書信中，葉聖陶就表露遷
往樂山的心思，受邀前往武大教學，最開始葉聖陶考慮又要搬
家、孩子要換學校、工作量增加等因素未及時回覆，後因家人傾
向遷居樂山，加之自己考慮到樂山的物價較便宜，考慮一家人生
計和其兒子小墨的病，最終決定應邀，並遷居樂山。透過 1938
年 11 月 4 日「嘉滬通信」第一號書信，便可發現葉聖陶一家遷
居的艱難過程：10 月 22 日登船，夜晚分別在江津、合江、瀘縣
及宜賓四地住宿，在宜賓等了一天，擠上小氣輪，終於 29 日晚
八時方抵樂山，至此葉聖陶一家從重慶遷居樂山較場壩。初到樂
山，葉聖陶一家居住在商務成都分店嘉定分棧的空房子裡，「走
馬樓；上下兩層的『口』字中間，架起個四面都是玻璃的亭子。
緊貼走馬樓四周，厚厚實實的磚牆高出屋脊。」[23]，當時母親和
四個孩子居住左首的一間可以容下五張床的狹長統間裡，葉聖陶
和妻子居一間，生活十分艱難，所用的傢俱器皿皆是生活必需品
且價格甚為低廉，幾架床、舊書桌、竹椅、竹書架，「所買器具

---

22 葉聖陶：《葉聖陶集 24 書信（一）》，南京：江蘇教育出版社 2004 年版，第
　　165 頁。

23 葉聖陶：《葉聖陶集 26 傳略和索引》，南京：江蘇教育出版社 2004 年版，第
　　195 頁。

均最低廉者……弟用一廣漆賬桌，價六元半，為奢侈品矣」[24]，電費昂貴，使用菜油燈。

　　從葉聖陶的兒子葉至善後來的論述中，也可知較場壩的房子也並不寬敞：「右邊一間占三分之一，作為二老的臥房，放下一張雙人床，就沒有什麼可迴旋的餘地了；左邊一間占三分之二，放我父親的書桌座椅，還能放兩把椅子和一張小方桌，工作會客都在這兒了。二老把原來住的那一大間讓給滿子和我做新房」。[25]原計劃租大房以備兒子新婚，但所看的房子各方面不如現居房子，房價卻很高，於是決定改動現房隔一間新房出來，改動後葉聖陶將大房間作為兒子的婚房，而自己同妻子則擠在書房中，屋內放置床、書桌、兩椅子後，整個空間擁擠不堪，「弟已遷入小臥房，其寬度僅容一榻，榻前安置一疊衣箱外，只可擺三四隻圓凳子……馬先生來，開頭一句曰：『真可謂屋小如舟』」[26]，即便屋小如舟，但也是葉聖陶大後方的一個家，它承載了戰時知識分子的希冀，也見證了一般個體及普通民眾的戰時真實生存狀態。1939 年 8 月 19 日樂山被炸，葉聖陶此安舒之家不到一年就在轟炸中化為灰燼，安適之家被毀，葉聖陶一家只能寄居賀昌群家（時賀昌群於 1939 年 5 月初自成都搬至樂山嘉樂門外張公橋雪地一農戶家），轟炸中雖保全了全家性命，卻致使身外之物盡毀，久居朋友家終非長久之計，後終於在嘉樂門外張公橋附近的小山下麵租定一間房。並於 1939 年 9 月 29 日搬至山下新租賃的

24 葉聖陶：《葉聖陶集 24 書信（一）》，南京：江蘇教育出版社 2004 年版，第172 頁。

25 葉聖陶：《葉聖陶集 26 傳略和索引》，南京：江蘇教育出版社 2004 年版，第201 頁。

26 葉聖陶：《葉聖陶集 24 書信（一）》，南京：江蘇教育出版社 2004 年版，第204 頁。

房子，「共為三間，各分為兩，得小臥室四間，客堂一間，書房一間。」[27]，之所以能這麼快遷入新居，是因為早在 6 月 15 日，葉聖陶就聽從賀昌群擔憂較場壩繁華恐遭空襲的勸說，而租賃房屋，於 7 月中旬租定一藍姓房東房間，房子雖破敗需修繕，但地處山下且山旁有蠻洞，可以用來躲避空襲。樂山轟炸後，遷居成了當務之急，但期間因兒媳滿子生病住院做手術，不得不推遲，待滿子病情穩定後一家人才動手從山上搬東西至山下新居，因一切身外之物均毀於轟炸，所以此次遷居比之以往輕便許多，半天功夫就結束。葉聖陶對房子大小、新舊並無過多要求，足夠一家老小居住就行，因此葉聖陶十分滿意此房。葉聖陶從不計較外在生活需求，也不去抱怨遷居的麻煩、痛苦，其在書信中對好友陳伯通說道：「弟善忘，過往之事不大去想它，對於未來往往是作美好之憧憬」。[28]實則並非葉聖陶善忘，而是處於戰時生活及現狀只能這樣安慰自己，因只有對未來持有希望才能在戰時環境中有信心活下去。

　　懷著此種心態和信念，葉聖陶努力在大後方維持生活，但為節省開支、為方便工作，不得不考慮離開暫居一年的新居。在這一年多的時間裡，前方戰事日益緊張，後方生活同樣日益吃緊：警報與轟炸日益增多，物價上漲嚴重以及經濟每況愈下等等，都使得生活變得極為艱難。新居生活不到半年， 1940 年 4 月 16 日，葉聖陶收到好友顧頡剛及鄭心南的書信，前者言自己受郭子傑之託，招葉聖陶到四川教育科學館工作；後者則邀請葉聖陶至

---

27 葉聖陶：《葉聖陶集 24 書信（一）》，南京：江蘇教育出版社 2004 年版，第 222 頁。

28 葉聖陶：《葉聖陶集 24 書信（一）》，南京：江蘇教育出版社 2004 年版，第 222 頁.

福建一師範專修科任文科主任一職。對此葉聖陶在當日日記中坦
言：「福建相去遙遠，無法前往，成都之事則可考慮，容與墨商
量後答之」、「一懼遷徙之勞費，二懼成都生活之昂貴，三懼居
於成都，人事較煩，將不得寧定」。[29]不難看出葉聖陶傾向前往
成都，但同妻子商議時考慮遷居經費和生活物價等問題後，最終
謝絕。半個月後，顧頡剛再次寄書信勸說葉聖陶，以兩人同住可
以一起編寫文學通史回報社會誘惑，其為此頗為心動，當日在日
記寫道：「余決去武大而就教廳之事矣。至於移家問題，暫且不
提，先與墨二人住成都再說爾」。[30]第二日葉聖陶回復顧頡剛，
告知其應郭子傑的聘請，兩個星期後葉聖陶收到聘書，並告知實
得薪水為二百三十元，這也就是後來葉聖陶在成都各縣小學視察
的工作。因教育館的工作需要，葉聖陶 7 月 20 日從樂山出發，
奔波兩日到達成都並生活至 8 月 8 日，期間工作事宜之外，葉聖
陶皆在訪問成都的友人：會馮月樵及張鏡波、探顧頡剛、看穆濟
波與元義，訪夏承法、倪文穆、雪舟夫人及張屏翰等。回到樂山
後葉聖陶病了一場，加之物價上漲經濟拮据以及好友皆在成都
等，多方思慮及斟酌後，葉聖陶傾向遷居成都。十月初開始物價
飛漲，葉聖陶不得不為一家人的生活盤算，為此葉聖陶辭去家中
的傭工，生活事宜皆同妻子親力親為。期間葉聖陶與妻子月下漫
步，所談皆生活瑣事：子女學校膳食費，物價，日常開支。幾經
交談商議，妻子建議遷居夾江，如此可省去兩個孩子的膳食費。
葉聖陶同意妻子的說法，大兒子亦建議遷居成都，於是決定遷居

29 葉聖陶：《葉聖陶集 19 日記（一）》，南京：江蘇教育出版社 2004 年版，第
　　248 頁。

30 葉聖陶：《葉聖陶集 19 日記（一）》，南京：江蘇教育出版社 2004 年版，第
　　250 頁。

成都，並致信好友章雪舟和馮月樵兩人代為尋找房子，葉聖陶在日記中坦然自己怕麻煩，但為了一家人生活安居又不得不麻煩一番。葉聖陶原計劃寒假之前遷居，但後因種種原因房子未租定，1940 年的元旦葉聖陶一家人仍舊在樂山過，半個月後，即 1941 年 1 月 17 日葉聖陶收到成都章雪舟的書信，告知葉聖陶幫忙尋找房子的事情已經定下來了，地點就在成都新西門外羅家碾王家岡，「正方五間，邊屋三間，年租五百元，押租五百元」[31]，房子為新建房，大約兩星期後可完工，章雪舟的意思是立即租定，由此既可入住又可當開明辦事處，葉聖陶十分感激。

遷居實為一件麻煩事，幾年來不停的遷居生活已令葉聖陶心生厭倦，但迫於生活、為著生存，即便不想遷居，還是得顛沛流離。此次遷居，是葉聖陶近幾年來最為波折的一次：計畫持續時間長，從年前的十月份直至年後的一個月才定下來；一家人分三批分別從樂山出發至成都。收到雪舟的書信後，葉聖陶與兒子開始整理書籍，並向在公路辦事處工作的李光普打聽前往成都的車次，以便捎帶東西。第二天葉聖陶一家便開始忙碌：寫信給上海諸友告知自己將要遷居成都，訪問房東藍君並退租，計畫傢俱搬遷運輸事宜等等。同月 20 至 30 日，宴請、拜別樂山諸友，1 月 24 日，晨三點即起床打點鋪蓋、檢點行李，洗漱進餐後，雇七輛人力車載向九龍港口的一貨運卡車旁，卻貨運車所乘東西太多乘坐十分危險，而白白耗費十五元搬運費。當夜葉聖陶及妻子思及搬家不易，於失眠中商議如何成行，後決定「墨與母親共乘公路車先行為是；公路車究有坐位，今當陰曆年底，來往人少，或不

---

31 葉聖陶：《葉聖陶集 19 日記（一）》，南京：江蘇教育出版社 2004 年版，第 330 頁。

致擁擠」。[32]唯一擔心的是客車在路途中拋錨不能當天到達成都，但別無他法，只能如此行事。時陰曆新年，一家雜亂全無新年的樣子，「欣安來，伯麟來。我家一切雜亂，茶果都不曾備，殊慚無以款客」[33]，第二日終於等到車，母親和妻子帶著一床鋪蓋、兩個皮箱及三件小件的手提包袱乘車先去成都，葉聖陶及妻子的擔憂不無道理，後車果然拋錨，夜宿路旁野店，半天的車程，硬是用了兩天才到。三天後，兒子小墨要留在樂山處理家事，葉聖陶先帶著至美、至誠兩個孩子及兒媳滿子共四人於下午五點到達成都，一家人才算團聚。2月4日，葉聖陶一家人攜帶行李，十點半到達新居，「新築屋五間西向，又兩間東向⋯⋯新屋草蓋泥地，頗寬大，廊闊，」[34]，對於新居，除了房間採光不好以及中間草木較少外，葉聖陶甚為滿意。同雪舟商議後，「東面新屋靠南之三間，雪舟家占靠北之兩間，西面兩間則共兩家堆物設灶之用」[35]，三間房，葉聖陶夫妻倆住最靠南的一間，中間是兒子小墨和兒媳滿子所居，母親與二官和三官供住一間。此新居依舊不寬敞，沒有客房和書房，葉聖陶將書桌設在臥房內，吃飯就在小墨的房間，對此情形葉聖陶以傢俱物件不多三間房足以生活自慰，只要有下腳的地方就可以了，至此葉聖陶結束了在大後方的又一次艱難遷居。

　　但顛沛流離的生活遠沒結束，在此新居生活僅三年，為家人

32 葉聖陶：《葉聖陶集 19 日記（一）》，南京：江蘇教育出版社 2004 年版，第332 頁。

33 葉聖陶：《葉聖陶集 19 日記（一）》，南京：江蘇教育出版社 2004 年版，第334 頁。

34 葉聖陶：《葉聖陶集 19 日記（一）》，南京：江蘇教育出版社 2004 年版，第337-338 頁。

35 葉聖陶：《葉聖陶集 19 日記（一）》，南京：江蘇教育出版社 2004 年版，第339 頁。

生命財產安全計畫，葉聖陶不得不再次遷居。此期間生活日益艱
難困苦：物價上漲的速度令人咂舌，經濟入不敷出，辭退傭工，
無錢購買水果及魚肉，為節省開支下河抓蝦下地找野菜甚至戒
酒，兒媳到毛線廠領活幹。物價上漲，必將影響普通民眾的生活，
平民百姓生活日益艱難，流離失所的人越來越多，所謂饑寒起盜
心，在戰時這一混亂、困厄的大時代環境下，盜賊猖獗，1944
年1月1日西邊的鄰居晚十一點遭搶劫，「近來離城數裡周圍時
常有劫掠偷竊之案發生，民生困苦……前夕之劫案，知並未綁
人，亦菲索詐，唯搶去衣物數萬元。」[36]，令葉聖陶十分擔憂，
三天后夜晚又聽槍聲和狗叫聲，葉聖陶猜想仍然是強盜之流，鄉
間生活開始動亂不安。聽聞「衣服被褥無不欲，皆捆載而去」後，
感覺十分可怕，擔憂自家被盜，「我家雖無所有，苟服用被劫，
即無異又遭一次轟炸」。[37]雖然自家東西不多也不值錢，但此時
經濟如此困難，如果再被盜賊所盜，無異於一場轟炸之難，所以
葉聖陶十分擔憂，心理總是不安，惆悵輾轉一夜後決定遷居。自
離開蘇州，葉聖陶大大小小的遷居不下七次，葉聖陶及其一般的
知識分子亦對此顛沛流離的戰時生活惆悵迷惘，不知還需遷居幾
次戰爭才能結束，「離蘇以來每次移徙，俱感悵惘」[38]，才能回
到故鄉，日常總希望早日安居、早日東歸故里。1月10日至11
日，經過兩日的雇車搬運，三日的整理，新居才有了點居家的樣
子，為此葉聖陶十分滿意，在13日的日記中寫道：「雖嫌擠，

36　葉聖陶：《葉聖陶集20日記（二）》，南京：江蘇教育出版社2004年版，第
　　189頁。

37　葉聖陶：《葉聖陶集20日記（二）》，南京：江蘇教育出版社2004年版，第
　　191頁。

38　葉聖陶：《葉聖陶集20日記（二）》，南京：江蘇教育出版社2004年版，第
　　191頁。

亦『窩逸』」[39]，這麼近的距離，一家人忙了幾天才完成整個遷居工作，因時生活艱難，葉聖陶清楚的記錄了此次搬家所花費的費用，雞公車花費一千八百元，板車花費二千七百元。由此可以想像遷居事宜的瑣碎、麻煩以及人力財力的耗費，而由葉聖陶八年的近八次遷居過程，可以展現抗戰爆發後居大後方知識分子生活的艱苦及顛沛流離和動亂不安。而這漂泊的生活卻遠沒有結束，1945 年葉聖陶不僅為著遷居事宜焦慮，還在為國共兩黨合作事宜思慮、為取消圖書雜誌審查制度而奔走忙碌。抗戰勝利，在歡慶的氛圍及上海諸友的催促中、在周邊好友都紛紛離開大後方東歸回鄉中，為早歸故鄉、也為工作需要，不得不捨棄剛定居一年的生活，葉聖陶雖心神不安，但還是決定遷往重慶，也算是東歸第一站，後於 1945 年 9 月 27 遷至重親中興路螃蟹井三號。

自 1938 年 1 月 9 日抵達重慶，至 1945 年 12 月 24 日乘船離開重慶，葉聖陶及家人在大後方生活了整整八年，筆者本章細緻的闡述葉聖陶舉家遷居的過程，不在於敘述史料，而在於透過其遷居中的繁瑣事宜：交通不易，車票難買，租賃房屋，生活用品傢俱搬動困難，與好友分別等，意在展現處戰時這一大時代環境之下遷居的不易，從而表現寓居大後方的葉聖陶戰時真實生活狀態與生存空間；意在突顯抗戰宏大敘事話語之下，被遮蔽的一般個體及普通民眾的戰時生活及真實心理感受。自抗戰爆發到抗戰結束，戰爭並非沒有波及大後方及戰時陪都重慶，事實上戰爭並沒有後方可言，戰爭必將波及全國上下，也必將影響任何一個腳踏中國國土之人，抗戰時期戰爭、警報、轟炸、死亡無處不在，沒有戰爭的後方，處於戰時任何地方都不是安全的後方，都將面

---

39 葉聖陶：《葉聖陶集 20 日記（二）》，南京：江蘇教育出版社 2004 年版，第192 頁。

臨動盪的生活。居大後方的葉聖陶，除了要面臨遷居帶來顛簸流離及漂泊外，還必須應對「日常」生活中的經濟壓力、生活艱辛、家人生病、衣食住行等瑣碎小事。每日所談除日常生活瑣事及會議應酬、校對編輯等工作事宜之外，還時刻關注著前方戰事：戰爭何時發生，傷亡如何，警報轟炸死傷情況，何時抗戰才能勝利、文藝界該採取點什麼措施等等。所有這些都是葉聖陶每一次做出艱難選擇的考慮因素，離開故鄉難，但想要很好的在異鄉安身立命更難，每一次遷居不是偶然，更不是心血來潮，而是葉聖陶無數次深思熟慮後，經過艱難抉擇後的決定。抗戰爆發，為生活為工作更為一腔熱血，葉聖陶毅然選擇西南大後方，在顛沛流離中遷居至川渝。八年大後方生活，葉聖陶並未定居一地而是幾度更寓，日記中對每次遷居事宜的記錄，無論是過程的艱難，還是因工作或生活做出遷居決定，盡顯大後方生活的漂泊、流離與動亂，也從側面反映出文人知識分子西遷大後方後的真實生活狀態。通過深入葉聖陶日記及其書信內容，可以分析與探討其抗戰時期的日常生活，從而展現戰時居大後方的知識分子的真實生活狀態。

　　民以食為天，「吃」是保證個體生存必不可少的要素之一，不論貧富還是戰時，只要人活著就會吃飯，此為定律；人只要活著，任何情況下都得為生存而生活，即便處戰時、居大後方也同樣如此。日常生活記錄，雖瑣碎卻是探討個體生活真實性的有力依據，尤其是從個體日記中出發，通過對個體日記日常生活的分析與探討，而挖掘個體所處的真實生活狀態，同時也能透過日記展現個體在日常生活中的所思所感。因而通過對葉聖陶日記中有關戰時日常生活的分析與探討，可挖掘其居大後方時的真實生活狀態，從而進一步展現抗戰時期居大後方的文人知識分子的真實抗戰生活。

第二章　戰時葉聖陶日記中的
日常生活與創作心態

　　葉聖陶 1938 年 5 月以前的日記，因 1939 年 8 月的樂山轟炸遭燒毀，因而其一家自漢口到重慶再至樂山的戰時生活狀態已無法通過日記來探析與解讀，只能透過葉聖陶與上海諸友的書信、葉聖陶兒子至善寫的傳略和索引中挖掘，從而探討出其初入四川重慶時的生活狀態。抗戰時期，在川渝生活的八年，葉聖陶每天不得不為一家人的生活、生存而奔波擔憂；而此外，還得應對戰時另一常態生活——跑警報與轟炸，無論是在重慶還是成都、桂林，雖身居西南大後方，卻依舊的面臨戰時轟炸，應對隨時可能到來的死亡。戰爭並沒有後方可言，戰爭無處不在。因而八年大後方生活並沒有外界想像的那般簡單與幸福，同孤島上海及淪陷區一樣：同樣遭受了警報與轟炸，同樣經歷了物價暴漲，同樣經歷了生活困難，其間的艱辛只有身居大後方的當事人最為清楚。因而透過葉聖陶日記，可以探查出抗戰時期其在大後方生活的真實狀況：生活困厄，經濟拮据，警報與轟炸中隨時隨地面臨死亡。這些都是葉聖陶在大後方日常生活中不能不應對的瑣碎生活，戰爭其實沒有後方可言，只要是戰時，任何地方都不是安全之地，即便是國民政府所謂的「大後方」也同樣如此。但正是透過生存動蕩不安、顛沛流離這樣的日常生活記錄，可以反應出個體在戰

時的真實想法以及心理狀態：以往不在意的經濟開支竟成了日記中的重點內容；戰時轟炸之下深切的感受到朋友的難能可貴；對待警報與轟炸從早期的緊張害怕到後來的處之泰然；以及對當局的態度，從持有希冀，到後來失望諷刺、斥責當局；即便生存動蕩不安顛沛流離，依舊心系戰事一致抗敵，希冀抗戰早日勝利，呼籲和平反對內戰。這些日常記錄皆從不同的側面展現了葉聖陶戰時真實想法，也是葉聖陶親歷大後方戰時生活後創作心態變化的依據所在，它們很好的闡釋了抗戰文學宏大敘事之外，被遮蔽的作家個體及普通民眾對戰爭及戰時生活的一般觀念和真實感受。

第一節　困厄的日常生活

葉聖陶一家初入大後方的生活，可從「渝滬通信」第一號信中查證，該信始于葉聖陶舉家遷至重慶後的第三天，即 1938 年 1 月 11 日，葉聖陶細緻的為其編號為第一號，信中葉聖陶向上海諸友細說了此次自漢口到重慶航程過程的點點滴滴，包括航行時間、所經地點、行程中的艱難生活、對諸友的不舍之情以及重慶的物價及生活。初至重慶，葉聖陶日記中對物價並無過多記錄，在最初給上海諸友的信中，葉聖陶曾感嘆重慶的日用東西跟蘇滬相當，只有橘子又便宜又好吃。可能由於川渝身居戰時大後方，戰爭的破壞力並未全面波及到此處，尤其是成都，因而初到樂山時，葉聖陶還認為樂山的物價比較便宜，葉聖陶在 1938 年 11 月 4 日致上海諸友中的書信提及，「肉二角一斤，條碳二元一擔，

米七餘元一擔」[1]，並言當日買三條小魚，只要一角八分，比重慶便宜月四角，因此在書信中言語輕快的寫道：大約一家人在飲食這一塊，一個月六十元是綽綽有餘了。此時葉聖陶並未為日常生活、經濟擔憂，甚至認為足夠應付滿足。但隨著時間的推移、抗戰的持久，葉聖陶日記中關於物價、經濟、小至剪髮大至添衣買鞋等生活瑣事的記錄，出現頻率越來越多。其中米價的記錄最為完整，葉聖陶自言是有意為之，意在查看當時物價到底漲到什麼程度。當然也正是此有意為之，我們才得以在物價的動態變化中探析當時知識分子所面臨的生活壓力與經濟壓力。而到抗戰中後期，有關物價記錄及感嘆生活不易的言語越發增多，戰時生活本來不易，四處皆動亂不安，入川前葉聖陶本以為大後方生活會容易些，但到樂山後才發現，物價同上海杭州一樣的昂貴；此外，葉聖陶還在書信中多有提及蔬菜、生活必需品等價格，他得出的結論是：整體而言飲食方面可以滿足一家人生活，所以他在書信中未作細緻的書寫。可以說，初到重慶葉聖陶一家的生活是較愜意的，物價不是很貴，可以承擔，喝半茶杯酒而覺陶然適意。但隨著戰爭的持續，物價從 1937 年 7 月開始持續上漲而工資不漲，經濟變得越來越拮据，生活變得越來越艱難。這一變化過程，真切的說明瞭抗戰時期大後方知識分子生活的不易。由於樂山轟炸，葉聖陶 1939 年 5 月以前的日記盡毀其中，所以葉聖陶初入四川重慶的飲食情況只能透過其與上海諸友的書信中探析。

　　僅從葉聖陶日記中對米價的記錄，便可展現戰時大後方物價暴漲之下日常生活的不易：1939 年 7 月第一次提及米價，言近段

1　葉聖陶：《葉聖陶集 24 書信（一）》，南京：江蘇教育出版社 2004 年版，第 172 頁。

時間布料、毛巾、牙刷等生活用品全漲價，幸而米價尚平；三個月後米價開始漲「每鬥二元五角半」，對此葉聖陶在日記中言「米價逐日高漲，不知是否政府有計劃的救濟豐災之故，抑系奸商從中操縱囤積也。」[2]，葉聖陶，作為手無縛雞之力的知識分子，居大後方只能適應生活，應對生活中的艱難，處於戰時，無法避免奸商從中獲取暴利，最終受累的只能是尋常百姓和葉聖陶一般的知識分子；兩個月後，米價又上漲，「近來物價又漲……米三元二角一大斗」[3]，一個「又」字便可知物價從 1939 年下半年開始變化後便愈演愈烈，而朋友、同事相見所談皆為物價；1940 年 3 月 13 日成都甚至發生了「搶米事件」。到了 5 月 8 日，每日一個新價，「前日買米，每斗八元，昨日漲至八元半，今日則九元矣」，葉聖陶在日記末寫道「人心已失常態，物價飛漲如此，大可憂慮」。[4]戰時物價的上漲，使得人心惶惶，全家人何以為生，此十分令人憂慮；四天后米價為九元三角每斗，至 8 月份，因市場上米少，米價開始大漲，除此而外，其他物品的價錢及工錢也隨著米價的上漲而漲，至 9 月中旬，米價由八元漲至「每斗價十四元二角」，葉聖陶買了三斗，但「尚不夠一個月之食用。下次再買，當又超此數，真感生活之壓迫矣」。[5]僅就大米的花費就要

2　葉聖陶：《葉聖陶集 19 日記（一）》，南京：江蘇教育出版社 2004 年版，第 213 頁。

3　葉聖陶：《葉聖陶集 19 日記（一）》，南京：江蘇教育出版社 2004 年版，第 226 頁。

4　葉聖陶：《葉聖陶集 19 日記（一）》，南京：江蘇教育出版社 2004 年版，第 252 頁。

5　葉聖陶：《葉聖陶集 19 日記（一）》，南京：江蘇教育出版社 2004 年版，第 289 頁。

用去葉聖陶的大半工資，而米價還在持續上漲中，所以葉聖陶在日記末感嘆：真實的感受到生活的壓力與緊迫！但半個月不到，米價便從十四元二角漲至十六元，葉聖陶對此用「駭然聽聞」描述，而油、布料及衣物做工亦皆漲價。四天後，米價又從十六元漲至十九元二角，短短三天就漲了三元二角，平均每天漲一元，此種漲速足以令尋常百姓及手無縛雞之力的知識分子惶惶不安。開銷越來越大，而收入又有限，僅是飲食一項，葉聖陶已經無力承擔，然而物價仍在持續上漲，這令其十分驚詫與恐懼，生活的艱難由此可見。作為大學老師，又有編輯工作，妻子也有工資，應說葉聖陶一家不至於入不敷出、不至於對生活有壓迫之感，「煙客工資八元，其膳食以時值計，在三十元以外，共計四十元，占餘收入之五分之一矣」[6]。可知葉聖陶一個月工資兩百元左右，一個月按四斗米計算，每斗米以 20 元計算，共計八十元，還餘下一百二十元，這一百二十元還要開銷日常其他費用：比如油鹽醬醋茶，兩個孩子的生活費，「補交膳食費八十元，合前之交八十元，一學期一百六十元矣。與二官之膳食費合計，即為三百元」[7]，偶爾意外用錢等，前提還必須是一家人健康不生病住院買藥，由此計算確實不夠用，所以葉聖陶在日記中感嘆倍感生活壓力的真實感受。

此期大後方生活日益艱難，物價暴漲民不聊生，以至發生多起搶劫與盜竊案，而令人焦慮的是，當局強制米價，農民無法養

---

6 葉聖陶：《葉聖陶集 19 日記（一）》，南京：江蘇教育出版社 2004 年版，第 295 頁。

7 葉聖陶：《葉聖陶集 19 日記（一）》，南京：江蘇教育出版社 2004 年版，第 296 頁。

活一家老小，農民及商販寧願屯米，也不願低價售出，所以市場
上即便高價也難以購買到米。葉聖陶直言自樂山搬至成都，整整
十天全家以半斗米為生，還提及通過熟人設法買米「購得一石，
價三百二十元，如購取私貨，須鬼鬼祟祟出之」[8]。整日為「吃」
而愁，買米不是鬼鬼祟祟如小偷就是競爭如打架，1940 年 11 月
至 1941 年 2 月，僅三個月米價已漲至每斗二十元漲至三十二元，
大後方生活的艱辛由此可見。4 月 9 日，米價依舊暴漲不止，市
場上官方定價雖為二十六元每斗，但只是一個掛牌價而已，私下
米價已經漲至四百元每石，即便高於四百元也無米出售，此令葉
聖陶十分擔憂。第二天，兩個兒子買米，「一石值三百七十五元」，
運費五元，幸好是沒有遇見憲兵，若是遇見了「每人以買五升為
限，多買即有囤積之嫌」[9]，將會被拘留。衣食住行本為人生活之
常態與私事，在戰時環境下，卻需時時小心、處處留意。1941
年 5 月 8 日，米價漲至每石五百多元，至此葉聖陶開始有意記米
價，以觀其漲幅。5 月 10 日，青羊宮米價漲至六百二十元每石，
十天後則漲至七百三十元每石，一個月後米價漲至近一千元。有
薪金的葉聖陶都倍感生活艱辛，何況尋常百姓及貧民，因而發生
搶米事件，「日來城中貧民成群結隊，搶劫米麵鋪及小食鋪者甚
多」[10]，而此次搶米事件並非第一次，早在 1940 年 3 月 13 及 1941
年 4 月 16 日就已分別發生：「據言，成都曾發生搶米風潮，搶

8　葉聖陶：《葉聖陶集 19 日記（一）》，南京：江蘇教育出版社 2004 年版，第
　　343 頁。
9　葉聖陶：《葉聖陶集 19 日記（一）》，南京：江蘇教育出版社 2004 年版，第
　　355 頁。
10　葉聖陶：《葉聖陶集 19 日記（一）》，南京：江蘇教育出版社 2004 年版，第
　　377 頁。

米者似有組織，紀律頗好，專搶農民銀行。農本局等機關儲米之倉庫」，「南門已發生搶米事件。運米車經過，婦人稚子持小刀，割破米袋而取之」。[11]從有計劃有組織的搶米到婦孺兒童皆拿刀蜂擁而至亂搶，只能說明生活實在艱難困厄，婦人及孩子才上街搶米。幸而八月米價有所回跌，每石五百九十多元，可不久後又回漲，到了 1943 年 7 月「米價飛漲，今日已至五千二百元，前次兩個月尚不到二千也」，葉聖陶為此憂慮而無歡，三天後「米價又漲，至六千二百矣」。[12]到了 1944 年更是漲至一萬七千元每石，即一千七百元每斗，短短不到六年時間，米價就從三元二角每鬥漲至一千七百每斗，而相應的工資卻未漲，由此可見在物價暴漲的衝擊下，葉聖陶一家在大後方川渝的經濟拮据及生活困難的狀態，從葉聖陶對物價上漲頻繁的記錄，可以發現其戰時日常生活的緊迫感與壓力。

物價上漲僅僅是葉聖陶戰時大後方生活的一面，還有經濟拮据、生活艱難等另一面，持續至 1940 年底，成都的大學教師生活艱難已是常態，有教師典當衣物聊以度日，「近來各地物價高漲，昆明尤甚。大學教師有質衣度日者」[13]，有分學生食物為生的，葉聖陶亦不例外，兒媳為補貼家用到毛衣廠接私活，「每織毛線一兩，工資二角云。武大教師之夫人頗有業此者，亦間薪水

---

11 葉聖陶：《葉聖陶集 19 日記（一）》，南京：江蘇教育出版社 2004 年版，第 241 頁、第 367 頁。

12 葉聖陶：《葉聖陶集 20 日記（二）》，南京：江蘇教育出版社 2004 年版，第 147-148 頁。

13 葉聖陶：《葉聖陶集 19 日記（一）》，南京：江蘇教育出版社 2004 年版，第 234 頁。

階級之窘況矣」[14]。作為大學教師，每月皆有工資竟然還需典當衣物以度日，還需妻子攬織衣填補家用，由此可以想像普通民眾的困難生活，以及居大後方的文人知識分子的艱難生活。葉聖陶一家雖不以典當衣物度日，但不得不在生活上精打細算，為此妻子梅林主張辭去長工自己做家務，「開銷益大，收入有限，即吃食一項，已不能與收入相抵。墨因主張辭去煙客」，三周後傭工煙客離去，於是「買菜、掃地、燒火、劈柴，均須由自己幾個人分任之矣」。[15]為節省開支自己種植向日葵、南瓜、玉蜀、辣椒等蔬菜，以供日常所需，葉聖陶甚至和家人到田間採摘野菜，「附近田中多薺菜，本地人所不食，墨與三官挑得一籃」、「飯後與墨及三官在近旁挑莕菜，得一斤許」[16]，以豐富飲食，減少買菜錢而貼補家用。為生活、經濟所迫，葉聖陶及家人到小溪中捉蝦，因無錢購買水果，全家甚至以地瓜作為代替品。樂山被炸後，身外之物盡毀，一家人連換洗的衣物都沒有，衣食住多靠友人捐贈幫助方才度過，葉聖陶在致王伯祥的書信裡直言被子問題，「二官已考取高中……該校執一不變，不能通融走讀，我家正缺鋪蓋，而不得不勉強弄一副鋪蓋……小墨暫擬走讀，也為鋪蓋問題」[17]，由此可見戰時知識分子的窮困、窘迫的生活狀態。實則並不僅僅是葉聖陶一家生活困難、經濟拮据，此為居大後方知識分子戰時生活的普遍現象，1940 年 7 月 26 日在成都視學的葉聖陶順

14　葉聖陶：《葉聖陶集 19 日記（一）》，南京：江蘇教育出版社 2004 年版，第301 頁。

15　葉聖陶：《葉聖陶集 19 日記（一）》，南京：江蘇教育出版社 2004 年版，第295-296 頁。

16　葉聖陶：《葉聖陶集 19 日記（一）》，南京：江蘇教育出版社 2004 年版，第223-224 頁。

17　葉聖陶：《葉聖陶集 24 書信（一）》，南京：江蘇教育出版社 2004 年版，第223 頁。

便訪老友顧頡剛，「兩年不見，君頂髮半白矣。見其夫人，瘠瘦可驚……其長女則儼然一老處女模樣矣」[18]，衣食住行皆成問題，戰時生活的艱難與困厄可想而知，只因生活艱難、經濟拮据好友才會白頭，其夫人才瘠瘦，長女才似「老處女」模樣，戰時大後方普通民眾及知識分子真實生活即是如此，不然葉聖陶也不至於如此形容友人及其妻女。

　　隨著戰爭的持續，物價上漲愈演愈烈，生活舉步維艱，為一家人生計，葉聖陶坦言自己應聘武大教學，「不為學問，不為文化，為薪水耳」[19]，他不是沒了知識分子的底線與節操，只是處於戰時，保證家人活著才是至關重要的，自責所以向諸友如此直白表明自己是為了錢，意在得到諸友寬容與理解；更坦言「弟向來不上帳，只覺整數的錢放在袋裡，沒多久就用完而已」[20]，與諸友細說現狀，對錢財的描述可謂形象貼切，整數的錢一眨眼就沒了，一方面表現出物價之貴，另一方面更突顯出在大後方生活，處處得花錢。工資是葉聖陶的主要經濟來源，1940 年 9 月10 日武大發薪期，葉聖陶未接通知單，寫信詢問，半個月的再而三的詢問，不是因為葉聖陶小氣與吝嗇，而是戰時環境下，一大家子人都指望著那微薄的工資維持生計。而微薄的薪金並不能平衡日常開支，即便辭去了幫傭，經濟還是緊張，物價飛漲，經濟隨之拮据，家中的餘錢給三官交了膳食費後，花錢的事接踵而來，而成都的薪水去遲遲不發，手中毫無餘錢的葉聖陶，只得將

18 葉聖陶：《葉聖陶集 19 日記（一）》，南京：江蘇教育出版社 2004 年版，第273 頁。

19 葉聖陶：《葉聖陶集 24 書信（一）》，南京：江蘇教育出版社 2004 年版，第162 頁。

20 葉聖陶：《葉聖陶集 24 書信（一）》，南京：江蘇教育出版社 2004 年版，第223 頁。

母親存在銀行的兩百元取出來應急，「唯母親在銀行尚存有二百元耳，因入城，取其一百元應用」[21]，但這一百元在物價暴漲的生活面前，也只是杯水車薪而已。生活處處需用錢，而家中已無餘錢，只能向親朋好友借錢或提前預支工資，「收到雪舟劃來之款二百元，聊潤枯囊，然付三官膳費並歸回借條，所剩亦無多亦」[22]，但也只能是解燃眉之急，經濟仍然拮据，生活仍然緊張。終於等來成都匯來的工資六七百元，但還了借欠後，不夠維持到月底，入不敷出，只能省吃儉用、節約開支方可聊以度日。經濟拮据難以維持當時持續高漲的物價水準，為節省開支，葉聖陶被迫舉家從樂山遷往成都城郊。一般而言，遷居是一件費力勞神的事。大多數人家無法承受遷居所必需的車馬費、飯食費、旅店費等，所以處於戰時，如果沒有必要的話一般人會妥協於現狀，而不會在戰亂紛飛的時候遷居他處，因為遷居他處所需的那筆鉅資足以承擔他們安定的生活下來。但葉聖陶一家卻因為經濟拮据難以維持當時持續高漲的物價水準，而被迫全家從樂山遷往成都城郊。經濟困難使得葉聖陶甚至寫字拍賣，借著豐子愷將在四川辦畫展，葉聖陶寫了些篆字，計畫和豐子愷的作品一同展出，以便貼補家用，葉聖陶也擔心篆字賣不出去的話就是「偷雞不著蝕把米」了。即便如此，錢還是不夠用，實在買不起潮流的帽子，以瓜皮小帽代替，讓葉聖陶在同輩中顯得特別突兀而不協調，「寄來稿費，僅十五元，不知何以此次特別少也」[23]，物價上漲，使

21　葉聖陶：《葉聖陶集 19 日記（一）》，南京：江蘇教育出版社 2004 年版，第297 頁。

22　葉聖陶：《葉聖陶集 19 日記（一）》，南京：江蘇教育出版社 2004 年版，第300 頁。

23　葉聖陶：《葉聖陶集 19 日記（一）》，南京：江蘇教育出版社 2004 年版，第303 頁。

得生活拮据，葉聖陶一句「實在買不起」道出了生活之艱辛，而
只有在缺錢時才會覺得稿費少，才會對稿費產生質疑，因為內心
希望錢夠多以支付生活花費。

　　葉聖陶在日記中細緻的記錄了生活之窘況，同時細緻的描述
了金錢的缺乏，由此可見葉聖陶全家在川渝兩地的生活狀況，亦
可顯現居戰時大後方知識分子生活的艱辛與困厄。筆者在此細緻
的闡述葉聖陶日記中的物價上漲、生活困難以及經濟拮据，不在
於展現葉聖陶日記中的戰時瑣碎日常生活，而在於試圖透過其日
記中的日常瑣事，展現其作為戰時一般個體及普通民眾日常生活
之下的真實生活狀態與心理感受；值得我們思考的是，作為知識
分子的葉聖陶，戰前不關心日常生活也不必擔憂家中油鹽醬醋茶
等瑣碎小事，而戰時這些生活瑣事卻成為了其日記的主要內容，
這不能不說明戰時日常生活對於作家影響與改變。當然，以上葉
聖陶戰時日常生活僅是大後方普通民眾及知識分子生活的一個
方面，在應對日常生活及瑣事之外，他們還不得不面臨另一戰時
生活常態——跑警報與轟炸，而令我們進一步思考的是，如此兩
種戰時生活的交織，此種交織是否會深入而影響作家內心，近而
給作家個體的心態觀念及文學創作予以影響。

第二節　大後方生活常態：跑警報與轟炸

　　寓居川渝八年，葉聖陶在重慶、成都、桂林等地皆遭受了轟
炸。葉聖陶戰時日記中多有對警報和轟炸的記錄與書寫，這類書
寫與記錄為我們探討以葉聖陶為代表的大後方知識分子的抗戰
生活提供有力依據。葉聖陶雖寓居於大後方，但仍是多次經受警

報、轟炸與死亡，從葉聖陶 1938 年 5 月至 1945 年 12 的日記中
關於警報與轟炸的記錄，可以發現：戰時警報可分為不同類型，
警報發出時間和持續時間也不同，以及人們對警報和轟炸的態度
前後期也不同。這樣的不同不僅可以從側面展示戰時大後方知識
分子的生存狀態，還能從一定層面上呈現大後方知識分子的真實
抗戰生活。

　　雖戰時警報與轟炸是生活常態，但從葉聖陶的日記中可以發
現並總結出，警報的類型可分為警報、預行警報、緊急警報三種。
「晨四時稍醒，忽聞鐘聲，是警報也……繼聞緊急警報，路上除
壯丁員警外無他人，而機聲漸近，心中不免惴惴……我家來此
後，今日為第二次聞警，不知何日將遭其一炸也」[24]，一般而言
警報和預行警報含義類同，多是提醒人們敵機將至，注意避警；
而緊急警報性質則不同，是敵機已到城市上空，立即就有轟炸，
得趕緊躲避以免被落彈炸傷。因而葉聖陶一家在聽聞警報後並未
出外躲避，待聽聞緊急警報後，心中惴惴不安，因緊急警報的後
果比預行警報和警報嚴重得多，稍躲避不及就有可能命喪黃泉。
葉聖陶感嘆，今日為我家來此後第二次聞警，這裡的「此」是指
樂山較場壩。戰時生活的混亂與動蕩，使得人們內心深處存有不
安的隱憂，故而葉聖陶歎「不知何日將遭其一炸也」。這裡的擔
憂不無道理，1939 年 8 月 19 日，葉聖陶的這種擔憂就成了現實，
這一天葉聖陶樂山的家被炸，身外之物盡毀，所幸的是人口均
安。警報與轟炸不僅給生活帶來不便，也隨時威脅著人的生命安
全，這樣動蕩的生存空間裡，人的自身生命安全得不到保證，因
而時時伴隨著不安，且外界缺乏安全感。尤其是 1940 至 1943 年

---

24 葉聖陶：《葉聖陶集 19 日記（一）》，南京：江蘇教育出版社 2004 年版，第
　　162 頁。

間，警報與轟炸頻繁且密集，使得剛出門或為工作或奔赴宴請的葉聖陶不得不因警報和轟炸而折回或躲避；或者剛提筆準備校對、覆信時不得不停筆躲避。同時還可發現，警報並無固定的週期，時間多集中於午時、凌晨以及清晨；如 1939 年 7 月六日七日兩天，「昨夜二時聞警報」、「昨夜一時一刻又聞警報，且放了第二次之緊急警報……至二時半而警報解除」。[25] 1939 年 10 月 1 日，葉聖陶在日記中清楚的寫道：半夜兩點警報響，隨後聽到轟炸機的聲音，直到凌晨三點才結束。當時正逢家人生病住院，夜聞警報與轟炸葉聖陶的擔憂自不必多說，然而第二日夜晚警報又如期而至，「夜十一時醒，又是警報，一連五夜矣。敵人之意蓋在造成我們心理上之不安與恐怖也。繼聞緊急警報，遂起床……至二時尚無所聞」[26]，因緊急警報而起床，卻在起床後無任何動向，實在太困只能又回到床上，就連警報何時解除的都不知。隨預行警報而來的是緊急警報，隨後緊接著即是轟炸，人們隨預行警報而快速起床而後隨緊急警報躲避　，這些在葉聖陶每一次日記記錄中十分清楚。但敵人的「疲勞轟炸」並未結束，第二日，也即 10 月 3 號葉聖陶日記中如是記錄：「今聞警凡三次：午後二至四時一次，夜七至九時一次，十二時至二時許又一次。」[27]，敵人的大肆侵擾，使得人疲憊不堪，4 號晚八點半又傳警報，直至半夜方才結束，第二天中午及夜半皆有傳警報，連續八天斷斷續續的警報與轟炸讓人寢食難安，這既是葉聖陶日記中關於大

25　葉聖陶：《葉聖陶集 19 日記（一）》，南京：江蘇教育出版社 2004 年版，第 176-177 頁。

26　葉聖陶：《葉聖陶集 19 日記（一）》，南京：江蘇教育出版社 2004 年版，第 209 頁。

27　葉聖陶：《葉聖陶集 19 日記（一）》，南京：江蘇教育出版社 2004 年版，第 209 頁。

後方抗戰生活常態的真實記錄，又是同葉聖陶一般知識分子抗戰
生活的真實寫照。以上僅是葉聖陶抗戰生活中躲警報與經受轟炸
的冰山一角，葉聖陶由蘇州到杭州再到武漢後轉至重慶，到達當
時所謂的大後方國統區，但居於重慶仍是經受警報與轟炸，遷居
樂山後亦經受轟炸，甚至訪好友的桂林之旅，也面臨了跑警報、
躲轟炸。

　　重慶，作為戰時陪都，不可避免的成為日軍重點轟炸對象，
日軍對其轟炸不勝枚舉。自 1939 始，日軍對川渝的轟炸達到高
潮，或「疲勞轟炸」或集中轟炸，皆使重慶傷亡慘重。兩次轟炸
包括，1939 年 5 月 3 日、4 日的「五三、五四」大轟炸以及 1941
年 6 月 5 日的「大隧道慘案」。「五三、五四」大轟炸和「大隧
道慘案」作為戰時重慶轟炸慘狀的有力證據，充分展現了大後方
普通民眾常態生活下的大轟炸。「大隧道慘案」是日本繼「一０
一號作戰」計畫後為加速解決中日戰爭，而制定的《第五次內地
空中作戰計畫》，該計畫使得重慶第三次被確定為戰略轟炸物
件，隨著此計畫而來的是日軍對重慶日益劇增的無差別轟炸，此
後五月至九月末，重慶遭受晝夜不停的繼續轟炸。[28]此次「大隧
道慘案」葉聖陶在同月 9 日的日記中寫道：「大隧道中悶死多人；
歸來聞二官言，有人謂人數逾萬，此大慘事也」。[29]而之所以發
生「大隧道慘案」，一方面是由於日軍的頻繁空襲，並且以密集
機群輪番轟炸；但更重要的原因是由於重慶防空設施的欠缺以及

---

28 民革中央孫中山研究學會重慶分會：《重慶抗戰文化史》，北京：團結出版社 2005 年版，第 111 頁。

29 葉聖陶：《葉聖陶集 24 書信（一）》，南京：江蘇教育出版社 2004 年版，第 371-372 頁。

管理的疏忽。隧道共有石灰市、十八梯、演武廳三個出口，但後兩個出口的「閘門設計有致命隱患：門是朝裡面開的」[30]。當時空襲警報響後，近萬人紛紛擠進隧道中，超過隧道的最大容量，隨著時間的推移，隧道中的空氣越來越汙濁，人們越來越騷動，大人的罵聲、小孩的哭聲，恐懼和混亂逐漸在隧道中蔓延，人們紛紛拼命往外擠，擁擠中堵住了閘門，進退無路，呼吸逐漸困難，「不少人的面色由紅色變成紫藍色，嘴裡口水由白變紅、滲出血絲，人們互相扭抓著在痛苦中死去……隧道中一片死寂，充斥著屍體和悶熱的臭氣。天亮十分，當局派人清理打隧道。遇難者屍體被拖出來，在隧道口附近堆集成垛，屍體皮膚全變成藍黑色，面目全非」[31]。葉聖陶日記中簡要的幾句話，背後卻涵蓋著深重的死亡，戰時生活就是如此，在面臨死亡、聽聞死亡後，活著的人隱去悲傷後依舊要繼續生存，對於亡故的人只能以緬懷居之，日記中，葉聖陶還說蔣介石「大為震怒，特派要員嚴查此事」，確有此事。慘案發生後，舉國上下一片譁然，蔣介石為此不得不採取措施，所以協同時任重慶市市長的吳國楨、防空司令劉峙親臨慘案地視察，同時組織「大隧道慘案」審查委員會、防空洞管理改進委員會，並於 6 月 16 日發佈《告全國同胞書》，強烈譴責日軍殘暴罪行的同時號召全國人民團結一致抗日報國仇。

　　自 1941 年 8 月 7 日起，日軍對重慶城區進行晝夜不停的疲勞轟炸，對此葉聖陶在同月 10 日的日記中寫道：早晨四點半被

---

30 鄭光路：《被遺忘的抗戰史：四川大抗戰》，成都：四川人民出版社 2015 年版，第 279 頁 。

31 鄭光路：《被遺忘的抗戰史：四川大抗戰》，成都：四川人民出版社 2015 年版，第 280 頁。

空襲警報驚醒，在泥濘中奔逃，到十點半才解除，但不到半小時「又傳注意情報，約有二三次」[32]，第二天半夜一點之凌晨七點警報反復的響起又解除。第三天，早晨四點預行警報響起至下午才解除，重慶人不得不承受巨大苦處與精神壓力，日夜躲避於防空壕中，對此葉聖陶強烈斥責日軍用心險惡，使全省人心惶惶、不得安寧，更別說安心工作與生活了；至月末，每日皆聽聞警報，對於家人哭泣、伏床下桌下、僕伏貼地等言行，葉聖陶直言「何用乎」，又對日軍「前一周日『疲勞轟炸』，今後將為『惡性轟炸』」[33]的言語憂慮不安，不知將「惡性」將到何種程度。類似的「疲勞轟炸」還有 1940 年 7 月 29 日，葉聖陶在日記中言：「飯後一時許又傳警報，曆一點多鐘而解除。日來重慶仍日日被炸」[34]，8 月 9 日至 12 日，皆在飯後、午時聽聞警報，解除後又聞警報，直接擾亂民眾正常生活。午時、半夜及清晨，這些時刻多是民眾最無防備意識的時候，日本以此些時間段進行襲擊，產生更大的殺傷力的同時更是加劇了民眾的恐懼心理，而每次警報的長時間持續，不僅擾亂了民眾的生活，還令人寢食難安；疲勞轟炸，使得民眾身心疲憊，心靈也在一定程度上受到的創傷，有時候凌晨甚至警報好幾次，而新的一天無精神的狀態下也許得經受警報與轟炸，這也是敵人的「疲勞轟炸」的目的所在。葉聖陶在寫給好友徐調孚的書信中憂慮道：「川省被炸縣份已不少，嘉定尚未輪

---

32 葉聖陶：《葉聖陶集 19 日記（一）》，南京：江蘇教育出版社 2004 年版，第 138 頁。

33 葉聖陶：《葉聖陶集 19 日記（一）》，南京：江蘇教育出版社 2004 年版，第 395 頁。

34 葉聖陶：《葉聖陶集 19 日記（一）》，南京：江蘇教育出版社 2004 年版，第 263 頁。

到，以嘗試度之，最近當不致受殃也」。[35]處於戰時，葉聖陶也知道即便是大後方也並非是安全的，隨時隨地都將面臨死亡、經歷生離死別，所以也做好了終將被一炸的準備。但沒想到樂山被炸時，自己正在成都視學，家裡只餘下老弱的母親及幼小的孩子。1939 年 8 月 19 日這天，老差點與他們陰陽相隔，這兩天的思緒葉聖陶在其日記、書信以及以後的回憶性散文中都有細緻敘述。

聽聞樂山被炸，葉聖陶「大驚恐，心緒麻亂」，「悔不該來此。我家向來不逃，母親、墨、滿子、二官、三官伏居家中，不知如何驚恐，萬一受傷或有更大之不幸，我將何以為生！」[36]，此種情景，葉聖陶只想陪在家人身邊，同時特別怕家人在這戰爭、這轟炸中逝去。一夜未眠，歸心似箭，晨五點從成都出發歸往樂山，越近越害怕，不敢聽聞一點關於樂山嘉樂門的消息，遇見逃難的人詢問轟炸及被燒毀的情況，「不及較場壩，餘心略慰......問之，則言校場壩完全燒光，餘家人口不知下落。嗚呼，餘心碎矣！種種殘像湧現腦際，不可描狀，念人生至痛，或且降及吾身」[37]，心情也隨所聞的消息而起起伏伏的波動，後遇吳安貞，得知家人安全，葉聖陶方放下心，錢財他物毀了也不足惜，家人生命是最重要的，所以葉聖陶在見到妻兒的時候會恍然如夢般。後葉聖陶在散文《樂山被炸》中詳盡的敘述了樂山被炸時自己的心緒，一言一語都掩藏著戰時大後方動蕩的轟炸生活下，人

---

35 葉聖陶：《葉聖陶集 24 書信（一）》，南京：江蘇教育出版社 2004 年版，第187 頁。

36 葉聖陶：《葉聖陶集 19 日記（一）》，南京：江蘇教育出版社 2004 年版，第195 頁。

37 葉聖陶：《葉聖陶集 19 日記（一）》，南京：江蘇教育出版社 2004 年版，第196 頁。

的真實心理感受。手無縛雞之力的文人原本也有希冀：「打仗本來沒有什麼公定的規則，所謂不轟炸不設防城市，乃是從戰鬥的道德觀念演繹出來的……日本軍人並沒有這種道德觀念是顯然的。他們存著極端不真切的料想……我是他們中間的一個，我也輸了」[38]。在殘酷的戰爭中，終於認識到這種希冀是虛無的，所以只能以失敗告終，故葉聖陶言自己是其中一員，希冀了戰爭中存有公平與美好，所以輸了。樂山轟炸之前，在成都視學的葉聖陶亦遭受了警報與轟炸，7 月 21 日至成都，兩三日忙於工作事宜還未做修整，就遭遇了轟炸。24 日，葉聖陶獨自前往開明辦事處，聽聞有人喊「注意情報」，空襲警報在十多分鐘後隨即而來，因未聽聞緊急警報，故葉聖陶與同事並未躲進防空洞，「繼聞轟炸機聲，知寇機已至。飛過我們上空時，其聲震甚，似牆屋樹幹俱動。餘仰首而望，止見寇機四架為一小隊，成菱形，殊未聞彈聲。曆一點多鐘而解除。……路人言被燒者數處，丟的又是燃燒彈也。」[39]，而只在後門外坐著，長期經受警報與轟炸，葉聖陶已習以為常，甚至能淡定的看著敵機從上空飛過，並不是葉聖陶不懼怕死亡，而是處於戰時環境中，已經慣常了戰時日軍警報與轟炸。當日夜間葉聖陶始知午間城中被炸三十餘處且死傷者頗為不少，故一個「又」字與一個「矣」字，道出了敵軍轟炸對尋常百姓生命財產的損毀之多，同時也顯出了葉聖陶的無奈與悲痛。同月 31 日中午，準備出外吃午飯的葉聖陶聽聞警報，不得不在烈日中躲避於一土牆邊，他人皆席地而坐，葉聖陶不想弄髒衣服而

38　葉聖陶：《葉聖陶集 6 散文（二）》，南京：江蘇教育出版社 2004 年版，第 15 頁。

39　葉聖陶：《葉聖陶集 19 日記（一）》，南京：江蘇教育出版社 2004 年版，第 272 頁。

靠牆而站。這一站就是三個多小時，葉聖陶當時又累又餓，「久久不聞解除，余腹枵腿酸，饑不可耐……急購麵包，且行且吞之」[40]，實在忍不住了，便開始向新南門慢慢的行走，途中警報才解除。警報與轟炸無處不在，時時刻刻的影響著普通民眾的生活，與葉聖陶同樣的居大後方的知識分子不得不習慣警報的存在，並調整自己的日常作息，此即是戰時大後方知識分子的生活常態，居大後方，無安穩可言，戰爭無處不在，無後方可言。

在桂林諸友盛情邀約之下，1942 年 5 月 1 日，葉聖陶興致盎然的辭別家人，開始為期一月有餘的「桂林之旅」，此行葉聖陶並無擔憂，但卻並未如期而返，一個月的計畫兩個多月才結束，因戰爭緣故，去往桂林的路途尤為艱辛，車票難求、半路拋錨，為等車而在重慶逗留數日，期間葉聖陶多有抱怨語，「余出門本期一個月，今為預計，二十日未必能達桂林，將來回來，覓車艱難，伴侶有無不可知，頗有即此而止之意」[41]，甚至想過半路折還會成都，在同伴宋彬然的勸服下才打消葉聖陶不去桂林的想法。原本近便的路程，費時一個多月於 6 月 4 日方到桂林。而歸家也在桂林滯留數日，計畫 6 月 24 日啟程等至 7 月 11 日方才坐上飛往重慶的飛機，到樂山的家時已經是 7 月 13 日晚九點了。葉聖陶在此「桂林之行」中，多有悔不該此行的想法，但這裡的「悔」，一則是葉聖陶本是一個戀家愛家之人，二則 1939 年 8 月 19 日在成都視學時樂山轟炸一事仍對葉聖陶留有餘悸。由此可見，樂山轟炸對葉聖陶產生了很大的影響，葉聖陶希望每次警

---

40 葉聖陶：《葉聖陶集 19 日記（一）》，南京：江蘇教育出版社 2004 年版，第 276-277 頁。

41 葉聖陶：《葉聖陶集 20 日記（二）》，南京：江蘇教育出版社 2004 年版，第 7 頁。

報與轟炸時，自己都能在家人身邊，而不是讓他們獨自面對。戰時這一時代背景下，人的生活與生存註定將動蕩不安，戰爭無處不在，沒有戰爭的後方，即便是大後方也是動蕩的、不安全的，在短暫的桂林之旅中，葉聖陶就經受了警報與轟炸。1942 年 6 月 9 日，原本因見老友茅盾與之交流而愜心的一日，卻因緊急警報而打破，「雁冰夫婦不逃，餘亦留……旋飛機聲起，隱隱聞投彈聲，繼見高射炮之煙兩朵，復次見敵機四架，飛行甚高。閱歷一刻鐘而既然。雁冰繼續談說」[42]，交流的幾次被中斷，幸而雙方都經歷過警報，才沒有被驚嚇到，仍然能在機聲四起中談說。然而這並沒有結束，6 月 10 日，葉聖陶原本打算和友人范洗人遊玩七星岩，但是剛出門就聽到了警報聲響起，進而聽聞爆炸聲，於是不得不取消遊玩計畫：一架飛機在空中盤旋半個小時後離去，但過了四五十分鐘又來了一架飛機，親見敵機在機場投了數十枚炸彈而離去，直到十點警報才解除。6 月 11 日，清晨五點剛醒，警報就已響起，葉聖陶並未在意，仍是繼續日常事宜，本以為一天也就這樣安穩的過去了，但「旋傳緊急，偕至社址後面之岩洞旁」突然傳來的緊急警報，讓葉聖陶不得不放下手中事宜而避警。

　　縱觀葉聖陶的日記可以發現，葉聖陶其實對警報的記錄並不細緻，但雖寥寥幾筆，卻清楚的寫明瞭警報與轟炸的整個過程：開始時間、中間發生的事、結束時間等，十分清楚明瞭。樂山、重慶、成都、桂林等地，葉聖陶都經歷了警報與轟炸，葉聖陶不厭其煩的將跑警報與轟炸記錄在日記中，既表明了戰爭的殘酷性：處於戰時，根本就沒有大後方可言，警報與轟炸無處不在；

---

42 葉聖陶：《葉聖陶集 20 日記（二）》，南京：江蘇教育出版社 2004 年版，第 31 頁。

又顯現了反應了大後方手無縛雞之力的知識分子真實的戰時生活。筆者在此闡述葉聖陶戰時生活常態——跑警報與轟炸，意在基於葉聖陶戰時日常生活及警報與轟炸兩種生活的交織記，從日記中探析發現，葉聖陶及一般普通民眾經歷戰時大後方生活時的真實思想與心態狀態。由此而促進筆者進一步思考，在戰時日常生活及警報與轟炸這樣的大時代環境下，葉聖陶的思想及心理必然受到影響甚至會改變，那麼這樣的影響與改變是如何體現的呢？是否是透過葉聖陶日常的日記書寫，又或者戰時的文學創作？

第三節　葉聖陶戰時心態及思想觀念變遷

一、戰前文學創作及其思想觀念

葉聖陶，在上世紀一二十年代以「葉紹鈞」聞名於文壇，代表作有童話集《稻草人》；長篇小說《倪煥之》；短篇小說集《隔膜》、《火災》、《線下》、《城中》以及《未厭集》，此期葉聖陶文學創作最活躍，收穫也最豐盛的。葉聖陶習慣書寫身邊小人小事，由這些身邊的瑣事說明某些道理。茅盾曾在《中國新文學大系小說一集導言》中評價過葉聖陶早期創作，認為是「冷靜的諦視人生，客觀地、寫實地，描寫著卑瑣人生」；同時也認為葉聖陶早期作品中的「自然美」和「愛」是小說人物「灰色」轉化為「光明」的必要條件。[43]葉聖陶此期作品雖書寫的小人物灰

---

43 轉引自金梅：《論葉聖陶的文學創作》，上海：上海文藝出版社 1985 年版，第 137-138 頁。

色人生，但這種灰色裡內含卻是人性真善美。葉聖陶曾在《葉聖陶選集‧自序》中說，「看見一些事情，我就寫那些」、「當時仿佛覺得對於不滿意不順眼的現象總得『諷』它一下。諷了這一面，我期望的是在那一面就可以不言而喻」[44]，作為「為人生而藝術」的現實主義作家，葉聖陶對於日常所見聞的舊中國麻木、灰色的人生是不滿意的，因為不滿意、不順眼，所以提筆抒發情感，因看不慣身邊某些事，所以提筆著文以諷。葉聖陶之所以習慣書寫身邊小人物灰色生活，與其性格及成長環境相關，葉聖陶出身貧寒，從小接觸的便是下層民眾，這樣的成長環境使得其對下層民眾的生活狀況深有體會，因而下層民眾自然而然的成為了主要描寫的對象，並帶有深切的同情和關懷。此期葉聖陶的文學創作除了《倪煥之》涉及社會政治層面，其他作品如童話集則是滿含童心，以童心關懷教育小朋友，而短篇小說集則大多就身邊小人小事對民眾以小諷，這種諷刺與揭露還停留在初級階段，僅僅是對在舊中國生活的民眾的愚昧與陋習進行簡單的諷刺與揭露，並不是從壓迫和被壓迫、剝削與被剝削、愚民奴性等這樣的高度以批判；同時也沒有明確的提出在隔膜、灰色以及冷酷悲慘的現實生活面前，民眾該如何改變社會，改變人生；這不得不說是葉聖陶此期文學創作的局限性所在。但閱讀此期的文章，也不難發現，葉聖陶力圖透過對下層民眾生活遭遇的書寫，而激發民眾的自我意識，讓民眾擯棄生活中的卑劣而尋找美好生活。這樣的書寫，從一定程度上反應了五四以後，新思潮之下的新青年對人生的新思考，表現了時代新青年追求個性自由、思想解放的強烈要求。一九二二年夏，葉聖陶舉家遷往蘇州城，第二年年初葉聖陶離開教師行業，進入商務印書館，新的工作環境令其結識了

---

44 劉增人、馮光廉編：《葉聖陶研究資料（中國現代文學史資料彙編‧乙種）》，北京：北京十月文藝出版社 1988 年版 ，第 257 頁。

新的朋友同事，如早期共產黨人沈雁冰、瞿秋白等人，「五卅慘案」後，葉聖陶的家甚至成為一部分共產黨員和左翼組織活動地點。整個交流以及朋友圈子的變化，無疑會對葉聖陶的思想產生影響，讓葉聖陶不僅僅只關注民眾的艱難小生活，而開始關注國家政局的變化，並開始認識去了解相關政黨、團組織的思想觀念。

　　五卅運動後到三十年代初的五六年時間內，葉聖陶的創作發生了深刻的變化，這一方面是由於大時代環境的影響，另一方面則是葉聖陶本身思想觀念的轉變，知識分子的自我意識和社會責任感開始充斥葉聖陶思想中。此種轉變與認知使得葉聖陶開始正視舊中國的實際問題，開始在思想上去探求國家、人民，這也是為何五卅運動過後，葉聖陶文筆與題材較之前有所擴展，從身邊瑣碎小人小事到相關社會事項，筆墨涉及當時政治形勢、國家觀念以及青年的理想追求。創作變化表現：詩歌散文方面，大部分作品開始較直接的揭露殘酷現實，並直接斥責、控訴反動派罪惡行徑，如《五月卅一日急雨中》；而《城中》、《未厭集》等短篇小說中，儘管依舊有些熟悉的小人瑣事與人情世相，但較之以往的短篇小說，此期賦予作品更多的時代色彩，在揭露與鞭笞的同時盡可能的擺脫故事本身，而力圖與時代形勢聯繫起來，並開始塑造不同於以往的新人物形象，提出可供思考的新問題，如《一個朋友》、《演講》以及《在民間》等；而長篇小說《倪煥之》，是此期文學創作及思想觀念變化的典型代表。該文完成於 1928年1月，小說時代背景涉及近十年，從「五四」到大革命失敗前夕，故事主要圍繞學校教育和知識分子的生活。但值得注意的是，小說最大魅力在於大時代背景之下所展現、刻畫的小資產階級知識分子思想觀念到言行的變化，它表明了五四青年一代思想觀念的轉變以及破滅的原因所在。葉聖陶在後來的重印後記中直

言，當時創作該小說，意在表明「當時的青年要尋找真理多麼的難」[45]，倪煥之作為小資產階級的知識分子，有良好的心願，卻因不切實際的理想而找不到出路，最終只好承認自己不中用。

總而言之，上世紀二十年代末到三十年代初，作為知識分子的葉聖陶，在經歷「五四新文化運動」、「五卅慘案」以及「四一二事變」等幾次革命運動後，知識分子的憂患意識和社會責任感逐漸加強，這樣的意識與責任感使得葉聖陶在創作時有意識的將時代壞境和社會形勢與人物的思想、行為以及性格等聯繫起來，加以描繪而展現出性格完整飽和的人物形象，如潘先生、老婦人、倪煥之、蔣冰如、金佩璋等。在不斷的探索中，開始脫離早前簡單的書寫的身邊瑣碎小事，而是注入大時代背景，關注家、國問題，逐漸在知識分子的自我意識中找到對社會、國家的責任。而此期無論是葉聖陶的文學創作還是思想觀念，都是以五卅運動為分界線的。早期葉聖陶的創作以暴露和批判舊中國黑暗、沉悶的生活以及描繪小人物灰色人生為主，因而具有樸素執著、深沉冷雋的特點；後期葉聖陶的文學創作中，更加接近現實生活和時代形勢，開始具有現實性、時代性和戰鬥性。思想觀念上，由於生活領域以及視野的擴大，使得其對社會的認知更深入，從而筆尖的諷刺以披露也就更為明確尖銳了；五卅運動後，葉聖陶思想觀念的變化影響其文學創作，為其 1925 年以後到三十年代初的四五年的創作奠定了創作基調，在原有的身邊瑣碎小人小事中融入大時代環境，從而使得作品更加真實、更具批判力。當然，這裡的葉聖陶的思想變化並非劇烈的、深刻的，僅僅是初步的，是在經歷幾次群眾性的革命鬥爭之後，內心對外界的

---

45 葉聖陶：《葉聖陶集 3 小說（三）》，南京：江蘇教育出版社 2004 年版，第288 頁。

感知及感觸，並未到反思與反抗層面，這也為後來三十年代以及戰時葉聖陶思想觀念變化留有了闡釋的可能。

1930 年年底，葉聖陶離開工作了七年的商務印書館，進入開明書店工作，到抗日戰爭全面爆發，短短幾年時間就從一般編輯人員成為開明書店負責人之一，期間偶爾也有到中學、大學兼職。從上世紀二十年代末到抗戰全面爆發前，語文教學研究以及中小學語文課文的編寫成為了葉聖陶的興趣和關注點；同時期刊編輯也成為了葉聖陶注意力所在。從葉聖陶主編的《中學生》刊物可發現，教育及青年讀者是此期其所關注的問題，葉聖陶所堅持的是：以通俗易懂和深入淺出的方法幫助中學生提高科學文化知識，教育中學生要關心國家大事，加強中學生道德思想修養，並引導中學生樹立正確的世界觀和人生觀。葉聖陶注意力和興趣的轉向，使得葉聖陶在三十年代的各種體裁創作數量急劇下降，此期間，短篇小說除卻童話小說，僅寫了十四篇，後收錄於 2004 年江蘇江蘇教育出版社出版的《葉聖陶集 3 小說（三）》中集為《四三集》，童話小說因葉聖陶關注中學生語文教育教學，因而創作數量在一段時間內明顯多於其他體裁，並出版了童話集《古代英雄石像》；散文也僅在 1931 年出版了一本《腳步集》和後收錄於 2004 年江蘇江蘇教育出版社出版的《葉聖陶集 5 散文（一）》中集為《未厭居習作》。創作數量雖有所下降，但從品質而言，無論是童話集《古代英雄石像》，散文《未厭居習作》中的《戰時瑣記》、《沒有日記》，還是小說《一篇宣言》、《多收了三五斗米》皆是廣受讀者歡迎的佳作。

短篇小說集《四三集》，主要收錄葉聖陶 1932 年 8 月以後全面抗戰爆發以前的短篇小說，共計 14 篇文章，本為二十篇，後因文集在編排上沿用「編年」的同時採用了「以類相從」 的

辦法，因而其他六篇分別收錄於《葉聖陶集》卷二與卷四中，在此筆者以 2004 年江蘇教育出版社出版為准，僅探討與分析該十四篇文章。此十四篇文章分別是《投資》、《席間》、《秋》、《多收了三五斗米》、《逃難》、《「感同身受」》、《得失》、《一個小浪花》、《丁祭》、《一篇宣言》、《英文教授》、《招魂》、《老沈的兒子》、以及《鄉裡善人》。此期葉聖陶延續五卅運動後的書寫風格，有意識的將時代壞境和社會形勢與人物的思想、行為以及性格等聯繫起來，加以描寫而展現出性格完整飽和的人物形象，同時以更深的筆調勾畫人物，揭露複雜黑暗的社會。葉聖陶是一個不斷地探索著人生要義的現實主義作家，這種探索，從他整個創作的發展過程上說，又是在不斷地與時代形勢結合起來的；在三十年代以後的短篇小說中，則著力描摹各色人物在民族危難時期的表現，關於資產階級小資產階級知識分子的思想性格和人生態度的描寫和剖析，在他這一時期的小說中，仍占著較多的比重。《一篇宣言》以某校教員聯合發表的宣言而引起的風波為故事主線，由校長三次接到教育廳的電報為推動線索，最後用起草該篇宣言的王先生的遭遇為故事結尾，葉聖陶雖未直寫戰爭，直諷國民政府，卻通過校長的態度反映出卑劣為官者，諷刺了某些心口不一、見風使舵的知識分子，也透過王先生的最終結局透露出國民政府妥協投降的一面，批判並抨擊了當局不抵抗、攘外必先安內的行為。《丁祭》一文，葉聖陶通過一幫腐朽鄉紳在冬日「丁祭」裡的一言一行，展現了道貌岸然的知識分子，寫出了封建主義與帝國主義同流合污、狼狽為奸的現象，表達葉聖陶對這些幫閒者的痛恨。而《招魂》、《英文教授》等文則是著力刻畫小資產階級知識分子的思想性格和人生態度，葉聖陶透過筆尖描繪出受過高等教育卻信奉鬼神的胡君和英

文教授董無垢，在殘酷的現實面前，他們倆用玩世不恭以及遁入空門的態度進行逃避，在戰時大環境之下，選擇偏安一隅，對此，富有愛國情懷的葉聖陶不可能不著文以諷。另外，此期葉聖陶在書寫戰爭這一大時代背景的同時，以一己之力描繪出眾多形象、性格鮮明的小人物，此期作品無論是《逃難》、《一個小浪花》還是《多收了三五斗米》，葉聖陶力圖通過對社會人生和各色小人物的書寫，而揭露與抨擊帝國主義侵略及其幫兇走狗，以揭示此期中國社會的主要矛盾。前兩篇文章，葉聖陶以貨幣金融為出發點，在緊湊的時間中，挖掘人物內心世界，展現在動盪的社會生活之下普通民眾難以掌控自身命運的現實情境；《多收了三五斗米》以更深刻的筆觸揭露貧苦農民的艱難生活，小說並未直寫農民所苦難遭遇，而是通過刻畫貧窮農民豐收後的幻想的側面描寫，揭示造成農民悲慘命運的社會原因：既有階級剝削，也有帝國主義侵略；充分表明了葉聖陶對時局的擔憂，讀普通民眾的關心，以及對侵略者以及某些官僚主義的痛恨。

散文集《未厭居習作》，作為葉聖陶三十年代初到抗戰爆發前全部散文隨筆集錄，共收錄 54 篇文章，內容涉及日常隨感、文章序言以及時事熱點。作為作家，作為知識分子，葉聖陶雖有百無一用是書生之感，卻持愛國心與責任感奮筆直書，以筆為矛盡獻自己的綿薄之力。葉聖陶在《未厭居習作•過去隨談》中解釋了自己近來創作減少的原因，為什麼近些年來創作日漸減少，甚至 1930 年一篇文章都未作，葉聖陶用了一個淺顯易懂的比喻

「一個人新買了一具照相機，不離手的對光，扳機，捲乾片，一會兒乾片完了，就裝進一打，重又對光，扳機，捲乾片。那時候什麼對象都是很好的攝影題材……但是，到後來卻有相度了一番終於收起鏡箱來的時候。愛惜乾片麼？也可以說是，然而不

是。只因希求於照相的條件比以前多了，意味要深長，構圖要適宜，明暗要美妙，還有其他等等，相度下來如果不能應和這些條件，寧可收起鏡箱了事；這時候，徒然一扳被視為無意義了。我從前多寫只是熱衷於一扳，現在到了動輒收起鏡箱的境界，是自然的歷程。」[46]

　　葉聖陶此言充分表明，到了三十年代，葉聖陶對自我創作要求提高，為完美融合時代因素，以求創作出意味深長的文章，葉聖陶下筆慎重而小心，是以文章創作數量不比以往。《戰時瑣記》與《沒有日記》兩文，雖簡短但卻從一定層面上反映出此期葉聖陶的思想觀念，因而在此簡析兩文，兩篇文章文字雖簡短，卻真實的暴露了葉聖陶的內心，真實的反映了葉聖陶的思想觀念。刊於 1932 年 7 月 10 日《文學月刊》1 卷 2 期的《戰時瑣記》所寫涉及的是「一二八事件」，該文開篇即寫「一月二十五前後，閘北人家移居者紛紛。我家不曾打算搬過……我們於是『動搖』了，攜老扶幼走入租借」[47]，戰事在即，民眾紛紛搬離，葉聖陶自言未曾打算搬家，一則認為國民政府必定不會反抗，既不會反抗自然就不會有縈掙，二則對那些抱頭鼠竄的人有些看不起。但不曾想後來周圍鄰居都走光了，經不住好友周喬峰的勸說，最終還是攜老扶幼到租借避難去了，故而葉聖陶自嘲說相對早前逃難的人，自己是五十步笑百步。緊接著在該文中，葉聖陶坦言道，當晚聽到槍聲的自己非常激動，因為槍聲意味著國民黨當局有所行動了，以至於接下來的幾天，看著忙碌的民眾，葉聖陶開始反思

46　葉聖陶：《葉聖陶集 5 散文（一）》，南京：江蘇教育出版社 2004 年版，第307 頁。

47　葉聖陶：《葉聖陶集 5 散文（一）》，南京：江蘇教育出版社 2004 年版，第333 頁。

自己對國家對戰事的貢獻，發現作為知識分子的自己，平時多是提筆做做編輯工作，此時卻沒有一件事能做。提筆宣傳卻發現士兵本身的言行比任何文字宣傳都有說服力與號召力，於是自責自己十分沒用，並認為「執筆的人應該『沒落』」，此句自責之語雖憤慨偏頗，但卻深刻的表明了葉聖陶對自己的督促與鞭答，也在一定程度上反映了愛國知識分子的思想觀念及精神狀態。令人難過的是消息未報載，而轟炸後民眾拿著進入「許可證明」搬東西時，所見「有好些端正著和順的笑臉的人恭候那日本兵畫圓圈的」。[48]文章以這一親眼見聞結尾，強烈的諷刺批判的愚昧的舊中國民眾。《沒有日記》刊於 1932 年 9 月 15 日的《現代》第一卷第五期，文章甚為簡練，延續《戰時瑣記》的創作意圖和思想觀念，雖為應付《現代》編輯囑託之作，但去真實的展現出葉聖陶所思所感，該文提及早前的日記在「一二八戰役」中失去，從而認識到日記的重要性。葉聖陶認為無論如何人都該寫日記，即便生活簡單的人也應該記日記，因為它是日常生活最好的證明，「春間炮火連天，每天徘徊街頭或者枯坐避難所，憤慨百端，但沒有一事可為，那時候我嘗到了空著手不做事的強烈的苦日」[49]，百無聊賴的時候，寫日記是最好的打發時間的東西，這也許可以解釋為何居戰時大後方，生活困苦，經濟拮据，炮火連天葉聖陶依舊堅持每日寫日記，它至少是戰火紛飛中的一種精神寄託。

　　另外值得一提的是，刊於 1936 年 5 月 1 日《中學生》雜誌 65 號中的《胡適先生的幻想》一文，該文就胡適 4 月 12 日載於

---

48 葉聖陶：《葉聖陶集 5 散文（一）》，南京：江蘇教育出版社 2004 年版，第 334 頁。

49 葉聖陶：《葉聖陶集 5 散文（一）》，南京：江蘇教育出版社 2004 年版，第 335 頁。

《大公報》的《調整中日關係的先決條件──告日本國民》一文
展開論述，葉聖陶認為胡適提到的中日關係的特點以及調整的先
決條件，都是胡適或者說中國單方面的幻想，日本當時不可能為
了和平共處而調整侵略措施、而放棄已簽訂合約中的權利，葉聖
陶認為這種幼稚且錯誤的幻想必須在民族危機面前擯棄，民眾要
切實的認識到「要救亡圖存，只有抵抗侵略」，從獅子口中奪食
是不可能的，要把獅子制服，我們才能免於被獅子吞噬。不難發
現，此期葉聖陶的文學作品主題隨著思考的深入為更進一步，抗
戰全面爆發的前五六年，葉聖陶在繼續揭露和批判身邊小人小事
的同時，更注重刻畫社會各階層典型人物形象，以諷刺社會各階
層人物的真實心理感受和反應。不得不說，此期，葉聖陶雖依舊
延續二十年的書寫方式，融入時代背景就身邊瑣碎小人小事及見
聞抒發感慨，但不同的是此期的文章主題更明朗，主旨更為深
邃，批判力度較之以往也更加深，思想觀念較之上一個十年更加
成熟，社會責任及愛國意識也更加強烈，基於此，此期的文章才
比前一個時期更加成熟、更加真實。

二、戰時思想觀念變遷

　　1938 年 1 月 9 日，葉聖陶舉家到達西南大後方重慶，並開始
了為期八年的川渝生活，即便處於戰時，依舊堅持寫日記。縱觀
葉聖陶戰時日記，除了記錄日常瑣事、報紙刊物中的戰爭消息、
工作之外，還記錄著私人書信及文學創作，日記中雖未提及具體
的細節，但簡要的提及卻展現了文學創作的軌跡，透過這些軌
跡，我們可深入探析葉聖陶戰時文學創作與抗戰書寫，進而探析
其戰時思想觀念及心態的變化。而這種探析，需要從戰時日記及

其背後所隱含的歷史事實中充分挖掘。此期，除了短篇小說，葉聖陶還創作了不少散文、雜文，內容皆於戰時生活息息相關；散文多借戰時生活及戰事實況而抒發感慨，雜文則是直抒胸臆，針砭時弊。親歷八年戰時生活，即便大後方生活艱難，儘管經歷經濟拮据、物價上漲、食不果腹；經歷警報與轟炸，但葉聖陶始終堅守著他的國志與節操；仍通過手中的筆，以更深刻的筆觸批判國民黨當局政府的賣國投降活動，隨著戰爭的深入以及當局的妥協的態度，素以溫文爾雅、脾氣溫和的葉聖陶，對國民黨當局的愈發不滿，這樣的不滿促使葉聖陶思想觀念隨之變化，對當局的態度從早期懷有希望，到後來痛斥指責，再到後來斥責謾罵反抗。因而挖掘戰時葉聖陶日記書寫，為我們深入了解分析其心態及思想觀念變化提供強有力的依據。無論是散文詩歌，還是短篇小說，葉聖陶皆堅定有力的反映了戰爭之於社會各階層的影響，以這好的壞的影響提醒民眾一致對外，共同抗日；在批判與反抗中體現手無縛雞之力的知識分子應有的愛國情懷。

　　居戰時大後方，葉聖陶的思想觀念因戰時生活的影響而變化頗大，居戰時大後方，遭受轟炸、經歷經濟困、生活拮据後，方知朋友的難能可貴，而戰時國民黨政府的消極應戰也使得葉聖陶對國民黨當局的態度產生轉變，認為他們不過是做做面子工程，而未辦實事，這也為後來作為中間派知識分子但最終偏向中國共產黨埋下了伏筆。葉聖陶在抗戰期間仍舊天天記日記，並自擬《西行日記》，可惜的是 1939 年 5 月 1 日之前的日記均被燒毀於樂山大轟炸，此前關於大後方的書寫只能透過葉聖陶與上海諸友的書信進行考察。1939 年 5 月 1 日，該日葉聖陶所記內容較為詳實，首段「自今日起，各地舉行總動員宣傳周，普遍宣誓遵守『國民抗敵誓約』。誓約共九條，主旨在於不做敵國順民……此等事近

於無謂，余向所不為也；然于誓約，余自信必能遵守之。」[50]，即書寫「總動員宣傳」這一事件，並附帶自己的觀點與態度，葉聖陶認為若是能身體力行奉行誓約，那何必還要無意義的宣誓。寥寥數語呈現的卻是針對國民黨發動的「國民精神總動員運動」，親歷者的真實心理，自 1938 年始，日本開始對國民黨實行政治誘降，至 12 月，汪精衛叛變，從而使國民黨當局認識到民眾的精神國防問題。於是決定發動「國民精神總動員運動」，並於第二年 3 月 11 日設立精神總動員會，任命蔣介石為會長，次日公佈《國民精神總動員綱領》、《精神總動員實施辦法》及《國民公約誓詞》等法令，法令涉及此總動員運動實施的目的、要求及辦法。綱領要求國民精神完全「集中」於爭取抗戰和建國的完全勝利，並總結概括出國家至上民族至上、軍事第一勝利第一、意志集中力量集中等三句口號。[51]國民黨決定於 1939 年 5 月 1 日在全國正式開展國民精神總動員運動。當日，重慶市三百餘人在軍事委員會廣場舉行了誓師大會，由蔣介石親自主持。「當晚，重慶進行火炬遊行，參加者 10 萬餘人」[52]，此後國民精神總動員運動即在陪都和全國各地廣泛展開。另外值得注意的是葉聖陶日記中提到的誓約實則是 12 條[53]而並非 9 條。葉聖陶之所以認

---

50 葉聖陶：《葉聖陶集 19 日記（一）》，南京：江蘇教育出版社 2004 年版，第159 頁。

51 民革中央孫中山研究學會重慶分會：《重慶抗戰文化史》，北京：團結出版社2005 年版 ，第 87-89 頁。

52 羅傳勳：《重慶抗戰大事記》，重慶：重慶出版社 1995 年版 ，第 49 頁

53 宋春，于文藻：《中國國民黨黨史》，長春：吉林文史出版社 1990 年版，第489 頁。（《國民公約誓詞》中 12 條誓詞為：（一）不違背三民主義；（二）不違背政府法令；（三）不違背國家民族利益；（四）不做漢奸和不做敵國的順民；（五）不參加漢奸組織；（六）不做敵軍和漢奸的官兵；（七）不替敵人和漢奸帶路；（八）不替敵人和漢奸探聽消息；（九）不替敵人和漢奸做工；（十）不用敵人和漢奸偽銀行的鈔票；（十一）不買敵人的貨物；（十二）不

為此國民精神總動員運動近於無謂，便是在於此類事實質為面子工程，並無多大實效，所以葉聖陶對類似的口號向來不以為然。

國民黨當局類似的面子工程，還有戰時經濟政策，1938 年至1945 年，國統區物價暴漲，經濟陷入危機，民生凋敝，人民生活苦不堪言，僅成都就發生了三次「搶米事件」，為解決物價及國民經濟問題，國民黨政府先後出臺了《非常時期經濟方案》、《調整中央行政機構令》、《戰時健全中央金融機構辦法綱要》、「國防經濟三年計畫」等經濟政策，但此類經濟政策依舊未挽回衰敗的經濟。例如，1941 年國民黨為擺脫經濟困難而出臺的國防經濟三年計畫，希望通過對行政、政策以及計畫三方面進行調整國民經濟，計畫「進行『財政改革』，並強化推行一系列的專賣和統治經濟政策，改組『四聯總處』，成立國家總動員會議等」[54]。但「改組後的四聯總處，實際上成為國民政府在戰時的金融政策和財政政策的最高決策機構；1940 年，又增設了農林部和糧食部。」[55]，這樣反而使得國民政府可以直接增稅、募捐以獲得收入，可以從普通民眾手中獲取資金，也可以通過征實、徵購、征借等田賦從農民手中獲取軍用之需。筆者在此細緻闡述葉聖陶日記背後國民黨當局的相關政治、經濟政策，雖非文章闡釋重點，但意在突顯戰時大後方當局政府的面子工程，從而展現此期同葉聖陶一般的知識分子對當局態度的轉變，為何從早前認為他們是國家之希望，到如今已是失望多於希望，到後來葉聖陶聯合眾多知識分子反抗國民黨當局的某些措施政策，比如聯名反抗國民政

賣糧食和一切物品給敵人和漢奸）

54　《中國抗日戰爭史》編寫組：《中國抗日戰爭史》，北京：人民出版社 2011年版（馬克思主義理論研究和建設工程重點專案）第 478 頁。

55　周勇主編：《西南抗戰史》，重慶：重慶出版社 2013 年版 ，第 312 頁。

府頒佈的圖書雜誌審查制度，以至於最終葉聖陶對國民當局絕望，而由中間派知識分子轉向奔往共產黨。

　　居大後方，親歷戰時生活及跑警報與轟炸後的葉聖陶，更加明白一家人生命安全以及朋友的重要性。1939 年 8 月樂山轟炸後，葉聖陶一家身外之物盡毀，幸而有川渝及上海諸友的幫助一家人才度過難關，這樣的經歷使得葉聖陶對朋友更加的真誠、珍惜，這從葉聖陶日記中對王伯祥《書巢記》一文的記錄便可探知。1939 年 6 月 21 日，葉聖陶提及：「為伯祥作也。全篇約五百言，即工楷繕寫，俟便寄與。」[56]。葉聖陶的日記一貫簡明扼要，字數一般不超過五百字，只簡要記錄每日所做之重要事，甚至某些重要歷史事件都只是一筆帶過，且甚少發表自己的看法，那麼《書巢記》一文有何重要，使得葉聖陶在日記中提及？樂山轟炸使葉聖陶充分認識，家人及朋友的重要性，和一切身外之物比起來，家人安全才是最重要的，同時也正是一切身外之物盡毀使得葉聖陶的一群好友突顯出來。身外之物盡毀，一家生活用品在朋友的幫助與接濟下才得以維持，就連陷孤島上海的夏丏尊也給葉聖陶一家寄來衣物，葉聖陶為此對諸友十分的感激，這種感激必然凝於筆端，從而有了《書巢記》一文，其創作始末隱含著其難能可貴的友情。，《渝滬通信》第十五號書信中第一次提及此事，「囑書『書巢』二字，自當遵命。題記亦可作，擬作一篇桐城派古文，何如？」。[57]後果作桐城派古詩《題伯祥書巢》，同年 8 月 9 日刊於《文匯報》。該詩共四十韻，按內容可分為三部分，第一部

56　葉聖陶：《葉聖陶集 19 日記（一）》，南京：江蘇教育出版社 2004 年版，第 173 頁。

57　葉聖陶：《葉聖陶集 24 書信（一）》，南京：江蘇教育出版社 2004 年版，第 139 頁。

分是想像老友王伯祥在孤島的生活，第二部分則實寫自己在重慶的生活，最後一部分是預想抗戰勝利後相見時的場景。然而卻不料此詩導致非議，起因是時任《文匯報》副刊《世紀風》編輯的柯靈，將葉聖陶的《題伯祥書巢》抄錄並刊登，有家上海的報紙評論說葉聖陶抗戰時期不思進取、沉溺於花酒古文等等，後葉聖陶的兒子葉至善回憶道：「柯靈先生被弄得很尷尬，組織了文章反擊。伯祥先生還動了氣，連忙給我父親寫信」。[58]後葉聖陶在回復伯祥的信中寫道：「《書巢記》久螯胸中，自覺頗不壞……罵得其當，無所不快。青年人之心理，我們均可原諒」。[59]葉聖陶書信中並未責怪評論者，且將他們歸為青年人心理，葉聖陶自言青年人所罵為應當，自認為戰時確實未前進，這裡同老友如此說實則體現了葉聖陶內心的憂慮與自責感，也表現了葉聖陶的愛國之心。信中，葉聖陶還提及再寫《書巢記》，此即該文的前因所在。在《嘉滬通信》第十號書信中，葉聖陶言：「《書巢記》遲至暑假中必當作成，壽詩亦必作」[60]。後又在 6 月 19 日的書信中直言，《書巢記》以及為其五十歲大壽的祝詩一定會做成，決不拖延。由此觀之，葉聖陶是一個「言必行，行必果」的人，所以在暑假前完成了《書巢記》一文，壽詩《伯祥五十初度》也在同年 7 月 11 日完成。同窗友誼本就難能可貴，更何況是經歷過生死後的葉聖陶，加之答應過伯祥要為其書寫書巢，葉聖陶必將盡心寫作，樂山轟炸後，加深了葉聖陶寫作的決心。由此看來，

---

58 葉聖陶：《葉聖陶集 26 傳略和索引》，南京：江蘇教育出版社 2004 年版，第 190 頁。

59 葉聖陶：《葉聖陶集 24 書信（一）》，南京：江蘇教育出版社 2004 年版，第 161-162 頁。

60 葉聖陶：《葉聖陶集 24 書信（一）》，南京：江蘇教育出版社 2004 年版，第 203 頁。

日記並不僅僅具有史料價值，還具有文學價值，從葉聖陶的日記出發，探討其日記背後隱藏的情感與意蘊及其事件，有助於我們全面認識與了解戰時大後方知識分子的思想觀念與心理狀態。

雖為手無縛雞之力的知識分子，但葉聖陶卻持著「同仇敵愾非身外，莫道書生無所施」[61]的愛國之心以及「不掃妖氛誓不還」的決心為國先獻力。身居大後方的葉聖陶總是心系前線戰事，心情也隨著前線戰事而波蕩起伏，總是對國民黨軍隊抱有希望，一旦得知捷報後便在日記中寫下「皆好消息」、「有望勝利」、「有望克服」等字眼。幾乎每日都將從報紙上看到的、他處聽來的有關國內、國際的戰事消息記於日記中，並稍談及自己的看法與意見。為戰時貢獻自己的一份力量，葉聖陶總是積極回應各種號召：屬文勸誡、或主持募捐、或提筆諷刺當下某種現象。1939年5月1日葉聖陶在日記中就當下大學教師的言行進行了諷刺與指責，當時葉聖陶就任的學校有若干老師脅迫校長，要求校長公開經費收支並加薪由教務會議決定，同時要求抗戰期間校中教師不變動。外界多說此次事件為「飯碗陣線」，葉聖陶對此十分憂心，認為這些同事的行為有違大學法，對好友吳子馨所言的「我輩不在『飯碗陣線』者非有表示不可，否則被認為教師皆『一丘之貉』」[62]非常贊同，並在認為這些對戰爭毫無責任感，只圖個人薪資生活的大學教師「可謂至醜」；對此葉聖陶直言：此類只圖個人安適與享樂之流，不可能擔負起身為大學教師的教育職責。葉聖陶總認為自己對戰爭未作任何貢獻、未盡一份力，葉聖陶在1944年8月5日所作的《「八一三」隨筆》一文中說：

---

61 葉聖陶：《葉聖陶集8詩歌》，南京：江蘇教育出版社2004年版，第136頁。
62 葉聖陶：《葉聖陶集19日記（一）》，南京：江蘇教育出版社2004年版，第160頁。

「二十八年在樂山遇炸，把所有的東西都燒光了，只剩下幸而沒有受傷的老幼七口，在不可計數的受難同胞中，我分享了一份苦難，貢獻了一份犧牲，對於前一項本分，我總算盡了。可是後一項本分呢？實在慚愧，竟沒有盡得分毫，住在後方的大城市裡，編些無多精彩的刊物，寫些不痛不癢的文字，你就交代得過了嗎？不，不，絕對交代不過。不想起這一層也罷了，想起來時，不說假話，真有些無地自容」。[63]

實則葉聖陶太過謙虛，葉聖陶雖居於大後方，但時時刻刻關注著前方戰事，並為戰爭盡自己的綿薄之力，積極主動的交遠征軍補助費用、為戰事募捐錢財、著文勸誡某種現象等等。為幫助窮困同仁，葉聖陶主持募捐工作，即便物價上漲，自己一家生活困難也堅持捐錢，「李吟園來，代余向武大舊同學募捐得吳子馨遺孤教育基金萬元，余亦捐五百元」[64]。後得知桂林告急，眾多文人同僚撤向川渝，於是葉聖陶決定援助流亡來蓉的文化界人士，1944 年 7 月 31 日，葉聖陶在日記中言：陳翔鶴前來，與其商議決定開新聞招待會，目的是為援助貧困的作家而設的基金，「捐款冊已送來，即往祠堂街……各捐得若干元」[65]，四天后葉聖陶又為此事訪問陳翔鶴，細談募款事宜，並於該日作《暴露》一文，刊登於報紙副刊以相應募捐活動。三天后，即 8 月 7 日友人范敬賢前來送代替葉聖陶募捐得來的六千多元錢，同時為募捐更多的錢，葉聖陶同陳翔鶴再次商議借票友計畫演戲為消遣之

63 葉聖陶：《葉聖陶集 6 散文（二）》，南京：江蘇教育出版社 2004 年版，第 71 頁。

64 葉聖陶：《葉聖陶集 20 日記（二）》，南京：江蘇教育出版社 2004 年版，第 243 頁。

65 葉聖陶：《葉聖陶集 20 日記（二）》，南京：江蘇教育出版社 2004 年版，第 264 頁。

事，以「文協募捐名義（非募捐即不能賣票）出之」。[66]由此可見，居戰時大後方的文人知識分子，在應付自身日常生活之餘還將心思放在戰事、國事上，並為之獻上自己的綿薄之力，雖未在前線戰場上奮勇殺敵，但在後方努力為前線服務：或積極捐款，或相應號召，或著文以諷。

全面抗戰爆發至抗戰結束，整整八年，此期葉聖陶雖創作的文學作品並不多，但幾乎篇篇反應了戰爭，顯示了葉聖陶對戰爭的思考，吶喊出了作為普通的知識分子的愛國心聲。葉聖陶，作為手無縛雞之力的知識分子，居戰時大後方，心系國事也只能以手中的筆作為抗爭工具，創作出無數愛國篇章。此期，葉聖陶較之抗戰前夕，思想觀念更為成熟，不再簡單的相信國民黨當局外交言論，而是自有一番思考，並將這種思考刻畫在文字中，以嘲諷斥責與批判；也在當局消極抗戰的時候，以一己文人書生之力投身愛國行列中，積極的促成文學抗戰統一戰線的形成，呼籲號召民眾團結一心，一致對外，共同抗敵；此期葉聖陶思想觀念已臻完善，心態亦在戰時日常生活及警報和轟炸中改變，這樣的改變影響反應在葉聖陶的筆下，戰時大文學書寫，無論是日記還是文學創作，都是葉聖陶戰時思想觀念的體現，而這樣的思想觀念比之戰前，葉聖陶更多的是付諸於行動，不再僅僅是口頭筆下的號召吶喊與呼籲，而是行為上的身體力行。由此，從更大的文學視野下考察《葉聖陶日記》，有助於我們從更寬泛的角度中，透過文學作品及日記認識了解葉聖陶，從而在充分的分析與探察基礎上而挖掘出戰時知識分子的真實抗戰生活與抗戰心理。

---

66 葉聖陶：《葉聖陶集 20 日記（二）》，南京：江蘇教育出版社 2004 年版，第270 頁。

第三章　大文學視野下的
《葉聖陶日記》

　　二十世紀八十年代，學界基於中國現當代文學的現狀，提出了「回到文學本身」，注重「文學之內」的研究，強調文學的「審美性」，這樣，文學開始與政治拉開距離；而到了九十年代，文學研究範疇不斷擴大，學者的研究邊界也不斷延伸；到了新世紀，這樣的變化如故。依據這樣的現狀，學界學者開始對所謂的「文學內外」進行反思，什麼是屬於文學之內，而什麼又是游離于文學之外的？這樣的劃分依據又是什麼？李怡在《回到大文學本身》一文中鮮明指出我們應該「跳出『文學』的框架，在更大的範圍內表述問題，看起來是超逸了文學，其實骨子裡卻依然動用著文學的想像」[1]，從而得出無法準確及真正回答「文學之外」的問題；同時，李怡思考及探討的是什麼是文學，而什麼又是真正的「文學本身」，推而廣之，中國現當代文學本身究竟指的是什麼呢？在這樣的思考之下，得出應該透過文學的大門，從更廣、更寬的層面進行探索，從更為寬泛的「文學之外」繼續研究文學，「回到文學，但不是那種理想化的『純文學』，而是包含了諸多社會文化資訊的『大文學』」[2]從而回到「文學之內」，即

1　李怡：《回到大文學本身》，《名作欣賞》，2010 年第 10 期，第 6-7 頁。
2　李怡：《回到大文學本身》，《名作欣賞》，2010 年第 10 期，第 7 頁。

是回到大文學本身，以大文學範疇下的日記、書信、傳記、回憶錄以及文學作品為依據。日記，一般包括個體私人化的日常記錄和日記體文學創作，往往只有後者才具有「文學研究」價值，但是「這樣的文學、非文學分類，顯然還是受制於西方近代以來的『純文學』概念，對於東西方歷史傳統中的其他『文學』觀念特別是中國源遠流長的雜文學——大文學理念而言，卻不盡切合」。[3]沿著這樣的思路及思考方向，現代雜文、現代日記以及書信等都是需在「大文學」意義上的進行分析與解讀的作品。因而，對日記進行分析探討可以說即是對文學作品的分析探討，它真實的反應作家個體的思想及心理狀態。《葉聖陶日記》，作為在中國大文學史上歷史背景牽涉最為漫長、個體生活經歷也最為完整的大文學作品，對其進行分析與探討，透過葉聖陶日記再現抗戰真實生活及書寫，挖掘作家日記中所內含的歷史與文學，也正是大文學視野下由文學之外回到文學本身的體現。

歷來葉聖陶的文學筆調用魯迅先生的話「葉的小說，有許多事所謂『身邊瑣事』那樣的東西，我不喜歡」[4]來解說，葉聖陶習慣書寫身邊小人小事，由這些身邊的瑣事說明某些道理，他自己曾在《葉聖陶選集•自序》中說道：「看見一些事情，我就寫那些」、「當時彷彿覺得對於不滿意不順眼的現象總得『諷』它一下。諷了這一面，我期望的是在那一面就可以不言而喻」[5]。到了抗戰時期，葉聖陶的書寫風格也不例外。抗戰爆發後葉聖陶舉家移居川渝後，定居四川成都，居川渝近八年時間，身心多集中投

---

3 李怡：《大文學視野下的<吳宓日記>》，《文學評論》,2015 年第 3 期 第 92 頁。
4 轉引自金梅：《論葉聖陶的文學創作,上海：上海文藝出版社 1985 年版 ，第 7 頁
5 劉增人主編：《葉聖陶研究資料（中國現代文學史資料彙編•乙種）》，北京：北京十月文藝出版社 1988 年版 ，第 257 頁

入在教育事業和編輯工作方面。因而抗戰時期葉聖陶的小說創作數量明顯低於二十年代，這一方面是因為葉聖陶身份的轉變，時任開明書店編輯，校對、編輯等繁瑣工作讓其無暇顧及小說創作；另一個方面也是因為身居戰時的大後方，動蕩的生存空間以及為生活而奔波亦讓其無心思全身心的投入小說創作中。此期葉聖陶的文學書寫，無論是小說、詩歌、散文，還是雜感、隨筆、詩歌，其內容仍是書寫身邊瑣事，但對比 1937 年以前的散文集《腳步集》、《未厭居習作》等，便可發現處戰時時代背景之下，葉聖陶的筆下沒有了以往的那份閒適、淡然及趣味，而是充滿沉重、力量的吶喊與號召，文學書寫主題也不由自主的與戰爭、抗敵息息相關；而在這樣的觀念影響下，必將影響其言行，從而才有了介入生活與介入政治的行為活動。

第一節　介入生活，大文學視野下的葉聖陶戰時文學創作

抗戰時期，葉聖陶創作數量較之前兩個十年逐年遞減，但葉聖陶並未輟筆，仍在動蕩的大後方生活中寫下了《皮包》、《我們的驕傲》、《鄰居吳老先生》、《辭職》和《春聯兒》等短篇小說，後收錄於 2004 年江蘇教育出版社出版的《葉聖陶集》第三卷，集子名為《春聯兒》；除此之外葉聖陶還發表了不少有關形式政論、教育、文藝的隨筆與雜感，以針砭各種時弊、縱談教育問題以及評議文藝作品等等，在當時大後方產生了一定的社會影響。葉聖陶居大後方時的作品，散文和詩歌分別收錄於江蘇教育出版社 2004 年出版的《葉聖陶集》第六卷《西川集》和第八

卷《篋存集・甲編》中。《西川集》中包含散文、隨筆、序言等
共計 69 篇（部分日記中提及的文章散落，未收集其中），皆為
葉聖陶居川渝時所作，在近 70 篇文章中，有 56 篇是 1944 年、
1945 年兩年所創作，探其原因，大概是因為 1938 年至 1943 年間
葉聖陶生活及不穩定：一則頻繁遷居；二則長期的戰爭使得經濟
凋敝、糧食緊缺、民生困苦，為活著而奔走無法顧及其他。但此
期葉聖陶的文學書寫，無論是小說、詩歌、散文，還是雜感、隨
筆、詩歌，其內容仍是書寫身邊瑣事，但對比 1937 年以前的散
文如《腳步集》、《未厭居習作》等集，便可發現處於戰時這一
大時代背景之下，葉聖陶的筆下沒有了以往的那份閒適、淡然及
趣味，而是充滿力量的號召與沉重的吶喊，文學書寫主題也不由
自主的與戰爭、抗敵息息相關。葉聖陶在《西川集・自序》認為
反應社會現實，表現民眾的心聲與要求，是時代的呼籲與要求，
而自己的文字不過是觸及一些小題目，文章末尾幾篇小說僅是自
己的試作，儘管規模不到，文字不多，但也是盡自己的時間與經
歷所寫。葉聖陶這裡所言的試作，即是戰時唯一的短篇小說集《春
聯兒》，該集內含《我們的驕傲》、《皮包》、《鄰居吳老先生》、
《辭職》和《春聯兒》五篇小說，多寫於 1943 和 1944 兩年，後
收錄於江蘇教育出版社 2004 年出版的《葉聖陶集》第 3 卷。葉
聖陶的兒子葉至善在第三卷編後記中表明抗戰期間，居川渝的葉
聖陶只創作了 5 篇小說，「現在編成一集，援先例取其中一篇的
篇名《春聯兒》，作為集子的名稱」[6]，小說多涉及大後方小人物
的抗戰觀念，除《我們的驕傲》創作於 1940 年外，其他四篇皆
作於 1943 年。

---

6 葉聖陶：《葉聖陶集 3 小說（三）》，南京：江蘇教育出版社 2004 年版，
　第 466 頁。

　　載於 1940 年 3 月 23 日《教育通訊》週刊第 3 卷第 11 期短篇小說《我們的驕傲》，葉聖陶在同月 3 日「應《教學通訊》陳禮江之約，時作時輟，迄於下午五時，僅得一千餘言而已」開始寫作，第三天完成，日記中葉聖陶說明瞭每日創作字數，「續作文將近千言，即完篇，題曰《我們的驕傲》，蓋記章伯寅先生之事也」。[7]該文以自己的老師章伯寅先生為原型而創作，葉聖陶在當天的日記中說提到該文算是了卻了自己的一個心願，通看全文便可透過黃老先生看到張伯寅先生的人格，以及「我」對老師的由衷的尊敬與敬佩；，戰時日常生活從一定層面上影響作家心理感受，這種心理感受則會透過作家的藝術處理，從而創作為文學作品，葉聖陶習慣書寫身邊瑣事小事，且擅長將所見所聞的俗人雜事轉化為文字，因此也可推斷此文是葉聖陶對章伯寅先生愛國精神的讚美與推崇，同時也是其親歷戰時生活、接觸大後方普通民眾後的真實感受。刊於 1944 年 5 月 15 日及 22 日昆明《中央日報•星期增刊》的《鄰居吳老先生》與《辭職》兩文，前者講述鄰居吳先生因家鄉人同日本人相處的好而鬱鬱寡歡並決定做「遷川第一世祖」的故事，葉聖陶在當日日記中提及「續作昨日之文，到晚的千言，完篇。題曰《鄰居吳老先生》」[8]，並言為自己的想像之作，內容材料不可考，認為不能算作小說可算作雜文。實則該文故事線索早在半年前就醞釀於葉聖陶的心中，1943年 12 月 12 日，葉聖陶在該日的日記中提到，蘇州老鄉范勤賢到四川，自己與其會面，范勤賢言及「蘇州人對於敵人最為恭順，

7　葉聖陶：《葉聖陶集 19 日記（一）》，南京：江蘇教育出版社 2004 年版，第238-239 頁。

8　葉聖陶：《葉聖陶集 20 日記（二）》，南京：江蘇教育出版社 2004 年版，第229 頁。

敵人最為滿意」[9]，葉聖陶聽說後既感到憤怒又覺恥辱。葉聖陶作
該文時，雖自言是想像之作，但實則是鄉人的一番話令葉聖陶難
以忘懷，故而在提筆作文時便創作出此文，意在諷刺家鄉恭順的
民眾，也為勉勵自己要同吳先生一樣，寧可遠居故鄉也不願做敵
人的順民。《辭職》則刻畫出不願同流合污毅然辭職另謀出路的
小會計形象，葉聖陶雖自言此文為應付之作，但該文在刻畫出正
直青年劉博生的同時，更多的是諷刺國民政府管理下的官僚機構
的腐敗，表現葉聖陶對當局的不滿。《皮包》一文，葉聖陶以黃
科長的「皮包」為線索，皮包作為黃科長身份與威嚴的象徵，通
過描繪皮包從丟失到興師動眾尋回的過程，刻畫出包括黃科長在
內的形形色色的小人物形象，旨在諷刺無所作為、昏庸無能而又
裝模作樣的小官吏形象，葉聖陶在寫畢該文後的當日日記中提
到，「作畢小說，題曰《皮包》，略表諷刺公務員之意」[10]，對
此文自己並不十分滿意。實則此五篇短篇小說，除了《皮包》，
其他四篇皆刻畫出黃老先生、吳老先生、會計劉博生以及老俞等
浩然正氣與錚錚鐵骨的人物形象特徵，以此來歌頌戰時那些為國
家而捨棄小我的普通民眾；葉聖陶力圖透過此幾篇文章，通過日
常身邊所見小人小事，在表達中國人抗敵之心的同時，讚揚中國
大地上深明大義、忠貞愛國的知識分子、平民百姓。

　　散文集《西川集》，是葉聖陶八年抗戰期間的散文隨筆集。
《生命與小皮箱》該集收錄的第一篇文章，載於 1938 年 2 月 26
日重慶《新民報•血潮》第 41 號，文章談論人們在躲避警報與逃

9　葉聖陶：《葉聖陶集 20 日記（二）》，南京：江蘇教育出版社 2004 年版，第
　　183 頁。

10　葉聖陶：《葉聖陶集 20 日記（二）》，南京：江蘇教育出版社 2004 年版，第
　　123 頁。

離轟炸時內心感受，以及所該具備的家國觀念。因居戰時大後方八年，日常生活的點點滴滴、警報與轟炸的重重襲擊，讓葉聖陶的情感更為敏感、細膩真實，這樣的真實感受自然而然會顯現於文學創作上，因而此期其散文絕大多數與戰時個體認知及心理感受息息相關。葉聖陶或書寫抗戰經歷抒發思考及感慨，如《生命和小皮箱》、《抗戰周年》、《樂山被炸》以及《勝利日隨筆》；或號召呼籲民眾持正確的人生觀，團結一心一致對外抗日，如《受言》、《人生觀》、《據理論而言》以及《我們的話》等；或呼籲民眾關心前線戰士以及幫助貧困知識分子，如《慰勞》、《慰勞貧病作家》以及《援助貧病作家》等；或著文諷刺批判甚至反抗國民黨當局的言行，如《暴露的效果》、《發表的自由》、《我們永不要圖書雜誌審查制度》、《也算呼籲》以及《贈參加政治協商會議諸君》等。在此簡析《樂山被炸》一文，葉聖陶在日記中提及該文：「上午續作文數百言，完篇，題曰《樂山被炸》，記轟炸所引起之感想」[11]。實則此文從 3 月 7 日便開始創作，葉聖陶在當日及第二天的日記中記錄著此文將寄給好友徐調孚，編入《文學集林》中。樂山被炸時，葉聖陶正在成都視學，確認轟炸地是樂山後，心亂如麻，後悔離開家人，擔憂家人「萬一受傷或有更大之不幸，我將何以為生！」[12]，特別害怕家人在此轟炸中傷亡。一夜未眠，歸心似箭，第二天五點從成都出發歸往樂山，越近越害怕，沿途詢問「言校場壩完全燒光，余家人口不知下落。嗚呼，余心碎矣！種種慘像湧現腦際，不可描狀，念人生至痛，

---

11 葉聖陶：《葉聖陶集 19 日記（一）》，南京：江蘇教育出版社 2004 年版，第 240 頁。

12 葉聖陶：《葉聖陶集 19 日記（一）》，南京：江蘇教育出版社 2004 年版，第 195 頁。

或且降及吾身」[13]，心情隨所聞消息而起伏波動，後遇見好友吳安貞，得知人口均安葉聖陶才安心，錢財他物毀了也不足惜，家人生命才是最重要的，所以葉聖陶在見到妻兒的時候會恍然如夢般。葉聖陶此兩日日記描繪細膩詳實，情真意切，將時間與情感交錯從而貫穿全文；而散文《樂山被炸》因是後來回憶、感想之作，所以內容更全面，敘述更具體，不僅交代了前因後果，還對戰爭本身進行了反思。該文一言一語都掩藏著戰時大後方動蕩的轟炸生活下，一般個體的真實心理感受。手無縛雞之力的知識分子原持有希冀：「打仗本來沒有什麼公定的規則，所謂不轟炸不設防城市，乃是從戰鬥的道德觀念演繹出來的。光明的勇敢的戰鬥員都有這種道德觀念……日本軍人並沒有這種道德觀念是顯然的。他們存著極端不真切的料想，又把自己的身家姓名作為賭注，果然，他們輸了。我是他們中間的一個，我也輸了」。[14]在殘酷的戰爭中，終於認識到這種希冀是虛無的，只能以失敗告終，所以葉聖陶深刻的說自己是其中的一員，希冀了戰爭中存有美好，所以輸了。但樂山轟炸的書寫並未就此結束，葉聖陶在日記中言「午後無事可做，乃伏案作詩，詠遇災遷居之事」[15]，果然在兩天后作成五言古詩《樂山寓廬被炸移居城外野屋》，該詩真實的道出自己舉家遷渝及戰時大後方生活的艱辛，反應出戰時大後方真實的抗戰生活。

　　實則葉聖陶的詩詞創作早在全面抗戰爆發之後便已經開

13　葉聖陶：《葉聖陶集 19 日記（一）》，南京：江蘇教育出版社 2004 年版，第 196 頁。

14　葉聖陶：《葉聖陶集 6 散文（二）》，南京：江蘇教育出版社 2004 年版，第 15 頁。

15　葉聖陶：《葉聖陶集 19 日記（一）》，南京：江蘇教育出版社 2004 年版，第 212 頁。

始，戰時大後方，葉聖陶文學創作數量整體下滑，但舊體詩詞創作卻有所上漲。自抗戰爆發，葉聖陶舉家遷渝，到抗戰結束，葉聖陶共創作舊體詩詞五十五首，集為《篋存集•甲編》，後收錄於 2004 年江蘇教育出版社出版的《葉聖陶集》第八卷，雖此集中一部分詩歌為酬唱贈答之作，但更多的卻是葉聖陶愛國抒情之作。抗戰爆發後，居川渝的葉聖陶，其筆下的舊體詩詞加入了時代氣息以及深切的愛國主義情懷，以感時傷世的時代情懷，展現戰時大後方知識分子真實心理感受及思想情感。葉聖陶詩詞創作，自 1925 年以後，輟筆多年，直至抗日戰爭爆發才又重新提筆書寫。此期詩歌，鮮明的反映出在民族危機四伏、國家危難重重、個人困頓不安之時，愛國知識分子的心緒與情懷。抗戰爆發後的兩月間，葉聖陶一連寫了《鷓鴣天》、《木蘭花》、《長亭怨慢》、《蔔運算元•傷兵》、《蔔運算元•難民》以及《浣溪沙》兩首等八首舊體詩詞，詩歌多以書寫戰時民眾生活而抒發愛國情懷，一首《鷓鴣天》既是對國民黨當局不抵抗政策的揭露與抨擊，又是葉聖陶愛國情懷的表現，因而有了「莫道書生無所施」的豪言。乘船前往重慶的途中創作出《宜昌雜詩》、《江行雜詩》兩詩，寫景融情的同時，更是對戰時背井離鄉西遷大後方的紀實。後居川渝八年期間，葉聖陶寫了不少舊體詩詞，在其日記中亦有提及，如《自北碚夜發》、《題伯祥書巢》、《自重慶至樂山》、《樂山寓廬被炸移居城外野屋》以及《仿古樂府書滿子所聞車夫語》等等。舊體詩《樂山寓廬被炸移居城外野屋》是一首長詩，寫於 1939 年 10 月 14 日，全詩共分為四節，一二四節句數相當，第三節則少四聯。詩歌從「避寇七千里」始，娓娓道來，層層遞進，將自己從杭州輾轉來至重慶後又輾轉至四川樂山的經歷浸於言語中，同時亦在詩中詳細描述樂山被炸時的家破人亡的情況，

並由此深入，感激友人、親朋的幫助，以及家被毀壞後移居城外野屋的自我安慰，但葉聖陶並為此對生活，對國家失去信心，而是情感激烈，奮力的吶喊，表達誓滅敵人保家衛國的決心。《仿古樂府書滿子所聞車夫語》一詩作於 1941 年 5 月 1 日，葉聖陶在該日的日記中言：「傍晚，作成仿古樂府一首，書前日滿子所聞車夫語也」[16]。葉聖陶所謂的前日實則是 4 月 24 日，當日兒媳滿子聽車夫訴說其艱難生活：飯店的飯吃不起，兩人共吃一份兒，推車又沒有力氣，掙不到錢，家裡的老婆孩子連口米湯都喝不到。葉聖陶聽聞兒媳轉述後，為民眾艱難生活而酸楚，故而一周後作此詩。

葉聖陶在《西川集•自序》中說道：「反應現實，喊出人民大眾的要求，是文學的使命，這個綱領我極端相信……我的文字不過觸著些小題目，小題目上不一定要戴一頂大帽子」[17]，故而有了《抗戰周年隨筆》、《革自己的命》、《樂山被炸》、《「七七」七周年隨筆》、《「八一三」隨筆》、《暴露》、《也算呼籲》等文章；有了《鄰居吳老先生》、《辭職》、《皮包》、《我們的驕傲》以及《春聯兒》等小說。八年抗戰時期，葉聖陶依舊寫著身邊小人小事，但不同的是葉聖陶在這些「身邊瑣事」中加入了抗戰的元素，不論是隔壁大爺，還是鄰居小青年，無疑都是一致抗戰的，也願意為了抗戰貢獻一點自己的力量。此期葉聖陶創作的無論是小說、詩歌還是散文、隨筆，內容都涉及抗戰、勝利、團結、反內戰、人民等戰時因素，故而葉聖陶抗戰時期的書

---

16 葉聖陶：《葉聖陶集 19 日記（一）》，南京：江蘇教育出版社 2004 年版，第 360 頁。

17 葉聖陶：《葉聖陶集 6 散文（二）》，南京：江蘇教育出版社 2004 年版，第 84 頁。

寫也就帶有了「團結一致抗敵」這一基調。筆者在此細緻闡述戰時葉聖陶戰時文學創作，意在透過其文學整體書寫情況，輔之於戰時日記從而進一步考察葉聖陶戰時日記下的文學創作觀，以及在此種創作觀之下抗戰書寫的大致方向。

第二節　葉聖陶戰時日記下的文學創作觀

　　日記，其本身即是抗戰書寫不可或缺的一部分，它更加真實的反映了戰時大後方知識分子的抗戰生活，同時更加充實了戰時歷史事實。看似平常的日記背後隱藏的是人們容易忽略的歷史事實，這樣的記錄實則是抗戰書寫的一部分，它高度還原了戰時生活，而依據此書寫軌跡，我們可回到歷史現場，在反思中探查抗戰文學宏大敘事之下被遮蔽的一般個體真實心理。在「大文學」視野下，透過葉聖陶日記、書信及戰時文學創作，進而探析其戰時真實心理、文學創作觀以及隱含的抗戰書寫軌跡。葉聖陶戰時日記，記錄戰爭事實、緬懷死者、為國獻力，紀實性觀念背後隱藏的是不被常人所知的真實的抗戰血淚、傷亡等歷史事實；基於此，吶喊時代要求、反應現實的要求，自然形成葉聖陶「紀實性」文學創作觀與「真實性」抗戰書寫軌跡，

　　「聞人言重慶不但三日被炸，四日及昨日亦俱遭空襲，熱鬧市街毀十之六七，死傷殆至五六千人，電廠水廠俱被破壞……慘狀當不可描摹。敵人此恐怖手段，意在挫我人之抗戰意識，至

可痛恨。心頭橫梗此感，終日為之不寧。」[18]，此為葉聖陶 1939
年 5 月 6 日日記的全部內容，記錄了當時重慶被轟炸後的慘狀。
查閱相關歷史資料，中國對「五三、五四」轟炸記錄如下：

「5 月 3 日下午 1 時許，日機 26 架以密集隊形空襲重慶……
浸入市區狂炸，投彈 100 餘枚……死 673 人，傷 350 人。日機一
次轟炸造成中國居民死傷超過千人的，這是第一次，5 月 4 日，
27 架再度空襲重慶城區，城區被炸發生大火，都郵街、柴家巷盡
毀，居民死傷 3318 人，傷 1937 人。『五三』、『五四』兩天轟
炸，重慶城區 27 條主要街道中，有 19 條被炸為廢墟，有 1200
餘棟房屋被炸毀」[19]，「5 月 3 日……26 架日機從武漢起飛，以
兩梯隊隊形在中午 1 時 17 分侵入重慶，……向市區狂擲燃燒彈
和炸彈，各處警報台早就升起兩個紅球，尖厲的警報聲響徹全
城。市中區頓時飄起滾滾濃煙，成為火海，27 條主要街道有 19
條成為廢墟，大火蔓延至夜不息，到處焦土煙塵，死屍枕藉……
兩天大轟炸，炸死 3991 人，傷 2323 人，損毀建築物 846 棟，4025
間」[20]。

可見葉聖陶日記中熱鬧街市十之六七被毀以及死傷至五六
千人並未誇張，是歷史事實的真實反映與書寫。同月 12 日，郭
沫若寫下了控訴日軍暴行的詩歌《慘目吟》「五三與五四，寇機
連日來，渝城遭慘炸，死者如山堆。中見一屍骸，一母與二孤，
一人橫腹下，一人抱右懷。骨肉成焦炭，凝結難分開，嗚呼慈母

18 葉聖陶：《葉聖陶集 19 日記（一）》，南京：江蘇教育出版社 2004 年版，第
161 頁。

19 民革中央孫中山研究學會重慶分會：《重慶抗戰文化史》，北京：團結出版社
2005 年版，第 107 頁。

20 鄭光路：《被遺忘的抗戰史：四川大抗戰》，成都：四川人民出版社 2015 年
版，第 273-275 頁。

心，萬古不能灰」[21]。葉聖陶和郭沫若分別從宏觀和微觀兩個角度以實寫表現當時死傷慘狀，情感皆真切、感人肺腑。同日，葉聖陶在日記中寫道：「送報人送來重慶各聯合刊一小張，猶是七日出版者……報上於重慶災況語焉不詳，殊未饜望」[22]。此聯合刊是重慶《大公報》、《新華日報》、《國民公報》、《中央日報》、《新民報》、《西南日報》等十家報紙針對此次轟炸慘狀，而自 5 月 5 日起停刊，於六日始發行的聯合版。從日記中也可發現葉聖陶頗不滿意當局的報導，因之關於重慶傷亡的慘狀並未詳細說明，葉聖陶十分關心重慶轟炸的情況，但每每都是聽聞人言，想要通過報紙了解具體實況，但報紙上總是語焉不詳，所以葉聖陶不饜人望。1940 年 5 月 18 至 21 日，葉聖陶如常於燈下作日記，末段皆是關於警報與轟炸，26 日李凡前來拜訪葉聖陶，告知看見防空指揮部寫有「敵機六十多架炸重慶」的告示；29 日經歷警報，同時聽聞重慶近來的轟炸死傷頗為嚴重。葉聖陶日記中的記錄雖簡要，但它卻證實了日軍的「一○一號作戰」計畫。《重慶抗戰文化史》中關於重慶轟炸的實情有細緻研究，在這裡借用此書的研究成果：

　　「到了一九四○年情況就不同了。隨著日本重型轟炸機開發、研究、生產的發展，出現了續航距離在二千公里以上，飛行高度為一萬一千三百四十米的『司偵』飛機。另外，又加上了從義大利購進的『意式重』飛機。一九四○年五月，有五百五十架次轟炸了重慶，接著在六月、七月、八月分別有一千一百架次、

---

21 郭沫若：《郭沫若全集文學編第二卷》，北京：人民文學出版社 1982 年版，第 398 頁。

22 葉聖陶：《葉聖陶集 19 日記（一）》，南京：江蘇教育出版社 2004 年版，第 163 頁。

四百架次、六百五十架次轟炸了重慶。前述董顯光所說『一九四
〇年春天又被更猛烈的空襲所破壞了』，系指這年五六月間的狂
轟。這就是所謂『一〇一號作戰』的開始。一〇一號作戰，指一
九四〇年五月十三日策定的陸海軍共同對中國內陸的航空攻擊
作戰，定期約三個月，主要目標是轟炸重慶」[23]。

　　此「作戰計畫」內容詳實而周密，涉及作戰計畫、作戰時間、
參加兵力、攻擊的既定目標等等，使得重慶傷亡嚴重。五月份的
轟炸，中國當時的資料為「五月，日機五百五十餘架次轟炸重慶，
炸毀民房四百餘棟……飛機十餘架」[24]，葉聖陶在日記中亦道：
「重慶轟炸之烈殊甚，數日間死傷數千人，郊外機關學校多數被
炸，重大、復旦，均有師生被炸死。」[25]，可見當時的慘狀。6
月 24 日以及 8 月 19 日葉聖陶在日記中分別記錄半夜及午時皆聽
聞警報。同時中國當時資料也記錄著「六月……日機一千餘架
次轟炸重慶，炸毀民房一千餘棟」、「從十九日一點三十五分到
二十日十四點連續四次轟炸，商業區西部郊區及江北的廣大範圍
遭到轟炸，有三十八處冒煙，燒毀房屋和商店二千間以上，死傷
人數……重慶市街已面目全非」[26]，葉聖陶的書寫不僅印證了日
軍的「一〇一作戰計畫」，同時也印證了重慶被轟炸的事實。1940
年 7 月 29 日，葉聖陶在日記中言日來重慶日日被炸，亦證實了
一〇一作戰計畫八月份的疲勞轟炸，多是午飯後聽聞警報聲，經

23 民革中央孫中山研究學會重慶分會：《重慶抗戰文化史》，北京：團結出版社
　　2005 年版，第 101 頁。

24 民革中央孫中山研究學會重慶分會：《重慶抗戰文化史》，北京：團結出版社
　　2005 年版，第 103 頁

25 葉聖陶：《葉聖陶集 19 日記（一）》，南京：江蘇教育出版社 2004 年版，第
　　257 頁

26 民革中央孫中山研究學會重慶分會：《重慶抗戰文化史》，北京：團結出版社
　　2005 年版，第 103，104 頁。

過一兩小時才解除，而後再傳警報，持續一兩小時才結束。午時、半夜、凌晨以及清晨，這些時刻多是民眾最無防備意識的時候，日本以此些時間段進行襲擊，產生更大的殺傷力的同時更是加劇了民眾的恐懼心理。每次警報的持續時間少則一兩個小時，多則五六個小時，如此反反覆覆不僅使得民眾寢食難安，還使得民眾身心疲憊，心靈在一定程度上受到創傷，此即是日軍「疲勞轟炸」目的之所在。葉聖陶的日記真實的書寫了當時的狀況以及人的心理，展現了戰時大後方平民百姓及其文人知識分子真實抗戰生活，而這樣的戰時生活及心理，必將影響他們的思想觀念，進而反應在文學創作中，即便是隻言片語，也可透露出戰時知識分子的文學創作觀念及心理。

　　1945 年 1 月 14 日，農曆新年初一，葉聖陶日記中對這個「年」隻字未提，卻在日記首句寫了「上午寫信數通，飯後看子岡寄來《懷念沈振黃》一篇」[27]這樣一句話，該文是子岡為懷念幾個月前逝去的好友沈振黃所作。在新年之際，本該歡樂慶祝卻被戰爭和好友之死而消磨殆盡無歡喜可言，葉聖陶讀後悵然，不禁提筆寫下《讀子岡的<懷念振黃>》一文。沈振黃在抗戰爆發後，在前線進行抗日宣傳活動，後在 1944 年 11 月 25 日執行「護送撤離文化界人士」的任務中死於墜車。對此葉聖陶在文中有細緻說明：「振黃……緊急疏散的時候，幾次奉命押運疏散車，他在自己的職務範圍內，盡可能地幫助文化工作者」[28]，並交代其死亡原因：為讓座而坐於車頂，不幸墜車，後腦被背包中的漱口杯撞

---

27 葉聖陶：《葉聖陶集 20 日記（二）》，南京：江蘇教育出版社 2004 年版，第351 頁。
28 葉聖陶：《葉聖陶集 6 散文（二）》，南京：江蘇教育出版社 2004 年版，第103 頁。

破而頓時殞命。實則好友沈振黃的死訊，早在一個月之前便從傅雲彬書信中得知，葉聖陶於記於日記：「沈振黃於獨山之南墜車而死。沈近年在柳州一帶，在軍隊中未宣傳工作，此次難民西趨，助人之處甚多，而己則死於逃難，可為痛悼……」[29]。同時還提及自己同陳白塵、陳翔鶴、李劼人等五人召開文協理事會，決定以文協為發起人，邀約熱心人士參加一次座談會，「共定辦法，援助湘桂流亡來蓉之文化界人士。」[30]，但此次決定開座談會以商定救助流亡來蓉的文化界人士的行動並不僅僅是因為沈振黃，沈振黃之死只是加快了救助行動。居大後方的葉聖陶及同其一般的知識分子，於戰時皆關注著戰事，並為此憂慮，總思慮自身能為國家獻綿薄之力，因而在日常的生活之餘，透過報紙、雜質等手段得知重要消息時，便奮不顧身的投身其中──奔走、號召、著文等；透過葉聖陶的日記及文學書寫，可探析其戰時文學創作觀以及抗戰書寫方向──反映現實，書寫時代要求，吶喊民眾心聲。

　　葉聖陶在《讀了子岡的<懷念振黃>》一文中坦言：也知道黔桂路上此類慘事很多，即便是陌生人也會為之痛心，何況還是自己的好友兼同事。實則細究「沈振黃」事件的前因後果以及葉聖陶的日記，便可明白沈振黃會墜車而死的背後隱含的是戰時大後方普通民眾的真實生活，即在戰爭節節失利的情況下，手無縛雞之力的文人知識分子不得不為生活、生存而掙扎努力，希冀能遠離戰場而奔向大後方，但卻不知生命能否走至大後方，也可了解

29　葉聖陶：《葉聖陶集 20 日記（二）》，南京：江蘇教育出版社 2004 年版，第 340 頁。

30　葉聖陶：《葉聖陶集 20 日記（二）》，南京：江蘇教育出版社 2004 年版，第 339 頁。

文人知識分子在大後方為戰爭所做的努力。縱觀葉聖陶 1944、1945 兩年的日記，以及結合抗戰史可發現此次「湘桂流亡至蓉事件」可追溯至 1944 年上半年。當時國民黨正面戰場戰鬥日益激烈，4 月 17 日至 6 月 19 日，日軍為攻取洛陽以及打通平漢鐵路南段而發動豫中會戰，同時為控制粵漢鐵路、湘桂鐵路，于同年 5 月至 8 月發動長衡會戰，對此，葉聖陶在 6 月 1 日的日記中言：「湘中戰事益緊，已成長沙被包圍之勢。長沙曾三度卻敵，此次敵勢甚張，不知第四度能否繼前功否」[31]，葉聖陶這裡的憂心不無道理，半個月後長沙被日軍佔領。葉聖陶在日記末感嘆：就戰爭而言，個人身家都不重要，重要的是民眾一心抗敵，抗戰取得勝利。葉聖陶這一歎可以說是歎出了戰時文人知識分子的心聲，在戰爭面前，個體將不再重要，重要的是全國上下一心，形成抗戰統一戰線，共同抗敵，從而取得抗戰的勝利。日軍攻佔長沙後繼續向其西南方向的衡陽進犯，8 月 8 日衡陽淪陷後，日軍為繼續打通大陸交通線、破壞中國西南地區空軍基地，於 9 月至 12 月發動桂柳會戰。國民政府此次為期八個多月的正面抗戰，也正是葉聖陶在日記中對戰爭書寫的最頻繁、最細緻的，幾乎每日都在日記中提及並記錄前方戰事，由此可知，居戰時，作為更具敏感與社會責任感的作家，必然不同于普通民眾，他們在艱難生活之余必定會時刻關心當局態度及前方戰事，此種心理必將影響作家個體揮筆吶喊團結一致、呼籲共同抗敵。

　　繼洛陽之後，長沙、衡陽等相繼陷落，使得寓居桂林、貴陽、昆明的普通民眾及知識分子惶恐不安，尤其是桂林的文人及普通百姓不得不為生命和前途打算，於是眾多文化機構、文人及平民

---

31 葉聖陶：《葉聖陶集 20 日記（二）》，南京：江蘇教育出版社 2004 年版，第 239 頁

百姓皆考慮內遷，紛紛湧向大後方的重慶、四川兩地。此僅以葉聖陶日記中所記錄的「開明書店」內遷為例簡要梳理，以展現戰時日記下大後方文人知識分子內遷的不易以及普遍心態觀念。葉聖陶在 6 月 16 日收到的書信中得知桂林同行同業都在謀求疏散的出路，並在日記中最末談及自己十分擔心所聽聞的開明書店總部將遷至重慶一事，如果真遷移那麼麻煩會較多，思及這幾天範洗人會寄書信詳談此事。果然第二天葉聖陶收到總部來信，「總店決遷重慶，洗公將先走」[32]，可見桂林人心已不安定，戰爭形勢每況愈下，居桂林的民眾及知識分子，人人自危，每日生活膽戰心驚，在戰事來臨之前，知識分子即便如何痛恨戰爭、如何的想要奮起反抗，但終是為著生命、家人健康以及生存，而不得不帶著複雜的心理與感情逃離。6 月 22 日，好友傅彬然在信中提及桂林人心惶惶，人皆自謀出路以求疏散。日記中葉聖陶還說，信中明確告知開明書店總部決定遷往重慶，要加強重慶的排印工作，而對總部桂林已經開始排印的書，加快速度趕印，未排印的則收回原稿。對此葉聖陶感嘆說：當初沒有料到開明書店會在桂林漸入軌道之時又須要逃難，一切又得從新開始。其實不僅僅是開明書店，對其他文化機構以及文人知識分子而言，當初離開北京上海而西遷大後方，都是重新開始，也都在剛步入軌道或適應雲貴川渝等的生活時，又不得不離開重新開始。第三天，也即 24 日葉聖陶收到電報，囑託葉聖陶匯款到桂林，為疏散作準備，桂林情況緊迫由此可見。6 月 29 日，葉聖陶又收到快信，在日記中提及信中言因買票困難，其他人想要離開十分難，范洗人先生已經動身，但不能直達重慶，必須先在「獨山、都勻、貴陽等處調

---

32 葉聖陶：《葉聖陶集 20 日記（二）》，南京：江蘇教育出版社 2004 年版，第 246 頁

度運輸事宜」。[33]桂林的排印工作已經全部停頓，店中工作人員有家屬的家屬已經離去，這令單身的人大為不滿，皆認為那些遣送家屬離去的人十分不要臉，實則人心惶惶單身的人也十分想離去，卻苦於沒有好的藉口，故而抱怨說離去的人不要臉。1944年7月2日，葉聖陶在日記末提及晚上收到電報，因桂林用亟待疏散讓速匯款，可見形勢之緊急，日記中葉聖陶還表明，開明書店原計劃讓聯棠在桂林留守，以觀察情況，而依其電報所言，桂林的情況日益緊張，希望在桂林的其他諸友都已經安全離開。書店遷往重慶之事　，短短一周的時間就提及了四次，如此而言，不僅是文化機構，而且就連文人知識分子和普通百姓都在謀求疏散以及遷渝事宜，但內遷事宜並非那麼簡單，人多車少、車票難買、沿途遇戰事、路途受阻，這些都將會加重遷渝的困難。一個星期後，葉聖陶在日記中提及分別收到自貴陽和桂林的書信，前者談及開明書店遷渝運輸費用昂貴，許多書無法運走；後者言「因知桂林緊急疏散，非走不可，我店大部分人員已在桂黔途中」[34]。而該日唯一使葉聖陶開心的是收到好友朱自清的信，得知他已於7月7日從桂林到達重慶，四天后朱自清偕其夫人果然至葉聖陶家中拜訪，葉聖陶在當日的日記中寫道：「佩弦夫婦偕來，三年為別，握手甚歡……本為圓臉，今為尖形，皮色亦蒼老，鬢多白髮，只坐了半個小時就離去」[35]，日記中還提及洗公、彬然等已近到達重慶，準備開明書店在重慶開張事宜，「桂林人所恐者，

33 葉聖陶：《葉聖陶集20日記（二）》，南京：江蘇教育出版社2004年版，第252頁。
34 葉聖陶：《葉聖陶集20日記（二）》，南京：江蘇教育出版社2004年版，第257頁。
35 葉聖陶：《葉聖陶集20日記（二）》，南京：江蘇教育出版社2004年版，第258頁。

敵自南入桂，則無法脫走」。[36]因之桂林東北方向的被日軍佔領，如果日軍從南方攻入，那麼就無路可逃，所以桂林人甚為不安與恐慌，不難理解桂林為何人人自危，湖南境內的衡陽、衡山、湘鄉三地相繼失陷，若日軍繼續西進，桂林即是下一個攻擊目標，故桂林的惶恐不安、人人自危不無道理。自 1944 年 9 月 1 日起，日軍開始進攻，沿湘桂鐵路進犯，相繼佔領安東、全縣（今全州）、興安，於 10 月 31 日佔領靈川直逼桂林，後於 11 月 11 日攻陷。

看似簡單的記錄，實則是一種思想以及觀念的表現，三言兩語的記錄，實則背後隱藏的是真實且殘酷的歷史事實，隱含的是手無縛雞之力的文人知識分子以一己之力愛國、為國。戰時大後方的文人知識分子，在應付自身日常生活之餘更多的事實將心思放在戰事、國事上，並為之獻上自己的綿薄之力，雖未在前線戰場上奮勇殺敵，卻努力在後方為前線做力所能及的事：或積極捐款，或相應號召，或著文以諷。透過葉聖陶戰時文學創作及日記，在其真實記錄下，挖掘日記背後的故事以及背後所隱含的歷史傷痛，從有助於探析戰時大後方手無縛雞之力的文人知識分子真實心態及其文學創作，以及這種觀念是如何內化到文學書寫中，進而形成文學創作觀念的。

第三節　心繫國事，對社會及政治活動的積極介入

透過大文學視野考察《葉聖陶日記》，是在大文學內外挖掘看似平常日記背後所隱含的被人們忽略的歷史真實；探析戰時日

---

36 葉聖陶：《葉聖陶集 20 日記（二）》，南京：江蘇教育出版社 2004 年版，第 252 頁。

記之於個體及普通民眾的意義；探查戰時生活之於作家心態及思想觀念的影響，以及這種影響如何致使作家從介入生活到介入政治活動中。個體私人日記，其本身作為抗戰書寫的一部分，依據日記「私密性」與「真實性」兩大特性，使得其更加形象、真實地反映了戰時知識分子的思想觀念與心態觀念，也使得探析戰時大後方知識分子抗戰生活更具說服力。基於此，透過葉聖陶日記，在細緻的分析與探討中，挖掘處戰時葉聖陶真實的心理感受與思想觀念，而這樣的心理與思想觀念的形成，必將影響個體戰時文學書寫與創作，必將影響個體在戰時生活中的行為和選擇。

　　1945 年 8 月 8 日，葉聖陶言作一散文，是為「『中志』卷頭言一篇（九十二期用），題曰《發表的自由》，意在徹底取消書報檢查制度。」[37]，值得一提的是，該文與前文提到的《「勝利日」隨筆》以及同年 9 月 9 日葉聖陶所作的《我們永不要圖書雜誌審查制度》，三文直指國民政府於 1941 年和 1943 年分別制定和頒佈的《雜誌送審須知》、《圖書送審須知》、《書店印刷店管理規則》等法令，要求取消圖書雜誌審查制度。實則為控制圖書出版，國民黨早在 1938 年 10 月便於重慶九道門設立了「全國最高圖書雜誌審查機關」——中央黨部圖書雜誌審查委員會。該圖審會於第二年三月公佈《圖書雜誌原稿審查綱要》，其目標是：「『防止龐雜言論』、『樹立以三民主義為中心之文化』。要求各地書局、出版社、雜誌社，『均須將書籍、雜誌原稿』送審。經審查『同意者才得以出版』、『已經審查之圖書雜誌，每頁上均應蓋審查訖之圖記，以防其審查後更改』。」[38]。葉聖陶在 1939

---

37 葉聖陶：《葉聖陶集 20 日記（二）》，南京：江蘇教育出版社 2004 年版，第 440 頁。
38 周勇主編：《西南抗戰史》，重慶：重慶出版社 2013 年版，第 416 頁。

年 1 月 3 日給諸友的書信中直問：「『八百課』有何犯禁而亦被扣！」[39]，後不得不以「甚於此者正多，此其小焉者，何足掛齒」而自慰。據統計，1941 至 1942 兩年間，僅重慶地區就有 1400 種書被查禁，葉聖陶在 1942 年 2 月 15 日提到，當天章雪舟在開明書店中告知其，近日來黨政機關檢查各書店，凡是沒有獲得審查證書的圖書、雜誌全部要調去審查，一個星期前就已經封閉了生活書店、讀書生活社以及新華日報社三家書店了，對此葉聖陶感嘆道：「封條上皆書『發售反動書刊』字樣，今次檢查各書店乃其餘波……令人歎息而已，他何言乎」[40]。而僅 1942 年 9 月 19 日，一次就撕毀書刊 127 種、1242 冊。[41]為此，重慶文化界於 1944 年 5 月發出《對言論出版自由意見書》，表明抗戰七年以來，言論、出版、學術研究、戲劇公演等受到嚴苛的限制，使得許多有意義、有重量的文化作品未能呈現大眾眼前，同時也使得作家遭受動輒觸禁地痛苦，十分不利於文化的發展，所以「特請求政府根本廢除圖書雜誌審查制度，開放言論、出版、研究及公演之自由」[42]。為力求「取消圖書雜誌及戲劇審查制度」，同月，郭沫若、老舍、茅盾等 78 位文化界人士聯名著《重慶文化界為言論出版自由呈中國國民黨十二中全會請願書》，但國民黨政府並未鬆動，仍堅持其圖書審查制度。葉聖陶在同年 7 月 4 日所作的《「七七」七周年隨筆》一文中還直言「一切不好的現象我也不願說，

39 葉聖陶：《葉聖陶集 24 書信（一）》，南京：江蘇教育出版社 2004 年版，第 182 頁。

40 葉聖陶：《葉聖陶集 19 日記（一）》，南京：江蘇教育出版社 2004 年版，第 343 頁。

41 《中國抗日戰爭史》編寫組：《中國抗日戰爭史（馬克思主義理論研究和建設工程重點專案）》，北京：人民出版社 2011 年版，第 417 頁

42 周勇主編：《西南抗戰史》，重慶：重慶出版社 2013 年版 ，第 417 頁

說起來跡近暴露，觸犯時忌，沒有什麼意思」[43]，四天後又在日記中提及報紙對前線我方損失諱言。8月1日，葉聖陶又作《據理論而言》一文，意在諷刺當下「言論不得自由」[44]。直至日本投降抗戰勝利後，1945 年 8 月 31 重慶《中華論壇》、《文匯週刊》、《中學生》等八家雜誌聯名開會，一致認為：戰爭已結束，戰時圖書雜誌審查制度就無存在的必要，為抗議圖書審查制度，決定致書國民政府明令取消圖書審查製圖，同時決定自九月起自行不再送審。9 月 8 日，葉聖陶在日記中對《我們永不要圖書雜誌審查制度》一文的前因後果交代的十分清楚：

「重慶《東方雜誌》、《新中華》、《憲政》及我『中志』等八種雜誌，決自即日起不送審查，以為對於審查制度之抗議。八種雜誌並擬發行聯合增刊，取名《民主與團結》……審查制度之必須取消已不無可爭辯，既政府不取消，我人自動取消之，最為乾脆……余為主席，議定致書重慶之八家雜誌，表示以行動為回應。」[45]

第二日，即 9 月 9 日，葉聖陶一大早起床便埋首書桌撰寫出該文，要點為「取消事前之登記特許，事後之檢查與傳遞時之扣留。並言政府協助言論界之復員須求其公平，並嚴懲降敵附逆之文人，保障文人之人身自由，文化事業不得由一部分人獨佔云云。」[46]。9 月 11 日，葉聖陶所作的出版界要求之意見書得到出

43　葉聖陶：《葉聖陶集 6 散文（二）》，南京：江蘇教育出版社 2004 年版，第69 頁。

44　葉聖陶：《葉聖陶集 20 日記（二）》，南京：江蘇教育出版社 2004 年版，第264 頁。

45　聖陶：《葉聖陶集 20 日記（二）》，南京：江蘇教育出版社 2004 年版，第 445-446頁。

46　葉聖陶：《葉聖陶集 20 日記（二）》，南京：江蘇教育出版社 2004 年版，第446 頁。

版界的一致認可，並在各報社雜誌社通訊社聯合簽名後，一致對外發佈。第二日，孫伏園到成都，將重慶雜誌界自動取消審查制度的詳情「出版界團結的緊，取消非不可能……然圖書雜誌審查未經提及。」告知了葉聖陶，為此，葉聖陶歎道「我輩之意，則任何出版物俱不宜有審查也。」。[47]9 月 17 日，葉聖陶為重慶各雜誌社的《聯合增刊》撰文，意在表明各雜誌社爭取民主的意志，當日日記中，葉聖陶還提及《新中國報》舉辦了雜誌社集會，會議決定組織一次聯誼會，並像重慶一樣出一期聯合增刊，取名為《自由言論》。兩日後，葉聖陶為《自由言論》作了發刊詞，終於在文化界共同努力下，國民黨中央宣傳部不得不宣佈：於 10月 1 日起，廢除戰時新聞檢查制度和圖書雜誌審查制度。但圖書雜誌審查制度並非就此消除，同年 11 月 20 日，葉聖陶在日記中寫提及，上海十幾家報紙沆瀣一氣刊出多種新雜誌，本頗受民眾歡迎，卻在近幾日內消失不見，「黃任老與雁冰之書不能發賣。可見鉗制之嚴。取消書志審查制度才兩個月，方以為群力之效。今仍複然，群力苟不繼起，則前功盡棄矣」。[48]以群體的力量使得當局廢除圖書雜誌審查制度，但不到兩個月，當局又恢復鉗制，為此葉聖陶直言群體應該繼續一致反抗，否則將前功盡棄。

　　知識分子群體之力，並不僅僅體現在一致反抗當局的圖書雜誌審查制度上，還有一致參與國事給當局反應民意上。《贈參加政治協商會議諸君》是《西川集》收錄的最後一篇文章，該文以「政治協商會議」為中心，內容豐富而內含深刻，是葉聖陶就當

47　葉聖陶：《葉聖陶集 20 日記（二）》，南京：江蘇教育出版社 2004 年版，第447 頁。
48　葉聖陶：《葉聖陶集 20 日記（二）》，南京：江蘇教育出版社 2004 年版，第478 頁。

時政治局勢而發出的心聲，亦在一定程度上反映了當時文人知識分子的真實心理。文章談及政治，葉聖陶認為「政治就是公眾的事」，並希望參加協商會議的諸君「必須要盡力協商，制止那些宣言和言辭」，[49]要將自己的知識和才能貢獻出來為公眾服務，不能有「治民」的超出人民之上的心態，而應該受人民信任服務於人民。文末注以「1945 年 12 月 17 日作」，而此文早在 12 月 12 日便開始醞釀，葉聖陶同尚丁、羅又玄商量《聯合增刊》第六期的編輯內容時決定「以政治協商會議為中心，以十八日集稿，十九日再集會共同看稿」[50]，後在 13 日至 17 日相繼作文，終於 12 月 17 日號寫成了《聯合增刊》一文，題名為《贈參加政治協商會議諸君》，篇幅不長，僅一千多字，後與 19 日集會探討關於政治協商會議的一些文章，「共同編定《聯合增刊》第六期。各文多言政治協商會議。」[51]，同月 21 日葉聖陶出席政治協商會議，主要是應出版界同輩同事的邀請，討論對於即將召開的政治協商會議應提出那些意見的問題。但細究「政治協商會議」整個事件的脈絡和葉聖陶的日記，便可發現此文的發酵並不只是在 12 月 12 日，可以追溯至抗戰勝利之時。抗戰勝利葉聖陶專門創作了散文《「勝利日」隨筆》，並於 8 月 24 日和 9 月 5 日分別刊於《華西晚報》與《新華日報》。抗戰勝利普天同慶，但政治局面卻不容樂觀，國共雙方對中國未來的走向從勝利之日始便存有爭議，為解決爭議 1945 年 8 月 29 日至 10 月 10 日，以毛澤東為

---

49 葉聖陶：《葉聖陶集 6 散文（二）》，南京：江蘇教育出版社 2004 年版，第 188 頁。

50 葉聖陶：《葉聖陶集 21 日記（三）》，南京：江蘇教育出版社 2004 年版，第 3 頁。

51 聖陶：《葉聖陶集 21 日記（三）》，南京：江蘇教育出版社 2004 年版，第 6 頁。

首的中國共產黨代表團與國民黨政府代表在重慶舉行談判，經過43 天的談判，在 10 月 10 日簽署《政府與中共代表會談紀要》，即《雙十協定》，達成初步共識。對此葉聖陶在 8 月 28 日的日記中寫道「毛澤東到渝，與蔣氏談國共兩黨制團結問題，此事為國人所切系，團結問題不解決，則抗戰方畢，內戰即起，民不堪矣，」[52]，葉聖陶在日記中表示國共雙方若能誠意和解，那麼和平建國就一片光明，否則內戰一觸即發，貧民百姓將苦不堪言，同時也表明自己雖然不參與政治，但仍然強烈的希望國共兩黨能團結一致避免內戰，「極欲於未死之年，獲睹民生康樂，庶業繁興。」[53]。此期間葉聖陶時時刻刻關注著國共雙方的會談，從真切的以為國共雙方「不致決裂」；到仍對蔣介石發表的「傾向民主，為誠為妄，尚待事實證明，然其能為此，亦世界潮流與國內空氣有以致之也。」[54]的文告持有希望；再至國民黨背離《雙十協定》國內戰爭爆發，最終希冀破滅。

　　《雙十協定》之後第二日，葉聖陶創作兩短篇散文，一篇將刊於《聯合增刊》第三期，一篇則刊于《民主》，查閱《西川集》可知，此兩篇文章為《十月十二日隨筆》與《看報偶得》。前者為葉聖陶看完國共談判的會談記錄後有感而發，故在文章中直言：「會議錄寫成了，繕錄，印刷，分發，歸檔，往後就沒有下文了。好像大家辛辛苦苦開個會，作一番討論，完全為了一份會

---

52 葉聖陶：《葉聖陶集 20 日記（二）》，南京：江蘇教育出版社 2004 年版，第440 頁。

53 葉聖陶：《葉聖陶集 20 日記（二）》，南京：江蘇教育出版社 2004 年版，第440 頁。

54 葉聖陶：《葉聖陶集 20 日記（二）》，南京：江蘇教育出版社 2004 年版，第444 頁。

議錄似的，完全為了供他日查檔之用似的」。[55]所以，希望報上登載的國共商談初步協議的會談紀不要像其他許多會議記錄一樣沒有下文。後者則是以「人心」為主旨展開，談及由我擺佈、固執成見的「因襲觀念」，要求大家要排除「因襲觀念」，要站在人民的立場上將你們轉化為我們。當然，這之前葉聖陶曾在 10 月 5 日的日記中交代，《聯合增刊》第三期可能會以「將召開之政治協商會議為中心」；10 月 15 日，《聯合增刊》全體編輯會決定「四五兩期以政治協商會議為中心」作為接下來該刊物編輯主旨。[56]兩天后葉聖陶與同事編定《聯合增刊》第三期，計畫二十號出版。政治局勢說變就變，上一秒還認為內戰可避免，下一秒內戰也許一觸即發，葉聖陶也未曾預料到此種變化，所以在 17 日同好友傅彬然談及近來發生的事宜時感嘆萬分：「從政者一切惡德，皆於此時表露無遺，殆為古今之腐朽之頂點。軍事之衝突，自綏遠以至浙江，隨地而有，似內戰之禍終不可避免。經濟政策……」。[57]政治上、軍事上、經濟上均無希望可言：政治腐敗、經濟依附美國、軍事上內戰爆發不可避免，對此葉聖陶同所有關心時局的知識分子一樣憂心民生困苦。所以四天后即 10 月 31 日，為呼應《聯合增刊》就「近來有發動內戰的可能」而特別增加一期的行動，葉聖陶撰文《也算呼籲》，意在呼籲堅決反對內戰，文章曉之以情：抗日戰爭是不得已而為之的正義之戰，並不

---

55 葉聖陶：《葉聖陶集 6 散文（二）》，南京：江蘇教育出版社 2004 年版，第 172-173 頁。

56 葉聖陶：《葉聖陶集 20 日記（二）》，南京：江蘇教育出版社 2004 年版，第 460 頁，第 464 頁。

57 葉聖陶：《葉聖陶集 20 日記（二）》，南京：江蘇教育出版社 2004 年版，第 468 頁。

是人民喜歡打仗，而是為保生存、為維護人類和平而硬著頭皮、拼著性命打的一次殘酷無比的仗。動之以理：「內戰，算什麼呢？自己人打自己人，中了槍彈倒下去的是自己人，受了戰事的影響，傷殘死亡，顛沛流離的是自己人，這能與消滅法西斯的戰爭，抵抗侵略國家的戰爭相比嗎？這也是個不得已而為之嗎？」[58]文末以乞求的語氣呼籲道：「求求你們老爺們，請不要打內戰吧！」，並告知讀者「人民」將以他們的力量來制止打內戰。

「人民」的確關注和平、反對內戰，所以第二日，即 1945年 11 月 1 日，葉聖陶便在日記中談及重慶各雜誌社舉辦了一次臨時會議，會議中有人認為內戰危機日益嚴重，不出九天，內戰將不可避免的爆發，為此會議最終決定共同刊發一篇呼籲制止內戰的文字，由葉聖陶起草文章，並決定於 11 月 9 日邀請社會人士開座談會，共同商議反內戰事宜。雖葉聖陶對於「寫文字呼籲制止內戰」頗有質疑，並懷疑其效果，但聽從好友傅彬然多數人說總是有些效果的勸說後，同意著文。國民黨愛國將領也獻出他們的一份力量，表明其反對內戰呼籲和平的心聲。11 月 3 日、4日，葉聖陶在日記中如是記錄：「前數日有《掃蕩報》之編輯來訪，言該報將於本月十二日改名《和平報》，囑于為文。今日執筆，就『和平』兩字發揮，至午刻得千餘言」、「續作昨文畢，即寄與《掃蕩報》劉君」。[59]此文即是收錄於《西川集》中的《和平說》，全文以「和平」二字為主旨，展開說明和平之心的重要

---

58 葉聖陶：《葉聖陶集 6 散文（二）》，南京：江蘇教育出版社 2004 年版，第 177 頁。

59 葉聖陶：《葉聖陶集 20 日記（二）》，南京：江蘇教育出版社 2004 年版，第 471 頁。

性，並呼籲人們「與人相互勉勵，去掉私心，去掉戾氣，使全面的和平真正的和平從早抓在我們手裡」[60]。為何說是國民黨愛國將領發出「和平」之聲呢？如葉聖陶日記中所言，《和平日報》前身是《掃蕩報》，而《掃蕩報》作為國民黨的軍報，1932 年在南京創刊。1945 年 11 月張治中力主改名，並最終於 12 日改名為《和平日報》，其首期版頭由國民黨元老于右任題寫，此兩人之舉動充分顯示了他們為和平奔走的誠意，也表明了在反內戰、和平的面前不分你我，只要貢獻自己的愛國之心，就都是人民的力量。忙至 11 月 6 日，葉聖陶才有時間看報，得知內戰蔓延，難以消除內心十分不快，11 月 9 日座談會，各界人士一致決定「致書美國人民，請促其政府撤回在華美軍，以免參加我國內戰之嫌。實則美軍確已助一方面為內戰」。[61]此書仍由葉聖陶起草，座談會中葉聖陶聽聞各界人士言內戰不可避免擴大，而深憂民族國家前途，憂心憤慨；因而其下筆並不順暢：「下筆不快，各雜誌態度不一，有幾家對於此點力主鄭重，故措辭亟需斟酌。」[62]，查閱《西川集》，《對美國老百姓說話——重慶□種雜誌的聯合表白》落款為「1945 年 11 月 10 日，由《聯合增刊》編委會推舉起草。因十種雜誌未取得一致意見，未發表。」[63]，從時間和內

60　葉聖陶：《葉聖陶集 6 散文（二）》，南京：江蘇教育出版社 2004 年版，第180 頁。
61　葉聖陶：《葉聖陶集 20 日記（二）》，南京：江蘇教育出版社 2004 年版，第473 頁。
62　葉聖陶：《葉聖陶集 20 日記（二）》，南京：江蘇教育出版社 2004 年版，第473 頁。
63　葉聖陶：《葉聖陶集 6 散文（二）》，南京：江蘇教育出版社 2004 年版，第183 頁。

容上皆應是葉聖陶 11 月 10 日記中所提到的下筆不快的文章，此文在四天后葉聖陶才從傅彬然的口中得知《東方雜誌》不同意發出，民盟主席黃炎培也十分猶豫，認為涉及到國策，擔心得罪美國。此種心理葉聖陶作《暴露》予以諷刺，該直言越是說真話、講真理的文章，越難出現在大眾的視野中，認為國民黨官僚「胡作非為是正道，偷竊搶奪是權利，為國為民是夢話」[64]我行我素，自私而麻木，這樣暴露的效果只能是零，最後勸誡身當其事的人，心竅既已翻了個身就應該想做「家是我的家」，這樣暴露才能產生效果，葉聖陶一席話表明其觀點與態度，同時也是大後方眾多知識分子的心態觀念與訴求。

八年抗戰，亦是葉聖陶戰時大後方生活的全部，八年足夠葉聖陶認清國民黨當局的真實面目，透過葉聖陶日記中的文學書寫軌跡，而展現葉聖陶及其大後方知識分子對當局的態度：從早期的滿懷希望到後來的失望痛恨，整個變化過程從早期回應號召並積極號召民眾一致抗日，到中期著文以諷，再到後來強烈斥責當局並投身反抗行列。毫無疑問，戰爭這一大時代背景是葉聖陶及大後方知識分子思想與觀念形成的重要原因，而除此之外，國民黨當局的政治態度亦是不可忽視的原因；葉聖陶，作為在戰時大後方的生活的知識分子一員，其連續而細緻的日記真實地反映了知識分子的思想觀念及真實心理。而這樣的觀念與心理又自然而言的顯現於知識分子言行上，也就有了介入現實生活到介入政治活動中的可能性，也正是在此介入下，才有了戰時大後方為戰爭奔走，呼籲、號召抵制，以書生之力反抗的葉聖陶及其類似的知

---

64 葉聖陶：《葉聖陶集 6 散文（二）》，南京：江蘇教育出版社 2004 年版，第 187 頁。

識分子群體。透過葉聖陶這一個體，透過大文學視野下的日記、書信、傳記，以及透過戰時其文學創作及文學書寫，筆者試圖挖掘出葉聖陶背後隱含的群體思想、認知以及言行，從而展現戰時大後方知識分子群像的剪影。

結　語

　　抗戰時期作家日記，真實的再現了作家個體在戰時的真實生活狀態與生存空間。抗戰爆發，葉聖陶舉家西遷，直至抗戰結束才離開西南大後方，而其日記正好記錄了八年抗戰生活的點點滴滴，而個體作家的日常生活點滴，又正是探討其生活真實性的有力依據。尤其是從個體日記中出發，通過對作家日記的分析與探討，從而挖掘個體所處的生存空間與真實生活狀態，同時還可透過個體日記而挖掘出個體在戰時大後方日常生活中的心理狀態。葉聖陶日記充分展現了戰時大後方文人的真實生存狀態：雖物價上漲生活困難面臨轟炸與死亡，仍努力活著；雖動蕩不安仍心系戰事，雖手無縛雞之力仍為戰事敬獻一份綿薄之力。而日記中除了簡要日常瑣事記錄之外，涉及到的戰時大事件、文學創作、通信、會友、交流等等，也為我們了解葉聖陶日記之下的文學書寫提供了強有力的依據。看似平常的日記背後隱藏的往往是人們容易忽略的歷史真實，這樣的記錄實則是抗戰文學的一部分，它能幫助我們重回歷史現場，印證某些歷史事實，還原一個真實的歷史。葉聖陶日記中雖未具體描繪細節，但卻會記錄某些文學創作的軌跡，沿此軌跡，我們可探查葉聖陶抗戰時期的文學書寫與抗戰書寫，從而挖掘其背後隱含的歷史事實。因而通過對葉聖陶日記的深入分析與探討，可以充分地挖掘出葉聖陶處在戰時大後方的真實生活狀態與心理狀態，由個體推及群體反映出戰

時大後方文人知識分子的普遍心理。而依據也深套日記中的戰時日常生活與戰時文學書寫，可進一步顯現大後方知識分子群體的真實生活的剪影，從而從一定層面上展現戰時大後方此類群體的真實生活狀態與心態觀念。

在已有的抗戰研究材料包括公開發表及討論的文學作品與觀念中，如戰時老舍、巴金、艾蕪等的作品以及郭沫若創作的系列詩歌、文章，更多的可能是配合時代要求，將宣傳抗戰、理解抗戰作為一個作家義不容辭的責任。現有的研究，無論是專著還是期刊論文，研究者多是依據歷史史料及相關文學作品，從宏觀角度探討戰時大後方的政治、經濟、文化及社會生活；同時學界對抗戰、抗戰文學及戰時個體的研究，亦多是將作家個體的思想觀念、心理感受以及文學觀念納入抗戰民族國家這一宏大敘事之下，而忽略了作家個體對戰爭真實的心態觀念及心理感受，這種敘事對國家和民族固然是重要的，但它遮蔽了戰時作為一般個體民眾的真實生活及感受。戰爭，與之緊密相關的對象即是領導人與軍隊以及普通民眾，而後者往往是戰爭中最重要的受眾；作家，他們既是普通人，但又不同於一般普通民眾，作為知識分子的代表，他們必然比普通民眾更為敏感，社會責任感更強烈。如此可供我們思考的是，私下作家對抗戰、對文學究竟是怎樣的認知？戰時生活又是否改變了他們的思想觀念、人生價值觀以及文學觀？如果改變了又是如何改變的？此種變化是內在的而非外在的，我們需要從新的角度去認識與思考這種變化，更需要從新的角度思考與理解抗戰及抗戰文學，戰時日記，其本身從「大文學」觀念及角度即是抗戰書寫的方式，不同的是葉聖陶日記當初並不是為了出版而作，因而更具「真實性」與「私密性」，因此日記中關於戰時生活記錄的點點滴滴就極具說服力，也為我們探

尋大後方知識分子真實的抗戰生活提供了有力依據，此亦為何筆者以葉聖陶日記作為研究對象及切入點的原因及意義所在。筆者試圖透過作家個體日記，展示其戰時日常生活、心態觀念及文學書寫，意在展現戰時日記之於民族國家宏大敘事之下一般個體、普通人日常生活的意義；之於民族國家抗戰的精神與文化的意義所在。

抗戰文學尤其是戰時日記研究，可供挖掘和研究的內容還很多，文章僅是學界關於抗戰文學研究中的冰山一角，僅是在眾多前輩學者研究基礎上的進一步詢問與思考，筆者僅希冀能給後繼學者提供一種新的角度及思路，從而豐富大後方抗戰文學研究。

下編：延安作家的日常生活與創作心態

——以《蕭軍日記》為主要考察對象

　　抗戰時期的蕭軍淪入了大逃亡，輾轉於武漢、臨汾、延安、蘭州、成都等地，最後在延安找到了安身之所，在那裡度過五個春秋直至抗戰結束。蕭軍在延安是學界至今為止津津樂道的話題。然而，蕭軍前往延安彷彿成為了蕭軍在延安的敘述背景，很少有學者對蕭軍為什麼選擇延安進行探究，即便有，也大都強調革命理想政黨因素忽略了日常生活因素。到達實行軍事共產主義政策的延安後，體制化的延安生活對蕭軍產生很大影響。供給制下的私人家庭生活影響著他對人、事、物的看法與心態改變及文學書寫。蕭軍在延安的公共生活（參與文學活動、文學社團、與人交往）幾乎都是圍繞魯迅展開，蕭軍所講的魯迅是個人化的魯迅，蕭軍所闡釋的魯迅與公共「魯迅」的偏差背後，不僅是他對魯迅精神的堅持，更是對自由精神的捍衛。在強調「無產階級」、「人民大眾」「民族國家」的延安，蕭軍日記提供了一個不一樣的思想主題——宗教，據此我們可以探究蕭軍日記中的《聖經》閱讀與他個人精神之間的聯繫，這也是對蕭軍思想研究的豐富。雖然蕭軍日記中的語言富有情緒化特徵，其中所涉及的部分歷史事件的真偽也尚有爭議，但這正是蕭軍歷經生活之後依據體驗產

生的獨特自我感受，不論是日記所記錄自川渝遷至延安的心路展
示，還是延安日常瑣屑生活的實錄，甚至對自我牢騷的發洩、夫
妻關係的本真呈現、對他人帶有鮮明主觀情緒的好惡評判，等
等，都屬於中國知識分子，在戰火中，在獨特空間背景下，豐富
而又微妙的思想行為與精神追求，這些使這部日記具有重要史料
價值的同時，還使它成為了「大文學」意義上的「文學」書寫。

緒　論

　　本編考察延安作家蕭軍日常生活與個人心態，選擇日記為主
要對象而不是其他材料，就在於日記與傳記、評傳、回憶錄等後
來公開發表的作品相比，不光具有私人性，兼具歷史性與文學
性，它更是對於彼時心態最具時效性的呈現。徐塞、王科所著《蕭
軍評傳》、王德芬《我和蕭軍風雨五十年》、張毓茂《蕭軍傳》、
蕭軍的回憶錄《人與人間》這些著作多多少少都有所涉及。王德
芬作為蕭軍的妻子，她對以往生活的回憶確實幫助研究者看到了
蕭軍與妻子的日常，但是時間的久遠，敘述視角的局限，制約了
我們對蕭軍生活及生活中的思想行為、文學創作的進一步探究。
張毓茂所作的《蕭軍傳》與徐塞王科所寫的《蕭軍評傳》雖然寫
作風格不同但都以時間為順序介紹了蕭軍的人生經歷和文學創
作，評傳還對蕭軍的文學作品進行了懇切的評論。《人與人間》
亦是採用時間順序記敘了蕭軍的大半生，包括蕭軍自己所寫的部
分內容和他的兒女補充的內容，摻雜著他的回憶，部分作品，書
信和日記。然而無論是他妻子對二人生活的回憶，還是他人對蕭
軍的評論，或是蕭軍自己的回憶，都已不再是當時的蕭軍，而是

經過歷史的長河沉澱下來的蕭軍。另外由於篇幅的限制，大多採取了以時間為線以事件為點連接的方式對他人生中的主要經歷和文學作品進行或略或詳的撰寫，這樣做的好處是讓讀者對蕭軍的人生脈絡有一個清晰的把握，但是如果把這些材料作為研究物件它的局限性就顯現出來了。蕭軍日記則不然，就抗戰時期的日記來說，除了遇到戰爭或者緊急事件，蕭軍每天都堅持寫日記。日記即記錄了他的日常生活軌跡，同時還寫下了他當下心理的真實感受，關於生活，關於文學，關於政治等等，日記突破了他傳、回憶錄、評傳、自傳歷史久遠篇幅有限的局限性，為研究者還原了一個在當時歷史環境下的蕭軍。抗戰時期蕭軍因為戰亂等因素居無定所，輾轉於上海、武漢、臨汾、延安、蘭州、成都等地，最後在延安找到了安身之所，在延安度過五個春秋直至抗戰結束。相比之下延安居住時間最長，這一時期留下的日記也最多。其實每一個地方對於蕭軍來說都意義重大，在上海他於魯迅的幫助下文學事業取得了耀眼的成績；在山西他差一點就上了前線，跟蕭紅之間的情感出現危機；在蘭州結識了與他相伴一生的妻子王德芬；在成都參與文協工作，編輯《新民報》文藝副刊從事抗日宣傳，發表抗日救亡演講，啟發工人的抗戰覺悟；在延安蕭軍成了有名的「延安四怪」之一與延安文藝座談會的召開有著千絲萬縷的聯繫……這些在《蕭軍傳》、《蕭軍評傳》、《人與人間》中都有提及。選擇延安是蕭軍一生的轉捩點，提及蕭軍赴延，大多把他這一行為當做一種必然結果，很少有學者對此進行專門論述，即使有也都著重於民族國家政治因素。對於蕭軍前往延安，評傳中歸因於特務活動的瘋狂，嚮往棗園的燈光，為了人生理想的實現；蕭軍後來寫的自傳中也是強調因為文藝界抗敵活動的開展，上了限制異黨活動的黑榜，寥寥數語就結束了對於這段生活

的回憶。這導致學界對於這一時期的研究基本上比較欠缺。然而，日記中對這段生活卻有著詳細的描寫，包括他的日常工作、讀書筆記、開會聚餐、夫妻生活，內心感想等等，結合日記傳記等資料可看出，赴延之前，在上海、成都等地的生活體驗對蕭軍做出這一選擇的重大影響。日記的個人化私密性與自傳、他傳、評傳、回憶錄的公共性言論的不同便顯現出來。

　　蕭軍日記從不同方面不同程度上反映了當時的社會環境，個人的生存狀況、與人交往、文學活動、精神追求等通過日記也清晰的得以呈現。蕭軍曾說他要把每天所看到的，更詳細，更有系統的記錄下來，「無論是卑醜的，光明的，自己的別人的……全要記載下來」[1]。省略號的使用，表達出蕭軍想要用日記記錄下所有見聞的雄心。日記中既有對時事的感慨，對社會現狀的評判，對日常生活的牢騷與埋怨，也有個人抒情表達，對家庭，對朋友，對自我的評價與定位，言辭犀利之處不留一點情面，也有普通男女間兒女情長，還有部分詩歌，雜文，書信也在其中，內容非常豐富。雖如蕭軍所說無論是卑醜的，光明的，自己的、別人的、社會的等等全部要記錄下來，但就日記內容來看，他所記錄的內容仍以「私人的事情」居多，第一人稱的言說，主觀性的話語，情緒化的敘述處處可見，蕭軍也曾提到要把日記當做文章寫，預備發表，但是其中的私人事情卻不在這之列，把私人事情寫在日記中只是為了省一本簿子[2]。在延安日記的出版後記中蕭軍的家人提到，在出版這部日記時有很多的顧慮包括篇幅、政治因素、朋

1　蕭軍：《延安日記(1940-1945)》上卷，香港：牛津大學出版社，2013 年版，第 49 頁。
2　蕭軍：《延安日記(1940-1945)》上卷，香港：牛津大學出版社，2013 年版，第 292 頁。

友人情的考慮、私人的考慮，但為了給讀者展現一個真實的蕭軍，留下那個年代的側面記錄，最終決定不做刪節全部發表。日記中多是一個作家的直接觀感和印象，無論他的觀點是否正確，都是他當時當地的想法記錄，模糊修飾的成分很少，未摻雜後來所謂的偉大、光榮的色彩。[3]考察蕭軍日記，我們會發現赴延之前的生活對蕭軍做出人生抉擇的重要性，生活環境的改變對蕭軍文學書寫帶來的影響，延安時期蕭軍思想的複雜性。日記中所記錄的人和事，相對那些公開發表的文章等更能看到一個真實的人，通過日記也可以很好的理解作家的文學創作。所以，本文主要以蕭軍日記為主要對象，以評傳、自傳、回憶錄等為輔進行考察。

　　整體來看，學界對蕭軍日記的系統性研究比較少，要麼在某些論文中會稍有涉及，作為他生平的補充，要麼關注日記中的政治事件對蕭軍的影響，而忽略了蕭軍個人生活，要麼以日記來梳理蕭軍在延安，一般來說都只是把它作為史料。但是，關於蕭軍日記內容的真偽很多學者都抱有懷疑態度，還有人對日記中的失實之處加以校正，如秋石《歷史現場與蕭軍<延安日記>》對日記中的一些失實之處進行辨析。學者馬海娟在《無限的想像與有限的真實——由蕭軍<延安日記>中的幾則史料說起》認為蕭軍日記中的真實是有限的，不能以日記去窺探邊區原貌，研究文學史要有紮實的史料，但同時，蕭軍日記價值也在於此，它真實記錄了一代知識人的心路歷程。李怡在《大文學視野下的<吳宓日記>》[4]一文中將私人日記放在「大文學」視野之下，將其看成大文學意

3　見蕭軍：《延安日記(1940-1945)》下卷，香港：牛津大學出版社，2013 年版，第 772-773 頁。

4　李怡：《大文學視野下的<吳宓日記>》，《現代中國文化與文學》，2016 年第 2 期。

義上的寫作，這種大文學史觀為日記研究提供了更寬廣的視野。蕭軍日記「純屬私人日記的範疇，是一種想說就說，想發洩就發洩的記錄方式。它代表的是個人的情感與想法，個人的喜怒哀樂，個人對時局對周遭人與事物的看法。因而，誰也無法保證這種私人日記是否真實地、完整地反映了歷史」[5]，與其把它當做史料糾結於「真偽」材料的辨析，不如把它當做文學文本來研讀，據此考察像蕭軍日記所呈現的知識分子的複雜精神歷程。

蕭軍作為一個作家，他在日記中所記敘的延安經歷諸如參加文學活動和社團，延安文藝座談會的召開，整風運動的開展，按照等級享受相應的物質待遇，與妻子分開居住，種地開荒參加生產活動，黨校學習，完成佈置的寫作任務等等這些都是延安文藝界知識分子的共同體驗，蕭軍因生活體驗而產生的這樣那樣的思想狀況未嘗不是有同樣經歷的知識分子所共有的，但是蕭軍個人在多大程度上代表了群體還有待進一步研究。過往的延安文藝研究大都關注文藝創作的情況，而新世紀的研究則把研究重點放在延安時期文藝生產機制的本身，關注他們與文學機制，文學創作與政治要求之間的雙向聯繫，有大量的史料做支撐，描述延安文學發生、發展中文學活動的具體場景，提供給讀者回歸到當時歷史語境中的情境。這一點對我們今天如何回到歷史「當下」進行研究提供了借鑒。朱鴻召、王元培、黃科安等在延安文學研究方面都頗有建樹，他們更多關注的是體制內「個體」私有狀態的打破與「集體」的融合，著重於強調意識形態對知識分子寫作及其思想行為的規約，知識分子在框架化的公共生活中如何主動或者被動的轉型，然而對延安知識分子體制化生活中的私密性空間論

5　秋石：《歷史現場與蕭軍〈延安日記〉》，《粵海風》，2015 年第 1 期。

及較少，關於知識分子的生活生存狀態的研究也大多是以知識分子群體為研究對象，個案研究較為缺乏。

關於日常生活有從哲學、美學、歷史學、文化人類學角度等進行的研究，然而無論是哪個角度，提及日常生活，必然會與「家庭」相聯繫。家庭是日常生活發生發展的主要空間，家庭日常生活包括客體的吃穿住行、喜怒哀樂，以及發生在「家」這個空間中的人際交往等等，「家庭」作為私人生活的發生空間與政治有著千絲萬縷的聯繫這在《私人生活史》[6]中有著明顯體現。有研究者認為「日常生活中有『私人』的面相，也有『公共』的一面，『私』的一面主要集中於『家』、『家庭』這一空間與『身體』『秘密』、『個人意識』等層面，『日常』既涵括這些維度，還外延到工作、人際交往等涉外層面，不著重強調『私密』、『隱私』這些內在涵義，它具有相對來說更加開放的討論空間，以及開明的態度」[7]。純粹的私人生活是不存在的，它必定會受到與之相對應的外在公共生活或多或少的影響，為了便於論述，本文亦採用這種說法，將蕭軍延安日常生活分為私人的家庭生活與公共生活（參與文學活動、文學社團、與人交往）。雖然延安戰時共產主義政策使家庭應有的私密狀態受到了衝擊，革命實用思維介入其中，但是家庭的私密性並不是被徹底打破，如夫妻間仍會因為「身體」產生矛盾。家庭生活反過來又會影響蕭軍的個人情緒，他對妻子的態度與評價，對邊區政府，政策等的看法與態度及文學書寫。公共生活這一部分內容幾乎都是圍繞傳播魯迅展開。蕭軍講魯迅不僅在社團與文學活動當中更滲透到與人交往之中，而

---

6 [法]菲利浦·阿裡埃斯，法喬治·杜比主編，周鑫等譯：《私人生活史》，北方文藝出版社，2008年。
7 徐珊：《戰時大後方知識分子的日常生活》，華東師範大學碩士論文，2011年。

且蕭軍所講的魯迅是私人化個人化的魯迅，蕭軍私人魯迅與公共
「魯迅」的偏差背後，不僅是他對魯迅精神的堅持，更是對自我
的捍衛。論及延安時期蕭軍思想，大都強調對魯迅思想的繼承與
傳播如張根柱《論蕭軍延安時期的創作對魯迅文藝思想的繼承》
[8]，「個人主義精神」如王俊《革命、知識分子與個人主義的魅影——
解讀延安時期的蕭軍》[9]，「新英雄主義」如徐玉松《新英雄主義
與蕭軍四十年代的創作道路》[10]。無論哪一點都會提到魯迅，當
然魯迅對蕭軍的影響毋庸置疑，然而思想方面影響蕭軍的不是只
有魯迅，延安時期蕭軍的思想非常複雜。蕭軍思想的複雜性從他
日記中所記讀書書目就可以看出，蕭軍日記裡曾在一段時間內頻
繁地出現同時閱讀《聯共黨史》、《魯迅全集》、《聖經》。從
中可以發現在強調「無產階級」、「人民大眾」、「民族國家」
的延安，蕭軍日記提供了一個不一樣的思想主題——宗教。據此
我們可以探究蕭軍日記中的《聖經》閱讀與他個人精神之間的聯
繫，這也是對蕭軍思想研究的豐富。

　　蕭軍日記的出版，帶給了我們第一手的材料，與其他研究資
料相互佐證可以讓我們更好的了解抗戰時期的蕭軍。蕭軍的日記
書寫並非是客觀歷史記錄，恰恰相反，這些日記有太多蕭軍自我
私密性的書寫，正是這些個人私密性書寫的部分，提供了他的真
實心態。考察蕭軍這一個人私密性寫作，並非是為了獵奇他人的
隱私，而是由此觀照蕭軍的精神世界。

8　張根柱：《論蕭軍延安時期的創作對魯迅文藝思想的繼承》，《齊魯學刊》，
　　2005 年第 1 期。

9　王俊：《革命、知識分子與個人主義的魅影——解讀延安時期的蕭軍》，《中
　　國文學研究》，2014 年第 3 期。

10　徐玉松：《新英雄主義與蕭軍四十年代的創作道路》，南京師範大學碩士論文，
　　2010 年。

第一章　前往延安：個人理想追求與家庭生活的需要

　　抗戰時期，受到戰爭的影響，在民族危機的歲月蕭軍淪入了大逃亡，輾轉於上海、武漢、臨汾、延安、蘭州、成都等地，即使在逃亡時期，他仍努力為抗戰做出自己最大的貢獻，最終在延安尋得了安身之所度過五度春秋直至抗日戰爭結束。1936 年，中國工農紅軍到達延安，在之後 10 年時間內，這裡是中國共產黨中央所在地、陝甘寧邊區首府，尤其是在 1941 年皖南事變之後，它實際上成為了與當時的國都重慶分庭抗禮的又一個權力中心。1937 年中共中央進駐延安，之後的幾年一直是張聞天主持党的宣傳文化工作，在共產黨高層相對多元領導的局面下，延安城有了紛繁的文事，文化政策比較寬鬆，對文化人很是包容，用盡一切方法吸引知識分子到延安去，開明之風尚盛行、民主之氛圍濃厚。[1]再比較國共兩黨抗戰初期作戰態度、作戰成果及兩方統治下社會狀況等方面，延安成了進步青年嚮往的革命聖地，成千上萬的知識分子從全國各地被吸引至此。蕭軍就是從國統區到延安

1　見朱鴻召：《沿河邊的文人》，上海：東方出版中心，2010 年，第 77-82 頁。

的其中一個。蕭軍在延安是學界至今為止津津樂道的話題。然而，蕭軍前往延安彷彿成為了蕭軍在延安的敘述背景，對蕭軍去延安的原因探究也並不充分。知識分子選擇去延安是學界常常關注的一個老話題。大部分的研究著述包括很多當事人的回憶和自序，都在強調革命理想和政黨理念的重要。不過，對特立獨行的蕭軍來說，對於一心想奔赴抗日最前線的蕭軍來說，最終決定選擇延安是一個值得細細探究的命題。

全家奔赴延安，是蕭軍第二次踏上延安的土地。徐塞、王科在為蕭軍做的評傳中簡單介紹了蕭軍第二次到延安的原因「嚮往那曾經瞻仰過的棗園燈光」；由於積極從事抗日宣傳成為國民黨特務逮捕暗殺的對象；舒群要「經重慶赴延安，敦促他同行」；「他知道只有延安才是實現自己人生理想的所在」[2]即「實現自己爭取國家與民族獨立、平等，實現沒有人剝削人、人壓迫人」[3]的理想。很明顯，評傳中將個人理想、政黨因素作為蕭軍前往延安的最主要原因，與國民黨統治下的黑暗相比延安確實更符合蕭軍的理想目標，這也是蕭軍到達延安後即使對延安產生牢騷與埋怨也並沒有離開的原因。但也不止於此。

第一節 個人理想與文學事業的追求

作為一個作家，蕭軍實現自己人生理想的最主要的方式就是工作與寫作。蕭軍雖然未戰鬥在抗戰第一線，但作為一個作家他始終以作家的方式參與到民族抗戰中。在上海，《八月的鄉村》

---

2 王科、徐塞：《蕭軍評傳》，重慶：重慶出版社，1995 年第 186 頁。
3 王科、徐塞：《蕭軍評傳》，重慶：重慶出版社，1995 年第 164 頁。

一經出版就引起了轟動，這部作品不僅奠定了蕭軍在文學界的地位，更重要的是激起民眾抗戰的決心和熱血；在籠罩著白色恐怖的武漢，他與胡風、聶紺弩等人共同主辦革命文藝刊物《七月》搏擊在抗戰初期的漩流中；在臨汾與聶紺弩等一眾好友任教于「民族革命大學」致力於培養抗日人才，一度渴望投入一線戰場當中，後未果；在成都，參與文協工作，編輯會刊，在自己主編的《新民報》副刊上積極宣傳抗日，為工人創辦夜校，以各種各樣的方式動員各方面的力量參與到抗日鬥爭當中等等。他人生理想的實現需得借助文學事業的力量，所以蕭軍對自己的工作（諸如編輯報刊、文學寫作、社團工作）非常重視，想要有一個好的工作環境，不受人事的叨擾，時常在日記中將其重要性與自己的生命比肩，對文學事業的追求是他選擇前往延安的一大因素。那麼蕭軍為什麼會選擇延安作為實現自己人生理想和事業追求的地方？除了與延安堅定的抗日態度，當時卓有成效的邊區建設和寬鬆的文化政策有關，還與他赴延之前的生活經歷有關。這還得從他第一次與延安的「偶遇」和魯迅逝世開始說起。

　　蕭軍第一次去延安是在 1938 年 3 月下旬。當聶紺弩向蕭紅提議去延安說不定會遇到蕭軍的時候，蕭紅認為依照蕭軍的性格，他是不會去延安的。的確，蕭軍第一次去延安有很大的偶然性。「報國的夙願，夫妻的恩怨」[4]，使蕭軍決定到前線，去五臺山打遊擊。由於從臨汾到五台要經過很多犬牙交錯的複雜地區，一位元八路軍領導建議蕭軍渡黃河至延安，然後跟隨大部隊去五臺山。蕭軍最初覺得這樣浪費時間，但又由於去五台的路已不通，他只能加入到學校撤退的隊伍。當他看到閻錫山國難當頭，

---

4 王科、徐塞：《蕭軍評傳》，重慶：重慶出版社，1995 年第 159 頁。

還不忘反共，詆毀共產主義，堅定了脫離「民大」的決心，與眾師生告別，獨自渡黃河，打算同八路軍敵後部隊到五臺山革命根據地去。蕭軍第一次去延安的偶然經歷成為了二次赴延的必然基礎。當毛澤東從丁玲處獲知魯迅學生、《八月的鄉村》作者蕭軍來到延安時便有意想見蕭軍。蕭軍第一次到延安之時，就和徐懋庸、何思敬、聶紺弩等人同時被毛澤東探望。當他得知毛澤東作《論魯迅》講話時對魯迅進行了高度的評價，而且在講話中還引用了魯迅給他和蕭紅信中的一段話，他更是激動不已。[5]在陝北公學第二屆開學典禮上，蕭軍與毛澤東、陳雲等領導人站在操場上一起會餐，這種人不分貴賤，上下平等的氛圍，讓蕭軍內心深受觸動。[6]其實在延安，凡是與魯迅有過來往的人，無論是受過魯迅幫助的，還是受過魯迅批評的人，毛澤東都要與之會面、談話，乃至主動登門拜訪。[7]

　　蕭軍文壇上的名望，「魯門弟子」的身份讓他受到了毛澤東的親自接待。這兩個關鍵性的因素都與魯迅不可分割。魯迅雖然在 1936 年病逝，但是在蕭軍之後的人生路途中，他從未缺席，是蕭軍欽佩一生的偉大文學家，是他的精神導師。蕭軍與魯迅的接觸經歷了書信往來到日常交往兩個階段。上海時期，二蕭與魯迅之間的關係更加親密。二蕭成名於上海，他們初出茅廬便得到當時文壇上最具影響力之一的魯迅的幫助支援與讚賞，魯迅生前對他們來說就是引領他們在暗夜中前行的導師，是他們登上文壇的引路人。上海期間，蕭軍《職業》、《貨船》等大量作品相繼

---

5 秋石：《歷史現場與蕭軍<延安日記>》，《粵海風》，2015 年第 1 期。
6 見王德芬：《蕭軍在延安》，《新文學史料》，1987 年第 4 期。
7 秋石：《歷史現場與蕭軍<延安日記>》，《粵海風》，2015 年第 1 期。

發表，他在這一時期發表的作品都經過魯迅的親自修改、審定。「為了使這位青年作家的文章順利通過，魯迅先生還往往要搭上自己的一兩篇佳作」，「可以說，沒有魯迅先生的關懷，就不會有中國現代文學史上的二蕭」[8]，這種說法毫不誇張。在與魯迅親密接觸的過程中，魯迅給蕭軍的不僅是文學上的引導與幫助，還有生活上的扶持。魯迅曾邀請部分文藝界知名人士和蕭軍夫婦赴胡風兒子滿月宴，受到邀請的有茅盾、聶紺弩夫婦和葉紫，應為主角的胡風一家卻因為收到通知晚了沒有參加。實際上這場宴會是「專為這對東北文學新人而舉行的」[9]。對於魯迅先生的這一良苦用心蕭軍亦深有感觸「……實質上卻是為了我們這對青年人，……有孤獨寂寞之感，特為我們介紹了幾位在上海的左翼作家朋友，……對我們在各方面有所幫助；同時大概也耽心我這個體性魯莽的人，……所以特地指派了葉紫做我們的『嚮導』和『監護人』」[10]。魯迅用心而又不令人尷尬的方式照顧著這兩個漂泊異鄉的文學青年，讓他們雖身處異鄉，卻倍感親切。蕭軍深知，如果沒有先生的幫助與扶持，他的文學道路不會這麼順暢，文學事業的成功也大大改善了他們的生活條件。魯迅在蕭軍走投無路之時施以援手，直接或間接地對他們進行生活的救濟，他非常感念魯迅的知遇之恩。蕭軍的《八月的鄉村》作為奴隸叢書之一，序言由魯迅所寫，並得到他的修改和推薦。《八月的鄉村》發表後引起了重大反響，也令蕭軍聲名大噪，周揚和胡喬木都曾撰文

8　王科，徐塞：《蕭軍評傳》，重慶出版社，1993 年，第 87-88 頁。

9　王科，徐塞：《蕭軍評傳》，重慶出版社，1993 年，第 87 頁。

10　蕭軍：《魯迅給蕭軍蕭紅信簡注釋錄》，黑龍江人民出版社，1981 年，第 109 頁。

給於高度評價。雖然蕭軍在上海時期沒有加入「左聯」但是卻成為「上海左翼文化運動中的一名『闖將』」[11]。魯迅的幫助讓二人有了更好的創作條件與發表機會，也使他們得以投身到自己鍾愛的文學中去，「各個刊物都向他們開啟了曾經一度緊閉的大門」[12]，他們以文學為事業，解決了生存，以文學為武器，為反文化「圍剿」而戰鬥。蕭軍事業的成功有賴於魯迅的引導，而文學界的成名也讓他得到了共產黨的認可。

1936 年 10 月 19 日，魯迅在上海逝世，魯迅的逝世令蕭軍悲痛不已。喪事非常隆重，擔負喪事內部一切事物的是治喪辦事處，負責來賓招待、靈堂佈置等具體事宜，除此之外，還需履行委員會一切指定。這裡的委員會指的是治喪委員會，委員會的成立背後其實是中國共產黨的全力支持與積極籌備。時任黨中央總書記的張聞天曾給上海的馮雪峰發去專電，責成他代表中央全權主持魯迅治喪工作[13]，在馮雪峰、宋慶齡、蔡元培等人的商議下很快成立了治喪委員會。關於治喪委員會的成員說法不一，蕭軍曾在《魯迅先生逝世經過略記》[14]中提到魯迅治喪委員會成員有：蔡元培、內山完造、宋慶齡、A.史沫德萊 、沈鈞儒 、蕭三 、曹靖華、許季茀 、茅盾、 胡愈之 、胡風 、周作人 、周建人。還有學者發現毛澤東也是治喪委員會成員之一[15]。儘管關於治喪

11 王科，徐塞：《蕭軍評傳》，重慶出版社，1993 年，第 94 頁。

12 王科，徐塞：《蕭軍評傳》，重慶出版社，1993 年，第 94 頁。

13 參見吳亮平：《為真理而鬥爭的一生》，《回憶張聞天》，長沙：湖南人民出版社，1985 年第 58 頁；程中原：《張聞天與新文學運動》，南京：江蘇文藝出版社，1987 年第 266 頁。

14 蕭軍：《魯迅先生逝世經過略記》，《蕭軍全集》卷 11，北京：華夏出版社，2008 年第 140 頁。

15 田剛：《魯迅與延安文藝思潮》，《文史哲》， 2011 年第 2 期。一文認為

委員會成員的資訊在數量和人員組成上有差異，然而共產黨在其中起到的重要作用他們對魯迅的高度重視是有目共睹的。身為治喪辦事處成員之一的蕭軍不可能看不到這一點。中共除了辦理魯迅喪事，還在魯迅逝世後迅速作出反應，高調弔唁魯迅，並且以實際行動紀念魯迅。魯迅逝世三天之後，中共中央和中華蘇維埃中央政府立即發出由張聞天起草的《為追悼魯迅告全國同胞和全世界人士書》、《致許廣平女士的唁電》、《為追悼與紀念魯迅先生致中國國民黨中央委員會與南京國民黨政府電》這三份文件[16]，為了永遠紀念魯迅先生，中國共產黨中央委員會，蘇維埃人民共和國中央政府決定在全蘇區內：(一)下半旗致哀，並在各地方和紅軍部隊中舉行追悼大會；(二)設立魯迅文學獎金基金十萬元；(三)改蘇維埃中央圖書館為魯迅圖書館；(四)在中央政府所在地設立魯迅紀念碑；(五)收集魯迅遺著，翻印魯迅著作；(六)募集魯迅號飛機基金。同時，中共中央及蘇維埃政府還向主政的國民黨和國民政府提出如下要求： (一)魯迅先生遺體舉行國葬，並付國史館立傳；(二)改浙江省紹興縣為魯迅縣；(三)改北平大學為魯迅大學；(四)設立魯迅文學獎金，獎勵革命文學；(五) 設立魯迅研究院，收集魯迅遺著，出版魯迅全集；(六)在上海、北平、南京、廣州、杭州建立魯迅銅象；(七)魯迅家屬與先烈家屬

治喪委員會由蔡元培、馬相伯、宋慶齡、毛澤東、內山完造、史沫特萊、沈鈞儒、茅盾、蕭三共九人組成，毛澤東的名字，是當時一家日本人辦的《上海日日新聞》的日文、中文版曾經提到，而其他的報刊都不敢披露。

16 三個文件見中國社會科學院研究所魯迅研究室編《1913-1983 魯迅延納學術論著資料彙編》（第一卷），中國文聯出版公司，1990 年版，第 1500—1501頁。

同樣待遇；(八)廢止魯迅先生生前貴黨貴政府所頒佈的一切禁止言論出版自由之法令。表揚魯迅先生正所以表揚中華民族的偉大精神。在這三份文件中，中共表明了對魯迅價值的堅定認可並對其做出高度評價，明確表明中共態度及在蘇區紀念魯迅的具體措施，與此同時向國民黨政府提出要求。之後，陝北蘇區即成立了「魯迅青年學校」、「魯迅劇社」等以魯迅命名的文化機構。1936年10月30日，中央蘇區在保安舉行魯迅追悼大會。1937年中共中央由保安遷駐延安後又相繼成立了很多「魯迅」命名的機關和學校如魯迅圖書館、魯迅藝術學院等。1937年10月19日，魯迅逝世一周年之際，陝北公學在延安舉行了紀念大會，毛澤東還發表了演講，演講內容後被人整理成文以《論魯迅》為題發表在胡風主編的《七月》1938年3月第10期上。而此時，與蕭紅之間情感出現危機本想去五臺山打遊擊的蕭軍，機緣巧合之下來到了延安。

姑且不論共產黨人對魯迅的闡述和評價是否貼切，也姑且不論魯迅逝世後共產黨人發電全國自有他的策略性和目的性，在國民黨輕化魯迅時，共產黨站出來對魯迅價值作出肯定，這種處事行為與方式，讓參與治喪並以魯迅弟子自居的蕭軍感動不已，事實上，這也是中國共產黨獲得了眾多魯迅擁護者支持的重要原因之一。在魯迅的幫助下，蕭軍在上海取得了文學事業的長足發展，共產黨對待魯迅的態度讓蕭軍頗為感動，未去延安之前他就看到了中共對魯迅的重視與關注，文壇上的成就也讓中共看到了他的存在。第一次到達延安之後，與毛澤東的初次交往，受到中共領導人的主動接見，延安和諧平等的氛圍給他留下了深刻印象。魯迅給蕭軍的不只是引領他走上文壇有了自己的文學事業，更給了蕭軍進軍延安的階梯。魯門弟子的身份，《八月的鄉村》

作者無疑使蕭軍有了在延安能夠受到重視的資本，他通過魯迅看到了中共對知識分子的態度，看到了自己能在延安有一番事業的潛在可能。對於心懷民族國家對政治充滿熱情的作家蕭軍來說，在民族危亡時刻，想要通過文學事業來實現自己爭取國家與民族獨立、平等，實現沒有人剝削人、人壓迫人的人生理想是那麼的崇高。延安正是一個可以實現自己追求的理想之地。

　　然而蕭軍不僅是一個作家，他還是一個需要生存與生活的人。對於蕭軍前往延安的原因，除了實現人生理想的需要，家庭因素往往被我們忽略。對於蕭軍離開成都的原因，在公開發表的言論中，無論是研究者還是蕭軍自己都著重強調政治環境的惡劣。《蕭軍傳》[17]中歸因於越來越瘋狂的特務活動；蕭軍後來寫的自傳中也強調因為文藝界抗敵活動的開展，上了限制異黨活動的黑榜，不得不離開成都。有學者認為「隨著白色恐怖的加重，進步人士不斷被暗殺的消息傳來」[18]促使蕭軍決定離開成都。錢理群也曾提到蕭軍二次赴延的原因，「1940 年又因為不堪忍受國民黨專制統治，再度踏上延安的土地」[19]。政治環境的惡劣確實是蕭軍離開成都的重要原因，雖然延安的政治環境要好一些，但延安並不是當時在成都的蕭軍的唯一選擇。經過對比發現，關於赴延之前的的生活，傳記、評傳、回憶錄主要內容都是蕭軍在工作上為抗戰宣傳所作出的努力與貢獻，至於離開成都的原因，都側重強調政治環境的惡劣。除了為抗戰服務等工作之外，這背後的日常生活又是怎樣一幅複雜圖景？這日常生活對個人又會產

17 張毓茂：《蕭軍傳》，重慶：重慶出版社，1990 年。
18 王瑋：《四十年代延安文藝運動中的蕭軍》，陝西師範大學碩士論文，2014 年。
19 錢理群：《1948：天地玄黃》，濟南：山東教育出版社，1998 年，第 130 頁。

生怎樣的影響？日記中對這段生活有著詳細的描寫，包括他的日常工作、讀書計畫、開會聚餐、夫妻生活，內心感想等等，從日記中可以發現，除了對個人理想與文學事業的追求這一因素外，川渝時期的家庭生活對蕭軍延安道路的選擇也有著重要的影響。

第二節　解決家庭生活煩惱的需要

　　蕭軍第一次的延安之行時間非常短，離開延安之後，蕭軍與蕭紅於西安再次見面並最終分手。與蕭紅分開之後，蕭軍打算去新疆欲在大西北幹出一番事業，途徑蘭州，與王蓬秋之二女兒王德芬雙雙墜入愛河，雖然遭到家人反對，但二人難以分捨。最後王德芬之父母妥協，並登報聲明二人結為夫妻。蕭軍與王德芬結婚之後，本想前去武漢，可武漢情況危急，二人於 1938 年 7 月輾轉來到了四川成都。新婚的甜蜜逐漸淹沒於平淡的生活中，與妻子之間的矛盾慢慢凸顯，孩子的降生，經濟上的入不敷出，政治上的威脅，生存環境的惡劣……生活的瑣碎，生存的壓力讓蕭軍痛苦不堪。

　　蕭軍在 1939 年 8 月 20 日日記中曾說「我確實需要一個工作好環境和一個能傾吐的人，但是我沒有……孩子和老婆會減低了人的驕傲和豪氣啊！因為有了女人，又有了孩子要生出來了，我只能困在這裡喲！」[20]1939 年 8 月的成都並不太平，「四川七師長叛變」、「樂山被轟炸」這樣的亂事和環境擾害著蕭軍，但蕭軍此時已是一個女人的丈夫，一個未出世的孩子的父親，不再是

20　蕭軍：《日記補遺》，香港：牛津大學出版，2013 年，第 154 頁。

孑然一身可以單槍匹馬說走就走的流浪漢，即使需要出走另尋好
的環境，因為家庭的責任和負累也不能跨出半步。女人與孩子儼
然成了羈絆蕭軍的鎖鏈，孩子與女人也成了他以後人生中思考的
重要因素。最初在蕭軍的道路選擇裡，延安只是其中之一。已在
成都居住一年多的蕭軍在 1939 年 10 月 24 日寫到「明年五月以
前一定要離開成都，去的方向——延安，桂林，新加坡。這三處
恐怕以去延安為多，這樣可以減除我一些家庭上的煩惱！使她入
學，也許會變得好些」[21]。這是在蕭軍日記裡較早提到離開成都
後可能會去的方向，在三者之間選擇延安，是因為延安可以提供
入學的機會，可以使蕭軍達到減輕家庭煩惱的目的，這裡所指的
家庭煩惱主要是妻子王德芬引起的。在日記中蕭軍多次提到二人
精神上的隔閡，直言兩人之間是只有肉體沒有靈魂的畸形的愛，
這是蕭軍想讓妻子入學的一個重要原因。蕭軍在日記中把妻子比
喻成一個隻知道要糖果的孩子，「她是一個隻知道要糖果，而從
不想糖果來源的孩子。她只是想到自己的人。她沒有人類的同
情，也沒有革命和追求的熱情，她對我的勞力、精神、成就……
是不了解，不愛惜……是冷漠的。」「她對什麼也不理解，也不
求理解……」[22]。蕭軍渴望在夫妻之間達到一種靈與肉的契合，
顯而易見在日記中顯現出來的妻子形象是不思進取的，對蕭的工
作不理解，「孩子」這一稱呼也暴漏出蕭軍對妻子不成熟的不滿。
有時候在蕭的眼裡，不僅二人靈魂上不在一個層次，連肉體欲望
也得不到滿足，「我所接觸的女人總沒給我這滿足——無論在靈

---

21 蕭軍：《日記補遺》，香港：牛津大學出版，2013 年，第 222 頁。
22 蕭軍：《日記補遺》，香港：牛津大學出版，2013 年，第 92 頁。

的方面還是肉的方面」[23]。「每一個女人她們全要我扶助，全要耗去我一大部分精力，耽誤我的工作……我為什麼要這樣被榨取？我為什麼要這樣被犧牲……」[24]。在蕭軍與王德芬結婚後，家庭的收入來源全靠蕭軍，在妻子眼中男人養家是再正常不過，但是在蕭軍眼中，妻子卻沒有做好她該做的事情，比如合理規劃收支，讓蕭軍全心投入工作中，不以生活中的小事去煩惱他，不浪費他的精力等等。蕭軍對於自己的工作非常的重視，最不想的就是自己的工作被打擾，偏偏事與願違。蕭軍記錄日記除了逗號，句號之外，還喜用省略號，感嘆號，破折號。省略號的使用多是思索而無果或情感上失望表達一種無奈與失落，言有盡而意無窮，感嘆號意在宣洩情緒的滿點，在與妻子孩子等家庭事務相關的內容中多使用感嘆號和省略號，可見家庭對蕭軍情緒的影響之大。

　　1939 年 10 月 26 日的日記中蕭軍又一次提到去延安。「計畫明年五月前去延安。第一，在那裡可以不顧到生活和人事。第二，可以寫完《第三代》，學俄文，馬列著作。第三，可以使芬有個學習和改造自己的機會。第四，那裡的政治環境較安全些。」[25]並且相信「我的光明不久就要到來。」[26]去延安的四個原因裡第一個就是不顧及到生活和人事，這裡的生活主要指家庭生活。在日記中提到的川渝時期的家庭生活主要包括與妻子之間的日常，家庭的經濟收支，家庭環境這幾方面。1939 年 11 月 25 日給胡風寫

23　蕭軍：《日記補遺》，香港：牛津大學出版，2013 年，第 98 頁。
24　蕭軍：《日記補遺》，香港：牛津大學出版，2013 年，第 222 頁。
25　蕭軍：《日記補遺》，香港：牛津大學出版，2013 年，第 225 頁。
26　蕭軍：《日記補遺》，香港：牛津大學出版，2013 年，第 225 頁。

信「我決定明年三月間要走一走了，因為此地無論什麼環境——政治，經濟——也好像非逼我走不可了。更是經濟，我每月固定收入只有四十元（而這報館又有朝不保夕之勢），開銷卻要一百元。過去靠了一點稿費版稅還可支援，自從這孩子一生花了近乎二百元，於是每月就要虧空六十元了。此地物價還每日加高，所以非走不可」[27]。經濟上本就不寬裕，孩子的降生使得經濟上入不敷出，這也成為蕭軍出走的主要因素之一。在物價開始上漲還沒有到最嚴重的時候，家庭的經濟開支負擔對蕭軍來說已經難以承擔。其實 1939 年成都的物價漲幅尚且不大，四零年後物價上升的速度明顯增加，從 1937 到 1943 年， 成都家庭生活費上漲了約 209 倍[28]，消費量上漲，薪資雖有增長，但是難以抵消物價上漲部分，實際購買力下降。物質生活的壓力增大，其實不僅僅是蕭軍一個人的困擾。1939 年居住在成都的葉聖陶也在其日記中提到物產不夠消費而引起的物價飛漲，米、水果等食品價格都在不斷上漲。

除了經濟的困難，日記中也提到了政治環境的惡劣。隨著白色恐怖的加重，進步人士不斷被暗殺的消息傳來，蕭軍也榜上有名 「最近在省府又有一批名單，上面又有了我的名字，說我是共產黨的負責人」[29]，「各方面傳來風聲，說三民主義青年團準備對付我了」[30]。據日記記載蕭軍一家在成都居住不到一年時已

---

27 蕭軍：《日記補遺》，香港：牛津大學出版，2013 年，第 260 頁。

28 四川省政府統計處：《四川經濟月刊》，第 2 卷第 3 期，1945 年 7 月 1 日。

29 蕭軍：《日記補遺》，香港：牛津大學出版，2013 年，第 237 頁。

30 蕭軍：《日記補遺》，香港：牛津大學出版，2013 年，第 258 頁。

搬家多達八次，而且在 1939 年下半年的日記裡頻繁的提起警報。
「跑警報的時候，我從劉家把孩子獨自抱回來，無保障的自己行
走在大路上，一些沒有價值的人卻在坐著汽車逃命⋯⋯我抱著孩
子坐在醫院中，不躲避，想著萬一炸死了更好，省得再這樣艱難
的生活下去！」[31]樂山被轟炸的慘狀蕭軍不是沒有耳聞，頻繁的
警報帶來的不僅是對生命的威脅，還有自我對生命的無奈感嘆。

　　如果說第一次到延安是偶然經過，那麼第二次就是有意為
之。第一次赴延經歷給他留下了深刻印象，文人受到領導主動探
望，能與共產黨最高領導人肩並肩站在一起飲酒，　人不分貴賤
上下平等的和諧氛圍更是難得。共產黨的非常禮遇，對魯迅的肯
定，給蕭軍第二次赴延播下了潛在的種子。但促使他第二次選擇
前往延安的重要個人因素不僅是他人生理想文學事業的追求還
有解決家庭生活煩惱的需要。蕭軍雖然身不在延安，但卻非常關
注延安，曾經在日記中提到《解放》[32]很符合他的胃口。1937 年
中共中央進駐延安，在共產黨高層相對多元領導的局面下，延安
城有了紛繁的文事，文化政策比較寬鬆，對文化人很是包容，開
明之風尚盛行、民主之氛圍濃厚。[33]1938 年魯藝、馬列學院的成
立，1939 年中國女子大學的開創對於蕭軍來說，恰好可以滿足他
學俄文、馬列著作，和讓妻子入學的願望。雖然「嚴格的等級供
給制是長征到達陝北，進駐延安後逐步發展完備起來的」[34]，但

31　蕭軍：《日記補遺》，香港：牛津大學出版，2013 年，第 223 頁。
32　1937 年創辦的中共中央理論刊物，1941 年停刊。
33　見朱鴻召：《沿河邊的文人》，上海：東方出版中心，2010 年，第 77-82 頁。
34　朱鴻召：《延安日常生活中的歷史 1937-1947》，桂林：廣西師範大學出版社，
　　2007 年，第 30 頁。

是對於延安的公家人來說，一切衣食住行都由政府提供，而且
1939 年的延安無論是外部居住環境還是發展空間都比成都優
越，延安在蕭軍眼中成為了一個可以安身立命的理想之地。家庭
的瑣事、妻子的不理解等使蕭軍不能安心工作，在他看來浪費了
大量時間和精力，去延安可以解決妻子入學問題，生存也有保
障，這對蕭軍來說無疑是可以實現自己的人生理想又能解決個人
煩惱的最佳選擇。

　　蕭軍通過魯迅了解了延安對於知識分子的態度，看到了在延
安能夠做一番事業的可能，他能夠在延安受到優待除了與延安對
於知識分子的文化政策有關，更與魯迅有關，可以說是魯迅幫助
蕭軍獲得了在延安能夠有所作為的條件和資格。蕭軍為了尋求事
業上和生存上更好的發展空間，為了解決家庭瑣事的煩惱，為了
早日實現自己的文學理想，心懷家、國的蕭軍在綜合考慮個人因
素和客觀條件下，決定帶領全家前往延安。知識分子赴延原因錯
綜複雜，既有對國共兩黨抗戰初期作戰態度、作戰成果及兩方統
治下社會狀況的客觀比較等原因，又有個人主觀因素的影響，當
然與延安對知識分子的政策、對外積極宣傳、對內大力建設邊區
使之成為抗戰模範區的努力息息相關。就個人因素來說，抗戰初
期赴延原因因人而異，有的是為了採訪如陳學昭，有的是受到延
安方面主動邀請如冼星海，有的是為躲避戰亂，有的是因逃避婚
姻等等。[35]對於蕭軍個人來說，經濟的困難，生存環境的惡劣（警
報、被政府監視），為了讓妻子成為理想中的另一半，為了尋求
更好的工作環境實現自己的理想，這些都成為促使蕭軍前往延安

---

35 楊軍紅：《抗戰初期知識分子赴延安》，中共中央黨校博士論文，2015 年。

的重要個人因素。當然，並不是說蕭軍選擇延安只以個人因素作為主要考慮因素，在這裡只是發掘被人們忽略的個人因素中的家庭、個人理想文學事業因素對蕭軍的影響。

　　選擇延安，是蕭軍深思熟慮的結果，而奔赴延安也成為蕭軍一生之中的又一轉捩點。在西安八路軍辦事處的幫助下，經過國民黨的重重關卡，蕭軍一家於 1940 年 6 月中旬抵達延安。到達延安後的日常生活同樣對蕭軍產生了很大的影響。

第二章　延安體制化生活與蕭軍日記中的私密性空間

有研究者認為「日常生活中有『私人』的面相，也有『公共』的一面，『私』的一面主要集中於『家』、『家庭』這一空間與『身體』、『秘密』、『個人意識』等層面，『日常』既涵括這些維度，還外延到工作、人際交往等涉外層面，不著重強調『私密』、『隱私』這些內在涵義，它具有相對來說更加開放的討論空間，以及開明的態度」[1]。純粹的私人生活是不存在的，它必定會受到與之相對應的外在公共生活或多或少的影響，為了便於論述，本文亦採用這種說法，將蕭軍在延安的生活分為私人的家庭生活與公共生活（參與文學活動、文學社團、與人交往等）。但值得注意的是二者並沒有非常明確的界限，有時更是相互交叉相互影響。

第一節　日記中的私人生活與供給制及文學書寫

按照傅其三的說法，家庭生活包括物質生活、倫理生活、文

1　徐珊：《戰時大後方知識分子的日常生活》，華東師範大學碩士論文，2011 年。

化生活、審美生活。[2]就蕭軍延安日記內容來看，物質生活與倫理生活是蕭軍家庭生活中出現最多也是最基本的內容，文化生活與審美生活是蕭軍一直所要追求的，讓妻子入學，自己對妻子的「諄諄教誨」都是為了在生活上也達到一種審美追求。家庭生活是私人生活，「私人生活史表面看來指涉的是一個與『公共』無涉的世界，然而，沒有任何人可以生活在與世隔絕的孤島上。因此所謂的『私生活』多多少少均與社會性的空間劃分有關」[3]，身處延安，其家庭生活必定受到延安整個大的社會環境的影響，如延安的供給制，決定了家庭的消費內容和消費水準，蕭軍日記中也有關於供給制的書寫。蕭軍的家庭生活體驗及延安的婚姻戀愛現象也影響了蕭軍日記中的兩性生活記敘與文學書寫。雖然延安戰時共產主義政策使家庭應有的私密狀態受到了衝擊，革命實用思維介入其中，但是家庭的私密性並不是被徹底打破，夫妻間仍會因為「身體」產生矛盾。家庭生活反過來又會影響蕭軍的個人情緒，他對妻子的態度與評價，寫作內容、對邊區政策看法與態度等等。蕭軍曾說生存，傳種，發展，自由是人的終極目標，然而最基本的生存目標在延安卻常常引起蕭軍詬病。

　　蕭軍來延安非常重要的原因是個人經濟的困難，對國民黨統治下經濟混亂、物價上漲、權勢階層大發國難財懷有嚴重不滿。延安這個本就生活基礎不厚的陝北小城經濟狀況隨著與國民黨關

---

2 見傅其三：《家庭生活美學》，北京：兵器工業出版發行，1993 年第 9 頁。物質生活包括衣食住行，家庭收入與支出、家庭安全等；倫理生活包括愛情生活，家風與家庭人際關係、鄰里關係、親友關係、同事關係等；文化生活包括家庭教育、家庭文體活動等；審美活動包括家庭美育、藝術鑒賞與創造、家庭生活的情趣、氣氛與風格等。

3 王東傑：《校園裡的「閨閣」：一位成都女校學生日記中的情感世界（1931-1934）》，轉引自姜進、李德英主編《近代中國城市與大眾文化》，新星出版社，2008 年，第 258 頁。

係的變化再加上人口的不斷增加也出現了物價飛漲、通貨膨脹等嚴重的經濟問題。如「1941 年初『皖南事變』發生後，國民黨加強對解放區的經濟封鎖，延安物價飛漲，特別是輕工製品。」[4]但是「無論物價如何漲落，對於在延安和陝甘寧邊區各級政府單位工作的『公家人』，影響是不大的。當時在解放區，八路軍、政府機關和學校，全部實行『供給制』」[5]，這也是為什麼蕭軍在全國物價均上漲的情況下選擇延安的原因。蕭軍雖然沒有入黨，他本人主觀意願上不願像一個屬員，被別人豢養著，但他卻是由政府供養，享受公家人的待遇，在他下鄉時也還一度被當做公家人看待。而且初到延安確實在物質上是比較受用的，剛到延安「不愁吃喝。每天除開兩頓小米，一頓麵食，菜錢八分以外，每月還有津貼十二元，可以隨便花」[6]。然而在經濟困難時期，供給制只能滿足衣食住方面最低限度的需求。物質生活簡單地說包括衣食住行，物質方面最令蕭軍煩惱的就是吃的問題。

　　蕭軍時常為食所難，為食所困，因食而思。蕭歌在保育院之時他去看望，如果帶有蘋果或番茄要偷偷塞給她，雖然他對自己的這種行為感到尷尬，但是為了讓女兒能夠嚐到鮮有美味只能如此。在蕭軍日記裡因為女兒的緣故曾多次提到延安保育院，對保育院的工作感到不滿，從自己女兒入保育院後發生的巨大變化如形象醜陋、身體多病，由己及人，想到前線戰士們的孩子，寫出《紀念魯迅要用真正的業績》。他總是為飲食而苦惱，為了物質

4　見朱鴻召：《延安日常生活中的歷史 1937-1947》，桂林：廣西師範大學出版社，2007 年，第 22 頁。

5　朱鴻召：《延安日常生活中的歷史 1937-1947》，桂林：廣西師範大學出版社，2007 年，第 24 頁。

6　蕭軍：《棲遲錄二章》，《蕭軍全集》卷 11，北京：華夏出版社，2008 年，第 456 頁。

環境的不好而抱怨。「我要去借錢吃得更好一些。這裡的伙食是刻板的，監獄似的伙食，早晚兩次小米稀飯，一頓饅頭，幾片山芋，沒有一點油水，毫不能刺激食欲。我知道那些做政治工作的人全比我們這『文化人』吃得好。這裡所謂優待『文化人』是形式的一種政治策略，我不能使我自己損害啊！」[7]並寫信向艾思奇以「近來因為王德芬入院生產，又增加了一些用度。而文協的伙食照例……近來頗以為苦。長此下去身體恐將不堪」[8]為理由借錢。民以食為天，即使是注重精神生活的知識分子也不能免俗。不能滿足口腹之欲，使蕭軍情緒上出現很大波動，對於邊區的一系列看法幾乎都由此處生發出來，如對特權存在的關注與不滿，對黨人的看法，對人德性問題的思考等。在延安，蕭軍想要的不僅僅是生存還有生活，但戰時的延安能夠同時顧及數萬人的生存已是不易。

　　飲食的簡單粗糲誘發這個硬漢的牢騷滿腹，從日記中可以看出，從最基本的食的問題上，蕭軍又生發出關於民主公平的思考，由食不均，上升到對政策的不滿。其實供給制度的完善，「從其本質上說恰恰是一種生活等級制」[9]。蕭軍很清楚地看到了等級差別的存在。關於供給制有很多知識分子都有寫文章表達看法，被提及最多的，影響最大的就要數王實味的《野百合花》[10]。在這篇文章中，他專門談了平均主義與等級制度，雖然王實味本身就是所謂的「幹部服小廚房」階層，但他認為延安「衣分三色，食

7　蕭軍：《延安日記(1940-1945)》上卷，香港：牛津大學出版社，2013 年，第 190 頁。

8　蕭軍：《延安日記(1940-1945)》上卷，香港：牛津大學出版社，2013 年，第 191 頁。

9　朱鴻召：《沿河邊的文人》，上海：東方出版中心，2010 年，第 51 頁。

10　王實味：《野百合花》，《解放日報》，1942 年 3 月 13 日、23 日。

分五等」的現象並不見得必要與合理。曾經參與創辦《輕騎隊》壁報的李銳也回憶道：「『衣分三色，食分五等』之說，絕非王實味的《野百合花》的首創，它在《輕騎隊》的壁報上早已頻頻受到指責了」[11]。客觀來說，在物質匱乏的延安，想要做到物質平均分配根本不可能。比如新鮮牛奶的存在是極少為人所知的特殊供應物，只有個別人能享受到。蕭軍雖然沒有在公開發表過的作品中直接表達自己對物質分配等級制度問題的看法，但是從日記中與人交往和工作討論的書寫中，卻能看出他關於供給制的真實心態。蕭軍曾因為小鬼的生活鳴不平與何思敬發生過關於「平均主義」的辯論[12]，何思敬批評蕭軍提倡平均主義，蕭軍則堅持認為自己提倡的是有原則的平均主義，對有原則的平均主義的提倡其實是對分等級的供給制的不滿。關於作家在延安寫不出來東西的原因，蕭軍也曾在文藝月會上補充強調是因作家在生活上不被關心[13]。其實蕭軍並不反對供給制，他反感的是供給制下的官僚分配體系。蕭軍對於供給制的態度是複雜的，在國統區生活過的蕭軍深知供給制可以解決家庭生存問題，同是雜文運動的參與者，蕭軍並沒有像王實味一樣公開明確指出延安生活方面存在的「黑暗」，只是在日記中發發牢騷。《紀念魯迅要用真正的業績》一文雖然蕭軍提到戰士的兒女在保育院沒有得到應有的照顧，但蕭軍並未直接指責這是保育院負責人的失職，並且他始終借助「紀念魯迅」之名提出問題並提出自己的建議，這就如同蕭軍懂得借

11　李銳：《直言：李銳六十年的憂與思》，北京，今日中國出版社，1998 年，第 38 頁。

12　蕭軍：《延安日記(1940-1945)》上卷，香港：牛津大學出版社，2013 年，第 328 頁。

13　蕭軍：《延安日記(1940-1945)》上卷，香港：牛津大學出版社，2013 年，第 217 頁。

用官方力量傳播魯迅一般，他在借助魯迅之名發一己之言。然而身在體制之內的蕭軍，又總是站在體制之外以監督者的身份去看延安，這就導致了他日後處境的尷尬，對於蕭軍的改造也就成了必然。

　　經濟困難時期延安供給制雖然只能滿足最低生存需求但確實解決了蕭軍一家的生存問題，然而家庭瑣事的煩惱依然如影隨形。因為妻子的惰性，不打掃衛生，為孩子洗屎布，倒夜壺等全都消磨著他的耐心，經常因家庭瑣事浪費他的時間而苦惱。蕭軍對妻子的要求是「①持家，不以家庭繁瑣小事耽誤你的工作和精神；②幫助事業；③精神安慰，即是說能在精神上鼓勵你；④物質安慰，即是說最低能給你做一點好飯菜吃。」[14]在蕭軍看來王德芬是一個條件都不具備的，當然這種批評可能是處於某種激動的情緒下表達出來的，王德芬並不是如蕭軍所說一無是處。蕭軍從私人生活體驗中衍生出來的對妻子的期望在《論「終身大事」》裡則成為了對女性的普遍性要求。他經常在日記中埋怨妻子懶惰、自私、愛享樂不會理家，沒有計劃的花錢等，小資產階級性幾乎成了他評價妻子的標籤。王本身家庭條件不錯，十二歲的年齡差距無論是生活經驗上還是人生閱歷上，二人都存在一定的差距，再加上二人本身的性格、生活習慣的不同，在短暫的甜蜜過後，他們也不可避免的成為現實生活中普通的飲食男女，即使一個在文壇上有影響力的作家，也逃脫不了生活的藩籬，來到延安雖然能保證基本的生存，但生活卻還是要自己親歷。蕭軍視工作如生命，雖然他始終向王德芬表明「我和你戀愛那時起，我並未

---

14 蕭軍：《延安日記(1940-1945)》上卷，香港：牛津大學出版社，2013 年，第 43-44 頁。

為了你是美人……而是為了我自己，我的事業……我願你作為我的女人，以我的事業為中心，同時我也幫助你發展，但我卻不能完全為你，或與你平分」[15]。蕭軍是一個以事業為中心的人，在他的觀念裡照理家庭瑣事多半是妻子的責任，然而更多時候，在他看來他是充當著丈夫和父兄的角色，在生活上對妻加以照顧，在思想上對她開導，鼓勵她進步。蕭軍不止一次的把蕭紅與王德芬對比「你和蕭紅是不同的，我可以任性的生活，她懂得我，我們幾乎在生理上有著共同感覺的東西……靈魂上有一種共鳴……我和你……只是理性……」[16]。蕭軍認為在精神上蕭紅是他的知己，然而與之相比卻是王德芬對蕭軍的不理解。普遍整風開始之後，蕭軍與妻子在靈魂上更近了一些。蕭軍對初期整風非常積極，甚至寫信給毛澤東為之提供整風材料讓其從中「略窺一些民情」[17]，王實味事件的發生使蕭軍的處境發生巨大轉變。「對延安的政治生活和對蕭軍個人來說，王實味事件都是分水嶺：延安的氣氛從此分為前後截然不同的兩段，蕭軍則因這一事件從受歡迎受尊重到陷於孤立。」[18]蕭軍性格剛硬直率，在延安本就朋友不多，再加上整風時期嚴肅的政治氛圍人與人之間更加隔閡，原來好友之間也互生齟齬，外部人際關係的緊張反而促進夫妻關係的緊密。蕭軍與妻子之間的談話也越來越有耐心，並且承認自己的缺

15 蕭軍：《延安日記(1940-1945)》下卷，香港：牛津大學出版社，2013 年，第53 頁。

16 蕭軍：《延安日記(1940-1945)》上卷，香港：牛津大學出版社，2013 年，第592 頁。

17 蕭軍：《延安日記(1940-1945)》上卷，香港：牛津大學出版社，2013 年，第36 頁。

18 何方：《蕭軍在延安》，《炎黃春秋》，2015 年第 1 期。

點，從不願讓妻子讀自己的作品到為其解釋作品的意義[19]，並接受妻子對自己的作品提出的建議[20]，雖然蕭軍還是會因為一些小事如長久不關門使孩子凍著對王德芬產生不滿，但這對於夫妻兩個來說都是進步：蕭軍能夠在精神上與王德芬有所交流，而她通過不斷的學習之後也有能力提出自己的見解。整風學習確實也在改變著王德芬。按照蕭軍的說法「她的虛榮心，面子心很重……如今經過整風她已經獲得初步思想方法和批評的概念了——這是進步——要把她過去全搞碎了，而後再慢慢的塑造她。」[21]蕭軍對整風過程中對於妻子的思想改造還是持肯定態度。

雖然供給制下的生活有時會遭到蕭軍的詬病，但是對於蕭軍來說卻是非常必要的生存保障，下鄉改造的經歷，讓蕭軍重新意識到原來所埋怨的供給制對自己的重要性，與其他作家下鄉改造不同的是對蕭軍的改造是在家庭生活的基礎上進行的。1943 年 3 月， 中央文委及中宣部開始號召並組織文人下鄉，延安作家紛紛響應。1943 年 11 月 8 日， 蕭軍及家人離開延安城被下放至周邊的農村。蕭軍下鄉之後，對他的物質供給曾一度中斷，直至最後蕭軍重回延安。對於蕭軍下鄉始末有學者曾依據蕭軍日記對此進行考察發現[22]：蕭軍由於「帶飯」事件與人發生口角，組織部對此事的決定是蕭軍不能搞特殊化願走就走但是不開介紹信，蕭軍選擇下鄉種地不吃供給糧也不受這口氣。文人下鄉是對文人改造的一種方式，目的是為了讓他們「深入群眾、改造自己」，從

19 蕭軍：《延安日記(1940-1945)》上卷，香港：牛津大學出版社，2013 年，第661 頁。

20 蕭軍：《延安日記(1940-1945)》上卷，香港：牛津大學出版社，2013 年，第664 頁。

21 蕭軍：《延安日記(1940-1945)》上卷，香港：牛津大學出版社，2013 年，第674 頁。

22 冉思堯：《蕭軍在延安下鄉始末》，《文史天地》，2016 年第 9 期。

而實現「文藝工作者與實際結合，文藝與工農兵結合」[23]。蕭軍下鄉的導火索是不允許他搞特殊化不讓他給已懷孕的妻子把飯帶回山上，得需本人下山吃飯。不僅蕭軍下鄉的原因與生活相關，蕭軍下鄉之後的經歷與其他人也不盡相同。一般來說，文人下鄉之後都會擔任具體的工作，如柳青在米脂縣民豐區一個鄉政府任鄉文書、劉白羽做農村通訊員，大概只有蕭軍是去做「農民」。在鄉下，當政府不再給蕭軍提供糧食，家庭的生存問題成了一大難題。農活的艱難，生活的困窘讓蕭軍的精神與肉體都遭受著磨礪。從碾莊村到劉莊村，居住環境從向陽土窯到陰冷石窯，身份從「公家人」到「居民」，從享有救濟糧到無權享受，從能借到救濟糧到借不到糧，從勞心者到真正的勞力者，在嘗盡生活的苦頭之後，從最開始的不肯屈服，蕭軍最終決定回「公家」。下鄉經歷讓蕭軍真正意識到了「公家人」身份的重要性，自己確實是「公家人」的一部分。在此之前，蕭軍一直是以黨外人士的立場，始終強調自己監督者的身份，忽略了他本身就處在體制之內的現實處境。當生活無以為繼，生存成為最大問題，蕭軍只能放下作家的尊嚴，為了這「柴米」問題而主動向「公家」妥協。由此可見下鄉是在蕭軍的家庭生活基礎之上對他進行的改造，是對蕭軍的一次有意的規訓。

第二節　日記中的兩性生活記敘與文學書寫

與供給制相對應的是戰時共產主義政策的實施。戰時共產主

---

[23] 潘磊：《延安文藝整風中蕭軍精神歷程考察》，《棗莊學院學報》，2009 年第 3 期。

義政策弱化了家庭地位，首先是夫妻不能同住，唯有週六才可同居。「家庭是私有制的起點。極力削弱家庭形態，淡化家庭觀念，是實行共產主義的前提條件」[24]，「夫妻二人各在各的機關裡工作、生活，每禮拜見上一次面，同在一個機關裡的，也各按各的待遇吃飯」[25]，普通夫妻一周團圓一次在延安是常態，必要時還得為一週一次的團圓申請住處並交費。[26]組織部部長陳雲與於若木之間也是如此，不過不用申請住處而已。[27]在這種大的社會環境中，蕭軍與妻子之間也是不能例外。從蕭軍日記來看，真正意義上與妻子分居兩地是在下鄉回延安之後。父親們全被安排在山下，母親們帶著孩子住在山上，每到週六住在山下的蕭軍上山與王德芬團聚。蕭軍本就對妻子在靈與肉的方面感到不滿，再加上強制性的分居，對妻子越來越多「性」的苛責。與妻子分居期間，性的苦悶有增無減，在蕭軍看來靈與肉契合是夫妻之間能夠達到的最完美的狀態，然而如今，連正常的夫妻生活都要被壓抑是何其痛苦。其實，對於蕭軍來說他是幸運的，雖然兩性關係可能會使他苦惱，整風運動的過程中也受到了思想和精神的磨礪，但整風運動並沒有使他的家庭受到大的影響。並不是所有人都像他那麼幸運。在延安，夫妻之間的關係是脆弱的，物質或政治都可成為婚姻戀愛的終結者。白朗和羅烽夫婦在整風中就遭到了「搶救」。如蕭軍所說「這裡沒有一對健全的夫妻，不痛苦的夫妻不

24　朱鴻召：《沿河邊的文人》，上海：東方出版中心，2010 年，第 57 頁。

25　王琳：《狂飆詩人柯仲平傳》，北京：中國文聯出版公司，1992 年，第 142 頁。

26　莫文驊：《莫文驊回憶錄》，北京：解放軍出版社，1996 年，第 353 頁。

27　朱鴻召：《延安日常生活中的歷史 1937-1947》，桂林：廣西師範大學出版社，2007 年，第 238 頁。

存在」[28]，這時代的戀愛是生理或政治思想上機械的結合。塞克也處在離婚失戀和不能工作的交混痛苦中，因為塞克和黨的方面有距離，戀人藍林被調走，二人戀愛無疾而終。

　　在延安，關於家庭婚姻的話題從來沒有間斷過。如丁玲所說，女同志不管在什麼場合都能作為有興趣的問題談起，[29]尤其是女同志的結婚。蕭軍曾做《論「終身大事」》對延安的婚姻發表看法。然而他在文中強調「我雖以好管閒事著名，但有幾件事卻也不樂意代別人多言，這就是：入黨，『終身大事』，做官」，好像是因為「這些現象一多起來，那就要形成了『問題』」[30]所以逼不得已，不得不說。「實際上，在具體的個人情境中，不少現象與在公共表述中所透露出的現象又有很大的不同。」[31]

　　從日記可以看出蕭軍對於終身大事的諸類問題還是多有言語。如對艾青夫婦的關注，這對夫妻與蕭軍之間的關係比較微妙，艾青夫婦曾經因為蕭軍互生嫌隙，艾青把蕭軍當做「情敵」，艾青夫婦自然而然成為蕭軍關注討論的對象，與蕭軍比較親近的人如張仃的婚姻在日記中也談過多次。蕭軍對延安女性的婚姻也頗有微詞。在蕭軍看來，「這裡的女人有一個普遍的傾向：勢利，虛榮，向上爬……她們有高的就不要低的……她們爬上去就像一個癩蛤蟆似的蹲在丈夫的光榮上，怎樣想法肥胖，自己舒服自己了！」，邊區的男人則「利用革命特殊的地位佔有下級的女人」從這兩種現象中蕭軍發出

28　蕭軍：《延安日記(1940-1945)》下卷，香港：牛津大學出版社，2013 年，第 437 頁。

29　丁玲：《三八節有感》，《解放日報》，1942 年 3 月 9 日。

30　蕭軍：《論「終身大事」》，《蕭軍全集》卷 11，北京：華夏出版社，2008 年，第 519 頁。

31　王東傑：《校園裡的「閨閣」：一位成都女校學生日記中的情感世界（1931-1934）》，轉引自姜進、李德英主編《近代中國城市與大眾文化》，新星出版社，2008 年，第 264 頁。

共產黨人的德性需要建立的感嘆，甚至想要寫文章《蹲在革命利益上肥胖著自己的動物們》[32]以達到揭露改造的目的。蕭軍聽丁玲講一個女孩在愛人被炸死之後仍堅持初心不為別人所動獨自上前線的故事時，為之讚歎，欲寫小說《墳前》來暴露「高級的人可以依仗自己的地位等優越條件，對同志的女人實行誘惑」[33]，連故事梗概都已擬好。這兩個作品最終為什麼沒有寫出或者發表，在這裡不敢妄加揣測。由丁玲處聽來的故事是否屬實現在亦不可考證，但是可以看出，蕭軍因為這些婚姻戀愛現象對人的德性問題產生懷疑，認為這些人是革命的流氓，無論是貪圖享樂嫁給首長的女人，還是「引誘」同志女人的男人。從某種意義上來說，女性嫁的好，確實可以享受到一般家庭婦女享受不到的待遇，在日記裡蕭軍提到過江青可以騎馬去幹部療養所，幹部的妻子小產或生養時可以有豐富的營養品吃，不愁沒有豬蹄，而妻子王德芬生育之後蕭軍卻為買不到豬蹄而煩惱。但蕭軍所說延安女性皆是為了肥胖自己而選擇婚娶物件，卻有些以偏概全更有些憤世嫉俗的意味。在革命隊伍裡，婚姻往往會與革命相關，在延安以革命的名義由組織介紹而形成的婚姻不在少數，革命逐漸從對個人訴求的覆蓋演變為對社會關係結構——家庭——的全面介入[34]。誠如朱鴻召在他的研究中所提到的革命隊伍中的女性，她們的婚姻是為了革命的，戰時狀態下在還沒有相對嚴格的婚姻制度，沒有法律保障的前提下，很容易形成婚姻潮，結婚率高，離婚率也高。由於組織的安排嫁給老幹部的不在少數。朱鴻

---

32 蕭軍：《延安日記(1940-1945)》上卷，香港：牛津大學出版社，2013 年，第 40 頁。

33 蕭軍：《延安日記(1940-1945)》上卷，香港：牛津大學出版社，2013 年，第 73 頁。

34 見李振：《介入家庭： 革命實用思維的擴展——1940 年代延安文學現象之一》，《湘潭大學報》，2011 年第 6 期。

召關注的是婚姻與革命的關係，而蕭軍作為當時歷史的見證人，看到的婚姻更與生存、生活相關。曾經有學者指出「研究者津津樂道的『國族』對個人生活史的壓抑，是否意味著尚未完全走出宏大歷史的圈子，必須要把個人的體驗放到宏大的敘述範疇中才能夠找到意義呢？」[35]這一問題值得我們思考。當然該學者並不是否認此類研究的重要性，國族對個人並不是沒有意義，但與私生活仍是不同的領域。儘管在組織軍事化，實施戰時共產主義政策的延安，家庭生活的私密性痕跡也並沒有被完全抹殺。蕭軍在對延安家庭狀況的觀察中，看到了聖地延安存在的不神聖因素，雖然是由於對特權的不滿引起的，但這卻也是對人的關注的別樣體現。戰時的婚姻多冠以革命的頭冠，但並不是所有婚姻都只是為了革命，婚姻更多的是與人的生存，發展，有關。拋開宏大敘事，作為人的自私性，功利性顯現出來，但這卻是真實的抗戰生活的顯現。

　　另外，從蕭軍的作品中可以看出他關於女性在婚姻家庭中應該如何自處的觀點不是一成不變的，而他觀念的變化與其在川渝、延安不同的生活體驗有關。以話劇《幸福之家》、雜文《論「終身大事」》、《續「論終身大事」》為例，其作品的創作動機與內容除了與時代因素有關，與其家庭生活的私人性體驗也息息相關。從其作品主題的改變中可以看出延安生活帶給他的改變。居於川渝，前線戰爭正是如火如荼，他自發以援助抗戰為主要創作目的，鼓勵女性走出家庭，為抗戰獻出自己的一份力量，關注的是在國家危亡之時女性如何在家庭與光明之間做出選擇。在延安時期，戰爭進入相持階段，生活相對安定，對小家的關注

---

35 王東傑：《校園裡的「閨閣」：一位成都女校學生日記中的情感世界（1931-1934）》，轉引自姜進、李德英主編《近代中國城市與大眾文化》，新星出版社，2008年，第264頁。

度逐漸超越宏大民族主題，開始關注家庭中的女性如何維持終身大事。

　　《幸福之家》[36]完成於 1939 年底，背景是 1939 年夏末，前線戰爭正烈，地點是成都郊外的一個別墅。這部劇中的女性是令人欽佩的，出身農民心底善良的白娃子，自己父兄被抓壯丁，卻為秦庭的募捐盡自己的微薄之力；中學生陳槐在抗日救國的標語中走向前線；厭惡戰爭，愛美、愛教育的陳蘭，在看到後方生活的腐朽醜惡尤其是自己丈夫的卑污墮落，也要掙脫婚姻、孩子這條鎖鏈跟隨秦庭離開。與之相比，大後方的男性遠遠遜色於她們，尤其是尤東海這個角色，愛財取之無道，大發國難財，禁止學生搞愛國運動等等，被家人所厭惡。該話劇可以看出蕭軍的幾點創作意圖：激發起全民抗戰的決心和勇氣；鼓勵婦女同志走出家庭，贏得革命勝利婦女解放；揭露後方存在的黑暗現象如囤積居奇發國難財，只為小家與個人，下場只能是眾判親離。值得注意的是，1939 年蕭軍居住在成都，雖然沒有親歷戰場，但是空襲的頻繁，警報的威脅，讓他感到生命的朝不保夕，他曾在日記中說文學創作的目的是為了援助抗日，對於家庭中的女性的觀點是不要囿於家庭、孩子這條堅實的鎖鏈，要勇敢追求自己想要的。話劇雖然是為了援助抗戰，但是其中提到的後方的經濟問題，與其川渝生活體驗相關，陳蘭身上婚姻與孩子的鎖鏈未嘗不是蕭軍想要掙脫的。

　　在延安蕭軍看到「凡是有妻子的人，他們全是吵架的」[37]，

---

36 見蕭軍：《幸福之家》，《蕭軍全集》卷 7，北京：華夏出版社，2008 年，第 2-68 頁。

37 蕭軍：《延安日記(1940-1945)》上卷，香港：牛津大學出版社，2013 年，第 408 頁。

「這裡正在陷入性的苦悶和婚姻潮」[38]。《論「終身大事」》[39]就由延安流行的關於「終身大事」的問題談起，對男人和女人各談了自己的看法，並為解決這問題出謀劃策。認為人無論經過什麼方式最終所爭取的是生存、傳種、發展和自由，強調並肯定人的自然欲望。對女人處理自己的終身大事指出三條路，有能力者先要事業，再談婚姻；無能力者做好賢妻良母即可；最好的就是家庭與事業兼顧。對於男人們，則應該認識自己身上的惡德如嫉妒、自私、專橫，並不斷的與之戰鬥改正之，而女人們也要認識到自己的權利與義務，認識到理想與現實環境之間的差距認識到自己惰性，狹小，不願思索等缺點。蕭軍為女性指出的道路，其實正是他與妻子相處過程中覺察到的妻子身上的不足，從而對症下藥。這篇文章實際上更多的是對女性的要求，強調女性如何改變自己，所以他這篇文章引來邊區女性的不滿，為了平息女同志的不滿，繼而做了《續論「終身大事」》[40]。該文由雞及人談到男女要各盡所能。公雞負責打鳴，警戒保護自己的群，母雞負責生蛋、孵卵，生活不指仗雄雞維持或幫忙。其次，認為男人想要維持婚姻需同時做到丈夫、同志、情人這三點，要放下丈夫的權威，勇於承擔責任。再次，在靈與肉上強調滿足個人欲望的同時注重靈的契合，保持二者平衡，最後奉勸人們不要倉皇結婚，隨意離婚，同意「試婚」這一說法。雖然蕭軍美其名曰文章是為男士提供解決的辦法，但也是變相的對女性的指責。在與妻子的生活中，

---

38 蕭軍：《延安日記(1940-1945)》上卷，香港：牛津大學出版社，2013 年，第409 頁。

39 見蕭軍：《論「終身大事」》，《蕭軍全集》卷 11，北京：華夏出版社，2008 年，第518-521 頁。

40 蕭軍：《續論「終身大事」》，《蕭軍全集》卷 11，北京：華夏出版社，2008 年，第529-533 頁。

他看到女性身上的缺點，對妻子提出自己的期望。他理想中的女性是家庭與事業兼顧，能處理生活；理想的家庭模式是在夫妻生活中丈夫和妻子各盡所能，互不干擾，在靈與肉上達到平衡與契合。這些要求映射到他的文章寫作之中。蕭軍所寫的雜文雖然是針對延安的問題生發出來，但是他所提出的問題的解決方法，及對女性的期望都與自己的生活體驗相關。他從自己的家庭生活中由己及人，希望為延安婚姻潮的出現提供解決的良策。

然而正如蕭軍所說，支持並尊重女權，口頭上如此說，筆下也如此寫，但是卻不一定能做到。在日記中蕭軍曾與張仃談關於人性與獲得，藝術家的戀愛道德等，談論簡單的戀愛與複雜的作品之間的關係時，蕭軍以托爾斯泰為例，認為作家情感豐富作品則豐富，對別的女人動情是為了豐富情感體驗[41]，言外之意，女人如果不寫作，就不應該有除了丈夫之外的情人，顯然，這是在為男子的多情找藉口。他在作品中雖然承認自己的惡德，但在現實中卻為自己的這些惡德找到了可靠的理由，他所寫的關於婚姻大事的文章表面上是為男女指明出路，更多是指向女性，雖站在女性的立場其實是對自己對男性的解脫。日記讓我們看到了作家創作的背後的真實心態。誠如蕭軍所說，「所謂理論與實踐的統一，究竟並不那樣容易」[42]。在某種程度上，蕭軍也是丁玲《三八節有感》要批判的對象。

想要解決家庭生活的煩惱是蕭軍選擇延安的一個很重要的原因，然而延安供給制的實行雖然能保障基本的生存，但是在整體經濟低迷時期只能是「有飯大家吃，有吃大家飽」[43]，供給制

41　蕭軍：《延安日記(1940-1945)》上卷，香港：牛津大學出版社，2013 年，第411 頁。

42　蕭軍：《續論「終身大事」》，《蕭軍全集》卷 11，北京：華夏出版社，2008 年，第 520 頁。

43　奈爾：《「吃」在延安》，《解放日報》，1942 年 3 月 1 日。

下的等級差別問題也更明顯；戰時共產主義政策打破了家庭應有的私密狀態，革命實用思維介入到家庭生活中去，家庭不僅僅是與家庭成員有關更與組織有關……戰時延安的家庭生活處處打著延安的烙印，他的家庭被規劃在體制之內，有制度保障的同時，卻少了份精神和行動的自由。

對於蕭軍來說，生活在延安，雖然沒有頻繁的警報威脅，沒有國民黨的迫害，但是家庭瑣事依然如影隨形，而且他來到延安後，原本期待的可以幫助他解決的家庭煩惱並沒有得到多大改觀，還衍生出了不少新的問題。在延安蕭軍有「三不怕」「四可怕」[44]，後來 1944 年在延安文化界招待「中外記者團」座談會上蕭軍提到「三不怕」「二怕」[45]，「三不怕」的內容大致沒有改變。蕭軍怕的內容從怕機關大一點的傳達室、總衛生部的門診部、演習時候的大禮堂、兩家食堂合作社到怕這裡缺乏社會生活，缺乏出版機構[46]。蕭軍怕的東西隨著延安環境的改變而改變，他常在日記裡提到「難捱」這個詞，與延安存在另他怕的現像是有關聯的。但是蕭軍亦深知當時的延安與重慶相比，延安是光明的，進步的，而且是在不斷進步著的。這也是為什麼即使蕭軍覺得太陽中存在黑點，想要離開延安卻始終沒有離開的原因之一。雖然蕭軍對生活多有牢騷，但對於工作從來都是一絲不苟。蕭軍延安時期文學事業的核心就在於研究魯迅傳播魯迅，並把他的事業延伸到生活與創作中，與朋友的交往中，與其他人的爭論中。主持

44 蕭軍：《樓遲錄二章》，《蕭軍全集》卷 11，北京：華夏出版社，2008 年，第 456-458 頁。

45 蕭軍：《延安日記(1940-1945)》下卷，香港：牛津大學出版社，2013 年，第 456 頁。

46 蕭軍：《延安日記(1940-1945)》下卷，香港：牛津大學出版社，2013 年，第 457 頁。

魯迅研究會工作，於日常生活中借助官方力量傳播魯迅，將文藝月會，星期文藝學園置於魯迅研究會之下將之緊緊相連使之受魯迅的影響，在日常與人交往爭論中維護魯迅，身體力行傳播魯迅精神，等等，這些幾乎都成為了蕭軍公共生活中的重要組成部分。

第三章 蕭軍日記中的私人 魯迅與延安「魯迅」

延安「魯迅」吸引著蕭軍，是蕭軍前往延安的一個重要因素。然而魯迅在延安經歷了被抽象化，單一化，符號化，越來越被意識形態化的過程[1]。當魯迅的複雜性不能為新的意識形態所整合，於是它的某些方面就被予以弱化式處理，在進行這種弱化處理的同時，也開始對魯迅傳統進行新的改寫與重塑。[2]魯迅在延安文化「旗手」的確立離不開政治權威毛澤東對其最基本的評價標準和價值內涵的判定，離不開重要報刊上集體或個人對魯迅形象意識形態屬性進行的全面闡釋，離不開各種魯迅紀念活動的進行等等，這些在學術界幾乎成為共識[3]。「當作為文學權威的毛澤東取

---

1 見袁盛勇：《延安時期「魯迅傳統」的形成(上)》，《魯迅研究月刊》，2004 年第 2 期。

2 見袁盛勇：《延安時期「魯迅傳統」的形成(下)》，《魯迅研究月刊》，2004 年第 3 期。

3 尤其是公開發表的《論魯迅》、《新民主主義論》這兩篇文章在蕭軍到達延安之前已經奠定了魯迅在延安的重要地位。毛澤東在 1937 年《論魯迅》的講話中對魯迅精神作了闡釋，在 1940 年 1 月 「新民主主義的政治與新民主主義的文化」的報告中提出了「魯迅的方向就是中華民族新文化的方向」的著名論斷。在這個基礎上，解放區報刊對魯迅形象做進一步闡釋與建構。參見郭國昌、程喬娜：《解放區魯迅形象建構的雙重矛盾》，《西北師大學報》（社會科學版），2012 年第 2 期；宋穎慧：《延安文藝報刊中的「魯迅」及其傳播》，《延安大學學報》，2016 年 01 期；田剛：《魯迅在延安》，《延安大學學報》(社會科學版)，2012 年 03 期。

代了作為文學旗手的魯迅，作為文學偶像的魯迅形象則徹底退出了從國統區來到解放區的知識分子作家的文學建構活動」。[4]

　　對於蕭軍來說，魯迅對蕭軍的影響是多方面的，魯迅在延安的地位吸引著他來到延安，到延安後蕭軍公共生活這一部分內容幾乎都是圍繞魯迅展開。蕭軍延安時期文學事業的核心就在於研究魯迅傳播魯迅，並把他的事業延伸到生活與創作中，與朋友的交往中，與其他人的爭論中。主持魯迅研究會工作，於日常生活中借助官方力量傳播魯迅，將文藝月會，星期文藝學園置於魯迅研究會之下將之緊緊相連使之受魯迅的影響，在日常與人交往爭論中維護魯迅，身體力行傳播魯迅精神，等等，這些幾乎都成為了蕭軍公共生活中的重要組成部分。作為魯迅弟子蕭軍在延安宣揚著魯迅踐行著魯迅精神，但同時蕭軍所講的魯迅也是個人化的魯迅，雜文運動讓蕭軍看到了知識分子和中共對魯迅精神理解的偏差，然而蕭軍對延安「魯迅」並不完全是抵牾，蕭軍也曾積極的參與延安集體對魯迅的建構，最初蕭軍所闡釋的魯迅，與當時延安從政治、文化兩個角度建構的魯迅形象並沒有根本上的衝突，直到講話之後毛澤東對魯迅雜文進行符合延安的解釋與改寫。為了維護魯迅形象保護魯迅精神的豐富性，蕭軍也曾據理力爭，但在日漸走向極端的政治文化語境中，他註定會走向失敗。蕭軍對魯迅精神的維護與堅持背後是他對自由的捍衛。

第一節　私人化魯迅的傳播與闡釋

　　雖然蕭軍對生活多有牢騷，但對於工作從來都是一絲不苟。

4　郭國昌、程喬娜：《解放區魯迅形象建構的雙重矛盾》，《西北師大學報》，2012年第 2 期。

蕭軍對延安文藝的建構與發展做出了別人無法替代的貢獻。他在延安先後擔任「中華全國文藝界抗敵協會延安分會」的七個主席之一、「文藝月會」幹事、《文藝月報》編輯、「魯迅研究會」主任幹事、《魯迅研究叢刊》主編等多項職務。1941 年 1 月 15 日魯迅研究會成立。蕭軍作為常務幹事，主導了學會的發展方向，為學會的建立和發展做出了很多的貢獻。1、主持召開了多次會議，擬定「延安魯迅研究會」的計畫綱領，修改、發出研究會的啟事、聘書；2、與魯迅研究小組書信、文章往來，擴大魯迅影響；3、主持出版魯迅研究著作，主持召開紀念魯迅的活動等。蕭軍日記也記下了他對待工作的認真與負責。蕭軍曾認真研讀洛浦抗戰以來中華民族的新文化運動與今後任務，「尋找他們對於魯迅研究的決定和觀點，預備在寫作魯迅研究會文章時好好引用，同時也明白了他們所提出的新文化運動的總方向：為民族，為民主，為科學，為大眾」[5]，這一點與蕭軍也不謀而合。1941 年 3 月 18 日晚飯的時候，蕭軍到洛浦處談文藝月會與魯迅研究會的工作，洛浦認為「這裡是需要論爭的，文藝運動需要開展，一些不良傾向應該指出」，蕭軍也說了「天下人，管天下事的主張」。[6]對於研究會的工作蕭軍這一個東北大漢讓人看到了他心細如發的一面，修改啟事聘書自不必說，他還鼓勵張仃做魯迅畫像和連環畫，讓他盡可能的來幫助研究會進展，並答應在經費上幫他想辦法[7]。與舒群羅烽在桃林討論關於文藝月會、文藝月報及文藝學園的工

---

5 蕭軍：《延安日記(1940-1945)》上卷，香港：牛津大學出版社，2013 年，第 101 頁。

6 蕭軍：《延安日記(1940-1945)》上卷，香港：牛津大學出版社，2013 年，第 138 頁。

7 蕭軍：《延安日記(1940-1945)》上卷，香港：牛津大學出版社，2013 年，第 144 頁。

作開展步驟之時，互相鼓勵堅定把這三個相互連接彼此影響的工作開展下去，努力做好本職工作。[8]從這些細枝末節中看到蕭軍工作上心思的細膩與盡責，也可以看出對於魯迅的傳播蕭軍很懂得借助官方的力量。在蕭軍的努力下，魯迅研究會得到了延安官方的一定支持，有力地推動魯迅在延安的傳播和研究。1941 年 3 月 15 日蕭軍在日記中寫到「文藝運動的方向：使月會擴大，盡可能把他們提到魯迅研究會來，使受魯迅的影響；利用『星期文藝學園』把一般文藝青年，讀者與月會取得聯繫。利用月報交換意見，與外面取得聯絡。對於一般不正的,卑下的文藝間接要糾正過來，對阻害文藝運動發展的東西，要給以掃除與攻擊。對於小派別的門戶成見，要給以消除——這是我的文藝政策。魯迅研究會——文藝月會——星期文藝學園——小組」[9]。在文藝建設方面，無論是主持魯迅研究會，文藝月會的工作還是編輯文藝月報、魯迅研究叢刊，都不是蕭軍一人的功勞，是團隊的一起努力。但蕭軍一直在盡自己最大的努力，使魯迅研究的成果最大化，使魯迅精神不斷傳承下去。蕭曾拒絕歐陽山給文藝月報的編輯每人每月 50 元的提議，只為要「保持月報特性」[10]。讓文藝月會受到魯迅的影響，讓文藝青年與月會取得聯繫，青年又間接受到魯迅的影響，文藝月報是蕭軍對阻礙文藝發展的東西戰鬥的陣地，蕭軍在延安的工作幾乎都是圍繞著傳播魯迅展開。

　　蕭軍除了在工作中積極致力於魯迅的宣傳與推廣，在創作選

8　蕭軍：《延安日記(1940-1945)》上卷，香港：牛津大學出版社，2013 年，第 195 頁。

9　蕭軍：《延安日記(1940-1945)》上卷，香港：牛津大學出版社，2013 年，第 135-136 頁。

10　蕭軍：《延安日記(1940-1945)》上卷，香港：牛津大學出版社，2013 年，第 230 頁。

材上也與魯迅密切關聯。蕭軍在延安時期可查證的一共五十多篇文章，標題直接冠以魯迅的或與魯迅作品相關的文章就有十幾篇。蕭軍對於魯迅的研究與傳播，不僅僅利用文學創作和社團活動，更是抓住生活中與人（特別是延安官方）交往的每個機會。尤其是在魯迅研究會停止之後。

　　蕭軍認為魯迅作品是他偉大精神的再現，「魯迅的精神是每個人的精神更是每個中國共產黨人的精神」[11]，為了傳播魯迅精神，他在日常生活與交往中尤其是在與共產黨人的交往中，總要抓住任何可以抓住的機會宣揚魯迅作品，傳播魯迅精神。蕭軍曾經向陳雲推薦《魯迅全集》「你有功夫可以讀一遍《魯迅全集》嗎，它對於你的工作一定有很大幫助，最好能每一個黨人全都能接受魯迅的精神」[12]。蕭軍認為陳雲文化基礎不厚，僅靠一些工作經驗容易流於經驗主義，認為他們「確是需要更深和更寬的文化教育，他們實際工作能力才能更高級發展著。」在這裡蕭軍想要通過魯迅作品傳播魯迅精神的目的顯而易見。他非常強調文學的文化教育功能「讀魯迅的書積蓄文化的力量」[13]。他認為延安是中國革命的策源地，抗戰主力培植和滋生的地方，對於這過程中產生的錯誤不良傾向，落後意識的殘留等，絕不是一個決定或規定或命令，或一條原則就能夠徹底改正過來或者去根了的。它需要更深和更韌性的強力的東西來和它戰鬥，這就是文化。只有魯迅的作品有如此深刻寬廣的力量，這也是蕭軍不遺餘力宣揚魯迅的目的之———「使每個在延安的黨人和非黨人，能夠懂得魯

11 蕭軍：《延安日記(1940-1945)》上卷，香港：牛津大學出版社，2013年，第7頁。
12 蕭軍：《延安日記(1940-1945)》上卷，香港：牛津大學出版社，2013年，第266頁。
13 蕭軍：《蕭軍全集》19卷，華夏出版社，2008年，第543頁。

迅，承繼起魯迅的精神……使他們自動地強健起『自己』」[14]，自動地把整個身心埋進革命和民族解放的事業。在與毛澤東的交往中蕭軍曾說「每一次我們主要談到魯迅，我應該像一個使徒一樣傳佈先生的影響」。[15]他還向毛澤東推薦魯迅相關書籍和文章，「希望他更深地理解文藝，理解魯迅先生，這對於革命，他自己，文藝本身全有好處」。[16]蕭軍深知，通過影響領袖可以進一步擴大魯迅的影響，也更能發揮魯迅精神在革命進程中的作用。1941年與毛澤東第一次面談，就談了不少關於魯迅和魯迅研究會的內容。蕭告訴毛澤東自己剛讀了四本書《蔣委員長西安半月記》、《魯迅的死》、《憶馬克思》、《毛澤東自傳》並說了自己的讀後感「蔣介石那裝腔作勢外強中乾的樣子……有些可憐可笑……你的自傳是誠樸的，我看你如果不是從事政治，倒很可以成為一個文藝作家……」毛澤東的反應「他笑了」，蕭軍在這裡雖有意博取毛澤東的好感，但蕭也是真心佩服毛澤東的智慧，這他在日記裡提到很多次，並且把毛澤東也作為自己學習的對象之一。蕭稱毛澤東可以成為一個文藝作家，這一方面既肯定了毛澤東的文學才能，又把毛澤東拉入自己的作家陣營，縮小二人之間的差別和距離。這是蕭軍傳播魯迅的一個策略，蕭軍非常清楚，毛澤東的評價，就是權威。《魯迅全集》對蕭軍來說更是不可缺少的精神食糧。他在日記中曾多次提到要用《魯迅全集》作為終身讀物，讓它們洗煉靈魂。

在蕭軍眼裡魯迅主張刻苦學習刻苦生活，對於惡勢力要不妥

---

14 蕭軍：《延安魯迅研究會成立經過》，《蕭軍全集》11 卷，華夏出版社，2008年，第 428-432 頁。

15 蕭軍：《蕭軍全集》19 卷，華夏出版社，2008年，第 567 頁。

16 蕭軍：《蕭軍全集》19 卷，華夏出版社，2008年，第 638 頁。

協不達目的不止戰鬥；對於真正的友軍要寬容，真誠負責；對於後一代的生長，要扶助要餵養，使他長大和強健；在事業上要借助國外的各先進的把文學獨立起來的偉大作家們的遺產，並且魯迅本身就是這一主張的實踐者。[17]蕭軍在延安也一直秉持著魯迅做人做事的標準。既然魯迅活著是「為整個的民族，為世界上被壓迫的大眾，爭解放，爭平等……」[18]蕭軍更要如此。在延安，他為朋友受到不公待遇打抱不平，因延安存在某些現象（諸如物資分配不均，婚姻問題混亂）而憂慮，為青年一代的成長給予幫助與扶持（對輕騎隊的指導[19]，為文學愛好者看稿子並提出意見[20]，星期文藝學園建立的初衷[21]便是如此），更是為了維護魯迅形象不惜與別人發生爭論與衝突。蕭軍正在按照他心目中的魯迅建構著魯迅形象。在成都時，有一次討論改換印刷後的報紙的趨向，他主張「突擊的精神，批評的態度」，對於他所看到的「喜歡空談和說些概念性的術語」「怕負責任」的人[22]，蕭軍最是看不慣。在他看來魯迅先生所愛的是有熱血，有勇氣，有理性，意志堅強，敢說敢笑、敢怒、敢罵、敢打為真理而戰鬥、為工作而犧牲……的人，魯迅憎惡「空談」「誇大」「浮薄」「未老先衰」「冒牌的學者」「空頭文學家」「怠惰者」「機會主義的市儈」「奴才」。

---

17 蕭軍：《魯迅先生三周年逝世獻言》，《蕭軍全集》11 卷，華夏出版社，2008 年，第 402-409 頁。

18 蕭軍：《致郭沫若君關於「不滅的光輝」》，《蕭軍全集》11 卷，華夏出版社，2008 年，第 163-164 頁。

19 蕭軍：《延安日記(1940-1945)》上卷，香港：牛津大學出版社，2013 年，第 429-430 頁。

20 蕭軍：《延安日記(1940-1945)》上卷，香港：牛津大學出版社，2013 年，第 445 頁。

21 蕭軍：《擬創辦星期「文藝學園」座談會要記》，《蕭軍全集》11 卷，華夏出版社，2008 年，第 448 頁。

22 蕭軍：《日記補遺》，香港：牛津大學出版，2013 年，第 208 頁。

魯迅愛的是蕭軍式的人，魯迅憎惡的，更是蕭軍憎惡的。蕭軍認為「魯迅是知識階級精神的表現者」[23]，這句話在肯定魯迅的時候，也道出了作為知識階級的蕭軍在精神上與魯迅的契合，這也是他鍾愛魯迅的最重要的原因。

蕭軍在延安傳播魯迅的同時，延安也在進行魯迅形象的建構。在蕭軍未到延安之前，「魯迅」在延安已經開始深入人心，新民主主義文化「旗手」地位開始確立。其實，1942 年以前蕭軍所闡釋的魯迅，與當時延安從政治、文化兩個角度建構的魯迅形象並沒有根本上的衝突。蕭軍曾專用階級分析的方法分析魯迅小說《鑄劍》的目的——復仇。不冷不熱的眉間尺被蕭軍認定為民族資產階級的代表，黑衣人則象徵新興的無產階級[24]。在蕭軍眼中，魯迅是一位偉大的作家，是一個為民族為人類不斷戰鬥的勇敢的戰士[25]，而魯迅作家身份、戰士形象與延安意識形態言說的魯迅[26]在很大程度上有著相似的涵義，如稱魯迅為「在文藝上成了一個了不起的作家，在革命隊伍中是一個很優秀的很老練的先鋒分子」[27]，認為「魯迅是在文化戰線上，代表全民族的大多數，向著敵人衝鋒陷陣的最正確、最勇敢、最堅決、最忠實、最熱忱

---

23 蕭軍：《日記補遺》，香港：牛津大學出版，2013 年，第 247 頁。

24 蕭軍：《<鑄劍>篇一解——魯迅先生歷史小說之一》，《蕭軍全集》11 卷，華夏出版社，2008 年，第 509-515 頁。

25 蕭軍：《兩本書的「前記」（二）——魯迅研究特刊第一輯》，《蕭軍全集》11 卷，華夏出版社，2008 年，第 487—488 頁。

26 毛澤東在 1937 年《論魯迅》的講話中對魯迅精神作了闡釋，在 1940 年 1 月毛澤東做了「新民主主義的政治與新民主主義的文化」的報告，提出了「魯迅的方向就是中華民族新文化的方向」的著名論斷。在這個基礎上，解放區報刊對魯迅形象做進一步闡釋與建構。

27 毛澤東：《論魯迅》，《毛澤東文藝論集》，北京：中央文獻出版社，2002 年，第 10 頁。

的空前的民族英雄。魯迅的方向，就是中華民族新文化的方向。」[28]當然這也與毛澤東闡釋魯迅的模糊性與策略性有關。

第二節 蕭軍私人魯迅與延安公共「魯迅」的偏差

1941 年至 1942 年初的雜文運動中，蕭軍可算是其中的弄潮兒。蕭軍的《雜文還廢不得說》是對魯迅現實主義批判精神的堅持與弘揚，但同時這股雜文潮也讓蕭軍看到了知識分子和中共對魯迅精神理解的偏差。在蕭軍看來，魯迅精神是一種批判精神，也是一種具有人道主義情懷的革命精神，人們有了這種批判精神，和批判意識，才會有助於中國新文化的開展和提高。魯迅在延安經歷了被抽象化，單一化，符號化，越來越被意識形態化的過程。為了維護魯迅形象保護魯迅精神的豐富性，蕭軍也曾據理力爭，但在一個日漸走向極端的政治—文化語境中，它註定會走向失敗。在一定意義上，丁玲蕭軍等人的雜文寫作在一定程度上是符合毛澤東整風初衷的。但丁玲《三八節有感》、王實味《野百合花》等雜文對延安陰暗面的揭露，一針見血地觸及了部分領導和老幹部的缺陷，這引起了其中一些人的強烈反感[29]。從日記中看出，蕭軍也意識到了這一點。當知識分子的雜文將矛頭對準了邊區，大肆批判延安新社會中存在的種種不合理現象，在一些文章中農民出身的幹部或戰士也成了批評或諷刺的物件，這對於

---

28 該文在 1940 年 2 月 20 日在延安出版的《解放》第 98、99 期合刊登載。

29 參閱李維漢：《中央研究院的研究工作和整風運動》，《回憶與研究》下冊，中共黨史資料出版社，1986 年，第 483 頁。

戰時狀態下凝聚人心團結力量，具有某種破壞作用。從大局著想，毛澤東在文藝座談會上，對「魯迅」式雜文正式作了理解和限定，認為「魯迅處在黑暗勢力統治下面，沒有言論自由，所以用冷嘲熱諷的雜文形式作戰，魯迅是完全正確的⋯⋯但在給革命文藝家以充分民主自由、僅僅不給反革命分子以民主自由的陝甘寧邊區和敵後的各抗日根據地，雜文形式就不應該簡單地和魯迅一樣。我們可以大聲疾呼，而不要隱晦曲折，使人民大眾不易看懂。如果不是對於人民的敵人，而是對於人民自己，那麼，『雜文時代』的魯迅，也不曾嘲笑和攻擊革命人民和革命政黨，雜文的寫法也和對於敵人完全兩樣」[30]。《講話》順利完成了對合乎新的意識形態需求的魯迅精神的轉換。在蕭軍的意識裡這還是魯迅雜文的時代，雜文還廢不得。魯迅雜文其特徵「是在對於有害的事物，立刻給以反響或抗爭，是感應的神經，是攻守的手足」[31]。蕭軍在延安寫了不少的雜文，他以雜文為武器，對於自己認為「有害」的事給於揭露和批判並指出解決問題的方法。《紀念魯迅要用真正的業績》、《同志之間的愛與耐》、《論「終身大事」》、《續論「終身大事」》等等，這都是針對延安存在的問題而寫，雖然他深知，延安比「外面」好的多，但「延安可能而且必須更好一點」[32]。對雜文的肯定一方面是對魯迅精神的維護，而另一方面是蕭軍對最珍視的「自由」的堅持。

　　蕭軍在日記中記載了文藝座談會上和毛澤東的秘書胡喬木

30　毛澤東：《在延安文藝座談會上的講話》，《毛澤東選集第 3 卷》，北京：人民出版社，1991 年，第 847-879。
31　魯迅：《且介亭雜文·序言》，《魯迅全集》第 6 卷，北京：人民文學出版社，1981 年，第 3 頁。
32　劉增傑：《抗日戰爭時期延安及各抗日民主根據地文學運動資料（上）》，智慧財產權出版社，2010 年，第 314 頁。

之間發生的一場關於魯迅思想「發展」與「轉變」的激烈爭論，
與胡喬木之間的這場爭論其實就是一場關於「自由」的論爭。蕭
軍認為魯迅的道路是「發展」，不能說是「轉變」。「轉變」是
質的不同，由反革命的變成革命的，或由革命的變成反革命的，
是質的變化，魯迅「他是一步不曾放鬆過走著革命的路的」[33]，
「從他一貫實踐的過程、主張，等來觀察，也還是革命的」[34]，
所以只能說是「發展」而不能說是「轉變」。對此，胡喬木進行
了反駁，認為後期魯迅參與了共產黨領導下的「左聯」的工作，
與前期相比是「轉變」。魯迅「轉變」或「發展」的關鍵在於他
受黨的領導和指揮，還是保持自己的創作「自由」。魯迅晚年雖
然參加了黨領導下的「左聯」工作，但始終保持著身份和創作的
「自由」以自己的筆參與到「革命」中去，這是與魯迅前期的思
想一致的，所以說是「發展」；但如果說魯迅晚年受到黨的領導
和指揮，就意味著他的思想發生了重大的「轉變」[35]。蕭軍為了
證明魯迅的「發展」還專門拜訪毛澤東希望得到他的肯定與支持，
但是毛對此的態度是冷淡的「毛的臉色起始是很難看，他說『轉
變』與『發展』沒有區別的，經我解說，他也承認應有區別」[36]。
但是相比之下，毛澤東對胡喬木的態度卻大不相同：「對於我的
發言，毛主席非常高興，開完會，讓我到他那裡吃飯，說是祝賀
開展了鬥爭。」[37]蕭軍和胡喬木爭論的焦點說到底還是文學創作
的「自由」問題，是政治標準還是文藝標準第一的問題。在蕭軍
看來藝術家藝術至上，或者真理至上即用藝術服務真理，都不算

---

33 蕭軍：《延安日記(1940-1945)》上卷，香港：牛津大學出版社，2013年，第480頁。
34 蕭軍：《延安日記(1940-1945)》上卷，香港：牛津大學出版社，2013年，第498頁。
35 田剛：《魯迅與延安文藝思潮》，《文史哲》，2011年第2期。
36 蕭軍：《延安日記(1940-1945)》上卷，香港：牛津大學出版社，2013年，第477頁。
37 胡喬木：《胡喬木回憶毛澤東》，北京：人民出版社，2003年，第54頁。

錯，要看什麼時間什麼空間。[38]蕭軍曾在 1942 年 6 月 29 日對自己文學的三個階段進行總結。第一階段為政治的熱情以八月的鄉村為代表。第二階段為抗戰、文化親身服務，為黨內服務。第三階段「我將要完全存在自己......我必須要使自己能夠生活得像樣些，能夠按計劃地開展我的工作......我要個體存在，表面上的集體主義我要結束了，我將要以突出的，猛進的方式姿態，進行到前面，這是對的，這正是馬列主義，魯迅精神光輝精英的一面，我是質底提高工作者」[39]。蕭軍並不反對文藝為政治服務，八月的鄉村就是代表。第二個階段顯然是指抗戰以來尤其是在延安的文學，在蕭軍看來，他確實是在為黨服務著，寫雜文批判延安這「太陽」中的「黑點」，不是為了揭露而揭露，而是以雜文為手段，發現問題，以達到解決問題的目的，在他看來這是他作為一個作家的權限，更是他的義務。第三階段對於已經成為延安體制內成員的蕭軍來說，想要個體存在，顯然是與現實衝突的。中共強調的魯迅的「轉變」，目的不在於對魯迅生平研究考證，而是借魯迅指明知識分子「轉變」的路，因為魯迅的路，是「中華民族一切最優秀的、最有骨頭的、最有遠見的知識分子所必然要走的道路」[40]。朱德也曾以自身經歷為例，將自己投身無產階級革命比為向無產階級「投降」。[41]朱德作為一名軍事將領以「投降」這一在戰時環境裡最具衝擊力的詞語，來形容自己，這無疑是在為知識分子的轉變做出一個表率。

體制化的延安，與蕭軍獨來獨往桀驁不馴的自由個性產生抵

38 蕭軍：《藝術家的勇氣》，《蕭軍全集》卷 11，北京：華夏出版社，2008 年，第 459-461 頁。
39 蕭軍：《延安日記(1940-1945)》上卷，香港：牛津大學出版社，2013 年，第 516 頁。
40 洛甫：《魯迅的方向就是中華民族新文化的方向——紀念魯迅逝世四周年》，《中國文化》，1940 年第 2 期。
41 朱鴻召：《延安文人》，廣東人民出版社，2001 年，第 131 頁。

悟。雖然他本人主觀意願上不願像一個屬員被別人豢養著，但他確實是被歸納入體制之內的，在延安還享受幹部級待遇，是「公家人」的一份子。如果說，在與喬木的論爭中蕭軍的失敗，預示了蕭軍今後的妥協，王實味事件標誌著蕭軍在延安處境的轉折，那麼蕭軍真正的妥協，要從下鄉開始說起。蕭軍從碾莊村到劉莊村，居住環境從向陽土窯到陰冷石窯，身份從「公家人」到「居民」，政府的供給中斷後糧食短缺，在嚐盡生活的苦頭之後，從最開始的不肯屈服，蕭軍最終決定回「公家」。雖然蕭軍聲稱「從魯迅那學到堅強」[42]並且以不屈服不妥協的精神奮鬥，但終抵不過生存的壓迫生活的嚴酷。在此之前，蕭軍一直是以黨外人士的立場，始終強調自己監督者的身份，忽略了他本身就處在體制之內的現實處境。又何止是蕭軍如此。未整風前的「延安文人是以站在中國共產黨『體制』外的身份，操持著『五四』新文化的啟蒙話語，直率地批判起延安現實生活中存在的毛病和缺陷」[43]。而毛澤東的講話則「讓延安文人意識到自己並未是一個置身於中國共產黨『體制』外之人，而且自己的文藝工作同那些『拿槍的軍隊』一樣，被賦予建構現代民族國家的神聖歷史使命和政治責任。」[44]下鄉後的蕭軍，擔水，燒飯，砍柴，種地這些勞累的體力活讓蕭軍有一種「充軍發配的心情」，與勞力者相比，蕭軍意識到「用筆才是我真正的行業」。[45]蕭軍曾在日記中發出感嘆「只因為我驕傲，我要主張一個作家應有的『許可權』和『尊嚴』……

---

42 蕭軍：《延安日記(1940-1945)》上卷，香港：牛津大學出版社，2013年，第404頁。
43 黃科安：《延安文學研究》，北京：文化藝術出版社，2009年，第19頁。
44 黃科安：《延安文學研究》，北京：文化藝術出版社，2009年，第18頁。
45 蕭軍：《延安日記(1940-1945)》下卷，香港：牛津大學出版社，2013年，第282頁。

他們便不給我吃了！」[46]一個作家應有的許可權和尊嚴無疑是蕭軍文藝觀的體現，他想要的是創作的自由。文藝與政治的歧途魯迅早已知曉。蕭軍是一個「政治性最濃的作家」[47]，文藝可以為政治服務，但不能以政治為唯一標準，「我要為無產者服務，但我決不能作為一個政權的奴隸」[48]，這是為人的自由。在蕭軍看來這也是魯迅留給人們的理想——「把自己的民族從奴隸和奴才的地位提到一個真正『人』的地位；把人類從半蟲豸的地位提到人的地位。」[49]雖然他對回公家「除開不用自己張羅柴米而外，實在無任何趣味」[50]，當生活無以為繼，生存成為最大問題，蕭軍只能放下作家的尊嚴，主動向「公家」妥協。1944年3月蕭軍一家被接回延安，入中央黨校三部，接受「改造」。回延安之後蕭軍加入了集體的學習與分配，並服從組織安排進行創作。雖然蕭軍自願妥協，但是他卻並未被「改造」成功。作為一個作家，蕭軍自始至終都有明確立場——以人為核心，文學也是為了讓人真正的成為人。在蕭軍看來這也是魯迅的文學理想。無論是1942年「為求得民族的解放」，「求得人類的解放」[51]立場，1943年「站在共產主義的立場上」[52]，還是1944年的「人民大眾立場」[53]，他的核心始終是人。雖然1942年之後的蕭軍已不自覺的用延安式話語來表達自己，但是他的核心文藝觀並沒有發生改變。1944

46　蕭軍：《延安日記(1940-1945)》下卷，香港：牛津大學出版社，2013年，第349頁。

47　蕭軍：《延安日記(1940-1945)》上卷，香港：牛津大學出版社，2013年，第653頁。

48　蕭軍：《延安日記(1940-1945)》上卷，香港：牛津大學出版社，2013年，第334頁。

49　見蕭軍：《兩本書的「前記」（二）——魯迅研究特刊第一輯》，《蕭軍全集》卷11.北京：華夏出版社，2008年，第490頁。

50　蕭軍：《延安日記(1940-1945)》下卷，香港：牛津大學出版社，2013年，第336頁。

51　蕭軍：《延安日記(1940-1945)》上卷，香港：牛津大學出版社，2013年，第460頁。

52　蕭軍：《延安日記(1940-1945)》下卷，香港：牛津大學出版社，2013年，第175頁。

53　蕭軍：《延安日記(1940-1945)》下卷，香港：牛津大學出版社，2013年，第500頁。

年在相關領導的安排下（蕭軍猜測是周恩來），一部分人不參加複審、生產等工作，專門從事文藝性通訊、報告寫作。[54]蕭軍也是其中的一員。但是蕭軍對於這種任務性的寫作始終提不起興趣，並且仍採用自己擅長的體裁——小說，進行寫作。日記中記載了《七月的白洋澱》的創作筆記，主題已經擬定「政權永久是屬於人民的」[55]，雖然主題先行有宣傳成分，這任務型寫作是對意識形態的妥協但也可以看出蕭軍為盡量避免政治對文學的領導在創作形式上的努力。

　　蕭軍在延安對魯迅的紀念、魯迅精神的宣揚對魯迅的傳播毋庸置疑。但同時，這也是蕭軍對自我的堅持，所謂的魯迅精神更是帶有自我精神的痕跡。單一化的闡釋魯迅的背後實質是政治標準與文藝標準誰是第一的問題。蕭軍很早之前就說，自己絕對不願意做政黨的奴隸。蕭軍對魯迅的堅持，也是他對自由的捍衛。蕭軍的堅持與集體話語中解釋的站在黨的立場上的魯迅方向不相符合，這也是為什麼蕭軍覺得周文《魯迅的黨性》是在諷刺自己[56]的原因。不在黨內但仍是體制內的公家人身份限制了蕭軍，公家人的身份給他帶來了很多生活上的必須，但是蕭軍一意孤行尤其是延安文藝座談會後，仍然標持自由（言行思想），無論是對魯迅「發展」的維護，對王實味不是叛徒的堅持，還是生活中的我行我素，蕭軍的個性與集體產生了嚴重的抵牾。下鄉就成了蕭軍的必然，這是對他的規訓與懲罰。當作為文學權威的毛澤東取代了作為文學旗手的魯迅，而作為文學偶像的魯迅形象則徹底退出了從國統區來到解放區的知識分子作家的文學建構活動[57]，對於蕭軍來說，只能默默為自己的偶

54 蕭軍：《延安日記(1940-1945)》下卷，香港：牛津大學出版社，2013年，第496頁。
55 蕭軍：《延安日記(1940-1945)》下卷，香港：牛津大學出版社，2013年，第515頁。
56 蕭軍：《延安日記(1940-1945)》上卷，香港：牛津大學出版社，2013年，第511頁。
57 郭國昌、程喬娜：《解放區魯迅形象建構的雙重矛盾》，《西北師大學報》，

像吶喊。當魯迅研究會停會，文藝月報被停刊，蕭軍失去了自己戰鬥的陣地，不能再高調宣揚，他對於魯迅精神的傳播與紀念更是沉浸到生活中的每一個細節。周文夫婦要去晉西北，蕭軍便把背面寫有「我願您以魯迅的精神為精神，幫助那裡的人民」的魯迅石膏像相贈，並請他帶了些魯迅研究會宣傳品。高原去隴東，蕭又贈與魯迅石膏像，其後寫著「願你們永遠以魯迅的精神為精神」[58]，蕭軍就這樣默默地宣佈著魯迅的精神。

在延安，《魯迅全集》和魯迅精神是蕭軍的精神食糧這自不必說，論及延安時期蕭軍思想，無論是強調對魯迅思想的繼承與傳播如張根柱《論蕭軍延安時期的創作對魯迅文藝思想的繼承》[59]，「個人主義精神」如王俊《革命、知識分子與個人主義的魅影——解讀延安時期的蕭軍》[60]，還是「新英雄主義」如徐玉松《新英雄主義與蕭軍四十年代的創作道路》[61]，都會涉及到魯迅。當然魯迅對蕭軍的影響毋庸置疑，然而思想方面影響蕭軍的不是只有魯迅，延安時期蕭軍的思想非常複雜。蕭軍思想的複雜性從他日記中所記讀書書目就可以看出，蕭軍在用《魯迅全集》洗練自己靈魂的同時還頻繁閱讀了《聯共黨史》、《聖經》。這說明，在魯迅成為他的精神信仰之外，還有另外的精神信仰。在強調「無產階級」、「人民大眾」、「民族國家」主題的延安，蕭軍日記提供了一個不一樣的思想主題——宗教。

2012 年第 2 期。

58　蕭軍：《延安日記(1940-1945)》下卷，香港：牛津大學出版社，2013 年，第39頁。

59　張根柱：《論蕭軍延安時期的創作對魯迅文藝思想的繼承》，《齊魯學刊》，2005 年第 1 期。

60　王俊：《革命、知識分子與個人主義的魅影——解讀延安時期的蕭軍》，《中國文學研究》，2014 年第 3 期。

61　徐玉松：《新英雄主義與蕭軍四十年代的創作道路》，南京師範大學碩士論文，2010 年。

第四章　日記中的《聖經》閱讀及其個體精神探究

　　蕭軍日記曾在一段時間內頻繁地出現同時閱讀《聯共黨史》、《魯迅全集》、《聖經》。畢苑在閱讀蕭軍日記的時候也發現了這一現象，他從蕭軍把《聯共黨史》比作「共產主義者的《聖經》」發出了這樣的感嘆「一個強烈要求自由的人卻被這樣一部泯滅個人、強調服從和集體主義、塑造個人崇拜的著作所迷倒，這是他那一代人的集體悲劇」[1]。對蕭軍這樣一個強烈要求自由，胸懷民族國家，對政治充滿熱情的作家來說崇拜革命領袖集體主義精神並不奇怪，這與他個人言行的特立獨行也並不衝突。然而信奉馬克思主義推崇馬克思及其學說，性格堅毅，並且在宗教方面最初在情感上並不傾向於基督教的蕭軍，卻在 1942 年主動向基督教經典《聖經》尋求心靈慰藉。考察蕭軍日記發現，日常生活（與人交往、讀書活動等）影響著蕭軍對宗教的認知、對《聖經》的閱讀訴求，而《聖經》閱讀也對蕭軍個人精神及文學創作產生了很大影響。蕭軍對宗教的了解其實並不是直接從宗教經典開始，而是從相關的書本或者是涉及到宗教的文章中了解並且有自己的認識，延安時期他與宗教之間曾經經歷了從關注宗教對於整個人類的意義，到從《聖經》閱讀中尋求個人心靈訴求，從政

1　畢苑：讀蕭軍〈《延安日記》〉，《炎黃春秋》，2014 年第 4 期。

治歷史層面審視宗教，到借助《聖經》洗練自我情操的轉變。從日記看，蕭軍對宗教的認知從川渝時期就開始了，相比較而言，該時對於宗教的態度，相對於基督教，他更傾向於佛教，是什麼使彼時的蕭軍在諸多宗教中傾向於佛教，他的《聖經》閱讀訴求又是如何產生？

　　川渝及延安整風之前的讀書準備，使蕭軍大致上了解了佛教、基督教、回教形成的時間，背景，及基本特點，但這種認知多屬於政治歷史層面，更注重宗教與政治之間的關係。蕭軍在看到佛教中孕有人生最高理想的同時，認為只有科學社會主義才能達到這種理想；看到佛教可以引領人類靈魂達到真善美的境地之時，也認為「真善美是人生的目標，社會主義的現實，則是達成這目標的手段;執行這意志的主力隊那是工人階級……貫徹這意志的是革命的熱情和革命的科學方法」[2]。蕭軍這一時期對於基督教的評價不高，在他看來基督教流于裁判和獨斷，但是他對耶穌充滿敬佩，他曾寫到「我永遠是一支孤獨行駛的船/只有他們是駄載在我的背上，沒有感恩，只有怨言！/沒有一個人可惜過我/卻只有人估賣我的碎片！/讓他們從我這裡獲得光榮去吧/而後在來唾罵我」。[3]詩中，蕭軍把自己比作一隻船，但卻是孤獨的，幫助他人卻不被感恩，內心的孤獨寂寥之感躍然紙上，自己就像耶穌一樣，雖然民眾愚昧但為了真理依然走上十字架，是個孤獨地戰鬥著的英雄，對耶穌的認可也是對自我的一種肯定。

　　在對宗教認知的過程中，馬克思主義對蕭軍的影響非常大，馬克思主義是他心目中的一桿秤，在對宗教做出評價時經常會引

2　蕭軍：《日記補遺》，香港：牛津大學出版，2013 年，第 232 頁。

3　蕭軍：《延安日記(1940-1945)》上卷，香港：牛津大學出版社，2013 年，第 268 頁。

用馬克思主義的學說觀點，甚至以此為標準去衡量評價一個宗教的好壞利弊。在這個過程中，蕭軍自以為辯證的態度其實是不客觀的，雖然他沒有表現出對某一宗教的完全偏愛，但他對宗教思想文化肯定的內容多與他個人氣質相關。他對佛教肯定的地方更多是因為他自身注重批判與實踐。對耶穌的愛也源於他在耶穌身上看到了自己的影子，把耶穌與自己的處境相聯繫。他所認同的宗教思想並非專屬於他者，而是蕭軍精神的自我投射。在對宗教的知識性認知過程中，蕭軍對三種宗教都有了基本了解，認識到「佛教以泛愛萬物，耶教以愛人民，回教以愛教徒。佛以慈，耶以忍，回以殺……教愛」[4]。對所有宗教的理解，客觀上為他整風時期閱讀《聖經》提供了選擇標準與知識儲備。在這個過程中，蕭軍對基督教思想的接受已經從敬愛耶穌開始了。隨著蕭軍在延安處境的變化，他對基督教的態度逐漸發生轉變，從最初的關注基督教在政治歷史層面上為人類的意義，開始轉向尋求為自我的內心訴求。

　　蕭軍於 1940 年 6 月中旬到達延安。剛開始他對宗教的關注多是一種知識性的學習。他從劉春的文章《什麼是伊斯蘭教》中把回教（即伊斯蘭教）的起源、時代、背景等內容摘抄在日記中，又把回教與佛教，耶教（即基督教）進行比較得出前者比後兩者「更實際更統一」、「內主團結，外主禦侮」[5]。值得一提的是，蕭軍對於任何一種宗教都不是全盤否定或者全部肯定的態度。蕭軍從托爾斯泰的《藝術論》裡，看到托氏有一種「不抗惡」的宗教意識。這引發了他對基督教與佛教的思考「所謂基督教的天國；

---

4 蕭軍：《日記補遺》，香港：牛津大學出版，2013 年，第 315 頁。

5 蕭軍：《延安日記(1940-1945)》上卷，香港：牛津大學出版社，2013 年，第 3 頁。

佛家的涅槃，我們承認這全是人生最高的理想。但是『不抗惡』
是不能達到的。而這又為二教所共同的教義。所以這只能是麻痺
人的泡影，空想，一種阻害現實人類進步的逆流。要想使近於理
想的實現，只有根據社會運行的法則，通過無產階級專政（才能
徹底消滅私有財產）才可以。」[6]他看到了宗教能帶給人類精神的
寄託，看到宗教的出發點是愛，同時又看到了宗教的虛無。他所
贊成的只是部分宗教思想如佛教、基督教對人類靈魂達到真善美
的作用，教人學會在苦難中忍耐，但是對於宗教思想中的不抗惡
他是絕對不贊成的。真善美是蕭軍的藝術追求，也是他想要達到
的文學理想與人生理想，但是「不抗惡」卻與蕭軍的戰鬥精神相
違背。蕭軍向來是宣稱要同一切醜惡現象做鬥爭，他做人如此，
他的文章亦如此。在延安時，蕭軍經常為了「小鬼」受到不公平
的待遇而出頭，曾經因為程追打罵小鬼而打了程追，為自己惹來
牢獄之災。蕭軍看不慣互為同志人與人之間的關係變得冷漠，動
手寫下《論同志之愛與耐》。蕭軍為自己設定的新英雄主義標準
之一就是「不斷鬥爭（和外面的敵人，和自己卑醜的意識和行為、
傾向，和自然，和不合理的人物制度，不良的習慣等）」[7]在蕭軍
看來只要是惡的東西全是要與之作鬥爭的。

第一節 延安語境中的《聖經》閱讀訴求

在日記中可以看出在延安蕭軍閱讀《聖經》開始於 1941 年

---

6 蕭軍：《日記補遺》，香港：牛津大學出版，2013 年，第 357 頁。
7 蕭軍：《延安日記(1940-1945)》上卷，香港：牛津大學出版社，2013 年，第
　81 頁。

幾乎與整風運動同時。1941 年 5 月毛澤東在延安幹部會上作了《改造我們的學習》的報告，正式提出反對主觀主義的任務。1942 年 2 月，毛澤東連續發表《整頓黨的作風》、《反對黨八股》兩篇演說，標誌著全黨普遍整風的開始。伴隨著整風運動的發展，整風期間蕭軍處境的改變，影響著他對《聖經》的閱讀與訴求。在宗教經典閱讀方面，蕭軍曾認為「西洋：《聖經》，《荷馬史詩》，《托爾斯泰全集》，佛經，可蘭經等。這些全可作為終生讀物」[8]。雖然以上宗教經典全可作為終生讀物，但是蕭軍卻優先選擇了基督教的經典—《聖經》，這絕不是一個偶然。

蕭軍到達延安兩個月後就在日記中指出「我感覺黨的方面，形式主義，機械主義，官僚主義，人情主義，氣氛很濃厚」[9]。值得注意的是，蕭軍一直都對共產黨持擁護的態度，在聽聞王實味被開除黨籍的時候，他雖然對王實味的境況一直持同情的態度，但是他首先想到的是開除王實味的黨籍會給黨的形象帶來負面影響，在這裡他指的是黨員幹部中的某些人。在全國抗戰的狀態下，與重慶相比，延安對於知識分子們來說，是一個可以尋得庇護的場所，也是一個實現自己革命理想的地方，他們懷著火一樣的心情嚮往著延安。蕭軍也是懷著某種期待，但是延安卻並不是他所理想的那樣潔白無瑕，太陽的光芒中也存在黑點，對此他在給好友胡風的信中表現出了明顯的失落「每天大部分是混著日子。讀些書，練練唱歌，和丁玲談談天，如此而已。」[10]這其實為蕭軍

8 蕭軍：《延安日記(1940-1945)》上卷，香港：牛津大學出版社，2013 年，第 412 頁。

9 蕭軍：《延安日記(1940-1945)》上卷，香港：牛津大學出版社，2013 年，第 1 頁。

10 蕭軍：《延安日記(1940-1945)》上卷，香港：牛津大學出版社，2013 年，第 58 頁。

閱讀《聖經》從中尋找情感的慰藉埋下伏筆。

　　另外，蕭軍與毛澤東的交往也直接影響著他對《聖經》的閱讀。到達延安之後蕭軍非黨員作家身份和在文藝界的影響，使他受到了毛澤東的重視，前期與毛澤東的頻繁而又超出一般文人的交往即給蕭軍帶來了地位上的殊榮，又影響了他對宗教的關注點。蕭軍第一次與毛澤東接觸，是在 1941 年 7 月下旬（整風運動已經開始），一直到 1942 年初都保持了相對于一般文人來說很親密的交往。在與毛澤東的交往過程中，兩人談的內容涉及文學、軍事、政治、延安的文人管理等方面。蕭軍自認為已經了解毛澤東是一個什麼樣的人，並對他的政治持以讚揚的看法。在 1942 年 1 月 4 日蕭軍直言「對中國毛澤東的政治，朱德的軍事，魯迅的思想文學」，「對於世界的列寧，托爾斯泰，馬克思，拿破崙……應該吞吃了他們變為自己的」[11]，拿破崙之後蕭軍用省略號代替世界性的自己非常認可的人物，但他沒有提到耶穌。在同一天的日記裡蕭軍寫到「耶穌是一個不幸的把自己的思想沒能形成為行動力量的民族政治家，以一個思想者和宗教者而斷送了」[12]。雖然蕭軍對耶穌為了人類被敷在十字架上的行為非常敬佩，但是在他眼裡耶穌也是一個不成功的民族政治家。在與毛澤東交往過程中他注重的是政治意義上的基督教，，由於他受到最高領導人的關照，他也很少再拿自己與十字架上的耶穌相聯繫。蕭軍最初對整風滿懷期待，期待整風可以提高作家在延安的身份地位，改變一些不良現象。但是，毛澤東對蕭軍的禮賢下士讓蕭軍產生了自

11　蕭軍：《延安日記(1940-1945)》上卷，香港：牛津大學出版社，2013 年，第 373 頁。
12　蕭軍：《延安日記(1940-1945)》上卷，香港：牛津大學出版社，2013 年，第 373 頁。

己影響了毛澤東的幻覺，想當然的對整風抱有不切實際的幻想。在與毛澤東的交往中，蕭軍又增長了對於黨的信心，對於自己的理想與為人類而戰的事業也是持積極態度。這一階段閱讀《聖經》時，他關注的是《聖經》對於國家民族和全人類的意義。如在 1941 年 10 月 11 日的日記中寫到「早晨讀了五章《出埃及記》。我很高興讀《聖經》，我要把它全部通讀一遍。《舊約》中的摩西，新約中的耶穌，這是兩個民族英雄。整部新舊約也就是希伯來民族的發達鬥爭史」[13]。1942 年 1 月 4 日的日記中又寫到「猶太教，天主教，回教，他們全是各民族的鬥爭本質，再由民族鬥爭而轉化為階級鬥爭」[14]，在蕭軍眼裡宗教者的意志就是革命者的意志，把宗教歷史與國家民族相聯繫。

　　隨著延安環境和蕭軍個人處境的改變，蕭軍從關注《聖經》的民族國家內容開始轉向尋求《聖經》對於個人的意義。普遍整風開始後不久，隨著對王實味展開的揭發批判，整風隨之進入搶救階段。整風運動可以看做蕭軍在延安的分界點，「整風改變了蕭軍的地位和處境。因為替王實味打抱不平，蕭軍從黨的朋友一下子變成了黨的反對者，他從此不再是毛澤東等領導人的座上客，靠邊站了」[15]。蕭軍曾因為在批判王實味的會議上為他說話而引起 108 人的集體抗議。蕭軍此後直至離開延安再也沒有與毛澤東有過深入交談。整風之前知識分子的話語是自由的，批判性較強，整風後期批判性話語反遭批判。延安文藝座談會之後文藝界批判性文字逐漸減少，消失不見，作家寫作出現扁平化特點，

13　蕭軍：《延安日記(1940-1945)》上卷，香港：牛津大學出版社，2013 年，第 308 頁。

14　蕭軍：《延安日記(1940-1945)》上卷，香港：牛津大學出版社，2013 年，第 373 頁。

15　何方：《蕭軍在延安》，《炎黃春秋》，2015 年第 1 期。

這與蕭軍的想法背道而馳。蕭軍雖然對延安出現的這些現象感到煩躁，但是隨著整風運動的逐漸深入，蕭軍個人處境明顯改變。蕭軍同情王實味，一方面是他一直在強調同志之愛，一方面是因為蕭軍在王實味身上看到了自己的身影。這時背負十字架的耶穌越來越能引起蕭軍情感的共鳴，《聖經》在蕭軍心中的地位也越來越高。蕭軍在日記裡曾把馬克思，列寧等人作為自己的學習對象，並且非常推崇他們，把他們作為思想方面的偶像，尤其是馬克思。這一點，從前面他在了解宗教的過程中，用馬克思主義的觀點作總結可以看出。但是，這一時期，對於蕭軍而言，在他的偶像名單裡，耶穌的名字先於馬克思、列寧出現，成為他在思想方面的偶像[16]。《聖經》在蕭軍看來有改變自己生活和精神，洗練和培育自己靈魂的作用。蕭軍曾說「一些哲學和社會科學，革命文獻等類書，很能減低我一些無望的煩躁，對於在此地的歲月也不感到難捱了」[17]，這類書裡就有《聖經》「我讀了新舊約，聯共黨史，魯迅論文選集，我一生就想用這三種書培育自己的力量和靈魂」[18]。

在延安感到難捱待不下去，是蕭軍到達延安不久之後就有的，他看不慣部分黨人的官僚氣息，不滿周揚作為一個黨員文藝工作者卻有嚴重的宗派主義，不滿小鬼受到不公平對待為此而氣憤，為了文人物質生活條件的艱苦給陳雲和毛澤東寫信……覺得難捱的這種情緒貫穿了他整個延安時期。蕭軍是一個具有強烈戰

---

16 蕭軍：《延安日記(1940-1945)》上卷，香港：牛津大學出版社，2013 年，第 357 頁。

17 蕭軍：《延安日記(1940-1945)》上卷，香港：牛津大學出版社，2013 年，第 402 頁。

18 蕭軍：《延安日記(1940-1945)》上卷，香港：牛津大學出版社，2013 年，第 440 頁。

鬥精神的作家，他渴望戰鬥，與敵人作戰，無論是從他的生活作風還是在他的作品中都可以看到他明顯的戰鬥精神。他《八月的鄉村》的寫作就在於產生力的作用，激起全民族的抗戰。在延安蕭軍需要忍耐的太多。蕭軍對自己有很清醒的認識，他知道自己最缺乏的就是忍耐的精神，這一點魯迅也曾經告誡過蕭軍。從蕭軍日記可以看出因為要做家務，要看孩子，不能工作，寫不出來東西等，甚至是天氣的不美麗都能引起他心靈的煩躁，他也會因為延安存在一些不均等的現象而生氣，雖然他時常告誡自己要忍耐，但他的告誡與他的易怒成正比。然而這些與 1942 年蕭軍在延安的境遇相比根本不算什麼，曾經親密的朋友與自己隔閡甚至敵對起來如丁玲，曾經的好友舒群為了表現自己而去「咬」蕭軍，受到攻擊卻沒有一個使自己戰鬥的堡壘——報紙之類，不能給他們以反擊……延安的環境使蕭軍愈感焦躁，對於好強堅毅、崇尚戰鬥的蕭軍來說，忍耐對他來說很難，但卻是必須。而《聖經》卻能給他以所需。

第二節 《聖經》閱讀對蕭軍的影響

劉忠認為延安時期的蕭軍是「文藝界的獨行俠，精神界的流浪漢」[19]，這一比方很是恰當。他的「鬍子」性格，血液裡流淌的英雄情結，再加上他行為上的特立獨行，容不得黑暗的批判戰鬥精神，延安所處環境的改變註定了他一個人的孤獨前行。這個不會輕易低頭的硬漢，在受到冷遇心中鬱悶無處排解之時，轉而

---

19 劉忠.:《精神界的流浪漢——延安時期的蕭軍》,《 中國現代文學研究叢刊》,
　　2007 年第 6 期。

向《聖經》尋求心靈慰藉，以《聖經》鍛鍊情操，增加自己的忍耐。「讀這些東西使我安寧，我現在需要的是快快地聽，慢慢地發怒。有多少人是在不能克制的怒氣中毀滅了，使他的仇敵吃到愉快的果子，我不願這樣」[20]。蕭軍的忍耐是迫不得已的但又是必須的，而《聖經》也正面作用著他的忍耐力。

　　從前期的知識性學習中他了解到基督教教人忍耐以愛，他從《聖經》中也得到了他想要的，《聖經》的閱讀使他在焦躁不安的環境中保持一顆安靜平和的心，忍耐地繼續工作。他時常勉勵自己「快快聽，慢慢說，慢慢發怒」這句話在 1942 年出現的頻率非常高，在這之後甚至成為了蕭軍的處事原則。它出自《聖經》雅各書。當他心緒不寧的時候會主動去閱讀《聖經》，「夜間覺得心緒有些不寧，把聖經中的雅各書彼得前後書讀完，這給了我安靜」[21]。他曾說每天要讀幾頁《新舊約》使自己平和。有些章節他還讀了不止一遍，在他看來《聖經》是一部有價值的書。而蕭軍在閱讀《聖經》後也發生了改變，聖經對蕭軍最大的影響就是他從中得到了安寧，忍耐力有所加強。「真理是慢慢可以戰勝一切的，忍耐和等待是最重要的戰法……我感到心很安寧。」[22]在與小鬼王興發的談話中，蕭軍被告知過去在楊家嶺的脾氣不好，現在好了。文協在 1941 年 8 月由楊家嶺遷至藍家坪，而這次談話發生在 1942 年 8 月 13 日，蕭軍脾氣的變好與閱讀《聖經》是有某種關聯的。蕭軍的妻子王德芬也在 1942 年說蕭軍在延安的兩年

20　蕭軍：《延安日記(1940-1945)》上卷，香港：牛津大學出版社，2013 年，第532 頁。

21　蕭軍：《延安日記(1940-1945)》上卷，香港：牛津大學出版社，2013 年，第473 頁。

22　蕭軍：《延安日記(1940-1945)》上卷，香港：牛津大學出版社，2013 年，第544 頁。

改變不少，這種改變雖然有的是因為環境所迫出於無奈，但是《聖經》卻安撫了他焦躁不安的心。「快快地聽，慢慢地說，慢慢地發怒」這幾乎成了延安後期蕭軍的處事準則。曾經的蕭軍當朋友受到不公正的待遇時會向領導階層提出意見，當與之不相干的小鬼受欺負時會為之打抱不平，當看到王實味在批判大會上得不到合理申訴時會挺身而出為之辯解，但是，隨著延安政治環境的變化，蕭軍在延安處境變得艱難，王實味事件上吃過虧的他，在看到搶救運動中出現的過激行為和不合理鬥爭時，告誡自己要「慢慢地發怒」，看到昔日之交在搶救運動中被用刑被迫承認自己是「兩條心」時他只能在內心寄以同情。曾經生活中瑣碎之事在蕭軍看來是浪費自己的時間和生命，而今，修理院子的籬笆這種體力勞動在他卻是調劑自己不良情緒的一種方式，並且使他感到沉靜甜美[23]，這種心態和處事方式的改變，是環境的影響，也是蕭軍順應環境在《聖經》輔助下對自我的「改造」。

　　此外，《聖經》的閱讀，也影響了蕭軍的創作。他直接把宗教素材引用到自己的日常詩歌寫作裡去。「不要太多地責備人罷/更是對於你愛的人或兄弟—因為他們幸在你身邊⋯⋯凡是責備別人太多的/他自己常常是做的太少/喜歡發號命令全是懶蛋們的事/為什麼你不能手和口一齊用呢/⋯⋯凡是得罪了你的/侮辱了你的/甚至像猶大一樣賣過人的⋯⋯只要他向你真誠地低下懺悔的頭/你的心就不要太堅硬了罷⋯⋯我性急，嚴峻，自尊心太強⋯⋯我需要的是海一般的深厚容納/春天一樣的溫和」[24]。基督教教人忍

23　蕭軍：《延安日記(1940-1945)》下卷，香港：牛津大學出版社，2013 年，第 77 頁。
24　蕭軍：《延安日記(1940-1945)》上卷，香港：牛津大學出版社，2013 年，第 545 頁。

耐寬容　，用行動去愛人，不要只是口頭上的愛，蕭軍以猶大背叛耶穌代指那些曾經與自己同一戰線的夥伴對自己的背棄。這首詩，是蕭軍對自己的剖析同時也是對自己的勸慰，他看到自己缺乏包容之心，深厚的忍耐的力度，勸誡自己不要對別人責備太多，多一些寬容與諒解，多一些忍耐與行動上的愛，這樣自己就不會因別人對自己不好的言行而內心煎熬，就會減少對環境的難捱。蕭軍也曾把基督教素材寫入小說中。在長篇小說《第三代》「卜教師與耶穌受難圖」[25]這個章節中蕭軍展開了關於忍耐與饒恕的辯論。在蕭軍日記中還特別提到了為寫這一章節去翻閱《聖經》。同一個耶穌，在卜教師和焦本榮的口中完全是不同的形象。焦本榮認為耶穌是一個反抗壓迫的人，與中國人一樣不願做亡國奴。而卜教師則是一味的沒有原則的寬恕與忍讓，她也只是口頭上的傳道，在生活中對翠屏等沒權沒勢的人卻很苛刻，她身為傳教士卻十分的虛偽、勢力是蕭軍要批判的。蕭軍並不反對寬恕忍讓，他不贊同的是毫無原則的饒恕一切罪惡，消極被動的面對世界的惡，在對為了人類卻被縛在十字架上的耶穌充滿敬仰之時，對傳道士的虛假的教義持以批判的態度。蕭軍對於耶穌身上具備的反抗精神和為人類的英雄氣概非常認可，但這並不代表他對於基督教的一切全都是無條件接受。從小說中正面人物的觀點可以看出，蕭軍對基督教的態度是在客觀審視的基礎上有選擇性的接受某些思想。從蕭軍對基督教思想的接受來看，基督教中耶穌的犧牲奉獻對人類負責的精神，教人忍耐與愛，還有宗教者堅強的意志和反抗精神，宗教背後的民族鬥爭的精神力量，是他肯定並且接受的內容。從他對基督教思想文化的接受內容上來看，蕭軍做

25　蕭軍：《第三代》下，《蕭軍全集》卷 3，北京：華夏出版社，2008 年，第 354-364 頁。

出這種選擇與他個人精神氣質有關，更與他所處的環境有關。回顧蕭軍對《聖經》的閱讀，他對宗教的關注點隨著外部環境的變化而改變，經過了從政治歷史層面到個人精神體悟層面的變化。《聖經》對於 1942 年的蕭軍來說不可不說是一劑慰藉心靈的良藥。1943 年蕭軍在日記中寫道「在文抗以及延安這三年種種生活中，增加了我的忍耐力」[26]，雖然沒有提到《聖經》，但它的作用不可忽視，蕭軍始終認為新舊約是西洋智慧和文學的主要源泉，是他手邊常放的幾本書之一，從中習得生存的智慧。

　　隨著蕭軍所處環境的變化，他會對某個宗教的某些思想認同或者對某一宗教持批評態度，但他無論是贊同或者是否定某種宗教思想都與他個人精神性格特點頗有關聯。例如，蕭軍喜愛回教「信仰的精神」、「強梁的精神」是因為這些「並非專屬於『他者』，而是蕭軍精神『自我』的投射」[27]，又如蕭軍最初對耶穌的崇敬也是因為他在耶穌身上看到了自己的影子。然而在延安期間唯有《聖經》閱讀真正進入到蕭軍的個人心靈需求層面，並對他的個體精神產生了影響。但是對於《聖經》的閱讀並不代表是對宗教的信仰。縱觀整個延安時期，對於佛教、基督教、回教，蕭軍都從政治歷史角度審視過，以達到學習知識或積累創作素材或提高創作水準或應用於實際革命戰鬥等目的。出於宗教對整個人類的意義，蕭軍曾提到想要對世界所有宗教做一番研究，為了政治宣傳反映人民抗日和共產黨的領導他還想創作一部反應回族爭取民主的小說《七月的白洋澱》[28]。對宗教的態度的改變，對

26　蕭軍：《延安日記(1940-1945)》下卷，香港：牛津大學出版社，2013 年，第 98 頁。

27　楊秀明：《論延安時期蕭軍的個性化回族敘事——基於蕭軍日記和創作筆記》，《延安大學學報》，2015 年第 1 期。

28　蕭軍：《延安日記(1940-1945)》下卷，香港：牛津大學出版社，2013 年，第 593-609 頁。

某個宗教的某些思想文化認同或者否定，都是蕭軍根據所處環境，根據自身精神特點作出的心理反應。蕭軍在延安時期出現的對《聖經》的閱讀訴求，對基督教文化的部分接受並且在其影響下作出改變，並不代表蕭軍就是一個基督徒，恰恰相反，蕭軍是一個堅定的馬克思主義者。閱讀《聖經》是蕭軍自我精神的需要，《聖經》閱讀也讓蕭軍在延安尋得了個人精神世界的一方桃源。

結　語

　　本文從日常生活角度來考察作家個人心態，包括人生道路的選擇，對人、事、物的態度與看法，文學書寫，個體精神世界的改變等。蕭軍日記是蕭軍的真聽真看真感受，無論是日記中過激的言辭，還是個人主觀情感的真實表達，都讓這部日記成為他彼時心路的生動展示。蕭軍全家奔赴延安背後原因錯綜複雜，延安寬鬆的文化政策，堅定的抗戰態度，日見成效的邊區建設，國統區的黑暗等等這些都是蕭軍選擇延安的重要原因，他是在綜合考慮對比了各方面的因素之後才慎重做出的決定，本文只是著重從個人理想事業和家庭生活這兩個方面去探討之前被人們忽略的赴延因素。家庭與事業促使蕭軍選擇了延安，而延安生活也多是圍繞事業與家庭展開。家庭生活不僅是蕭軍選擇延安的因素也是蕭軍在延安被改造的基礎。在體制化的延安，家庭生活影響著蕭軍的個人情緒，夫妻關係等，不同時期不同環境下的生活體驗與感受，又進而影響著他的文學創作，從日記中呈現出來的作家創作的生活環境、個人情緒可以考察作家真實創作心態，看到一個更加真實的蕭軍。把蕭軍在延安的生活分為私人的家庭生活與公共生活，可以說公共生活這一部分內容幾乎都是圍繞魯迅展開。蕭軍延安時期文學事業的核心就在於研究魯迅傳播魯迅，蕭軍在延安身體力行地踐行著魯迅精神，但蕭軍所闡釋的魯迅亦是私人化的魯迅，而且他的傳播方式不僅通過文學活動與文學創作，更延伸到生活當中，與朋友的交往中，與其他人的爭論中。蕭軍在以

魯迅為核心的公共生活中，以研究魯迅和傳播魯迅為中心成就了
自己一番事業，但同時也看到了個人與集體之間的衝突。以下鄉
為方式的規訓與懲罰使得蕭軍回到延安後，主動尋求與環境的和
解，雖然蕭軍放低了自己的作家姿態，但並未被改造成功。蕭軍
經歷了從滿懷憧憬嚮往聖地延安，到了解延安生活狀況想要以魯
迅批判精神達到療救的目的，再到對魯迅精神的堅持，再到最終
部分妥協這樣一個過程。《聖經》的心靈慰藉，對於處在轉變期
的蕭軍來說更是一劑良藥。蕭軍也是在借此進行自我改變。蕭軍
日記為我們提供了一個通過日常生活考察延安時期蕭軍真實心態
的文本，從他的日記書寫中，可以看出延安時期蕭軍思想、個性
和情懷的表達。

　　蕭軍日記為我們理解蕭軍在延安這一命題提供了新的思路
和啟示。日記記錄的日常瑣碎，生活片段的不連續，資料的互證
等都是研究中需要克服的難題，但是克服這些之後，就會發現一
片新天地。本文從日常生活這一角度切入來探究作家真實心態，
借助日記、傳記、評傳等對以往研究界論及較少或者論述還不夠
充分的地方進行再度探討。文中對於蕭軍在延安的日常生活提及
最多的是家庭生活，文學活動，文學創作，與人交往，這些方面
雖都有所涉及但還不能完全概括日常生活內容的全部，由於篇幅
或者論述主題的限制有許多內容未曾呈現，例如蕭軍在延安的幾
次搬家經歷對他的影響，蕭軍在延安黨校三部學習時創作京劇《武
王伐紂》的真實心態等等，蕭軍日記中還有很多有意思的現象等
待著被發現被挖掘。蕭軍作為一個個體，私人日記的書寫讓我們
看到他延安時期的真實心態，但是這種心態在多大意義上具有普
遍性？這個問題一直在困惑著筆者，這也是要進一步探討的地
方。然而，蕭軍日記確實為我們提供了一個個例，讓我們看到了
類似心態在延安的存在，這一點是毋庸置疑的。

後　記

　　十八年前還沒有高鐵，綠皮子的火車從西安出發，經寶成線繞道成都，再到重慶，原本 33 小時的車程，本就很漫長，因為晚點，足足用了 38 個小時才到達菜園壩火車站。那時，我並不覺得路程枯燥，也不覺得疲憊，而是充滿著興奮與激動，我驚奇地打量著這陌生而又奇特的山城，雖然凌晨 5 點的重慶並不清晰。我本打算搭計程車到學校去，喊了幾輛計程車，都擺手不去西南師範大學所在地北碚，司機們都建議說，你等公車吧，旁邊就有。後來我就明白了，北碚雖說是重慶的一個區，但離「主城區」實在太遠了，那個時候，沒有高速，走沿江的老路。6 點半首班車出發，過了沙坪壩，就幾乎沒有什麼固定的停靠站，一路盡是荒涼的山村或小鎮，只要路邊有人招手，就停車上客，或者有人高喊，「剎（撒）一腳（覺）」，就停車下客。公車一路搖搖晃晃，到北碚居然 9 點半了，而我走進西南師範大學研究生院的辦公室領取報名表，已經 10 點過。

　　來重慶讀書前，我從沒想到我未來的學習和研究都將集中在抗戰文學的相關領域，我自己熟讀了很多 1980 年代以來的雜誌，當代的文學作品令我著迷。後來重慶城裡和北碚周邊走的多了，我對重慶的感受越來越強烈，我開始思考當年作家們來到重慶，是如何生活，如何寫作，如何思考。在朝天門碼頭，我回想著作家們從湖北沿江而上如何拖著疲憊的身軀，一步一步爬上朝天門碼頭長長的階梯，住慣了平原城市如何在山城爬坡下坎。更讓我

記憶深刻的是第一年寒假，我回去的很晚，研究生宿舍只剩下為數不多的一些同學，宿舍樓顯得人影稀少。但熱鬧情形依舊，只是主角由人換成鼠。宿舍是重慶最典型的木樓，在每層樓梯之間，藏滿了耗子。人跡稀少後，鼠輩們大白天就在樓道上、宿舍裡的各個地方公然活動，夜晚更是猖獗。一天入夜，我躺在床上看巴金的《寒夜》，上面有老鼠啃地板，下面有老鼠在賽跑。就在那剎那，在陰冷潮濕的重慶，我似乎走進了《寒夜》裡的場景，我感覺到了汪文宣，也感覺到了巴金。我由此想到非常具有地域特徵的鼠（重慶的鼠多的超乎外地人的想像）是解讀《寒夜》的一個非常關鍵性的意象，後來在很多作家那裡看到了重慶（四川）耗子的書寫，是不是可以從老鼠來了解作家生存境遇的變化，以及給現代文學帶來的變化。當我把這萬分荒唐的想法告訴我的導師李怡先生時，他肯定了我的想法並給我以鼓勵。於是我結合自己的親身感受從異鄉人在重慶的生存來思考抗戰文學，我把感受到的重慶霧，重慶爬坡上坎，重慶兩江縴夫，把這些通通納入到我的碩士論文中。

　　抗戰大時代下個人的日常生活和生存百態，成為我不斷探究的命題，於是我和我的學生們繼續探尋作家們的戰時生存和文學書寫，我帶著他們重新走訪當年作家們的活動軌跡，調查他們仍然遺留在重慶的點點滴滴。結合走訪調查，我們重讀作家們的日記，以期望重現真正的抗戰歷史。

　　的確，抗日戰爭這段歷史，既濃縮了中國多災多難，也見證了中華民國政府和民眾的不屈不撓，是中國受奴役掙扎於生死存亡的關鍵時刻，也是中國反侵略走向現代中國的輝煌時期。然而，有關抗戰歷史和文學的研究，卻遠遠不夠，各方對此都有所遮蔽或曲解，大陸甚至出現了極度誇張和歪曲的所謂「抗日神劇」。還原和揭示真實的抗戰無疑是學界的首要任務，文史互證會是非

常不錯的一種思路。回到抗戰的歷史現場也許並不能完全做到，不過，最大限度的接近抗戰歷史和抗戰文學是我們應該努力的目標。因此，除了重新翻閱抗戰時期的原始報刊雜誌，各種檔案資料等，進而撫觸抗戰歷史和文學的點點滴滴之外，我們還可以有一個更好的切入點，那就是探究抗戰時期人們所記錄的日記。

　　從日記中發現抗戰與文學，也許未必都是在戰火紛飛中拼死抗爭的歷史，也許並非都是值得我們反覆賞玩的藝術珍品，但是，抗戰時期的日記，尤其是作家及文化人的日記，真實地記錄了其在抗戰時期的思想、個性和情懷，真真切切地揭示戰爭與人的遭遇之命題。

　　有關吳宓日記的部分，是我和碩士生周學怡合寫，葉聖陶日記部分，是和李巧林合寫，蕭軍日記部分是和杜蕊蕊合寫，她們也由此完成了自己的學業。

　　最後特別要感謝的是李怡老師和張堂錡老師，你們的鼓勵和幫助，我永遠記在心裡。感謝文史哲出版社把小書納入《民國文學與文化系列叢書》。

張武軍於重慶西南大學四新村
2018 年 9 月